侠盗罗宾汉
Robin Hood

[英国] 亨利·吉尔伯特 著　李子叶 译

江苏凤凰文艺出版社

图书在版编目（CIP）数据

侠盗罗宾汉 /（英）吉尔伯特（Gilbert,H.）著；李子叶译. — 南京：江苏凤凰文艺出版社，2017.5（2023.8重印）
（全球最经典的一百本少儿书）
ISBN 978-7-5399-9091-0

Ⅰ.①侠… Ⅱ.①吉… ②李… Ⅲ.①长篇小说－英国－近代 Ⅳ.①I561.44

中国版本图书馆 CIP 数据核字(2016)第 057245 号

书　　名	侠盗罗宾汉
著　　者	（英）亨利·吉尔伯特
译　　者	李子叶
责 任 编 辑	邹晓燕　黄孝阳
出 版 发 行	江苏凤凰文艺出版社
出版社地址	南京市中央路 165 号，邮编：210009
出版社网址	http://www.jswenyi.com
印　　刷	苏州市越洋印刷有限公司
开　　本	880 毫米×1230 毫米　1/32
印　　张	9
字　　数	230 千字
版　　次	2017 年 5 月第 1 版
印　　次	2023 年 8 月第 5 次
标 准 书 号	ISBN 978-7-5399-9091-0
定　　价	38.00 元

江苏凤凰文艺版图书凡印刷、装订错误，可向出版社调换，联系电话025－83280257

目录 CONTENTS

第一章　亡命之徒 / 001

第二章　偶遇知音 / 037

第三章　戏弄郡长 / 064

第四章　天外有天 / 094

第五章　佳偶天成 / 117

第六章　仗义相救 / 142

第七章　铲除奸凶 / 165

第八章　武场竞技 / 194

第九章　终成眷属 / 220

第十章　火烧魔堡 / 243

第十一章　罗宾汉之死 / 262

第一章
亡命之徒

　　仲夏正午时分，烈日炎炎，树林中的一切都看似毫无生气。宽大的橡树叶间没有一丝风声，在阴凉的树荫下，偶尔有昆虫忙碌地穿梭往返，发出嗡嗡低鸣。

　　这片林子看上去是那么静谧幽僻，让人不禁怀疑，这里是否曾有生灵涉足。在林子深处，一条小路蜿蜒其间，路两旁生长着繁茂的榛树、山茱萸和铁线莲。在这茂密的灌木丛的遮挡下，这条小路变得更加狭窄而隐蔽，恐怕只有小鹿纤细灵巧的蹄子，或是野兔轻盈敏捷的小爪，才能从这里顺利通过。

　　是啊，这树林深处的确是鲜有人光顾。一来这里是巴尼斯戴尔林区最偏僻的地界，二来这里还是皇家红鹿的养殖地，除了奉命来此看护鹿群的守林人，还有谁胆敢触犯皇权来此地闲逛呢？因此，这里总是一片幽然寂寥，悄然无声。可即便如此，在外觅食或玩耍的野兔偶尔也会莫名其妙地惊窜回洞穴，待到四周再度安静下来，洞口才会冒出一两个小脑袋，悄悄向外面张望。突然，一只胆大的野兔嗖的一下跳出了洞穴，不一会儿，其他的也都纷纷跟着跳出来了。

　　那条林间小路，就沿着这片野兔嬉戏玩耍的灌木丛蜿蜒向前，在经过灌木丛之后，小路突然转了一个弯，随后，路旁原本巨大浓密的树干变得些许稀疏，林路上也透出许多光亮来。倏地，树林消失了，小路钻进一片杂草丛生的草地，路旁尽是茂密的冬青和榛木丛。

就在一棵山毛榉树后面，一个男人躲在那里，眼睛不停地朝着这片草地张望。他身着绿色粗布紧身衣，敞开的领口露出他那古铜色的脖颈。一条宽皮带环扣在他的腰间，一侧插着一把匕首，另一侧别着三只长箭。他下身着一条软皮过膝的马裤，脚上则穿着一双墨绿羊毛长袜和一双结实的猪皮靴。

他头戴一顶天鹅绒小帽，帽子的一侧插着一支金斑鸠的翎毛。在他那头深棕色的卷发下面，是一张直率而坦诚的脸。这张脸因饱经风吹日晒而呈现出一种棕褐色，看上去是那么果敢坚毅，无惧无畏。一双如雄鹰般犀利的眼睛炯炯有神，令他看上去愈发姿态高贵。他约有二十五岁，可他的体格却显得格外健硕。

现在，他手执长弓，正一动不动地盯着不远处的草地。偶尔，他也向草地尽头的树林远眺，那里有两三只觅食的野鹿，不时地朝着他站立的方向移动。

突然，他听到灌木丛中有窸窣响动，循声望去，竟发现树丛中不时闪现出一个乱蓬蓬的脑袋，接着便看到一张憔悴的男人的面孔。那个男人小心翼翼地四下张望，紧接着，他猛然拔箭拉弓，射向离他最近的那只母鹿。箭正中母鹿的胸口，母鹿挣扎着跑了几步便倒下了，而它的同伴都惊恐地逃向了树林深处。

此刻，那个猎鹿人并不急着去取他刚刚捕获的猎物，而是耐心地躲在原地，静观其变。他知道，在这附近有巡逻的守林人，一旦他们看到惊慌失措的鹿群，必定会察觉出周围的异样，说不定还会来这儿搜寻这只母鹿。

时间一点一滴地过去了，四下没有一丝响动。不管是藏匿在灌木丛中的猎鹿人，还是藏在树后注视着他的绿衣人，都没有一点动静，树林边缘也没有守林人出现。确认四周无异常状况后，猎鹿人走出了灌木丛，这一次，他手上并没有拿着弓箭。原来，那弓箭早已被他藏在灌木丛中，以便日后使用。

他身上穿着一件破烂不堪的褐色粗布紧身衣，腰间系着一根绳子，下身是一条同样质地的宽松裤子。可无论是上衣还是裤子，上面都尽是些窟窿和补丁，几乎难以蔽体。他一边四处张望，一边猫着腰朝母鹿走去。待他走到母鹿身旁，便迅速地从腰间抽出一把小刀，几乎是欣喜若狂地扑到鹿的身上，飞快地用刀切下最嫩最可口的部位。

站在树后的绿衣人仿佛是认得他的，嘴里哀叹了一声："唉，可怜的家伙。"只见那猎鹿人将切好的鹿肉裹进一大块粗布里，之后便起身消失在树林之中。树后的目击者也无心继续逗留在此，于是他轻灵敏捷地转过身，朝着树林深处跑去。

猎鹿人还在树林间灵活而谨慎地穿梭，他不时地停下来，将沾满鹿血的双手用挂着露水的草叶仔细擦拭。他必须擦拭干净，不然，他刚才的秘密行径，便会被这血迹泄露了。

他绕过一棵庞大的橡树继续前行，忽然，前方一个绿衣人猛然挡住了他的去路。他在吃惊之余，左手迅速握住了腰间的小刀。

"我说伙计，"绿衣人说道，"你难道是疯了吗？"

猎鹿人一下子认出了面前的绿衣人，接着便发出一阵响亮的笑声。

"我是疯了，"他无奈地说道，"可是，罗宾汉先生，这不是为了我自己。我的小家伙快要饿疯了，只要这绿林中还有鹿，我就不能让他活活饿死。"

"斯卡利特，你说你的小家伙吗？"罗宾汉问道，"难道说，你姐姐的孩子如今跟你一起生活？"

"是的，"斯卡利特的语气颇为沉重，"你一连三个星期没有回来，这里发生了不少事，恐怕你都还不知道吧。"他们聊着天，继续沿着狭窄的小路前行，罗宾汉在前，斯卡利特跟在后面。

"自从我姐夫约翰·格林病死后,"斯卡利特继续说道,"才不过一周的时间,你猜我们的大管家都做了些什么?他竟然对我姐姐说:'滚吧,臭婆娘,这里只收留能干活儿的人,没了男人,就别指望这里能养活你!'"

"这歹毒的恶棍!"罗宾汉咒骂道,"只有吉斯伯恩才会做出这种事!"

"我姐姐就这样被赶出来了,她和孩子们身上甚至连一件能蔽体的衣服都没有!幸亏我当时不在,不然我一刀要了吉斯伯恩的狗命!"斯卡利特忿忿地说道,"后来,我姐姐找到了我,那时她精神恍惚,病得很重了。她得的是热病,没过两周也死了。她走的时候,还留下了三个孩子。两个小点儿的我都托付给邻居收养了,而我自己收养了小吉尔伯特。一直以来,我都是孤零零一个人,所以我真的很爱那孩子。哼,要是吉斯伯恩敢动小吉尔伯特一根汗毛,我非宰了他不可!"

吉斯伯恩是圣玛丽修道院的管家,更是他们的爪牙。他为修道院里的修士打理伯坎卡庄园,同时也在他们的默许下为非作歹。罗宾汉听着斯卡利特一家凄惨的遭遇,心中早已是义愤填膺、怒不可遏了。他恨极了这帮飞扬跋扈、骄奢淫逸的领主,他们靠剥削农奴享受着荣华富贵,而农奴在他们眼中,却不过是这片庄园的附庸。

对于圣玛丽修道院的罗伯特院长和大管家吉斯伯恩来说,罗宾汉(全名为罗伯特·洛克斯利)却非同于农奴。他不仅享有绝对的人身自由,还是个拥有一定资产的年轻佃户。在伯坎卡庄园最肥沃的土地上,罗宾汉拥有一座面积高达一百六十公顷的农场,人称奥特伍德农场。这片土地最初是威廉一世①赐给伯坎卡庄园领主的奖赏,后来,在最

---

① 威廉一世(1066—1087):英国国王,号称"征服者威廉"。他本是法国诺曼底公爵,后渡海侵入英国,自立为英王威廉一世。

后一任领主罗斯利临终时,罗斯利将这片土地赠予了圣玛丽修道院。

罗宾汉的祖辈世世代代都租住在这片土地上,尽管土地是租赁的,但只要能付得起租金,便能够合法地长期占有这片土地。不过,修道院的罗伯特院长早就在打奥特伍德农场的主意了,因而一直以来他都把罗宾汉当成他的眼中钉。不仅如此,罗宾汉还曾在修道院内当众指责罗伯特院长和大管家吉斯伯恩,历数他们对农奴和贫困的佃户犯下的种种罪行,令修道院的人感到颜面无存。因此,圣玛丽修道院的人对罗宾汉也是恨之入骨,其程度并不亚于罗宾汉对他们的厌恶。对于这一点,罗宾汉本人也十分清楚。

"只可惜当时我不在场,"罗宾汉对斯卡利特说道,"其实你本可以去奥特伍德,斯卡洛克会分给你一些食物的。"

"唉,罗宾汉先生,"斯卡利特叹道,"谢谢你的好意,可你要知道,我曾经也是个自由人,我不能总是接受别人的施舍。况且,你为了我们已经树敌众多,说什么我也不能再拖累你了。只要这绿林中还有鹿,我和我的小家伙就都不会饿死。不过话说回来,罗宾汉先生,你自己还要多加小心。如果那帮恶棍知道你长期在外,他们可能会有所行动。有消息传出,在你外出期间,他们打算对外宣称你是畏罪潜逃的逃犯,然后便要趁你不在时收缴你的土地,甚至还要杀了你呢!"

罗宾汉听后大笑起来:"哈哈!这段时间,我也听到过类似的消息。"

斯卡利特一脸狐疑,他满以为自己说的是个天大秘密。

"你已经听说过了?"斯卡利特不解道,"这可真是奇怪。"

罗宾汉并没有回答,他很清楚,他的敌人一直在找这样的机会置他于死地。曾经就有不少人在外出归来后,发现自己竟以畏罪潜逃之名被告上法庭,于是他从此便沦为罪人,财产自然也被悉数没收了。

斯卡利特暗自奇怪,他自顾自地回忆着同其他人谈起罗宾汉时提到的每一个细节,试图找出问题的答案。

突然，他们前方传来一阵响声，仿佛是松鼠的尖叫。四周安静了片刻，紧接着，远方又传来一声凄寂的哀号，这一次仿佛是狼的嗥叫。罗宾汉突然停下来，俯身将随身佩带的弓箭放在一棵大橡树脚下。然后，他转过身，用极低沉而严肃的口吻对斯卡利特说道：

"快，伙计，在守林人到达之前，快把你的鹿肉放到这儿来，这东西迟早是你的！"

听到这声命令，斯卡利特的大脑一片空白，他机械地将包裹着鹿肉的粗布包从胸前拿出，放到弓箭一侧，然后跟随罗宾汉继续前行。就在他们走出几步之后，斯卡利特无意间扭头回望，然而令他惊奇的是，那些东西竟然不见了！

斯卡利特顿时心中一凉，他几乎就要停下脚步了，这时，罗宾汉的命令再次在耳边响起："快走，伙计，还不快点！"可怜的斯卡利特，他确定有人在跟他变戏法儿，却又不得不服从罗宾汉的命令，眼前他唯一能做的，就是默默祈求千万不要有灾祸降临。

可是接下来，狭窄的小路上突然出现了两个强壮的守林人，他们把罗宾汉和斯卡利特的去路挡得严严实实，禁止他们通行。守林人身上背着弓箭，手上握着长长的板条。他们仔细而苛刻地打量着眼前的罗宾汉和斯卡利特，仿佛是在琢磨给他们定个怎样的罪名。不过，罗宾汉那坦然而无畏的神情令他们改变了心意，于是他们把道路让开，放两人过去了。

"要是一个佃户和一个农奴混在一起，"其中一个守林人嘲笑道，"估计他们的庄园主不久就要遭殃了。"

"要是两个守林人混在一起，"罗宾汉也笑道，"不知哪个可怜人不久就要遭殃了。"

"我认识你，罗伯特·洛克斯利，"那个守林人继续说道，"人们说的果然不假，你可真是个饶舌的家伙。"

"我也认识你，布莱克·雨果，"罗宾汉答道，"人们说的果然是真的,你就是那个对朋友背信弃义、两面三刀的坏家伙。"

另一个守林人忍不住哈哈大笑起来,布莱克·雨果却是火冒三丈,仿佛登时就要扑到罗宾汉身上去。不过,罗宾汉那无所畏惧的眼神起到了极大的震慑作用,布莱克·雨果只得悻悻地闪到一旁。

罗宾汉和斯卡利特继续前行,不一会儿便走出了树林。在树林和庄园的交界处,是一片长满了低矮灌木的荒地,在那里,他们沿着灌木丛继续行走。

最后,他们在一个小土丘上停了下来。在他们面前,是一大片肥沃的耕地和一座牧场,斯卡利特的小木屋就在那里,在更远处的一个斜坡上,坐落着庄园主吉斯伯恩的宅邸。斯卡利特提心吊胆地四下张望,唯恐有人看到他是从树林里走出来的。其实,斯卡利特今天是旷工溜出来猎鹿的,此时他的内心忐忑不安,担心自己旷工一事已经被工头发现了。若是被工头发现了,一顿鞭打自然是躲不过的;若是没被发现,明天大管家的手下也会发现他的工作只完成了一半,那么结果也还是一样的。可无论如何,斯卡利特已经顾不得那么多,至少他的小家伙吉尔伯特今晚可以美美地饱餐一顿了。

咦?糟糕!斯卡利特突然想起了什么,心头顿时一阵悲伤。罗宾汉的弓箭和他的鹿肉究竟去哪儿了呢?是被小妖精或者小精灵抢走了么?是他眼花看错了么?还是说是被守林人寻去了呢?斯卡利特掐着下巴向后张望,另一只手摩挲着腰间的小刀,恨不得要折回去同那两个守林人决斗。

"我说,伙计,"罗宾汉有意无意地说着,"这是你的鹿肉,还有我的弓箭。"

斯卡利特转过身,发现那些东西就在不远处的草丛里,可是,刚才那里明明什么都没有!

"罗宾汉先生,"斯卡利特无比敬畏地说道,"原来这世上真的有魔法呀!我、我真替你担心,如果那些恶棍知道你有林中的妖精相助,你该如何是好呢?"

"斯卡利特,我原以为你是个聪明人,"罗宾汉嘲笑道,"看来你也像个傻瓜一样,比其他人好不了多少。别害怕,我的林中友人不会伤害任何人,因为他们和你我一样,都没有害人之心。"

"先生,"斯卡利特带着几分愧疚说道,"我为我刚才的蠢话感到抱歉,都怪我讲话不经过大脑,说真的,我刚刚真是被吓傻了呢!可是,有一点我很明白,再没有比那些压迫剥削农奴的人更可怕的了。不过,刚刚帮助我们的到底是谁呢?是小棕仙①吗?还是传说中的妖精?"

罗宾汉一言不发地盯着斯卡利特,过了好一会儿,他才说道:

"老伙计,我想日后我们还会有机会在这绿林中共处,到时候,我再把我的朋友介绍给你认识。不过在这之前,今天发生的事不要对外说漏一个字,你能发誓做到吗?"

"当然能,我可以向圣母起誓!"斯卡利特说着便举起了左手。"阿门!"罗宾汉也跟着脱帽向圣母致敬。"那么现在,"罗宾汉继续说道,"去拿上你的肉吧,顺便把弓箭递给我。我现在必须回绿林一趟,帮我转告小吉尔伯特,就说我罗宾汉祝愿他早日康复,日后还要带他一起到高地上打鸟。"

听到罗宾汉这么说,斯卡利特那张憔悴瘦削的脸上闪现出一丝光芒。"罗宾汉先生,"他的语气中饱含敬意,"自从上次得到你的关照之后,那个小家伙就常常跟我提起你。我相信,如果那孩子听到你这么说,一定会变得更加坚强!"

同斯卡利特道别后,罗宾汉转身又钻进了茂密的灌木丛中。不过,这一次他是朝着另一个方向前行的。他抬头看了看太阳的方位,此时已是下午两点钟了,时间紧迫,他不禁加快了脚步。不一会儿,他便

---

① 小棕仙:苏格兰传说中的淘气小精灵,他们身高三英尺,皮肤棕褐色,总是穿一身棕色的衣服。

来到树林，游刃有余地沿着林间小路快速穿梭，经这条路可从巴尼斯戴尔林区直达诺丁汉郡。

罗宾汉的脚步轻快而急切，他迫不及待地要见到自己的心上人——理查德·菲兹沃特伯爵的女儿玛丽安小姐。孩童时期，罗宾汉常常在洛克斯利打猎玩耍，而玛丽安就是他儿时的玩伴。尽管两人身份地位悬殊，他们却彼此深深相爱，发誓永不背弃对方。

这天，玛丽安从玛拉赛特城堡出发，前往诺丁汉附近的林登。在那里，她会陪着叔叔理查德爵士待上一段时间。罗宾汉此次前来，就是要保护她穿过这段林路。

不久，罗宾汉便来到一条大路上。这条路上长着厚厚的杂草，在泥泞的地方还有深深浅浅的车辙。顺着这条车辙，罗宾汉快步跟过去，走了近五公里，才放慢了脚步。接着，他在一个岔路口停了下来，在仔细查看过车辙之后，他钻进岔路旁边的榛木丛中消失不见了。

罗宾汉在灌木丛中走了很久，终于在一片没有杂草的空地上停了下来。空地一侧是光秃秃的沙地，上面还散落着几根树枝。在普通人看来，这些树枝不过是被风吹折落在了地上，但是罗宾汉却看出了其中的蹊跷。他走上前，蹲下身，仔细地研究起来。

"一根弯树枝和八根直树枝，"罗宾汉喃喃自语道，"那就意味着，是一个骑士和八个随从。他们现在应该就在西边不远处，不过，他们究竟要做些什么呢？"

突然，罗宾汉似乎想到了什么，他迅速站起身，转身快走几步，然后便一头扎进路右侧的树林中去了。行走在树林之中，罗宾汉眼观六路，耳听八方，脚下却是极其小心谨慎。他一方面试图将树林里发生的一切都弄清楚，另一方面又生怕因走得太快而发出响声。

远方传来一阵隐隐约约的马蹄声，罗宾汉先是一怔，然后猛然俯身，飞快地钻入了树林更深处。他将自己藏身在一棵紫杉树的树冠上，身体微微前倾，透过茂密的枝桠向远方窥视。远处一队士兵正打那里走过,一个穿着盔甲的骑士骑着马走在队伍的正中间。

罗宾汉仔细观察着队伍中的每一个人,试图探明他们究竟是哪路人马。不过,这些士兵衣着普通,甚至连骑士手持的盾牌也毫无特点。一时间,罗宾汉感到十分困惑:这些人到底是谁?他们因何而来?又为何在此打下埋伏?这时,只见那骑士环顾四周,然后极不耐烦地勒住缰绳,咒骂着让马停下来。

听到那咒骂的声音,罗宾汉立刻判断出来者是何人。他的脸顿时阴沉了下来,眼中迸发出愤怒的火苗。

"唉,罗杰·隆尚,"那骑士自言自语道,"你只能依靠暴力来得到你的爱人了,不然你是得不到她的。"

说话的这位,便是罗杰·隆尚本人,一个高傲自满、专横跋扈的骑士,他的哥哥是臭名远扬的菲坎主教,而他自己也是恶贯满盈的理查德公爵的亲信。他曾向菲兹沃特伯爵提亲,不料却被拒绝了。菲兹沃特伯爵很爱他的独女玛丽安,虽然他反对玛丽安和罗宾汉交往,但是,他也绝不会将女儿嫁给罗杰·隆尚这样臭名昭著的恶棍。

此前,罗宾汉常常陷入巨大的苦恼之中。令他恼火的是,不管罗杰·隆尚或是其他人有多么恶毒,他们却能够光明正大地拜访菲兹沃特伯爵,甚至可以同玛丽安说上话。一想到这些,罗宾汉的内心便如波涛汹涌,情绪一时难以平复。每到此时,他便会想起叔叔史蒂芬·甘姆威尔曾经对他说过的话:我们其实也继承着高贵的血统。按照史蒂芬叔叔的说法,他们的祖先不仅享有伯爵爵位,还拥有广袤的土地和众多庄园,甚至一度成为亨廷顿的大庄园主。后来,由于祖先参战反对诺曼人进攻英格兰,于是先后被威廉一世处死,土地也在那时被吞并。只有极少数人从那次灾难中逃脱至此,从此过上了隐姓埋名的生活。尽管史蒂芬叔叔言之凿凿,罗宾汉却一直对这套说辞持怀疑态度。

如今,众所周知亨廷顿早已成为国王的领土,伯爵的爵位也早已被赐给他人。可是，罗宾汉偶尔还是会浮想联翩，幻想着有一天，他能重获祖先的荣誉和身份，光明正大地向玛丽安求婚，任谁都无法阻拦。

突然，一阵脚步声打断了他的思绪，一个埋伏在前方的士兵急匆匆地向树林这边跑来，他跑到罗杰·隆尚跟前，嗓音低沉地禀报道：

"他们来了，一共有九个人，而且都是家仆，只有玛丽安小姐和一名随从骑着马，其他人都是步行。"

"很好！"罗杰·隆尚说道，"待会等他们一靠近，咱们就过去把他们拦下来。到时候，我去抓玛丽安小姐的马缰，如果那个骑马的随从过来追我，你就把他打下来。"

听到这些，罗宾汉冷笑起来，他一只手拂过腰间，从那里抽出一支长箭。就在这时，树林外的小路上传来人们的说话声和哒哒的马蹄声，罗宾汉循声望去，远远就看到玛丽安正同沃特管家（也就是另一个骑马的随从）说着话。玛丽安那曼妙的身姿骑在马上，飘扬的衣襟正拂过她的脸庞，罗宾汉的心一下子柔软起来。

就在这时，罗杰已经骑着马带头冲出树林，其他士兵也紧随其后。沃特管家眼见大事不妙，急忙手持盾牌，奋然挡在玛丽安小姐身前，其他随从见状，也簇拥过来保护主人的安危。罗杰挥剑猛然刺向沃特管家，就在一瞬间，沃特管家手中的盾牌便被砍为了两半。不过，沃特管家灵机一动，顺势转身，从旁侧给了罗杰重重一击，连他手中的剑也被打落了。然而，情势并没有因此好转，罗杰显然早就料到会发生这种情况，所以他一早就用绳索把剑系在自己的手腕上了。随着罗杰一声怒吼，他的剑又重新握在手中。

紧接着，罗杰朝沃特管家发动了第二次猛攻。沃特管家躲闪不及，眼看就要被剑刺到的时候，他胯下的马儿却不知被哪个士兵突然勒住了缰绳，他的身体猛然前倾，接着便跌下马背，昏了过去。其他随从还在拼命反抗，尽管他们个个都是勇猛无畏的好汉，却终究是寡不敌众，罗杰等人很快便占了上风。

罗杰伸手去抓玛丽安小姐的马缰，玛丽安情急之下慌忙向后躲闪。就在这时，玛丽安耳边忽然传来一阵急促的蜂鸣声，她定睛观瞧，竟吃惊地发现，一支黄色的短箭已射入了罗杰的面甲。

罗杰一声惨叫，便从马背上跌了下来。他的身体蜷缩成一团，在地上极度痛苦地挣扎着。士兵们很快停止了打斗，带队的士兵头子跑到罗杰身边，从他的眼中拔出那根沾满鲜血的箭。然后，他飞快地打量着这条路的走向以及四周的情势。

"埋伏在这儿的只有一个人，"其中一个士兵喊道，"他就藏在左侧的林子里。"

"不，我认得这支箭，这是——"士兵头子端详着这支箭，正要说明它的来历，却再也没有机会说完这句话了。人们只听得嗖的一声，仿佛是林鸟低沉的哨鸣，接着便看到一支黑色的短箭正中士兵头子的胸前。这一次，箭是从右边射来的。由此也可以判断，埋伏在这里的可不止一名伏兵。

士兵们见状顿时乱作一团，他们纷纷作鸟兽散，朝着树林深处跑去。不过，未等最后一个士兵跑进树林，一支更短小的箭从右侧的树林里射出来，正中他的肩膀。那士兵惨叫一声，脚底下却跑得更快了。

吓跑那些士兵后，罗宾汉托着小帽走出树林，玛丽安一眼便看到了他。待到罗宾汉走到近前，玛丽安俯身贴住他的脸颊：

"我亲爱的罗宾汉，我就知道，你决不会抛下我不管！谢谢你，帮我摆脱了那个恶棍！罗宾汉，我的至爱，我想我已经猜到此人是谁。可是，我担心如果真被我猜中，他的死该会给你带来怎样的危机呀！"

罗宾汉把玛丽安的右手捧在手心，深情地亲吻着："亲爱的，刚刚死去的那个骑士就是罗杰·隆尚。不过，请不必为我担心，除非这次行动是亨利国王①亲自安排的,不然我总能想办法脱身。"

"可是,罗宾汉啊罗宾汉,我的爱人,"玛丽安温柔而担忧地望着他,"那个恶棍的哥哥是这里的主教,他怎么肯轻易放过你呢?只怕他会借机将你送上法庭,到那时,你的土地、财产和名誉都将会因我而丧失!噢,亲爱的,我怎能让你因我而蒙羞!不,我要到理查德叔叔那里,请求他的帮助!他那么看重你,如果此次他能助你脱险,那真是再好不过了!"

"听着,亲爱的玛丽安,"罗宾汉深情地望着她,眼神凝重,语调深沉,"我不会向那些为非作歹的教士乞求任何原谅。不仅如此,我迟早会让那些作威作福、恃强凌弱的强盗得到应有的报应!只有做成这件事,我的内心才能得到宁静。放心吧,亲爱的,别再为我担心,眼下要紧的,是赶快为你找一个安全的地方,以免那些强盗再追回来。"

被打昏在地的沃特管家此时已经醒过来,他坐起身,神志却仍旧不甚清醒。罗宾汉走上前,俯身对他说:"勇敢的沃特管家,赶快清醒过来吧!你的使命是守护玛丽安小姐,不是吗?"接着,罗宾汉又转过身,对满身是伤的随从们说道,"在到达安全的地方之前,大家就先别管伤口了。死去的罗杰必定还有帮凶在这附近,他们随时都有可能杀回来找咱们算账,到那时,咱们就逃不掉了!快逃吧,朝着前面的三岔路口逃!我待会儿就去同你们会合!"

沃特管家在罗宾汉的搀扶下跨上马,带领着队伍匆忙地朝三岔路口赶去。待他们走远,罗宾汉立刻将罗杰的尸体拖进树林深处。他摘掉罗杰的头盔,再将罗杰的剑刺入罗杰的胸膛,最后他拎起罗杰的双手,使之握在剑柄上。这样做好之后,死去的罗杰看上去就像是自杀身亡的一样。接着,罗宾汉脱帽屈膝,为罗杰的亡魂进行了最后的祷

---

① 亨利国王(1133—1189):即亨利二世,他所创立的金雀花王朝,是英格兰中世纪最强大的一个封建王朝。

告。对于死去的士兵头子，罗宾汉也做了同样的处理。最后，罗宾汉背上自己的弓箭，对着罗杰的马儿猛拍一下，马儿便沿着一条林间小路渐渐跑远了。事实上，罗宾汉所做的这一切，都是为了混淆敌人的视听，无论如何，他都要尽最大努力为心上人引开追兵。

接着，罗宾汉朝着士兵们逃跑的方向走去，他边走边抽出一支号角，吹出一声尖锐的号鸣。做完这些之后，他便急匆匆地去追赶玛丽安的队伍了。在同玛丽安会合之后，罗宾汉牵着玛丽安的马儿离开大路，转而朝着树林中一条难以察觉到的小路走去，他们走得很快，一会儿工夫，便来到极少有人涉足的树林深处。

在这里，树林荫翳，安静异常。一切都显得那么神秘，仿佛从未有生灵在此出没。虽然这里看似幽僻诡异，但只要罗宾汉陪在身边，玛丽安就什么也不怕，心中反而觉得十分坦然和安稳。可是，那些随从们却是另一番光景了。他们在只容得下马蹄踏过的小路上抖成一团，每逢走到荫翳之处，就更加害怕得不知所措。

在这树林深处，随从们不单单害怕丢了性命，他们更担心游荡在这里的魔鬼、妖精和女巫会就此控制了他们的灵魂。他们一个个战战兢兢，相互依偎着前行，走在队伍最后的那个不时地回头查看，其他人则小心翼翼地观察着道路两旁长满苔藓的树林。恍惚间，他们似乎看到了妖精那邪恶的双眼正朝他们闪烁，魔鬼和女巫也已向他们张开血盆大口，他们吓得胆战心惊，仿佛下一秒这些妖魔鬼怪就会从古树青藤后面跳出来似的。

现在，人们唯一能听到的响声，就是他们沙沙的脚步声，抑或是踏折树枝发出的断裂声。偶尔，他们还能听到从茂密的树冠里传来的嘤嘤鸟鸣，或是从灌木丛中传出的奇怪的吱吱声。可待到他们走近，却什么也听不到了。有那么一两次，他们竟然还听到了潺潺的水声。原来，在这灌木丛中，竟还藏着一条小小的溪流。

一次，他们在穿过一片空地时，看到空地中间有两个紧紧相连的土包。见到这一幕,那些可怜的随从们变得更害怕了。

"是妖精的巢穴!"他们彼此低声耳语,一边指指点点,一边加快了步伐。

"真不知道还能不能活着走出去!"一个人小声嘀咕着。

"那个家伙为什么非带咱们来这么可怕的地方?"另一个则忿忿不平地说,"一旦被妖精盯上,就会被施下咒语!咱们的尸骨啊,怕是要被扔在这邪恶的森林里,直到世界的末日了!"

这些随从们在恐惧中挤来挤去,不时会撞到沃特管家骑着的马儿。为此,沃特管家不得不一再提醒他们:"靠后点,伙计们,你们也知道这匹马的性子有多烈,要是它一脚踢到你们的脑袋上,你们的脑袋怕是要保不住了。"

此时已是日落西山,罗宾汉自打走进这片树林后就很少说话,这时他却转过身,微笑着对玛丽安说道:

"亲爱的,请原谅我擅自做主走这条路。不过,和罗杰一伙儿的魔堡的强盗不可小觑,我担心他们随时会追上来,所以才选择了走这条小路。唉,真是让你受累了!"

"不不,我亲爱的罗宾汉,"玛丽安望着他温柔地说道,"我们之间心有灵犀,不用说出来,我也知道你心中所想。不过,你刚刚说的魔堡是什么?罗杰·尚隆的城堡不是叫作兰比城堡吗?"

"那里的农奴都是这样叫的,"罗宾汉答道,"罗杰的同党还有伊森巴特·勃拉姆、尼尔·格里姆、哈默·莫尔坦和伊沃·拉比,就是因为他们像恶魔一样无恶不作,人们才管那座城堡叫作魔堡的。"

玛丽安一听到这些名字,不禁脸色苍白,身体也微微颤抖起来。

"我听说过这些人,咱们还是快些走吧!"她低声说道,"我不累,亲爱的,若能平安抵达理查叔叔的城堡,我便安心了。"

"哈哈,不用为我担心!"罗宾汉笑道,"我一有良弓在手,二有绿林掩护,那些对我虎视眈眈的人,我根本不放在眼里!不过,你恐怕要在理查德叔叔家多待些时日了，在他那里，你会很安全。"

突然，远方传来一阵奇怪的叫声，既像狼的嗥叫，又像隼的啼鸣。罗宾汉停下脚步，仔细观察着眼前这片笼罩在暮色中的森林。接着，又有一声凄寂的嗥叫传来，其他人开始吓得瑟瑟发抖，他们用力睁大惊恐的眼睛，不知所措地东张西望。

罗宾汉面朝声音传来的方向，发出几声类似松鸡求偶的啼叫。随后，他便牵着玛丽安的马儿继续前行。不一会儿，他们行至一座小山丘的山顶，回首瞭望，只见落日的余晖红艳艳地铺满了整个树林。由山顶向下俯视，平缓的山坡下方是一片绿莹莹的草地，就在草地的尽头，一座城堡赫然矗立在那里。突然，视线里闯入两个骑马的人，他们正沿着山下的大路朝城堡走去。

"我猜，"罗宾汉说道，"远处那两个骑马的人，就是理查德爵士和休恩·布维尔爵士吧。"

"就是他们！"玛丽安兴奋地答道，"他们一定是在大路上等我来着，估计他们现在正纳闷我为什么还没到！沃特管家，请你骑马先行一步吧，别忘了告诉他们，今天多亏了罗伯特·洛克斯利先生，我才能顺利脱险。罗宾汉，你也快喊住他们！"

在玛丽安的请求下，罗宾汉吹响了他的号角。伴着一声长长的号鸣，那两个人转身望向这边。玛丽安见状，立刻扬鞭策马向他们奔去，手上还不停地挥动着一块手帕。他们很快也认出了玛丽安，一边骑马向这边赶来，一边向他们挥手致意。

"快告诉我，罗宾汉，"玛丽安翻身下马，走到罗宾汉身边问道，"我们刚刚听到的那些叫声究竟是什么？听起来，好像是有人向你发出暗号，而你又做出了回应。"

"你猜的没错，亲爱的，"罗宾汉笑道，"一位生活在绿林的朋友看到了理查德爵士和休恩·布维尔爵士，以为他们是我们的敌人，所以才向我发出警报。不过，我猜敌人不会比我们先到达这里，料想应该是理查德先生派来迎接你的家仆。所以,我又告知我的朋友一切平安。"

"这位在林中守护你的朋友又是谁呢?"玛丽安又问道,"和那位用短箭攻击罗杰的勇士是同一个人吗?"

"亲爱的,"罗宾汉笑道,"这些我以后会慢慢都告诉你的。我曾经从一群暴徒手中救下这位朋友,后来我们便成了挚友。每当我在林中走动时,他总是会在暗地里保护我。"

"亲爱的罗宾汉,我真为你有这样的朋友感到高兴!"玛丽安由衷地感叹道,"知道有人暗中保护你,我觉得安心多了。之前我总提心吊胆的,害怕你遭到坏人的报复,这你是知道的。"

理查德爵士二人走上前来,他们看到玛丽安小姐平安无事,心里十分高兴。之前他们没能在大路上看到她的身影,一直很担心她的安危。他们刚刚就是准备返回城堡,召集所有人到树林中搜索。如今,看到玛丽安小姐安然无恙,他们自然是喜不自禁。

接下来,玛丽安对他们细细讲述了来时的遭遇。当他们听到罗杰要绑架玛丽安、却反被罗宾汉杀死时,顿时变了脸色,休恩爵士甚至还不断地唉声叹气。半响,理查德爵士走到罗宾汉面前,感激地握住了他的手。

"感谢你为这世间除去一害!"这位满头银发的绅士由衷地说道,"这些年来,这个恶棍对贫穷善良的百姓犯下了无数罪行,如今,这就是他应有的报应!一想到你用利箭刺穿了他邪恶的脑颅,我就觉得甚是大快人心!"

"此话不假,"休恩爵士的神情依然严肃,"不过,我现在很为罗宾汉的处境担心。你想想,教会的那些人怎么肯善罢甘休?而且,那恶棍的同党也定会不惜一切代价来抓捕罗宾汉!倘若罗宾汉真被他们抓到,必定会被押进魔堡,受尽折磨,到那时又该如何是好呢?"

"请别为我担心!"罗宾汉的语气平静而坚定,"相信我,我一定能逃脱他们的陷阱和圈套！我只有一事相求，请您和菲兹沃特伯爵一定照顾好玛丽安小姐，千万不要让她落入那帮强盗手中，更不要让那帮强盗借机将仇恨发泄到她的身上！而我，也自会拼尽全力来守护她！"

"你说得没错，"理查德爵士说道，"这方面我确实疏于防范了。伊森巴特·勃拉姆和尼日尔·格里姆，他们定然是想抓住我的侄女当作战利品！唉，主啊，圣母啊，请保佑我的玛丽安免受他们的迫害吧！"

"阿门！"罗宾汉也祈祷着，"这段时间，我也会密切观察兰比城堡的情况。"

在接下来的三天里，罗宾汉哪儿也没去，他守护在玛丽安身边，同理查德夫妇共度了一段十分美好欢乐的时光。白天，他们或在草地上猎鹰，或在树林中追逐野猪。晚上，他们时而欢乐地玩捉迷藏，时而在琴声中翩翩起舞，时而安静地下棋，时而又沉浸在艺人的歌声或古老的传说之中。

第四天，罗宾汉独自去林中打鸟。他坐下来休息时，忽然听到头顶上传来"笃笃笃"的响声，那声音好像是啄木鸟发出来的。罗宾汉抬头向上观瞧，发现一个小个子家伙正透过榆树的枝桠望着他。

"快下来吧，凯特！"罗宾汉朝他喊道，"好伙计，快来跟我说说最近都有什么消息。"

转眼间，凯特已经从树上溜下来，站在罗宾汉面前。凯特身材矮小，看上去就像个十几岁的孩子，可事实上，他已经是个成年人了。他有强健的胸肌，胳膊和腿上都覆盖着浓密的毛发，身体上一块块突出的肌肉犹如钢筋铁骨一般。他上身穿着一件皮夹克，下身裹着一块及膝的鹿皮，脚上并没有穿鞋。他脸型宽大，线条硬朗，加上一头乌黑带卷的长发，更衬得眼神明亮热忱。凯特谦卑地望着罗宾汉，貌恭且心敬。

"这些天你一直跟踪那些逃跑的士兵，他们后来怎么样了？"罗宾汉问道。

"他们穿过树林，朝西北方向逃去了。"凯特答道，"一路上，他们穿过河流和沼泽，随后又进入了山麓地带。之后，他们穿过女巫森林和风林谷，又沿着白头树、柯韦尔巨石一带行走。在越过恶灵山之后，他们才到达了橡树界。最后他们取道幽冥山和红石路，最终抵达了魔堡。我在橡树界守了一夜，清晨时分，我看到城堡里走出来三个骑士。其中一个骑士带着两个随从朝东南方向去了，而那两个随从，就是我此前一直跟踪的那两个人。另外两个骑士带着十个随从朝东去了，我就一直跟在他们后面。后来，他们穿过巴尼斯戴尔林区，朝顿卡斯特的方向去了。"

"做得好，凯特！"罗宾汉夸赞道，"之后你去了哪里？"

"我去了你的家，奥特伍德农场。"凯特答道，"我在老尼克那儿见到了斯卡洛克，他看起来很伤心。他说，他看到吉斯伯恩和两个修士在你的领土上骑马，他们一边说话，还一边对着你的土地指指点点。斯卡洛克觉得要大难临头了，他非常想见你。"

罗宾汉沉默半晌，陷入了深深的沉思。

"还打听到什么？斯卡利特和他的小家伙怎么样了？"

"我并没有见到他们。不过呢，我晚上去了趟镇上的酒馆，从门外听到了里面的动静。那些农奴似乎都喝了酒，一个个怨声载道的。"

"他们都说了什么？"罗宾汉问道，"你估计当时酒馆里有多少人？"

凯特抬起双手，低头瞧着十根手指，他放下一只手，伸出五根手指，不过马上又伸出了另外两根。

"都是些年轻人还是上年纪的？"

"大部分人在言语上很激烈，所以我猜应该是年轻人。"凯特接着说道，"那些人听起来实在凄惨，看来他们那天是挨了打的。有个人情绪很激动，他被吉斯伯恩硬说成是小偷，甚至还被人用烙铁烫伤。还有一个也伤得很重，因为伤口太多，还一直躺着动弹不得。他们每日的工作量远远超过了身体所能承受的限度，而且这样一来，他们也根本无暇顾及自己的土地，因而也总是忍饥挨饿。一些人说他们想逃进城里，如果能在城里躲上一年，他们就自由了。还有人说，在城里容易感染瘟疫，所以不如逃进绿林，和那些皇家鹿群生活在一起。不管怎样，如今的生活已经令他们感到生不如死了。"

"唉，"罗宾汉苦叹一声，"这些日子，国王诸子谋逆造反，庄园主和修士纷纷借机扩张土地，剥削民脂民膏。活在这乱世之中，真是难为这些老伙计了！"他突然提高嗓门，"凯特，我今天要回家一趟，把你的兄弟豪伯找来吧。同那些老朋友见完面后，我就回来。"

说完这些，罗宾汉捡起自己的猎物，返回城堡同玛丽安道别。转眼间，凯特也闪进林中不见了。

离别这天，夕阳的余晖洒满树林，树木的影子长长地投射在地上。林子里一片安静祥和，除了愉悦的气息，似乎没有一丝其他的痕迹。罗宾汉脚步轻快地来到巴尼斯戴尔林区，他的土地便分布在这里。

罗宾汉站在树林边缘，久久凝望着他的房子，房子周围环绕着一圈树篱笆，看起来格外宁静安详。这个时间，或许斯卡洛克就在里面，而其他人恐怕还在田间劳作。突然，罗宾汉似乎觉出哪里不对劲——这里太过安静了！没有孩子像往常一样在房前玩耍，每扇门都紧紧关闭，周围没有一丝响动。

罗宾汉打算沿着树林一路观察到他门前的脚印，突然，他看到一个女人从家里溜出来，偷偷摸摸地走到树篱笆跟前。那个女人应该是某个农奴的妻子，她站在那儿，似乎是在等人，突然，她高举双臂用力挥动着，好像在示意什么人离开。那个女人站在那儿比划了许久，可尽管如此，罗宾汉仍旧无法从他的角度看清楚来者是何人。

最后，那个女人似乎已经成功地发送了讯息，她像来时一样偷偷溜回自己的房子，轻轻地把门锁上了。

一定出了什么事儿！此刻，罗宾汉更加确信这一点。他小心地看看四周，然后转身向树林中走去。他细心地查看着每一条小径上的脚印，突然间，他一个转身，躲在了一棵树后。原来，就在前方树下，竟有一个士兵！

罗宾汉躲在山毛榉后仔细地观察着，那个士兵背对着他，手里正拿着树枝清除地上的脚印。那个士兵把守的路口正对着罗宾汉家门前，显然，他是被派来看守这里的。现在，前方似乎有什么正吸引着那个士兵的注意力，他时不时地发笑，或是满意地嘀咕两声。

罗宾汉的神色慢慢严肃起来，从那个士兵身穿的粗布红衣和头盔可以断定，他就是吉斯伯恩派来的！

罗宾汉猫着腰，小心翼翼地朝士兵身后的那棵树溜去，他的身手像山猫一样敏捷却又无声无息，直到同那个士兵仅一树之隔，士兵依旧未能察觉。罗宾汉悄悄地直起身，可就在这时，他的腿不慎撞断了一根小树枝——咔嚓！士兵闻声刚要起身，罗宾汉的手已经紧紧扼住了他的喉咙。此时任他再怎样强壮，却也是无能为力了。

转眼间，那士兵昏了过去，罗宾汉连忙把他放在地上，飞快地捆住他的手脚，还在他的嘴里塞了一块破布。这样，即便他待会儿醒来，也不必担心他会去通风报信了。

随后，罗宾汉顺着士兵刚刚张望的方向望去，却忍不住哀叹一声。原来，斯卡洛克和另外三个农奴就被捆在那里，他们裸露着上身，每个人面前还站着一个手持长鞭的士兵。

不远处还站着其他士兵，他们的头子休伯特·林恩也在那里，这个家伙生性傲慢残暴，罗宾汉早就对他厌恶至极。此时，周围的空气仿佛是静止的，罗宾汉敏锐的耳朵里不时传来休伯特等人嘲弄的笑声。最后，那些人仿佛是玩够了，只听休伯特冷笑道：

"既然罗宾汉这几个走狗如此忠心耿耿，那么咱们就不为难他们了。先各打一百鞭，再放箭把他们射死！哼，行刑！"

四个士兵齐刷刷举起鞭子，恶狠狠地抽在农奴们裸露的背上。他们虽为农奴，却还不曾受过如此残酷的鞭刑。

看到这一幕，罗宾汉愤然举起长弓，又将箭依次在地上排开。

接着，他单腿跪地，小声祈祷起来：

"温柔慈爱的圣母，现在正有人遭受苦难，我必须救下他们，才能消除心中的愧疚。我要先杀了恶魔休伯特，再对付那四个抢鞭子的士兵。现在光线很差，而我只有六支箭，请助我一臂之力，让我每一箭都正中那些恶魔的心脏吧！阿门！"

说罢，罗宾汉搭好第一支箭，并且瞄准了休伯特的胸口，嗖的一声，箭射出去了。

随着一声惨叫，休伯特应声跪地，箭正中他的胸口。他忍着剧痛挣扎着要把箭拔出来，却不知这样做只能让他死得更快。果然，休伯特在地上胡乱扑腾了几下，就再也不动弹了。与此同时，挥鞭子的四个士兵也一个接一个被箭射中。利箭出弦时发出的"嗖嗖"声，犹如胜利的凯歌，接二连三地在耳边响起。第一个士兵中箭后，原地打了几个圈儿就倒下了；第二个则是猛然倒地，甚至没有发出任何声响；第三个像兔子一样突然一跃而起，又重重摔到地上；第四个则是在田野中到处乱窜，最终跌进犁沟死掉了。

剩下的四个士兵，尽管没被当成靶子，却也早已吓得魂飞魄散，早早儿便各自逃命去了。其中一个士兵吓得头晕脑涨，竟然朝着罗宾汉射击的地方跑来。此时，罗宾汉单膝跪地，已经搭好了最后一支箭。

那个士兵还在像个无头苍蝇一样到处乱撞，直到同罗宾汉已近在咫尺，才惊恐地发现自己逃错了方向，百般无奈之下，他开始一味求饶：

"阁下大人，不管你是人是鬼，可千万别放箭！这箭可不长眼睛呐！我投降！投降！"

见罗宾汉默不作声，那人又跪倒在罗宾汉面前，哭喊起来："我愿意追随您，我的主人！我也是好人家的孩子，两天前我还不是这样，我真的是被逼的！"

罗宾汉站起身来,冷眼瞧着那人双手抱头,嘴里语无伦次地向自己表着忠心。

"看来你还有点良心,"罗宾汉严厉地说道,"你追随休伯特有多久了?"

"只有两天啊,主人!我的名字叫杜德,是个农奴,家就住在布莱斯。两天前,我被主人污蔑,还挨了打,所以才逃进了这片树林。当时,我的肚子很饿,为了填饱肚子,我就跑到修道院门口乞求食物。结果,那些修士看我长得强壮,不仅给了我吃的,还让我加入了他们,我当时真是高兴极了!可是,后来我才发现,原来他们让我做的,就是迫害无辜的百姓!我自己本就是受迫害的人呐,又如何下得了手呢!"

"起来吧,杜德,"罗宾汉的语气略显缓和,"从今往后,记住你身上流淌着农奴的血液,别再做错事了!起来跟我走吧。"

罗宾汉走进院子,为斯卡洛克和其他三人松绑。然后,罗宾汉把他们送进屋,并亲自为他们的伤口涂抹药膏。

罗宾汉边涂边问斯卡洛克究竟发生了什么事,斯卡洛克这才将事情的来龙去脉讲给他听:

"就在昨天,吉斯伯恩派人过来,宣称您是随十字军东征①逃走的犯人。然后,就在今天一早,休伯特·林恩就带人过来没收您的土地和房产了。那些强盗如此无法无天,我们几个人实在是看不下去,于是头脑一热,我们就跟他们打了起来。"

"唉,我可怜的老伙计们,你们怎么这么傻!照这样下去,你们总是要吃亏的!"罗宾汉无奈地叹道,"趁现在敌人还没过来,你们抓紧

---

① 十字军东征(1096—1291):指一系列在罗马天主教教皇的准许下进行的宗教性军事行动,是由西欧封建领主和骑士对地中海东岸的国家以清除异端的名义发动的所谓"正义"战争。

时间吃点东西。然后，咱们得好好儿商量商量下一步该怎么做了。"

此时，天已黑透，他们从附近的农舍叫来一个女人，帮他们一起烧火做饭，一会儿的工夫，饭便做好了。斯卡洛克等人美美地饱餐了一顿，人也逐渐恢复了精神。不仅如此，连那个被俘的士兵也受到了恩惠，他被人们带进屋吃饭，还被允许在这里过夜。

斯卡洛克和罗宾汉回到屋里，斯卡洛克不禁问道："主人，您是怎么想的呢？从此以后，难道真要在树林里过上逃犯一样无家可归的日子吗？"

"没有别的办法了。"罗宾汉苦笑一声，"不过，我应当高兴才是，只有这样，我才能以牙还牙，让那些作威作福的恶棍通通遭到报应！"

"主人，那我跟你一起走，我愿意一直追随你！"斯卡洛克斩钉截铁道，"其他人也是这么想的，从今往后，咱们就和吉斯伯恩势不两立了！"

突然，他们听到田野那边传来一阵嘈杂的声音，仔细辨认之后，他们听出是沉重的脚步声。

"是吉斯伯恩带人来了！"斯卡洛克惊恐地说道，"主人，咱们现在必须躲到树林里去！"

"别担心，老伙计！"罗宾汉安慰他说，"吉斯伯恩如此兴师动众，就不怕我提前跑了吗？如果我没猜错的话，来的应该是庄园里的农奴。等吉斯伯恩知道了今天的事，明天恐怕他们个个儿都要受苦了。"

"不，罗宾汉先生，"外面传来一个男人的声音，"如果你肯带领大伙儿逃走，他们明日便能摆脱压迫和束缚！"

说话的这位，是个上了年纪的农奴，他走在最前面，比其他人先到达了这里。他名叫威尔，人们通常叫他弓箭手威尔，是位冷静而周全的勇士。威尔年轻时，曾经是农奴中的领袖，因此，罗宾汉一直以来也很敬重他。

"可是，威尔，"罗宾汉问道，"他们为什么要跟随我？我又能把他们带到哪儿去呢?"

"罗宾汉先生,请给他们一条生路吧!"威尔请求道,"他们头脑中想法很多,腹中却是饥肠辘辘。去年秋天的收成不好,接着,又经历了一个酷寒的冬天和一个干旱的夏天,收成就更差了。那些贪得无厌的庄园主不仅不施以怜悯,反而更加变本加厉地压榨他们。如今,他们真是被逼得走投无路了!我虽然已经老了,可不瞒你说,连我也不想再在这个鬼地方活受罪了!"

"我明白了,威尔,他们也已经到了。"罗宾汉瞧着院子里的人说道。接着,他朝着黑压压的人群高喊一声:"伙计们,现在,你们究竟想怎样?"

"罗宾汉先生,我们愿意追随您去绿林!"其中一个高喊着。

"在这里就是死路一条,我们不想等死!"另一个也喊道。

他们不善言辞,因而无法用言语表达此时此刻的感受。所以,他们更希望眼前这个比自己聪明的人能够设身处地感受到自己内心的苦楚。

"可是,如果你们都去了绿林,你们的老婆孩子该怎么办呢?"罗宾汉急切地问道。

"他们不会受到伤害的!他们是庄园主的奴隶,如果我们走了,在庄园主和大管家眼中,他们就更有用了,甚至能分到更多的食物!"

这些人讲的都是实情,庄园主和大管家的确不会将他们的仇恨报复到这些妇孺头上,毕竟地里的农活还要有人做,而女人和孩子便成了唯一的劳力。

"你们现在有多少人?其中有没有上了年纪的?"罗宾汉问道。

"我们一共有三十个人,大部分是年轻人。比起我们的父辈,我们更聪明,也更强壮!"一个人大声喊道。

"不然,我们也不会撑到现在!"另一个补充道。

"所以,你们打算将肩上的责任都推给这里的老幼妇孺吗?"罗宾汉问道。如果这些人真要追随他,他们就必须清楚后果是什么。"伙计们,听着,把自己的苦活累活都让给弱者承担,让他们饱受盛夏的酷暑和冬季的严寒,这样做还算是男人吗?"罗宾汉厉声质问道。

这些农奴本是在酒馆里喝酒,偶然听到几句过激的言论,便热血沸腾地来到这里。现在,听了罗宾汉的一番话,再加上夜晚微冷的凉风,他们才清醒过来。他们不自觉地左右张望,仿佛是打算回到老婆孩子正在睡觉的小屋。

不过,这里面也有一些固执的人。他们或许受了太多苦,又或许内心太急切,依旧不打算回去。其中一些人说他们还没有成家,另一些人则说他们再也不能忍受吉斯伯恩的暴行了。

突然,他们听到远处传来一阵轻快的脚步声。所有人都屏住呼吸,心里却是七上八下。那些胆子小的,听到声音就吓得两腿发软,悄悄地挤出人群溜走了。

一个小个子男人撞开树篱笆,跑到罗宾汉面前,气喘吁吁地说道:

"没有时间再讨论了!"

"是马奇!"人们认出了小个子,但觉得事情似乎不妙。马奇虽然个子小,胆子却比寻常人要大。这次,他竟火急火燎地跑来,想必是有坏事要发生。人们耐着性子,看他究竟想说些什么。

"大家听我说,已经没有时间再策划逃跑了!"马奇扯着嗓子大声说道,"你们是奴隶,同那些牛啊猪啊根本没什么两样!你们,连同你们拥有的犁、锄头、手推车和房屋,都已经被写在一张羊皮纸上,庄园主随时可以把你们卖掉!"

马奇被这些残酷的现实深深刺痛,情绪也变得异常激动起来,他哽咽道:

"趁着天黑,你们还是赶快回去吧!不要让庄园主知道你们有任何不满!庄园主最讨厌不顺从的奴隶了,他可能明天就、就要卖了你们啊!"

人群中顿时掀起轩然大波，所有人都陷入了巨大的惊恐和愤怒之中。

"卖了我们！"他们喊道，"他竟要卖了我们！"

"是的，他要卖十个人，卖身契都已经写好了，明天就要交给肖特利霍的庄园主阿诺德了！"

"真是岂有此理！"罗宾汉怒声道，"这些可恶的吸血虫，竟然如此违悖天良，简直太可恶了！"

人群中接连爆发出沉重的怒吼，人们开始像发疯的公牛一样怒不可遏。事实上，严格从法律上讲，农奴确实是可以像牛羊一样被买卖，可在现实生活中，还没听说过哪个庄园主真的这样做过。一般来说，农奴们世世代代都是依照庄园主和祖先的旧制生活，就这样父传子、子传孙，守着自己的一方土地世代沿袭。

而现在，他们就要被驱赶出这片土地了！他们就要像牛羊一样被卖掉了！唉，与其这样苟活在世上，倒不如一开始就不要出生！

"伙计，这消息你是从哪儿听来的？"其中一个人问道。

"从瑞尔那里，他是阿诺德庄园主的下人。"马奇答道，"我去布莱斯的时候，刚好在酒馆里碰到他。他说吉斯伯恩对他的管家抱怨，说我们是一群嚣张鲁莽的家伙，他的管家反倒很乐意来管教我们。瑞尔还说，他们已经把事情敲定了。"

"你刚刚说要卖掉十个人，你知道都是谁吗？"另一个人躲在人群后面，怯生生地问道。

"这件事关系到所有人，是谁又有什么关系！"一个怒气冲冲的家伙从人群中冒出来，"我可以对着十字架起誓，我要逃到绿林里去！可逃之前，我定要给他们点儿颜色看看！"

"瑞尔确实也不知道那十个人的名字，"马奇继续说道，"不过休·福德说得没错，是谁又有什么关系！一共十个人，应该是那些顶撞吉斯伯恩最多、挨打也最多的人吧。"

"伙计们，咱们现在有多少人？"弓箭手威尔操着粗哑的嗓音问道。

"刚刚一共有三十个人，不过，连马奇在内，现在只剩下十四个人了。"那人苦笑道。

"斯卡利特和他的小家伙在哪里？"罗宾汉问道。他突然想起来，斯卡利特应该是反对吉斯伯恩最凶的人，可是，这位老朋友却并不在人群之中。

马奇说道，"他射杀国王的鹿被抓了现行，后来又挨了一百鞭子，整个人都要断气儿了。明天，他就要被押到顿卡斯特皇家法院去了，在那他会被宣判砍去右手。"

"我的天呐！"罗宾汉倒吸一口凉气，"不，绝对不行！我现在就去救他回来！"说着，罗宾汉迈步要走，却被那群人拉了回来。

"罗宾汉先生，我们和你一起去！"他们纷纷说道。

"听我说，罗宾汉先生，"威尔的语气平静而坚定，"我们这十四个人平日里受够了毒打和迫害，已经被逼上绝路了。现在，如果我们仍旧屈服于权势而无所作为的话，我们将永远是奴隶！与其每天像这样遭受不公正的待遇，我们宁愿在绿林里挨饿！弟兄们，你们说是吗？"

"说得对！我们要去绿林！"他们齐声高呼道，"不管罗宾汉先生带不带领我们，我们都要去！"

罗宾汉此时也下定决心，他对众人说道："大伙儿请听我说，从今往后，我就是你们当中的一员！看来，我命中注定要成为一个逃犯，成为逃犯的首领！修道院的院长趁我外出之时夺走了我的土地，我的好兄弟们为了守住我的土地差点惨遭毒手。今天，我已经用弓箭亲手杀死了五个敌人，现在，他们的尸体就堆在墙角下！"

"我一进来就瞧见啦！真是好箭法！"弓箭手威尔赞叹道，"休伯特·林恩，就是他，害死了我的孩子克里斯多夫！即使他没有死在你手下，我也会一箭结果了他！伙计们，现在都举起你们的右手起誓吧！我们誓死效忠勇敢的领袖，罗伯特·洛克斯利！"

所有人都齐刷刷地举起右手，肃穆而庄严地起誓。

"现在，大家都跟我来吧！"罗宾汉号召道。

于是，人们坚定而决绝地出发了，一路上，竟没有一个人回头看。一会儿工夫，他们便来到城外的荒原上。从这里俯视，他们隐隐约约可以看到教堂周围成片的房屋，还能听到小溪流安静而缓慢地流淌，溪水中不时发出的汩汩声是那么亲切，恍惚间，让人误以为是回到了故乡的磨坊。

在那些不堪回首的日子里，这些不幸的人们终日里都是面朝黄土背朝天。烈日当头，灼烧着他们的脊背，汗水涔涔，刺痛了他们的眼睛。可是，他们别无所求，只盼着家人平安、仓廪充盈罢了。尽管如此，庄园主和大管家却并没有因此对他们施以怜悯，每每他们犯下过失，得到的总是最严厉的惩罚。在邻近农奴屋舍的小山丘上，竖立着大大小小的绞刑架，不远处还有一座矿井，这些可怕的刑具就矗立在这里，吓得农奴们不敢有一丝非分之想。如今，尽管那些绞刑架大多已腐烂或被砍断，而且山丘另一侧就是绿茵茵的草地和美丽的村庄，可是，这里还是被称为绞架山，那些阴森的地方看起来还是那么荒凉可怕。山下村子里的人们对彼此的情况都知根知底，因此，那些受过刑的人也常常受到同族人的嘲笑和欺凌。

伯坎卡就是这样一个村子，从荒原一直往北，就是放置绞刑架的地方，附近也有一座矿井。庄园主的宅邸距这里不过几里地，吉斯伯恩就常常在这儿向众人宣扬他所谓的"公平正义"。此时，那栋府邸里一片漆黑，听不到一丝响动。无疑，那些坏家伙已经盘算好了阴谋诡计，心满意足地沉沉睡去了。

罗宾汉和他的同伴们小心翼翼地踩在厚厚的草地上，唯恐发出一丝声音。他们悄悄溜到放置绞刑架的地方，罗宾汉命令其他人原地待命，待收到他发出的信号后，再有所行动。接着，罗宾汉像幽灵一样闪进了地牢。所谓地牢，就是农奴在受审之前被囚禁的地方。

进入地牢前,要先下一段台阶,罗宾汉并不急着下去,而是站在台阶上向下仔细探查。几番观察后,罗宾汉推测应该不会有人在这里把守。是啊,谁能料到有人竟胆大包天潜入皇家地牢里劫狱呢?

罗宾汉敏锐地观察着下面的黑洞,借着隐约的星光,他依稀辨认出门边蜷缩着一个小小的身影。一声叹息从地牢中传来,那个身影仿佛向牢门那边又靠了靠。

"噢,舅舅!"一个声音轻声呼唤道。罗宾汉听出,那是小吉尔伯特在说话。小吉尔伯特继续说道:"舅舅,您还是睡一会儿吧,这样才能忘了身体的疼痛。我会乖乖在这儿,不哭也不闹。唉,要是罗宾汉先生在这儿就好了!"

"孩子,你得赶紧回去!"斯卡利特微弱的声音从牢房里传来,"要是吉斯伯恩知道你在这儿,你是要挨打的呀!我怎么能忍心看你挨打呀,孩子!快走,找个地方躲起来!"

"噢,舅舅,我怎么能丢下您!"小吉尔伯特哭诉道,"一想到您躺在这阴暗的地牢里,一想到您浑身是伤,身边连个说知心话的人都没有,我又怎么能忍心离开您!舅舅,我为您做了一晚上祷告,我相信,一定会有人来救您的!伟大的圣母和圣子不会这样坐视不管!"

"可是我的孩子啊,你自己都还病着,"斯卡利特断断续续说道,"一直待在这儿,你的病会加重啊!"

"不,我不管,说什么我也不能离开您!"小吉尔伯特痛哭流涕,双手死死地攥着牢门,"如果他们杀了您,就让他们也杀了我吧!没有您,我又怎能独活在这世上,我亲爱的舅舅!"

"你好啊,年轻人,你这是在做什么?"罗宾汉的声音平静而温和,他一步步走下了台阶。

小吉尔伯特起先很害怕,但很快便认出是罗宾汉在同他讲话。于是,他飞快地朝罗宾汉跑去,将自己的脸颊深深埋进他的双手。紧接着,小吉尔伯特又飞快地跑到牢门前,兴奋激动地喊道:"舅舅!舅舅！圣母和圣子听到了我的祷告，他们派罗宾汉先生来救您啦！"

"伙计，你伤得严重吗？"罗宾汉问道。

"啊，罗宾汉，我的老伙计！"斯卡利特虚弱地笑了笑，"伤得有点不轻啊。"

"老伙计，你在这里安静地等我一会儿，我来想办法把牢门打开。"罗宾汉安慰道。

说罢，罗宾汉检查了一下牢门上的环形锁，又仔细琢磨了一会儿。接着，他便用斧子和短箭进行敲击和撬动，经过几番努力之后，他终于撬开了门锁，牢门也随之打开了。小吉尔伯特立刻冲了进去，用小刀小心翼翼地划开斯卡利特身上的绳索。

罗宾汉朝着地牢入口发出一声松鸡的鸣叫，紧接着，斯卡洛克和另外两人便急忙赶了下来。

"伙计们，要赶快！"罗宾汉命令道，"把斯卡利特带到奥特伍德去，必须马上给他清洗伤口！"

他们小心翼翼地抬着斯卡利特走出地牢，然后又把他轻轻地放在草地上。斯卡利特紧紧地握住罗宾汉的双手，感激之情早已溢于言表。小吉尔伯特不善言辞，不知道该用怎样的语言表达自己的感情，所以，他只是捧着罗宾汉的双手一再亲吻。

两个农奴将斯卡利特扛下山去了，罗宾汉转身向斯卡洛克问道："其他人都去哪儿了？"

"我也不太清楚。"斯卡洛克答道，"在你走后，他们一直在窃窃私语，后来我猛一回头，竟然发现他们已经离开了。我原以为是他们着了什么魔，不过借着星光，我发现他们是朝着山下跑了。"

"他们朝哪个方向跑了？"罗宾汉心中有一丝不解。

"朝着庄园主的房子跑去了。"斯卡洛克答道。

"你赶快去奥特伍德，"罗宾汉命令道，"尽全力帮斯卡利特疗伤！然后，在那里等着我！"

于是，斯卡洛克等人带着受伤的斯卡利特朝着凡瑟夫树林走去，罗宾汉则大步流星地奔向前方的高地。当罗宾汉到达高地最高处时，眼前那幢高大的房屋在星光下显得愈发黑暗。这里，就是吉斯伯恩的宅邸。院子的大门是敞开的，罗宾汉打算进去一探究竟。

突然，他眼前闪过一个黑影——竟然是马奇。

"啊，原来是罗宾汉先生！"他的嗓音很低，像是在同其他人说话。接着，从树后又闪出两个人影，这次是威尔和基特·史密斯。

"伙计们，你们这是打算做什么？"罗宾汉问道，"闯进来干掉吉斯伯恩那家伙吗？我提醒你们，这栋房子可以抵挡一个军队的攻击，而你们，只是没有任何武装的农奴！"

"罗宾汉先生，"弓箭手威尔这时说道，"我宁愿你袖手旁观，暂时别插手这件事。这是我们农奴自己的恩怨，我们要行使自己的权利，完成自己的使命！过了今晚，明天一早我就跟你回绿林，自此服从你的命令，绝无二心！"

突然，房前的一个干草垛猛然燃烧起来，火苗来势猛烈，其余几个干草垛也跟着燃烧起来。过去两周里，天气持续干旱，强烈的日光仿佛将所有的东西都烤干了，这种木质结构的房屋当然也不例外。只一会儿工夫，房屋就已陷入火海之中。

"可至少你们该把这里的妇女孩子先救出来！"罗宾汉急切地喊道，"这里还住着老妇人梅金，还有那些女仆，你们真的要这样殃及无辜吗？"

此时，屋内一片骚动，里面的人显然已经发觉自己身处险境了。百叶窗内忽然露出一张脸，正是吉斯伯恩那家伙！一块石头朝他迎面丢去，吉斯伯恩一闪便躲过了。

房屋四周那些大堆大堆的干草垛，在一瞬间就燃起了熊熊烈火，连房屋那厚厚的木质墙板也烧着了。大火之中，巨大的爆裂声清晰可闻。

"盖伊·吉斯伯恩，你的死期到了！"威尔怒吼着，"别再做困兽之斗，你是逃不掉的！我们不想伤及妇孺，快把她们都送出来，不许耍花招！"

屋子里的人似乎是听到了威尔的命令，前门被猛然推开，映着火光，可以看到两个女人站在门口。一个农奴手持长棍，将门口剧烈燃烧的干草垛挑开，为她们清理了出口。那两个女人没命地逃出来，可门却又突然关上了。接着，门再次打开，一支长矛从里面投出来，正中那个农奴的喉咙。那农奴挣扎了几下，便死去了。

见到此番情景，农奴中爆发出愤怒的叫喊，一些人朝着门口冲了过去。

"够了，都退回去！"威尔命令大家，"盖伊·吉斯伯恩还在屋里，别让他趁机跑了！这次，他非死不可！再堆些木头过来，后门和窗户也要仔细把守！"

突然，有人从楼上的窗户里朝着威尔放箭，威尔灵活地一躲，箭射进了威尔身旁的那棵树上。威尔冷冷地瞧着窗内，转身朝着从屋内逃出来的老妇人问道：

"梅金，这屋里有没有弓箭手？"

"没有，"梅金答道，"屋里只有主人。"

"跟我想的一样，"威尔说道，"真可惜，他的箭术可实在不怎么样。"

"你福大命大，定是不会死在箭下。"梅金咧嘴笑着，露出了黄色的牙齿。

"这可不好说，会也罢，不会也罢，梅金，你讲的这些都毫无意义。"威尔答道。

"我的主人，也注定不会被烧死。"梅金哈哈大笑起来。

威尔注视着燃烧的房子，神情肃穆，不再多说一句。

突然，屋后传来人们的惨叫，罗宾汉飞快地朝屋后跑去，威尔也

033

紧跟其后。映着火光,他们看到这边的农奴一脸惊恐,双手指着远方,已然吓得说不出话了。顺着农奴手指的方向,他们看到一团火光在农场上移动,好似一匹棕色的马儿在奔跑。

等他们回过神来,才发现同屋子相连的货仓已经被打开,货仓的门板上还燃烧着熊熊烈火。威尔顿时明白过来,他怒喝一声,跨马飞奔而去。

"快回来!别过去!"农奴们惊恐地喊道,"那是野兽的幽灵!你会被撕得粉碎!"

威尔仿佛没听到他们的叫喊,仍是一味地骑马奔跑,边跑边抽出一支箭搭在弓弦上。

"这到底是怎么回事?"罗宾汉问道。

"刚刚这间屋子里突然发生了爆炸,接着,一匹燃烧着的马跑了出来。它的眼冒红光,还张着血盆大嘴,朝着巴特猛冲去了。我本以为那怪物要把巴特撕成碎片,结果它一转身,却冲进田地里了。"

"我猜是那家伙跑了!"罗宾汉觉得刚刚发生的一切十分可疑。

"谁跑了?"农奴们十分不解地问道。

"毫无疑问,是吉斯伯恩伪装成了怪物,在把你吓跑后,就趁机逃走了。"罗宾汉答道。

"不,那是野兽的幽灵!"农奴们对刚刚发生的一切深信不疑,"我们亲眼看到它浑身是火,还凶光毕露!"

罗宾汉不再答话,他心里很清楚,跟这帮迷信的可怜虫争论,只不过是白费口舌。于是,他转身朝着梅金走去。

"梅金,"罗宾汉道,"你的主人最近有没有剥下来过一张棕色的马皮?"

"有啊,那是两天前的事了。"

"他把剥好的皮放在哪儿了?"

"就在屋后的仓库里。"

"你刚刚说,你的主人注定不会被火烧死,是这样吗?"

"呃,是的。"梅金脸色枯黄,一对黑色的小眼睛有些躲躲闪闪。

"威尔去追赶你的主人了,"罗宾汉继续说道,"不过,我猜他是追不到的。所以,我建议你在威尔回来之前,最好先离开这里。如果威尔猜到了的话,他一定会大发雷霆,说不定还会迁怒于你。"

梅金轻轻笑了两声,眼中闪过一丝怨念。她转向罗宾汉,用低沉的嗓音说道:

"我又能怎么样呢?吉斯伯恩本就是个冷酷无情的人,以后也还是一样!当他还是个可怜的小婴儿的时候,是我用这双手把他养大了。可是,我如今对他而言,却和陌生人没什么两样!没错,是我让他用马皮伪装逃走的,难道让我眼睁睁地看他被火烧死吗?"

"我明白了,"罗宾汉说道,"您曾经哺育过一个孩子,而他却是狼子野心。不管怎样,在威尔回来之前,你赶快离开这里吧。"

老妇人梅金不再多说什么,匆匆转身消失在黑暗之中。

没过多久,威尔便回来了。他的脸上阴云密布,怒气冲冲。

"我们都是傻瓜!"他咆哮道,"那个家伙狡猾多端,满肚子的阴谋诡计,你们难道都不知道吗?你们这群白痴!他是幽灵,他当然是!梅金,你这个老女人,你也只配被当作牲口卖掉!你们难道看不出那张马皮底下有两条人腿吗?哈,真是只披着马皮的狼啊!你们这些傻瓜,根本不配去绿林成为自由人,滚回去种地去吧!"

威尔一再发泄着内心巨大的愤怒,周围的人都不敢作声。

过了一会儿,威尔才告诉罗宾汉后来发生的事。原来,威尔一直追赶那只马一样的怪物,却无意间发现那怪物身下竟有两条人腿。于是威尔拿箭射击,却不料被他躲过了。接着,他看到那怪物朝着养马的牧场跑去,便更加怀疑那怪物就是吉斯伯恩扮的。他连忙跟过去,果然发现吉斯伯恩正脱掉伪装。然而,一切已经来不及了,只见吉斯伯恩迅速跨上一匹马,逃进茫茫黑夜之中,再也寻不见了。

"听我说,伙计们,"罗宾汉对众人说道,"我们现在已经没有时间了!饿狼已经逃跑,不久他就会搬来大批人马对付我们!你们今晚的所作所为已是史无前例,现在,你们必须马上到绿林去!"

"我们听您的!"他们说道,"既然事关生死,我们必须马上跑!唉,威尔说的没错,我们真是傻子,竟然让那恶棍轻而易举地逃脱了!"

事已至此,多说无益,人们慌忙离开了那栋已经烧成废墟的宅子,用最快的速度朝着山下跑去。他们先同斯卡洛克、斯卡利特、小吉尔伯特以及其他农奴会合,然后在罗宾汉的带领下,借着朦胧的星光,朝着漆黑的森林深处进发。

第二章
偶遇知音

"哈,伙计们,在这儿真是开心呐!"

说话的人正是马奇,他长长地伸了个懒腰,然后一头滚进柔软的草丛,舒适而安逸地躺在那里。另外二十个人也歪七扭八地躺在树荫下,嘴里发出满意的咕哝声,其中有些人已经开始打鼾了。他们一上午都在艰苦地训练,中午又享用了一顿美味的午餐,眼下,没有什么比舒舒服服睡上一觉更让他们觉得放松惬意了。

这些逃犯如今落脚的地方,是巴尼斯戴尔林区中心地带的一小片草地,人们将这里称之为斯坦利。草地一端有一条小溪潺潺流淌,与水底的卵石碰撞发出泠泠的水声。另一端则矗立着一块巨大的石头,上面覆盖着一层嫩绿的苔藓。不用说,在很久很久以前,一位伟大的部落领袖曾安眠在这块石下,他的族人就曾在这里为他虔诚祷告,带着这些祝福,这块石头已在这里守护了不知多少年。在小溪旁,斯卡洛克和另一位厨师蹲在那里专心致志地刷着木盘子。洗刷的过程十分简单,仅仅是用沙土擦净,再用清水冲洗罢了。

七月里的阳光,璀璨耀眼,透过树叶的孔隙,轻轻地洒在水面上。在树叶茂密的地方,一束束阳光闪烁其间,仿佛一缕缕金灿灿的丝线。

在这样一个午后，大部分逃犯都仰面朝天地躺着，望着上方微微颤动的树叶，阳光从树叶的间隙倾泻下来，随着微风不断变幻。凉风吹拂，轻轻扫过逃犯们的脸颊，带走了他们往日的疲惫。他们细细品味着从未感受过的愉悦，尽情享受着阳光和树叶带来的美好，用心体会着生命中最简单的快乐。小吉尔伯特的小脸儿红扑扑的，他坐在舅舅斯卡利特身边，看着他埋头制箭。周围的一切，也都是如此安宁，如此祥和。

此时，罗宾汉正靠在一棵倒地的榆树上，和一个月前一样，他的身姿还是那样矫健，眼神还是那样坚定，神情也还是那样无惧无畏。可如今，他已沦落为一个通缉犯，若谁能取得他的首级，便能得到一笔丰厚的奖赏。

逃入绿林后，罗宾汉为他的追随者们定下了极为严格的规矩。他心里十分清楚，这些人必须在最短的时间内学会使用铁头木棒、短剑和弓箭，否则他们将难以在野外环境中自保。为此，罗宾汉每天都为他们安排了大量的训练。好在农奴中大部分都是年轻人，他们体格强壮，头脑灵活，学起来也不那么吃力。慢慢地，这些逃犯已经从只会使用农具的农民，变成能够操纵短剑、弓箭和铁头木棒的勇士了。罗宾汉希望他们不久便能练得眼疾手快，不仅能够射鹿，还能够制服更为凶猛的野兽。

"如果咱们现在还是奴隶，仍旧生活在村子里，"木匠迪克逊喃喃道，"咱们现在会做些什么呢？"

"我嘛，要么是在主人家喂猪，要么是在田里犁地。"朗·皮特打趣道，"而我自己的田里呀，肯定是长满了野草！"

"而我呢，"威尔气狠狠地说道，"肯定是在诅咒那个恶棍吉斯伯恩，是他害死了我儿子！每当我觉得自己应该开心点儿时，我就更加想念那孩子，要是他也在这儿，那该多好啊！"

人们一时间沉默了。尽管在罗伯特院长和吉斯伯恩的暴虐下，这些人都或多或少有过不幸的遭遇，但是，威尔的遭遇无疑是最痛苦的。威尔曾有个儿子，和他一样，也是个农奴。可是有一天，威尔的儿子逃走了。他逃到了格里姆斯比，在那里给一位船长打工。一年零一天之后，他摆脱了农奴的身份，成了名副其实的自由人。接着，为了给父亲赎身，他自己省吃俭用，没日没夜地干活，终于靠自己的努力，为父亲凑够了赎金。于是，他带着钱找到了吉斯伯恩，并提出为父赎身的要求。可是，吉斯伯恩竟然抓住了他，把他扔进了监狱，还抢走了他为父亲凑齐的赎金。随后，吉斯伯恩找人冒充目击者，指认威尔的儿子在这一年零一天里并未在格里姆斯比打工，而是躲在他父亲的小屋里。于是，吉斯伯恩趁机宣称威尔的儿子仍旧是他的奴隶。依据法典上"奴隶所有，悉数没收"这一条款，威尔的赎金也由此被吉斯伯恩名正言顺地占为己有了。可威尔的儿子，那个昔日里年轻强壮的小伙子，就这样被打垮了，重创之下，他身心俱疲，心如死灰。终于有一天，人们在他睡觉的草垫子上，发现他已经死去了。

"而我呢，"斯卡利特挥舞着拳头说道，"我应该正在地里给主人割麦子。每割一刀，我的肚子就会更饿。我真该用镰刀戳穿吉斯伯恩的心脏，是那个坏家伙把我从佃户变成奴隶的！"

事实上，斯卡利特曾经也的确是自由身。有一年他的庄稼欠收，交不上租金，吉斯伯恩便以此强迫他给自己当劳工。按规矩，自由人本不该受到这样的待遇，可吉斯伯恩还是这样做了。就因为这样，斯卡利特的庄稼逐渐荒废，再也无法交出租金，他也由此失去了土地，沦为了一名奴隶。

"罗宾汉首领，"马奇说道，"看来我们都是些受苦的穷人，都受过那些豪强劣绅的压迫。虽然我们现在已经不受他们的控制，可是您能不能跟我们明确一下，有哪些规矩是我们必须要遵守的。比如，哪些人能抓，哪些人不能抓？又比如，我们应不应该让那些有钱人尝尝我们的拳头？"

"这正是我想要告诉你们的,"罗宾汉道,"你们都听好了。第一,你们不可以伤害妇女,也不允许破坏有妇女居住的场所。美丽的圣母玛利亚赐予我们力量,给予我们庇佑,所以,我要你们保护所有妇女,不让她们受到伤害。第二,你们不可以伤害那些老实巴交的农民和佃户。那些热爱和平、从不恃强凌弱的骑士,你们也要善待他们。不过,我要你们好好儿记住,那些修道院的院长、主教、传道士、教士和僧侣,对他们,你们不必手下留情。这些人口口声声说传递上帝的教诲,可他们肥胖的身躯和肮脏的心灵却无时无刻不在否认上帝。所以,你们尽可以大胆去做,不必留情。不过,你们若是打劫了他们的财物,只可以拿走他们剥削穷人的那一部分。"

逃犯们被罗宾汉激昂的语气和热忱的眼神鼓舞着,他们高喊起来:"说的是啊!太对啦!对那些进入绿林的敌人,咱们要让他们知道咱们的厉害!"

"伙计们,"罗宾汉继续说道,"尽管在法律上咱们是逃犯,但是,咱们依然会得到上帝的庇佑。所以,我要你们同我一起去做弥撒。咱们现在就去坎普塞尔,那里的牧师会听咱们诉说忏悔,向咱们传递上帝的教义。"

不一会儿,逃犯们便在罗宾汉的带领下出发了。他们列队在森林的小路间穿行,不时地在大大小小的树林中钻进钻出。偶尔,茂密的树林中还不时跳出受惊的小鹿。在这地势复杂的森林之中,他们跋山涉水,攀登陡峭的悬崖,穿越险峻的谷地。可是,不管这里的地形如何变幻莫测,在罗宾汉的带领下,他们都觉得气势昂扬,信心饱满。

当他们走进一片小树林时,马奇突然大叫起来:

"快看!是精灵!是小棕仙!我看见它刚刚朝这边走来,个头跟小男孩一般大!它现在就藏在灌木丛后面,看我这支箭能不能找到它!"

说着,马奇举起弓,一箭射了出去。可就在这时,罗宾汉按住了他的手腕,那支射出去的箭,也落在了几步之外的地上。

"那个小棕仙可是我的朋友。"罗宾汉对马奇笑道,"如果你愿意的话,它也会成为你的朋友。马奇,还有大伙儿,你们都听着,不要伤害这树林中对你无害的事物,只有这样,你们才能得到神灵的庇佑。"

人们对罗宾汉说的话似懂非懂,可是在剩下的路程中,他们都格外留意马奇刚刚提到的小棕仙,不过却再也没有人看到。最后,他们开始拿马奇打趣,说他肯定是中午吃撑了,才会头晕眼花误认什么东西是精灵。不过,马奇却十分肯定他刚刚看到的一切,他对大家描述道:"它是黑皮肤、黑头发,个头儿和小孩子一般大。它走动的时候被阳光照到了,我甚至能看清楚它毛茸茸的胳膊!"

"那肯定是只松鼠!"一个人说道,"马奇把松鼠尾巴当成小孩胳膊啦!"

"或许马奇是受到了诅咒,"另一个说道,"我就说那天他睡的地方是精灵的地盘。"

"告诉你们吧,那个呀,要么是小棕仙,要么就是小棕仙的小兄弟!"马奇笑着说。他现在也渐渐怀疑自己的眼睛,于是靠着自嘲来结束别人对他的嘲笑。

说笑间,罗宾汉一行抵达了目的地。坎普塞尔这座木质教堂,坐落在巨大的榆树和橡树之间的一片空地上。在这里,罗宾汉带着他的队友逐一向牧师做了忏悔。之后,在罗宾汉的要求下,他们开始做弥撒。做弥撒前,罗宾汉环视这个教堂一周,看到一个年轻英俊的小伙子跪在他的身后。那个小伙子身着锁子甲,一手托着钢盔,身体一侧挂着一把长剑。他看起来个头很高,身材也很健硕,一看便知是出身于富贵人家。罗宾汉仔细地打量着他,对他眼神中流露出的坦率十分欣赏。

弥撒做到一半的时候,教堂里走进来一个身材矮小、皮肤黝黑的小矮子。他飞快地扫了一眼昏暗的教堂,几乎是凭着直觉,将目光投在跪在第一排的罗宾汉身上。于是,小矮人径直朝罗宾汉走去。他的动作十分轻巧灵活,像猫一样不动声色地穿过跪在地上的逃犯。逃犯们侧脸瞧着这个小矮子,有的一脸迷惑,有的则一脸惊恐。

他们看到那个小矮子溜到罗宾汉身边,轻轻碰了碰他的手臂。罗宾汉微微侧过头,小矮人马上凑到他耳边,嘴皮子动得飞快。

"首领,他们一共有四个骑士,其中两个一直跟着你,现在就在外面。"小矮子说道,"跟骑士一起来的还有二十名士兵,他们现在就埋伏在这附近。这些天,还有一个农奴一直在监视你们。"

"去门那儿盯着吧,"罗宾汉说道,"上帝的仪式还没有结束,再邪恶的人也得耐心候着。"

小矮人转过身,悄悄地沿着来路溜走了。逃犯们一边吃惊地盯着他,一边用胳膊相互推搡,只有马奇脸上挂着得意的微笑。

弥撒仍在进行,逃犯们按照牧师的指示做着相应的动作。可是,就在他们完成最后一次膜拜准备起身时,只听嗖的一声,一支箭穿过教堂上空,稳稳地射进对面的墙上。

"啊!圣尼古拉斯保佑啊!"牧师惊恐地喊道。紧接着,他便从教堂的后门仓惶逃走了。

"伙计们,"罗宾汉说道,"今天,就是检验你们这段时间是否专心学习箭术的日子。现在,去把守住你们身边的每一个窗口吧!那些邪恶的骑士已经找到了咱们,正急切地想把咱们抓回去!"

听到这些,逃犯们不禁有些惊慌失措。方圆百里之内,有谁没听说过兰比城堡里惨绝人寰的恶行呢?那些被折磨屈死的幽魂,至今还在兰比城堡的上空哀鸣申冤。在罗宾汉的命令下,逃犯们飞快地跑到窗前,罗宾汉和斯卡利特则跑去关上了教堂的大门。

在当时,教堂都修得十分牢固。即便是这种小规模的木质教堂,也能在数小时之内抵御除火攻之外的其他攻击。

先前罗宾汉留心注意的那个年轻人起身朝罗宾汉走去,他问道:

"请问这是些什么人,他们为什么要追杀你们?"

"他们是尼日尔·格里姆和哈默·莫尔坦派来的,"罗宾汉答道,"不过,他们使出的手段,却实在是为人所不齿。"

"什么!"年轻人吃惊地问道,"莫非这些人就是大魔头伊森巴特·勃拉姆的爪牙?"

"正是!"罗宾汉答道。

年轻人听罢,急切地说道:"阁下,请允许我同你们一同战斗吧!伊森巴特·勃拉姆欺压百姓,罪大恶极,他也是我的仇敌,我愿手刃这恶魔的党羽!"

"你当然可以加入我们,"罗宾汉答道,"不过看你如此激愤,你究竟是谁呢?"

"我叫艾伦·特拉密尔,我的父亲是赫布兰德·特拉密尔爵士。"年轻人答道,"不过,我更喜欢朋友们叫我艾伦·阿戴尔。"

此时,其他人正监视着窗外敌人的一举一动。那两名骑士已经召集手下的士兵集合完毕,准备将教堂的大门一举撞开。

"年轻的阁下,"罗宾汉说道,"说真的,我真希望您的剑是用不到的。因为,我希望我的伙伴们能凭借自己的箭术,不让那帮暴徒靠近。不过,我也承认,这些勇士的箭术确实还不那么精湛。"

"没关系,我也很喜欢用弓箭。"艾伦说道,"在我家附近的树林里,我也经常练习箭术。"

"很好!"罗宾汉听罢,对艾伦的好感又增进了一层。他朝同伴喊道:"喂,基德,把你手上富余的弓给这位年轻的阁下一把,再给他几支箭,快!"听到命令,基德忙将弓箭递了过来。接着,罗宾汉对大伙儿继续说道:"伙计们,准备好待会儿从窗户缝瞄准射击,别让那帮恶棍靠近!他们现在正打算撞开这扇门,把咱们一网打尽,在他们眼里,咱们就是一群手无寸铁的可怜人!现在,就让他们领教领教你们的身手吧!都瞄准自己的目标,决不让他们靠近!"

听罢,逃犯们回到窗缝前待命。透过窗缝,他们可以看到士兵们正在小树林中忙活着什么，仿佛是在拖曳什么重物。原来，他们已经伐倒了一棵小橡树，正忙着砍去树干上多余的枝叶，然后再用这树干撞开教堂的大门。

不一会儿，那些士兵便准备好了，约有十一二人抬着树干向教堂这边走来。在教堂里边，每个窗缝后边都有一高一矮两人持弓箭把守，矮的在前，高的在后。他们每个人都用坚毅的眼神注视着目标，手上的箭已经迫不及待地要飞出去了。

"马奇、斯卡洛克和迪肯，你们那边的十二个人盯紧树干两边的士兵，一个都别放过！"罗宾汉声音低沉，口气异常严肃，"剩下的人瞄准其他士兵！"看到士兵们一个个自信满满地朝这边走来，罗宾汉又说道："这帮恶徒以为抓咱们就像抓兔子一样简单，哼，他们想错了！几个星期以来，你们训练流下的每一滴汗水，都是为了今天！今天，你们会原谅我这些日子对你们的苛求！伙计们，做好准备，听我口令——"

"噢，首领，"一个人兴奋地大叫道，"我已经等不及了！即便我不放箭，这支箭也急着要飞出去了！"

"听我口令！"罗宾汉严厉地训斥道，"凭你们现在的水平，只有在四十步以内才能射中，我可不想看到你们失手！现在，伙计们，准备——"

一时间，所有人的神经都紧绷起来，只待最后的命令发出。那些士兵们已经开始小跑，眼瞅着就要撞上门来，只听罗宾汉一声："发射！"

一时间，二十一支箭一齐从窗缝中飞了出去，向外射出大约六十英尺。透过窗户望去，外面的人仿佛是中了魔咒一般。扛着树干小跑的八名士兵突然停下来，向前蹒跚了几步，然后便纷纷倒下了。剩下的士兵中，有三个一头栽倒在地上，其中两个当场毙命，另一个又从地上爬起来逃跑了。还有两个士兵，尽管胳膊上中了箭，但他们还是飞快地将箭拔掉，转身也逃走了。两名骑士中，一名骑士的马中了箭，轰隆一下倒在地上，它的主人也被顺带着摔了下来。尽管那骑士很快站起身，却已然是被这突如其来的撞击弄得晕头转向。

另外一个骑士尚且安然无恙，他朝着跌在地上的同伴大喊了几句，然后便火冒三丈地骑马躲进树林中去了。突然间，那个摔倒的骑士仿佛清醒过来，随后便一溜烟儿地朝树林跑去。尽管教堂里又有人朝他补了一箭，但终究没有射中。不一会儿，那个骑士便消失在树林之中。

在教堂前面那片被踩得乱七八糟的草地上，横七竖八地躺着十个士兵和一匹马。此时，他们已经一动不动了。

"伙计们，"罗宾汉命令道，"朝着树林的方向，追！"

教堂的门被迅速打开，逃犯们一窝蜂地冲了出去，来到敌人刚刚待过的地方。敌人逃跑的痕迹还清晰可见，他们便以此作为线索，一路向前搜寻。艾伦也同其他人一起走出来，罗宾汉走上前，对他施以援手表示谢意：

"无论何时你需要帮助，都别忘了让你的手下带话给我！我叫罗伯特·洛克斯利，也可以叫我罗宾汉。"

"是我该感谢您，罗宾汉先生，"艾伦说道，"或许过不了多久，我便要请求您的帮助了。"

"哦？"罗宾汉听罢大笑起来，"你这么年轻英俊，难道也有仇敌不成？"

"是的，"艾伦英俊的脸庞上蒙了一层阴影，"和我的仇敌相比，我目前没有任何胜算。唉，他的势力太强大了。"

"跟我仔细说说，"罗宾汉道，"现在我们是朋友了，我愿尽我所能来帮助你。"

"罗宾汉先生，真的非常感谢！"艾伦答道，"事情是这样的，我爱上了一位美丽善良的小姐，她的名字叫爱丽丝·博福莱斯特。尽管她父亲拥有舍伍德森林附近的地产，可他们的庄园却是从伊森巴特·勃拉姆的手中租赁来的。伊森巴特那个大恶棍命令爱丽丝的父亲把她嫁给一个又老又凶残的骑士,而那个骑士简直就跟伊森巴特本人一样无恶不作。爱丽丝的父亲知道我们两个两情相悦,这桩婚事本就属意于我。可是,伊森巴特竟威胁他说,如果不把女儿嫁给他指定的人选,他就要一把火把他们的庄园和田地都烧了。尽管爱丽丝小姐很勇敢,可以为我付出一切,可是,她的父亲已经老了,她多么希望父亲能够安稳地度过余生。她那么爱她的父亲,也那么爱我,所以她也陷入了极大的矛盾之中。唉,我真不知道该怎样做,才能保护我的心上人。"

"爱丽丝小姐和那个老骑士的婚期定下来没有?"罗宾汉问道。

"伊森巴特威胁说,如果不在一年之内举行婚礼,就要放火烧了他们全家。"艾伦答道。

"看来我们还有时间。"罗宾汉说道,"在这段时间,任何事情都有可能发生,谁又说得准呢?我相信你是个勇敢的人,可是,你同样得有耐心。不久我便会去舍伍德一趟,到那时我再仔细打听打听,之后咱们再详谈此事。快看,是谁在那边?为何一个骑士和一个农奴竟在一起密谈?"

此时,罗宾汉和艾伦已经同众人走散,他们正打算走进树林中的一块空地。可就在出口处,他们看到一个身着铠甲的骑士正同一个农奴打扮的人讲话。罗宾汉话音刚落,那个骑士便转身看到了他们。罗宾汉和艾伦很快便认出来,这个人正是刚刚那个从马上摔下来的骑士。那个农奴指着罗宾汉和艾伦,又对骑士悄悄说了些什么。

"哈,你这奴隶!"骑士说着就朝他们走来,"我猜,那批逃亡至此的农奴中就有你吧?"

"不错,正是我,"罗宾汉边说边抽出一支箭搭在弓上,"不过,你们怎么也想不到,那些逃跑的奴隶刚刚竟把你们打败了!"

"哼,你们这些言行莽撞、举止粗鲁的逃犯!"骑士干笑了两声,又朝艾伦望去,"不过这位是谁?我猜你也是个找揍的家伙!"

艾伦套上原本系在身后的锁子甲，手持长剑，跳到骑士面前。

"我认识你，伊沃·拉维纳尔！"艾伦的声音清晰而洪亮，"你就是那个强抢民财、欺压妇女的恶棍骑士！今天你栽在我手里，真是苍天有眼！"

"你这小杂种！"骑士喊叫着，便恶狠狠地朝艾伦扑过去。一时间，树林中原有的宁静被武器的撞击声打破了。

这场战斗来势凶猛，场面十分激烈。双方都用手中的武器不断朝对方的要害刺去，如同森林中野猪或公鹿的搏斗一般。相比生活糜烂的伊沃·拉维纳尔，艾伦的身手更加敏捷灵活。因此，尽管伊沃老奸巨猾、剑法精练，一时间却也占不得上风。而艾伦则靠着敏捷的身手、强健的体魄和犀利的目光，不断地左避右闪，一来躲避对方致命的攻击，二来消耗对方的体力。不过，艾伦也并非毫发无损，相比敌人的重铠甲和护面头盔，装备简单的艾伦显然处于劣势。

终于，在对峙一段时间后，伊沃渐渐开始体力不支。他那只握着盾牌的手开始发抖，挥出去的剑也变得软弱无力，艾伦甚至可以清楚地听到他那急促而沉重的呼吸。突然，艾伦一跃而起，对准伊沃的喉咙，挥手便是一剑。

罗宾汉此前一直在旁边观战，就在这时，他突然听到前方传来一阵蛇吐信子的嘶嘶声，以及后方传来的脚步声。于是，他向旁边纵身一跃，眼前白光一闪，一把飞刀从他身旁飞过。罗宾汉转过身，看到了刚刚和骑士说话的那个农奴，那农奴由于发力过猛，差一点摔到地上。不过，他很快恢复了平衡，并迅速地向树林中逃去。

突然，一个小小的身影从前方的灌木丛中跳出来，扑到了那个农奴的身上。那农奴被撞得东倒西歪，然后重重地摔倒在地，而那个小身影则趁机用手脚将他束缚住。一时间，他们仿佛是在扯着对方厮打，可一转眼，农奴那硕大的身躯竟被甩出去了。这时，那个小个子站起身，抖抖身上的土，然后用一片树叶擦拭着手中的匕首。

047

"谢谢你,豪伯!谢谢你用蛇吐信子的声音发出警告,还有,谢谢你制服了那个家伙!我真的是太大意了,不过,那家伙究竟是谁?"罗宾汉问道。

"他叫格鲁尔,是魔堡的农奴。"豪伯说道,"这几天他一直跟踪你们,我本以为他也是个渴望自由的农奴,结果竟发现他是个奸细。"

豪伯是凯特的弟弟,不过,无论是长相还是体形,他们兄弟二人都有巨大差异。尽管豪伯比他的哥哥还要矮不少,他的体形看起来却更为细致。豪伯的脸色略显苍白,与他那黑眼睛、黑头发和黑胡子倒是很相称。他的胳膊细长,双手也是修长细致,可尽管如此,战斗起来却极具暴发力。他的打扮同罗宾汉如出一辙,身上穿的也是粗布紧身衣和麂皮过膝马裤,脚上也是一双结实的猪皮靴。

此时,艾伦坐在敌人的尸首旁,他肩膀受了伤,显得有些精疲力尽。罗宾汉朝他走去,从亚麻衣服上撕下一块布条,一边为他包扎伤口,一边问他下一步的打算。

"我想,我还是先回威利斯戴尔。"艾伦道,"我现在寄住在佛里斯特,那是我哥哥皮埃尔的房子。可是,我今天杀了伊沃·拉维纳尔,如果我继续留在那里,就会给哥哥一家带来灾难。我不能因为自己的过失而让他们遭受不幸!"

"我听说过皮埃尔,可是,我猜他是不会让你这样独自离去的。"罗宾汉长期在这片森林中游走,自然是无所不知。

"这点我也知道,"艾伦说道,"可我无论如何也不愿看到,有一天伊森巴特·勃拉姆带着他的手下对我的哥哥痛下杀手!不,绝对不可以!来的时候,我把马拴在了一公里外的小木屋旁。有了马,我很快就能安顿下来。"

于是,罗宾汉和艾伦一起朝着小木屋的方向走去。

就在艾伦和伊沃打斗的时候,距此一公里之外,还有另外一个人也在树林间行走。他身材高大,四肢发达,一眼望去便知其力大无穷。

他身上穿着一件粗布衫,一副农奴的打扮。他看起来一副无忧无虑的样子,一会儿转着手中的铁头木棒,一会儿吹起了口哨,一会儿又扯着嗓子放声高歌。

"约翰呐约翰,"那人突然自言自语起来,"你可真是个傻瓜!你应该老老实实走路,应该像鱼一样安静!你这样唱歌,你以为你是个自由人吗?傻瓜,你只是个逃出来的农奴!刚刚尝到自由的味道,就开始得意忘形!别看你现在跟你的老管家相距二十公里,你这样又唱又跳,你以为这森林中的守林人就不会把你抓回去邀功吗?要保持安静啊,傻瓜!好好看路啊,笨蛋!咦?是什么东西好香!"约翰突然闭上嘴,仰着脑袋,抻着鼻子,大口大口地吮吸着树林里飘来的香味,眼睛还滴溜溜乱转。"该死,我肯定是撞上哪个肥头大耳的庄园主的厨房了,"他继续自言自语道,"怎么能让这么好闻的味道在空中乱飞呢,真是浪费啊!伟大的圣母啊,我现在真的好饿,请让我找到这香味的来源吧,说不定人家会好心地分给我一点呢!"

说到这,约翰拨开茂密的灌木丛,径直朝着香味飘来的方向溜去。没走多远,他便发现前方有一片空地,空地中间有一棵树,树上还拴着一匹马。树旁边有一个小木屋,木屋的顶部铺着一块草皮,上面长满了桂竹香、繁缕花和剪秋萝。小屋门前生着一堆极旺盛的篝火,旁边的地上插着几只串好肉排的钎子。此时,那肉排已被火烤得嘶嘶作响、滋滋流油,这香味飘到约翰那里,令约翰的肚子咕咕作响。他这才想起来,从今早起他就没有吃过任何东西。

约翰盯着肉排,两眼发直,口水情不自禁地流了下来。他心想,既然自己如此饥饿,拿两块来吃应该也不要紧,况且这附近又没人看着。就在他私下悄悄打着小算盘的时候,一个人从小屋里走出来,那人弯下腰,将其中两个钎子转了两下,为的是让肉烤得更均匀。

约翰的脸色沉了下来,他的希望一下子被打破了。眼前的这个人,身着绿色粗布衣和棕色紧身裤,他的帽子上还有一枚闪闪的银徽章,这些都足以说明，此人正是这皇家园林的守林人。更可怕的是，此人的脸看起来又臭又硬，一看就是那种宁愿让穷人饿肚子，也不愿分一杯羹的吝啬鬼。

约翰看到的这个人，正是布莱克·雨果，也就是在前文中，罗宾汉和斯卡利特遇到的那个凶恶的守林人。

约翰想了一会，悄悄地退了回去，没有发出一丁点儿声响。接着，他又大步向前走，冲出树林，来到空地上。突然，他像被眼前的景象吓到了一样，扔掉手中的铁头木棒，转身就跑。

篝火那旁的布莱克·雨果显然已经注意到他了。

"你要干什么！"布莱克·雨果大喊道，"你这笨手笨脚的家伙，看你把树丛都毁成什么样了？难道就不怕国王降罪，说你惊扰了他的鹿吗？"

"请您原谅我吧，长官！"约翰边说边揪起自己的一绺头发，像个傻瓜一样，"我也不知道自己在哪儿，我是闻着香味来到这儿的。我以为是好心的僧侣或是哪个领主的随从在准备午饭，想着能否施舍给我一些，我已经一整天没吃东西了！"

"快滚开，你这穷鬼！"布莱克·雨果一听到有人想分一点他的肉排，脸色顿时更凶恶了，"我不是什么好心的僧侣和领主随从，这是我的午餐！在我发怒之前，你趁早滚吧！快滚！"

布莱克·雨果凶神恶煞一般盯着眼前这个哆哆嗦嗦的穷人，他一步步朝约翰走来，仿佛真要把他修理一番。约翰吓得唯唯诺诺地又揪起一绺头发，慌慌张张地转身逃跑了。布莱克·雨果仔细听了一会儿，听着约翰沉重的脚步声是朝大路去的，这才又转身回到小木屋里。他从柜子里拿出一块面包，用刀切下厚厚的一片。然后，他走到篝火边，俯身抽起一只钎子，用刀把钎子上的肉剔到面包片上。接着，他又剔了第二块、第三块。

突然，一个黑影从布莱克·雨果附近的灌木丛中跳出来，以迅雷不及掩耳之势对着他当头就是一击。布莱克·雨果在重击之下差点栽进火堆，手中的肉钎子也飞到了空中。

约翰轻轻落在地上，手里还拿着布莱克·雨果刚刚甩出去的肉钎子，他笑道："长官，我可不希望我的午餐被弄脏了。"

约翰把肉排放到面包上，然后走到昏迷的守林人身边，检查他头部的伤口。

"真是漂亮的一击啊！"约翰得意地笑道，"打的可真是地方！如果再低一点，恐怕会要了他的命，如果再高一点，只怕会惹恼他。待会儿他就要醒过来了，得让他好好儿瞧瞧，我是怎样享用他的午餐的！"

约翰轻而易举地把布莱克·雨果拎起来，把他拖到小屋旁边的一根木桩旁。在给布莱克·雨果调整好坐姿之后，约翰从旁边找到一根绳子，把他牢牢捆在木桩上。所有工作都完成了，接下来，约翰提着他的铁头木棒坐在篝火旁边，看着眼前三大块香喷喷的肉排，禁不住大快朵颐起来。

不一会儿，伴着一声轻微的喘气，布莱克·雨果醒过来了。他睁开眼睛，抬起头，看着眼前的一切，不禁有些发懵。突然，他看到约翰正大口大口地吃着肉，整个人一下子清醒过来。

"你这个混蛋！"布莱克·雨果破口大骂，脸被气得通红。他用力挣脱绳子，然而却是徒劳，他恶狠狠地喊道："你给我等着，你这混蛋！你最好给我放聪明点，省得到头来你会后悔！我要抽了你的筋，扒了你的皮，你这下三滥的畜生！"

"别激动，你这黑脸公羊！"约翰笑着说道，"你应该换个角度思考，想想你正在同别人分享自己的午餐，你该是多么好的一个人呐！看看，你现在就像这树林中的一条恶狗，因为你霸占了一切，所以你也失去了一切。不过，这些肉排就是你的转折点，你是个好厨子，一个特别好的厨子！我敢说，你当厨子比当守林人更合适！咦，这是最后一片肉了，快看！"

正说着，约翰拾起最后一块面包上的肉片，张开大嘴，连同面包一起吞了下去。看到布莱克·雨果气红了的双眼，约翰禁不住哈哈大笑起来。

"我得谢谢你，长官，为我做了一顿这么丰盛的午餐！"约翰继续说道，"尽管你总是恶狠狠地看着我，可我觉得你是个好人。我知道你现在很恨我，所以，我愿意同你较量较量，咱们用铁头木棒来比试怎么样？"

"来吧，你这狗杂种！"布莱克·雨果怒气冲冲道，"我今天就叫你有来无回！"

"哈哈，圣彼得保佑！"约翰大笑道，"你自认为铁头木棒耍得很好吗？我倒要见识见识了。来吧，咱俩来比划比划。"

说着，约翰便俯身给布莱克·雨果松绑。突然，一阵脚步声从树林那边传来，约翰停下手，仔细聆听树林里面的声音。听到脚步声，布莱克·雨果两眼放光，嘴上还挂着胜利的微笑。不用说，如果来人是他的同伙，他很快就会被松绑，然后将刚刚受到的羞辱一股脑儿地还给约翰。脚步声越来越近，随之而来的还有清晰的说话声。不一会儿，树林里钻出来两个人，竟是罗宾汉和艾伦，他们也被眼前的一幕惊呆了。

约翰弯腰捡起自己的铁头木棒，转身对布莱克·雨果说道：

"尊敬的长官，看你的表情就知道，那两个人不是你的同伴，唉，真是令人惋惜！不过你放心，我决不会忘记咱们两人之间的约定，不久之后，咱们会有机会一较高下的。再次感谢你提供的午餐，再见！"

说罢，约翰便无声无息地消失在灌木丛中，仿佛一切都没有发生过。

罗宾汉和艾伦走上前来，看到布莱克·雨果怒气冲冲的样子，不禁大笑起来。"这是怎么了？"罗宾汉嘲笑道，"堂堂的皇家守林员，竟被一个流浪汉捆在地上！对了，你的午饭还被他抢去了！"

布莱克·雨果的沉默，证实了他们从那个大高个儿嘴里听到的话。罗宾汉和艾伦看着他狼狈的样子，依旧狂笑不止。

"别笑了，你这混蛋！"布莱克·雨果朝罗宾汉怒吼道。可是，罗宾汉笑得更大声了，甚至从树林那边传来了回音。"把我放开！"布莱克·雨果愤怒地喊道，"我要让你知道嘲笑守林人的后果，你这下三滥的混蛋！"

布莱克·雨果的脸因愤怒而涨得通红，而这只不过让罗宾汉感到更加滑稽。

"我是这样认为的，朋友，"艾伦强忍住笑说道，"你这样做很不明智，你不应该在你被捆住的时候威胁这位先生，至少你也要等到他为你松绑之后。朋友，你太鲁莽了。"

"你可知道这个家伙是谁？"布莱克·雨果大喊道，"就是他，带领着一帮农奴逃跑了！他们不仅烧了领主的房子，还杀了领主的手下！现在，不知道有多少人都想取了他的狗头去领赏呐！"

"随便你怎么说！"艾伦厉声呵斥道，"但是在我眼里，他和他的同伴都是高尚正直的勇士。如果他们是从暴虐之徒手中逃生至此，那也是无可厚非的！"

艾伦对捆在地上的布莱克·雨果不屑一顾，径直去牵自己的马匹。罗宾汉也停止了笑声，对布莱克·雨果说道：

"我真的很感谢刚刚那个人。一直以来，你对穷人都是敲诈勒索，恶意欺压，现在，你终于得到报应了。你还是老老实实地待在这里，对你犯下的罪行进行忏悔吧！当夜幕降临、猫头鹰开始啼叫的时候，你的绳索才会松开。"

说完，罗宾汉便和艾伦离开了这片空地，布莱克·雨果则被孤零零地留在这里，反思自己的罪行。午后强烈的日光照射在他的脑袋上，他越是奋力挣脱，越是招来更多的苍蝇对他进行骚扰和折磨。最后，他不得不大喊救命，希望附近的同伴或者大路上的行人，能前来给他松绑。

然而，他的呼救，终究是没有人听到。此时，布莱克·雨果已经精疲力尽了。强烈的日光灼烧着他的全身，他觉得口干舌燥，嗓子都要冒烟了。捆在身后的胳膊，也早已失去了知觉。整个树林仿佛陷入了巨大的沉静之中，偶尔会有一小片亮光在闪烁，是一只蜻蜓在上下飞舞，阳光透过它的翅膀照射下来，仿佛是一小团燃烧的火焰。小鸟偶尔飞到燃尽的火堆旁觅食，有时还会跳到布莱克·雨果的脚上。树下的洞穴里，一只白鼬不时地探出小脑袋，它壮着胆子从空地的一头溜到另一头，然后在树林中消失不见了。

太阳西沉，天色渐渐暗了下来，树林的影子越拉越长，直到一切都笼罩在黑暗之中。这一刻，树林仿佛苏醒过来，成群结队的鸟儿从树林深处扑棱棱飞起，晚风吹得树叶沙沙作响，树林中仿佛酝酿着什么大的变动。

天色渐渐地由蓝变灰，一瞬间，整个树林又陷入了巨大的黑暗之中，在那可怕的阴影里，仿佛有奇怪而陌生的事物在移动。突然，一只大鸟飞了过来，它的翅膀无声无息，在空地上方一圈圈盘旋。大鸟忽然落下，紧接着，传来一声尖叫，似乎是只不幸的田鼠在鸟爪中丧命。最后，远方传来的两声凄厉的鸟叫："呜咿——呜咿——"

这声音听起来如同魔鬼的哀嚎一般，令布莱克·雨果不由得打了个冷颤。冷风吹进了他的衣管和裤管，他无意间动了下已经僵直的手臂，竟猛然发现，自己不知何时已经被松绑了。他看看后方，又看看屋里，却看不到任何人。他用僵直的手指拾起掉在地上的绳子，发现绳子已经被割断了。

布莱克·雨果摇了摇脑袋，可无论如何也想不明白。他一直相信小棕仙的存在，就像他确信自己的存在一样，可是迄今为止，他竟不知道，原来小棕仙也会用刀。他再次晃晃脑袋，开始揉搓自己冰冷的四肢。不一会儿，血液重新流回他的四肢，疼痛感也随之而来，布莱克·雨果禁不住大声呻吟起来。

痛定思痛,布莱克·雨果暗下决心,日后一定要找那个偷他午餐又设计陷害他的大个子报仇。至于罗宾汉,他决定要提着罗宾汉的脑袋到伦敦大法官那里领赏。

离开布莱克·雨果的住处后,罗宾汉同艾伦继续赶路。一路上,他们聊了很多事情,并且发现彼此都十分热爱这片森林。对他们而言,没有什么比在林间驰骋和打猎更让他们感到高兴的了。在通往威利斯戴尔的路上,罗宾汉送了艾伦一程。分别之时,他们紧握双手,互相允诺再见之期。

同艾伦道别后,罗宾汉转身朝斯坦利走去。在营地那边,他的同伴们还等着他一起享用晚餐。

罗宾汉走到一条溪流旁边,这条溪流的上游恰好流经他的营地。或许,他的伙伴们此刻正坐在那里,围着一口大铁锅煮着晚餐。而在河下游,溪流陡然变宽,水势湍急,必须通过一座橡木搭成的窄桥,才能到河对岸去。这座窄桥上没有任何扶手,一次也只能通过一个人。

罗宾汉登上木桥的台阶,向前走了两三步,猛然间,他看到河对岸出现了一个高个子男人,那人也在同一时间跳上了木桥。从那人的体形来看,罗宾汉认出这就是那个捉弄守林人的高个子。他很想认识这个人,正准备上前去打个招呼,可是看那人来势汹汹,那样子仿佛是在宣告:"快滚开,小矮子,我要从这过去!"

尽管罗宾汉的身高并不算矮,可是同那个人相比起来,仍是矮了十三四英寸。看着那人傲慢的气势,罗宾汉顿时气不打一处来。

两人继续相向而行,在相距不到十英尺的地方,他们同时停下脚步,蹙眉打量着对方。

"伙计,你知不知道什么叫作先来后到?"罗宾汉质问道,"你把你的大脚丫子放上来之前,难道没看见是我先上的桥吗?"

"快让开,小矮子!"那人挑衅道,"小个子就该给大个子让路!"

"你这傻瓜是从哪里来的？"罗宾汉继续道，"听你口音就不是本地人。今天你若不让我过去，我就好好儿教教你巴尼斯戴尔的规矩。"

说到这儿，罗宾汉从身后的箭筒中抽出一支箭架在弓上。那是一张很结实、射程很远的弓，一旦将箭射出，便没有人能抵挡。那个高个子又好气又好笑，他眼珠一转，开口说道：

"如果你敢射出这支箭，看我不打得你满地找牙！"

"胡扯！"罗宾汉说道，"我一箭射出，你必死无疑，难道你的尸体还会打我不成？"

"原来这就是巴尼斯戴尔的规矩，"大个子答道，"这规矩肯定是胆小鬼定下的！你想想看，你站在那儿，手里又是弓又是箭，已经准备好了要射我。而我呢，除了手中的铁头木棒什么都没有！"

罗宾汉被对方说得哑口无言，尽管他对这个陌生人十分恼火，却又不得不承认，他很喜欢对方的直率和坦诚。

"那就用你的方式来较量吧！"罗宾汉说道，"我们生活在巴尼斯戴尔的人不是胆小鬼，这一点你马上就能看到！现在，我就去砍一根树枝跟你打，如果我不把你打得满地找牙，就让我一头栽进这河里！哼，我倒要试试你的胆量！"

说完，罗宾汉便转身走到桥下，寻找理想的武器。在巴尼斯戴尔，粗壮的橡树随处可见，很快，罗宾汉就用随身携带的匕首，砍下了一根结实浑圆的橡树枝。待他把树枝削成理想大小的木棒后，他便信心满满地回到桥上。

"现在，咱们就来较量较量吧！"罗宾汉说道，"谁先掉进河里，谁就输了。放马过来吧！"

从罗宾汉第一次出手，约翰就意识到这个对手不可小觑。从他每一次攻击和防守，约翰都能判断出，他的臂力一点儿也不比自己弱。

两人手中的棒子，都舞得快似磨坊里旋转的风车，木棍撞击的声音，在河流两岸的树林间回响。突然，约翰使出一招声东击西，罗宾汉忙去防守，不承想，约翰竟出其不意地照着他的脑袋来了一下。

"让我给你点儿颜色瞧瞧！"罗宾汉大喊道。同时，他感到脸上有热热的东西流了下来。

"还是我再给你点儿吧！"约翰放声大笑起来。

这次，罗宾汉真的发怒了。他疯狂地挥舞着手中的木棒，像闪电般左击右砍，任约翰的身手再怎样敏捷，也无法抵挡这密如雨点的攻击。

在这样狭窄的独木桥上较量，两人都不得不格外留心脚下，每向前或者后退一步，他们都必须分外小心，更何况来自对手的每一次攻击，都是要将对方扔进河里。

约翰的优势在于力气很大，而罗宾汉的行动力和眼力则更加敏捷。果然，约翰开始大口喘气，大滴大滴的汗水沿着他的脸颊像小溪一样流淌下来。罗宾汉趁机猛然朝着约翰的脑袋击去，不料约翰一个强有力的反击，竟然让罗宾汉失去了平衡，就在一瞬间，罗宾汉失足跌进河里，溅起了一大片水花。

约翰怔了一下，才惊喜地发现，敌人从眼前消失了。他擦了擦脸上的汗水，大喊道："喂，好伙计，你在哪儿呢？"

见无人应答，他又急忙弯下腰，朝着桥下湍急的水流瞧了又瞧。"老天保佑啊，"他说，"真希望那个勇士没有伤着！"

"确实没伤着！"声音从河岸那边传来，"我在这儿呢，大块头儿，一点儿也没伤着！今天是你赢了，不过，我好像也用不着再过桥了。"说完，罗宾汉便哈哈大笑起来。

罗宾汉上了岸，他趴在河边，把整个脑袋浸在河水里。等他抬起头时，竟然发现那个大块头儿就在他身边，整个脑袋也浸在了水里。

"怎么是你！"罗宾汉喊道，"你不是要过桥到河对岸吗？刚刚你那么急着要过桥，一点也不相让，现在你怎么又回来了？"

"别生气啊，老伙计！"约翰不好意思地笑了笑，"说实话，我也不

057

知道自己要去哪里，不瞒你说，我其实是个从庄园主那里逃出来的农奴。今天晚上，我不能睡在自己暖和的小木屋了，所以，我只想找个别太潮湿的灌木丛落脚。在跟我打过架的人里面，你是最真诚最直率的一个，所以在离开之前，我想跟你握手言和。"

闻听此言，罗宾汉立即握住约翰的大手，仅这一次握手，便传递了彼此的尊重和欣赏。接着，约翰转过身，准备过桥离开。

"请等一下，"罗宾汉说道，"在走之前，你想不想先来点晚餐？"说完，罗宾汉便吹起了号角。悠长的号鸣声在树林中久久回荡，树丛中的鸟儿鸣叫着直冲云霄，在外游荡的动物纷纷逃回了洞穴。不一会儿，远方的树丛中传来急促的脚步声，转眼间，就看到逃犯们纷纷朝这边赶来。

弓箭手威尔第一个冲到了罗宾汉面前，他急切地问道：

"首领，你这是怎么了？发生了什么事？怎么浑身都湿淋淋的？"

威尔转身瞧见了约翰，于是怒气冲冲地盯着他不放。"没有关系！"罗宾汉大笑道，"你们都来认识认识这个人块头儿，刚刚我们在桥上用木棒比试，结果我被他打败，掉进河里了。"

这时，马奇、斯卡利特和其他人都赶了过来，听了罗宾汉的话，斯卡利特立刻扑到约翰身上，用手脚牢牢抱住他。其他人也纷纷扑了上来，一边制服约翰，一边喊道："伙计们，咱们把他也扔进河里！"

"快把他放下来！"罗宾汉笑着说，"冷静点儿，伙计们，他对我没有恶意。而且，我们已经握手言和，现在是好朋友了。"约翰被一大帮人团团围住，已是束手无策，亏得有罗宾汉解围，不然一定会被丢进河里。"快起来吧，大块头儿！"罗宾汉对约翰说道，"你来看，我们这些人，都是从邪恶的领主手里逃出来的。现在我们有二十二个人，如果你愿意加入我们，以后就和我们同甘共苦，一起在这绿林之中劫富济贫、行侠仗义！你耍铁头木棒是个好手，如果你以后跟着我，我还可以把你训练成一个神箭手。现在，你来做决定吧。"

"山河作证，我愿意追随您！"约翰高喊着朝罗宾汉走去，紧紧地握住他的手，"你刚刚所说的一切，都是我听过的最亲切的话语。从此以后，我愿全心全意为您效劳！"

"你叫什么名字，伙计？"罗宾汉问道。

"约翰·斯塔布斯，不过嘛，"约翰大笑一声，"人们都管我叫小矮人约翰。"

"哈哈哈哈！"大伙儿都大笑起来。他们簇拥着约翰，纷纷上前同他握手，边握手边说着："小矮人约翰，来，让我握握你的大手！"

"他的名字应该改一改了，"威尔说道，"不如就让我们用麦芽酒重新给他做个洗礼吧！首领，咱们现在何不返回营地，好好庆祝一番呢？"

"说得对啊！"罗宾汉兴奋地说道，"伙计们，咱们这就回去庆祝，用美酒盛宴来欢迎这位新伙伴！"

说话间，人们陆续返回了营地。斯卡洛克烧上火，在火上支起一口大锅。食物的香气从锅中缓缓升起，弥漫在树林之中，令每个人都禁不住垂涎欲滴。罗宾汉在营地附近的一个秘密山洞中换上一身干净的衣服，随后便同大家一起高举酒杯，庆祝小矮人约翰的加入。

"伙计们，"弓箭手威尔高喊道，"今天又有一位新成员加入绿林，成为了自由人，现在，咱们就来为他洗礼！以前，他被人称作小矮人约翰，从现在起，咱们就叫他小约翰吧！为了小约翰，咱们一起来痛饮三杯！"

刹那间，碰杯声、欢呼声响彻云霄，他们头顶上的树叶被震得沙沙作响。接着，他们扔掉了手中的酒杯，围在大锅旁，开始享用美味的晚餐。

席间，小约翰向大伙儿讲述了他是如何遇到布莱克·雨果，如何把他捆起来，又如何当着他的面吃光了他的午餐。这里的人们都曾受过布莱克·雨果和其他守林人的欺压凌辱，对他们早已恨之入骨，听了小约翰的故事，人们禁不住放声大笑，大叫痛快。他们纷纷夸赞着小约翰的神勇和机智，他们还说，如果能有五十个像小约翰这样的勇士，他们一定能够推翻魔堡，彻底消灭那些可恶的强盗。

接着，罗宾汉又向大家讲述了小约翰离开之后发生的事，并把他那个"猫头鹰叫声"的预言告诉了所有人。

"首领，您这样做是什么意思呢？"小约翰不解地问道，"难道你又回去给他松绑了？"

现在，天色已经完全黑下来，只有篝火的火光，映衬着壮士们那刚毅的棕色脸颊。

"不，我并没有给他松绑，不过，他现在已经自由了。如果我没猜错的话，他现在正疼得龇牙乱叫，诅咒着要抓我们回去呢！"

"可是首领，这究竟是怎么一回事？"小约翰惊讶地张大嘴。其他人听完罗宾汉的话，也是目瞪口呆，不得其解。

"在这绿林之中，还有我的朋友，"罗宾汉答道，"是他们一直在暗中帮助我。不过他们很害羞，在充分了解一个人之前，他们是不愿意现身的。豪伯！出来吧，伙计！"

接着，在罗宾汉脚边的一块空地上，出现了一个小人儿。他的脸被火光映得惨白，一双乌黑眼睛发出冷峻的光芒。逃犯们盯着他，颤颤巍巍地向后退，还有一些人在原地抖成一团。只有马奇将内心极大的恐惧说了出来，他喃喃道：

"神圣的彼得，请保佑我们免受恶灵的伤害吧！"

"你们这是干什么！"罗宾汉怒斥道，"豪伯不是什么恶灵，他和你我一样，都是人！他的四肢或许比我们都小，但他的头脑却比任何人都机智！"

"他是山怪啊，首领！"另一个逃犯说道，"人们都说他们会把人引向沼泽，或是迷惑人们整晚都在沼泽地游荡！"

"是啊，"卡特也接着说道，"他们晚上会把马尾辫起来，然后马儿就发疯了!"

"还有还有,"紧接着另一个又说,"他们晚上会把恶鹰放出来,在草地上画上绿色的圆圈,如果野兽吃了那里的草,就会中毒身亡!"

"别对着他说话,不然你们会死的!"一个逃犯用双手遮住脸,以免和豪伯的眼睛对视。

"你们可真是一群啰里啰嗦的老太婆!"罗宾汉嘲笑道,"你们都给我好好儿听着,豪伯是条好汉,和你们每个人一样有喜怒哀乐,身上也流着同样的热血。他受到伤害时,会感到痛苦;被火灼伤时,会感到疼痛。你们都听好了,豪伯还有一个兄弟,名字叫作凯特。他们都是我十分要好的朋友,不仅多次暗中帮助我,甚至有几次还救了我的性命!我命令你们,不许对他们二人存有任何敌意!"说罢,罗宾汉的脸色严肃起来。

"好首领,你是怎么和他们成为朋友的?"小约翰问道。接着,他又朝豪伯微笑道:"好伙计,你又是怎么赢得了首领的好感?"

"我现在就一五一十地告诉你们。"罗宾汉接着说道,"那是两年前的夏天,我在这片森林的最深处游走,不知怎地,便来到一片寂静的草地上。传说那里有鬼怪出没,所以守林人从来不到那里去,连最有胆量的人也不敢靠近。在那片草地上,有两个绿色的小山丘。我本想翻过山丘一探究竟,竟看到三个骑士站在不远处,还有另外两个骑士,已经躺在地上奄奄一息了。当时,那三个骑士正同你们口中所谓的'山怪'搏斗,而那两个山怪,就是豪伯和凯特。那时,他们二人已经伤得很严重了,那三个骑士顺势把他们抓了起来。我当时很好奇他们想干什么,谁知他们竟生起了一堆火。我悄悄靠近,看他们在说些什么,结果竟发现,他们要试试这些山怪能不能被烧死!他们的父亲曾经在哈格瑟恩·韦斯特就这样干过,还告诉他们,如果是真的山怪,那些山怪就会在烟火中逃走。就在他们拖着豪伯兄弟朝火堆走时,我看到在另一座小山丘上,一扇用草皮伪装的门打开了,三个女人从门中跟跟跄跄地飞奔出来，其中一个上了年纪的跛着脚，另外两个则是年轻的姑娘。那两个姑娘尽管身材矮小，模样却很清秀。她们飞扑到骑士脚下，为豪伯兄弟苦苦地哀求，那个上年纪的女人，甚至请求代替自己的儿子接受火刑。起初，那三个恶毒的骑士被这情形吓得目瞪口呆，可是后来，他们把那三个女人也抓了起来，并声称要把她们也一起烧死。这时候，我实在是忍无可忍了，便从腰中抽出三支箭，射死了那三个邪恶的骑士。接着，我又从火中救下了可怜的豪伯兄弟。也就是从那时起，他们一家人便成了我的挚友。"

"头儿，你真是好样的！"小约翰抑制着内心的激动说道，"这样的善举，不管是谁听了都会被感动！"

说罢，小约翰站起身走到豪伯面前，俯身对豪伯伸出右手。

"小家伙，"他说道，"请把你的手给我！只要是首领的朋友，也同样是我的朋友！"

"我也是！"威尔和斯卡利特一同说道。说罢，他们也朝豪伯走来。这个小人儿依次同他们握手，并用眼睛灵活地瞧着他们每一个人。

"首领的兄弟，必然也都是豪伯的兄弟！"豪伯说道。

"伙计们，大家都听好，"罗宾汉继续说道，"你们在领主那里受过什么样的苦，豪伯和凯特也就受过什么样的苦！我杀死的那五个恶棍骑士，他们全部都生活在哈格瑟恩·韦斯特！就是这帮畜生，让生活在那里的农奴生不如死！我曾经听说，那里的恶棍拉纳尔夫曾经就对豪伯的父亲犯下了残忍的罪行，总有一天，我们要帮助豪伯兄弟替他们的父亲报仇雪恨！你说呢，豪伯，你是否愿意我们帮你这个忙？"

"有需要的话，我一定会告诉大家！"豪伯的眼中充满怒火，声音低沉而浑厚，"不过，我们更喜欢手刃仇敌，只要我和凯特还活着，就一定要让那些恶棍血债血偿！罗宾汉首领，还有在座的各位，非常感谢你们，谢谢你们对我的帮助！"

这个小人儿的神情严肃而庄重，但他的话语中却饱含着感激之情。

接着，小吉尔伯特走上前来，将自己的手握住豪伯粗厚的手掌。然后是马奇，也对豪伯握手示好。此时，其他人心中的畏惧之情也逐渐消失了，他们看到罗宾汉、小约翰和其他人都不害怕，于是也纷纷走过来向豪伯表示友好。

"现在，"罗宾汉说道，"咱们这些绿林中的自由人都是好兄弟啦！从此之后，你们不必再害怕夜晚的漆黑，也不必担心白天独自在林间行走，只要在这绿林之中，不管是什么地方，你们都是自由的！"

"正是如此，"豪伯说道，"我的族人曾经统治过这片土地，不过，如今我们已经彼此失散。我们这些生活在地底下的山民，要么被人害怕，要么被人瞧不起。尽管我们从未做过什么伤天害理的事，却总是被人编成愚蠢的故事，供那些愚蠢的妇女和胆小鬼晚上围在篝火边闲聊。在此，我愿意为各位兄弟赠上我族的吉祥语：彼此信任，和平共处。对于那些帮助过我们的人，不论是谁，我们都把这句话送给他。我们的族人曾是地上和地下的主人，是山石和树木的主人，兄弟们，从今以后，我愿意与你们共享这里的土地、山石、树林、流水和空气！"

说完这些话，这个小人儿便一下子从篝火旁消失，仿佛突然之间融入进树林的阴影中了。

第三章
戏弄郡长

寒冷的冬天,已在不知不觉间悄悄过去。春日里熹微的阳光,照射着舍伍德森林里光秃秃的树干。微风轻轻吹拂,吹散了榛树、柳树和杨树上的棉絮。那林间的画眉鸟儿,已在这里度过了五个春秋。现在,它又停在高高的榆树枝上,歌唱又一年的到来:

　　冰雪消融啦,
　　小树枝又吐新芽,
　　可爱的小昆虫哟,
　　在地上爬呀爬。

几个星期前,这里的一切还都是银装素裹,看上去一片死寂。而如今,不管是生命、爱情还是食物,都又一次回归这世上。

在画眉鸟儿面前,是片广袤无垠的草地,远远望去,只觉得眼前一马平川,无边无际。草地一侧有两个比肩的山丘,其中一个高高凸起,另一个则映着树林那边投下来的长长的树影。

在这片宽阔的林地上,似乎没有一丁点儿生命的迹象。从远处山冈的某一地点,仿佛延伸出来一条模糊的小径,不过,那也极有可能是几只野兔留下的印迹。一般情况下,野兔都会在山冈上筑巢,它们每次觅食归来,都喜欢沿着同类留下的印迹赛跑,以此来一较高下。

突然间,从树林边缘跑出一个很小的身影,一下子冲进开阔的草地上。他迅速地穿过草地,身手如同一只野兔般灵动矫健。接着,他匍匐爬上离他最近的山冈,一直爬到山冈的顶部,可一转眼,他仿佛又钻进地下不见了。这个人,就是山民豪伯。片刻之后,在山冈的半坡上,一块草皮突然间消失了,紧接着,两个小小的身影显现出来,他们正是凯特和豪伯。他们四下环顾一周,仔细地盖好草皮,然后顺着那条模糊的小径一路飞奔。他们时不时地向后张望,同时也密切关注着刚刚豪伯从林中跳出的地方。

他们穿过草地,来到树林的边缘,再依次穿过光秃秃的树林,奋力向着回廊一样的树林深处奔跑。有那么一小会儿,大约是二十秒,树林中听不到任何响动。可紧接着,就在豪伯第一次跳出树林的那个地方,传来一阵哒哒的马蹄声,随后便看到兵器折射出的寒冷光芒。顺着一条狭窄的小路,那里走来了八个骑兵。他们走出森林,停下来,朝着一望无际的草地久久瞭望。

骑马站在最前面的那个人,相貌英俊,仪表堂堂,颇有贵族风范。他头戴一顶钢盔,强健的胸膛上穿着锁子甲,右手还握着一支矛。另一个紧挨着他的人,也骑着马,看上去十分温和有礼,亲切和善。他身穿一件僧侣法袍式的外衣,看起来像是一位牧师。他们身后跟着六名骑手,每个人都是全副武装,威不可挡。他们的神态坦率而直爽,很明显,他们是这片领地上的一支卫队。"呃,迦麦尔先生,咱们现在是在哪儿呢?"牧师左右张望着说道,"在这荒山野岭之地,到处都是无边无际的树林和草地,你如何才能找到失散的家人呢?"

"这几天的天气可真不错啊!"迦麦尔先生笑道,"住在林外田舍的农民告诉我,从有两棵山楂树的地方穿进树林,大约走一英里,就会看到一个河湾。接着,沿着河边找到克拉伯断崖,再接下来嘛——"说到这儿,迦麦尔先生开心地笑了起来,"再接下来你就会被一支不知打哪儿来的箭射中!你看不见他,可他却早已看见了你!所以说啊,我的好西蒙,这条路一定是对的!咱们呐,就沿着这条路继续向前走,一定能找到罗宾汉过冬的营地!"

说罢,领队人阿弗里德·迦麦尔踢了一下马刺,便朝着前方的草地走去,牧师西蒙和另外六名骑手紧紧地跟在后面。

"咱们别离那两座山冈太近!"西蒙说道,"人们都说山冈上住着魔鬼,如果我们进入了魔鬼的领地,恐怕会受到诅咒!"

"别这么婆婆妈妈了,你又不是乡下人!"迦麦尔先生大笑道,"在乡间,可是有许许多多的山冈分布在四周,却从没听说过有人受到伤害!不过,在洛克斯利的时候,确实发生过一件奇怪的事。我还记得当时我要垦荒,我家的农奴却来求我不要再开垦。可是我想,我不能让土地就这样荒废,这里应该变成良田。于是,我还是把土地开垦了,也并没有受到什么危害。可是后来,我竟然在地下发现了一个地洞!于是,我壮着胆子走进去,在地洞里找到一个盛着骨灰的坛子,还有一些石箭和石器。所以说啊,一切足以证明,那不过是个古墓罢了。"

"不过,我也曾在书上看到一些记载,"西蒙接着说道,"在巨大的山冈上,会有一些极为隐蔽的地方,那里会有莹莹的绿光显现。一旦人们进入了这个区域,便会被魔鬼的咒语迷惑心智,最终连灵魂也会被魔鬼带走。"

"我认为呢,"迦麦尔继续道,"这些故事其实还不如吟游诗人唱的好听。用一两个小时来听故事打发时间是可以的,但是,并不值得让一个明白人对此太过相信。"

尽管如此,当他们驱马来到山冈附近时,西蒙仍保持着高度警惕。他不时地朝着绿色的山冈张望,仿佛不经意间,山中就会出现神秘的鬼怪,而他们,则会落入魔鬼的圈套。当他们绕过山冈,走进对面树林的时候,西蒙仍旧在仔细观察着那条模糊的小径。说真的,西蒙对这片黑压压的树林的确十分厌恶,他自小在城里长大,对他来说,这世上最好听的声音,莫不过是市场上男男女女的讨价还价声,而这世上最好看的情景,莫不过是大街小巷上方的屋顶,以及屋顶之间的苍穹。

他们在林中驱马行进了大约半英里,突然,在他们头顶上方响起一阵尖锐的嘶鸣,那声音听上去,就像一只被隼擒获的禽鸟的哀鸣。于是,所有人都抬起头,对上空的厮杀充满好奇。就在他们抬头观望的时候,耳边突然传来一声雷鸣般的大喝:"站住,不许动!"

听到声音,他们才回过神来,急忙四下张望。这时他们才发现,从刚刚那些黑黢黢的树干上,已经变出大约二十个身着褐色紧身衣、披着褐色斗篷的人。这些人拉弓张弩,已经准备好随时射击了。

队伍后面的一两名骑手低声咒骂着,眼睛急切地左右张望,仿佛是在设法逃走。可当他们环顾一周之后,才悲哀地意识到,自己已经被这些林中弓箭手团团包围了。那些弓箭手身穿的褐色紧身衣裤,使他们同树干的颜色融为一体,乍一看,就如同是一棵满是虬结的小橡树。只有当明晃晃的箭镞指在眼前时,人们才会意识到究竟是怎么一回事。

阿弗里德·迦麦尔咬着嘴唇,已是怒气冲冲了。不过,他却努力控制着自己的怒火,说道:"好伙计,你们要干什么?"

"放下手中的武器!"一个身材魁梧的大块头儿神气活现地说道。

尽管心中一百个不愿意,六名骑手也只得服从那个大块头儿的命令。他们把武器统统丢到地上,接着,耳边又传来了新的命令:"骑马向前走十步!"他们依旧照做了。随后,那个大块头儿又命令自己的手下捡起地上的武器。

"现在,"大块头儿对迦麦尔先生说道,"你可以去见我们的首领了。"

说罢,便有人过来抓起迦麦尔的马缰,带他朝前走去。迦麦尔禁不住大怒道:"大块头儿,你们的首领究竟是谁?"

"等会儿我们的首领会亲自告诉你的。"大块头儿说道,"不过,我真希望你的钱包能保住。其实,你也可以换个角度想想,假如我们首领愿意跟你成为好朋友,还愿意请你吃大餐,你总要有所表示才对,你说是吧?"

此时,迦麦尔先生听到一声大喝,声音是从他们面前的树林中传来的。于是,他们停下了脚步,向前凝视。不多时,眼前出现了一个身材健硕的男人。那个男人身着绿色紧身衣,还披着一件齐膝连帽外氅。戴在头上的兜帽遮住了他的脸颊,因而难以辨认他的容貌。他的身旁,还伴着两个随从。

那牵着马的人见状,立即向他汇报:"首领,这儿有个冒冒失失的蠢货,他未经您的恩准,就擅自闯入了您的地盘儿。您看您是打算跟他交个朋友,还是让咱们替他保管钱包,也好让他长点儿记性?"

绿衣人抬头看了看迦麦尔,便立刻站住了。他静默片刻,突然大笑起来。接着,他一手伸向迦麦尔,另一只手揭去帽子,露出自己的真面目。他对迦麦尔说道:"好兄弟,请你原谅,刚刚我的手下对你失礼了!"

迦麦尔一怔,瞪大眼睛望着眼前的人,不承想这个绿衣人居然就是罗宾汉。于是,他马上握住罗宾汉的手,放声大笑起来:

"罗宾汉啊罗宾汉,你这个淘气鬼!我早该想到你就是这里的首领,这些人全部都是你的手下!今天我算是开眼了!"

说罢,迦麦尔翻身下马,同罗宾汉热烈地拥抱。迦麦尔握着罗宾汉的手,好好儿地打量着他。他仔细地看着罗宾汉那健康黝黑的面庞,炯炯有神的眼睛,深棕色的头发以及强壮的四肢,心里是既开心又欣慰。

"我可以对天发誓,"迦麦尔说,"我简直要认不出你了!五年前,我们在洛克斯利分别时,你还不是这样,现在,你已经长这么高了!罗宾汉,你知道么,当我得知你被迫逃进了绿林,真的是伤心欲绝!我还以为,你再也不能随心所欲地做自己想做的事了。"

"好兄弟,别担心,我现在已经不在乎那些了!"罗宾汉回答道,"但是,这并不代表我会做缩头乌龟。你或许觉得,讨好那些残暴的邻居,会给你带来最大的好处,可我却断断做不到对他们的恶行视而不见、置若罔闻。现在请告诉我吧,你是为何而来?"

"我这次是专程来感谢你的!"迦麦尔答道,"还有,就是来给你提个醒。"

"感谢我?"

"不错,就是为你在哈弗朗德所做的一切表示感谢!"迦麦尔答道,"感谢你惩治了那两个陷害我姐姐的恶棍,是你为她伸张了正义!当初她向皇家法庭苦苦申诉,却没有得到半点儿回应,唉,霸权当道,百姓又能如何呢?"

迦麦尔所说的,确有其事。那时候,罗宾汉第一次同圣玛丽修道院的兵丁交手。在杀死修道院的守卫士兵后,他行侠仗义的美名也开始在诺丁汉郡、约克郡、德比等地传颂。紧接着,又发生了一件事。那一年秋末初冬时分,罗宾汉的堂姐爱丽丝·哈弗朗德嫁给了年轻能干的自耕农班尼特,和他一起住在约克郡的斯克戴尔。就在两年以前,苏格兰人联手残暴的加洛韦人一路南下,他们沿途烧杀抢掠,无恶不作。一个苏格兰骑士俘虏了班尼特,把他扔进牢房,并向他的家人勒索赎金。他还声称,如果得不到赎金,就决不会放人。就在班尼特被抓进牢房这期间,班尼特的邻居,托马斯·帕瑟利和罗伯特·普莱斯特伯利便趁机占有并瓜分了他的土地。他们甚至拆掉了班尼特的房子,把爱丽丝赶了出去。

于是,爱丽丝跑到领主那里告状,领主却置之不理。她又向皇家法庭提出诉讼,皇家法庭也不受理。可怜的爱丽丝四处申冤,到头来,却没有一个地方能为她主持公道。爱丽丝别无他法，只得四处筹钱先救出班尼特。当爱丽丝凑够赎金时，班尼特已经在牢狱中痛苦地度过了一年。等班尼特回到家，才得知自己的财产早已被别人占为己有。于是，他怒气冲冲地站在原本属于自己的田地里，心中甚是愤愤不平。接着，那两个可恶的邻居随后出现了，他们恶狠狠地打了班尼特一顿，打得班尼特只剩下一口气了。爱丽丝见状，再次向皇家法庭提起诉讼。经过极为漫长的等待之后，爱丽丝得到的答复，竟是必须由班尼特本人出庭作证。那个时候，班尼特的身体已经十分虚弱，眼看着人都快不行了，又怎么可能出庭作证呢！恬不知耻的托马斯·帕瑟利和罗伯特·普莱斯特伯利，显然是他们在背后做了手脚，他们既然已经抢了别人的财产，就必然要稳稳当当地攥在自己手里。

爱丽丝走投无路的时候，想到了自己的家人。她跑去阿尔弗雷德·迦麦尔那里诉苦，迦麦尔向她许诺，一定会继续向皇家法庭申诉。可是，事情仍旧没有进展。于是，爱丽丝又带上自己的侍女和随从，历经千辛万苦，闯进绿林，向罗宾汉求助。

罗宾汉安抚了爱丽丝，并护送她回家。此后，爱丽丝对这次会面也是守口如瓶。几天后的一个夜晚，斯克戴尔的人们远远看到托马斯·帕瑟利和罗伯特·普莱斯特伯利的房子燃起了熊熊烈火，就知道是那两个恶棍遭到了应有的惩罚。第二天，大家都相互传颂是罗宾汉仗义相救，杀死了托马斯·帕瑟利和罗伯特·普莱斯特伯利。这样一来，班尼特才从坏人手中夺回了属于自己的财产。

阿尔弗雷德·迦麦尔一向有很好的教养，向来不赞成通过暴力解决问题。不过这一次，他却一反常态，对罗宾汉的所作所为大加赞扬。他兴冲冲地说道："告诉你吧，你这招儿真是太管用了！这样一来，居住在斯克戴尔的有钱人都不敢胡作非为了！假如他们再敢欺压百姓，那么下一个遭殃的，可就他们了！"

"但愿如此吧！"罗宾汉神情严肃地说道，"班尼特和姐姐受到了这么大的冤屈，如果恶人不能得到应有的惩罚，那么，那些被冤屈的人还有什么指望呢？还有那些视财如命、手段狠毒的神父，他们靠压榨穷人养肥自己，靠搜刮民财填满自己的腰包，对他们这样的魔鬼，我们也坚决不能手软！对了，好兄弟，你还要给我提什么醒？"

"你要提防盖伊·吉斯伯恩！"迦麦尔说道，"自从你开始逃亡，如今已经一年零一天了。昨天我经过你的田舍，那里如今已由皇家人员来守卫了。在那儿，我碰到了老长官克里普斯，我知道他同你是好朋友，便跟他谈起了你。他对我说，吉斯伯恩现在对你和你的同伴已经恨之入骨，连性情也变得大不一样了。在你们烧他房子之前，他本就是个大坏蛋，可如今，他已经变得异常凶狠了。据说，他曾发下毒誓要把你活捉，还要把你千刀万剐呢！"

"那克里普斯有没有提到吉斯伯恩的阴谋？"

"据说，吉斯伯恩和诺丁汉郡的郡长拉尔夫·姆达奇，如今是沆瀣一气，准备联起手来对付你。听那些农奴和流浪汉说，吉斯伯恩和姆达奇已经收买了很多流氓地痞，让他们乔装打扮成乞丐、朝圣者、小商贩来这片树林中闲逛，目的就是为了找到你的秘密据点。他们一旦发现了你的营地，就会立刻召集大批军队来此围剿。"

"多谢你的情报！"罗宾汉说着，看起来却有些心不在焉。不过，他又接着说道："既然你远道而来，不如就让我好好儿地招待你吧！"

于是，迦麦尔跟随罗宾汉来到一个长满树木的小山丘，山顶上还有一条小溪缓缓流向森林。在这山丘的秘密洞穴里，宴席已经摆好，众人依次落座，共享盛宴。

席间，罗宾汉和他的手下纷纷向迦麦尔打听家乡的近况。他们很想知道，吉斯伯恩对底下的农奴是不是比以前更粗暴了。

"听人说，倒不是这样。"迦麦尔说道，"事情是这样的，据说圣玛丽修道院的罗伯特院长知道诸位杀死了他的手下，便将此事迁怒于吉斯伯恩。罗伯特院长警告他要好好儿注意自己的言行，否则就要收回他管辖领土的权利。托罗伯特院长的福,人们的日子比起从前倒是好过了不少。不过,吉斯伯恩对农奴的憎恨却是有增无减。"

"这可真是奇迹!"斯卡利特听罢禁不住嘲讽道,"那个肥头大耳的院长嘴里竟然能说出一句人话!"

"也许真的是这样呢,舅舅,"小吉尔伯特说道,"或许那位修道院的院长从来就没有指使过吉斯伯恩欺压我们,而是吉斯伯恩自己肆意妄为呢?"小吉尔伯特曾立志成为一名牧师,因而对教会的人并没有那么排斥。

在这一点上,人们心里确实也认同小吉尔伯特的说法,他们都心想着以后还是不要和院长作对了。

宴席过后,迦麦尔先生带着他的手下起身告辞。罗宾汉带人护送他们到林边,并为他们指明通往洛克斯利的道路。

三天后的下午,发生了一件事。罗宾汉沿着由庞特弗莱科特通往奥勒敦和诺丁汉的树林大道上穿行,心里正琢磨着吉斯伯恩和拉尔夫·姆达奇的诡计。就在这时,他听到一阵脚步声,抬眼一瞧,却见一个乞丐正打前方走来。

罗宾汉迅速藏入树林之中,从他的藏身之处,可以清楚地看到来者是何人,而对方却丝毫不会察觉到他的存在。罗宾汉看到那个乞丐手持一支长枪,大步流星地走在林间,心中不禁生出质疑:这个家伙,要么真是个乞丐,要么就是盖伊·吉斯伯恩派来的间谍!

那个乞丐穿的外袍上,打了将近五十个补丁,看起来就像是很多件外衣拼凑在一起的大杂烩。他的腿上套着一件破旧的紧身裤,脚上蹬着一双超大的深褐色靴子。一根很宽的皮带挂在他的脖子后面,皮带在腰间环绕一周,上面还系着一个盛食物的口袋。他头顶上扣着一顶宽大的帽子,帽子扣得很低,看起来十分笨重。在他的腰间,还别着一把匕首。

看这人的装扮并不像是真正的乞丐,倒像是乔装而来的。更何况,看他那样子也不像是专心赶路,一双眼睛滴溜溜乱转,不知到底在张望些什么。因而,罗宾汉对他的行踪愈发怀疑起来。

这时候,那个乞丐已经走到罗宾汉近前,罗宾汉朝他厉声喝道:
"站住!为何走得如此慌张!"

那乞丐一言不发,只是加快了行进的步伐。罗宾汉哪肯作罢,立刻追了过去,而那人却转过身来,生气地挥舞着长枪。他的那张脸可真是足以令人生畏,一道深长的疤痕挂在他的脸上,由眉毛直至脸颊。

"你到底想怎么样!"乞丐狂叫着,"这条是皇家大道,难道我还不能在上面行走吗?你凭什么对我大吼大叫?"

"别着急,我这就告诉你,"罗宾汉说道,"你若想从这片树林经过,就必须要留下过路费。"

"过路费!"乞丐吃惊地喊了一声,随后就大笑起来,"那你就等着吧,傻瓜!你在这儿等上一年,我也没钱给你!"

"过来,过来,"罗宾汉说着朝他走去,"解开你的衣裳,伙计,让我看看你的钱包里究竟有什么。从你的衣裳来看,你应当是一个富有的乞丐。当然啦,前提是你确实是个乞丐,不然的话,你就是个披着乞丐外衣的恶棍!"

乞丐皱起了眉头,面露疑色,在仔细端详罗宾汉一番后,他紧紧握住了长枪。

"不要动,伙计,"罗宾汉温和地说道,"看你的样子,你身上应该有很大一笔钱吧?我猜,那足够付得起过路费了。"

"要拿就拿你自己的钱,你这可恶的无赖!"乞丐怒吼道,"你休想从我这里拿到什么!别以为我会怕你!真希望有一天,你会被送上绞刑架!哼,恐怕你离那一天也不远了!"

"现在看来,你这个乞丐的确是伪装的了!"罗宾汉十分肯定地说道,"像你这种恶棍,只要有钱赚,不管多么邪恶的事都会干!我早就看穿了你的诡计,因为你脸上本就写满了'恶棍'和'叛徒'的字迹！现在，你给我听清楚，我知道你是在一个恶人手下做事，今天你的过路费我是要定了！快把钱包扔在地上，不然我一箭射穿你！"

罗宾汉说着，便抽出一支箭搭在弦上。可是，就在他拉开弓弦的时候，手却拉空了，他习惯性地低头，检查是怎么一回事。这时，罗宾汉犯了一个致命的错误。就在他低头的当儿，那个乞丐挥动着手中的长枪，像野猫一样一跃而起，瞬间便把罗宾汉的弓箭打落在地。

罗宾汉慌忙向后躲闪，伺机拔出长剑，谁知那乞丐竟以迅雷不及掩耳之势，朝着罗宾汉的头部当头就是一棒。罗宾汉眼前一阵晕眩，噗通一声，便倒在地上，不省人事了。那个乞丐蜷伏在罗宾汉身边，东张西望了一番。见四下无人，他便从腰带上摸出一把锋利的匕首，仿佛要一刀了结了这个猎物的性命。

就在这时，一个棕衣人从不远处的灌木丛中跳了出来，紧接着，又跳出来两个。他们的目光紧紧地盯着那个乞丐，而那乞丐却假装若无其事地继续向前走，之后便在一条小路的拐弯处消失了。

这三人之中，有两个前不久才刚刚加入罗宾汉的队伍。还有一个名叫杜德，他是先前罗宾汉杀死休伯特·林恩时投降的一名士兵。他们走过来沿路巡察，突然，杜德在地上发现了罗宾汉被打落的弓箭。

"快过来看，"他喊道，"这里究竟发生了什么事？为什么首领的弓箭会在这里？我敢说，这就是首领的弓箭，除了他，没人能用的了这张弓！"

"快来看呐，有人受伤了！"另一个大喊着朝罗宾汉跑去，"天呐，竟然是咱们的首领！我的上帝啊，这究竟是谁干的！"

杜德听罢，飞快地跑到罗宾汉跟前，他跪在地上，把手伸进罗宾汉的衣服里感受他的心跳。随后，他兴奋地喊道：

"谢天谢地，他还活着！伙计们，快去白荆树那边，用你们的帽子盛点儿水来！"

一捧清水洒在罗宾汉的脸上，他逐渐苏醒过来。他长吁了一口气，抬手抚摸着剧痛的脑袋，眼睛慢慢睁开了。

"首领，"杜德小心地唤着他，"快告诉我们，是谁使诈把你伤成了这样？他们一共有几个人？"

看着眼前三张关切的脸，罗宾汉勉强地笑了笑。又过了一会儿，他才坐起身，彻底清醒过来。

"和我交手的只有一个人。"罗宾汉说道，"那个人身手很好，打扮成了一个乞丐。就在我准备射箭的时候，被他用长枪打中了。他的动作太快了，我还来不及防卫，就被他打昏了。"

"我敢肯定，"杜德说道，"打伤首领的那个人，就是咱们刚刚看到的那个乞丐！那个家伙竟然还表现得若无其事！"杜德转身对身边的两个人说道，"伙计们，轮到你们来显显本事了。快去把那个家伙抓回来，交给首领处置！"

"等等，"罗宾汉叮嘱道，"一定要悄悄靠近那个家伙，然后见机行事。我就是因为太大意，才会被他钻了空子。千万别被他逮到机会反击，不然你们可就惨了！"

那两个年轻人连忙保证自己会小心行事，接着便急急忙忙地去了。杜德则守在罗宾汉身边，直到他可以勉强站起来，才扶着他慢慢地返回营地。

与此同时，那两个年轻人正商量着如何抓住那个乞丐。他们打算埋伏在那条穿过树林的必经之路上，然后再趁其不备，活捉那乞丐。其中一个叫巴特的还说，他们应当抄一条近路，这样就能在乞丐之前赶到那里了。这个提议得到了另一个人的赞同，于是他们便按计划开始行动。这两个人都有强健的体格，可是，他们的头脑如果能像感官一样灵敏，事情的进展或许会对他们比较有利。然而，他们放下锄头才仅仅三个星期，对于生来就从事耕种的他们来说，绿林中的危机实在是难以应对。

他们在树林间一路飞奔，越过沼泽，穿过草地，不畏山高路远，也无惧虎穴龙潭。最后，他们终于到达了目的地。这里的道路已经变得十分狭窄，而且只有一条路通往前方的树林。二人分别埋伏在道路两侧，等待乞丐的到来。

没过多久，他们便听到趿拉着鞋的脚步声从山下传来。他们暗地里偷偷观瞧，来者正是他们先前见到的那个乞丐。

脚步声越来越近了，就在这时，两人瞅准时机，突然朝乞丐扑去。没等乞丐回过神来，他手中的长枪已被夺走，腰间的匕首也被人拔出。"下流胚子！"其中一人骂道，"别再白费力了，不然我现在就送你归西！"

听完这句话，乞丐那张本就凶狠的脸变得更阴沉了。他怒气冲冲地看看这边，又看看那边，企图寻得逃跑的机会，却发现根本无从下手。再三考虑之后，他决定还是以智取胜。

"仁慈的老爷啊，"乞丐低声下气地乞求道，"请您高抬贵手，放过我吧！这把尖刀太锋利也太可怕了，请您也拿开一点儿吧！不然，我真是会被吓死的呀！不知我究竟犯了什么过错，竟让您二位大老远跑来杀我。可是，我只不过是个老乞丐，您二位杀了我又能得到什么好处呢？"

"骗子！少在这儿装模作样！"巴特厉声训斥道，"刚才你差点儿杀死全舍伍德和巴尼斯戴尔最善良最勇敢的人，你难道不知道吗！我看我还是一刀插进你的肋骨，把你干净利索地解决掉算了！哼，罢了，我还是把你结结实实地捆好带回去交差，再让首领来决定如何处置你！哼，最好把你当成箭靶子，把你一箭射死！不不，你这身烂肉可不值得把箭弄脏了，还是把你吊死在树上比较好！哼，到那时再说吧！"

"大老爷，发发善心吧！"乞丐只是一味地讨饶，"是因为我刚刚不小心，失手打伤了树林里那个人吗？我真没想过要杀死他呀！我可以对天发誓，我那只是正当防卫！我现在就向他道歉！谁能想到，那样敲一下就会要了他的命呢！"

"谁知道你到底安的什么心!"巴特晃着乞丐的长矛怒吼道,"你好好儿想想,是不是用这个凶器,差点儿把他置于死地!等着瞧吧,看他待会儿要怎么处置你!迈克,"巴特转头对他的伙伴说道,"用这个家伙的皮带把他捆起来,咱们带他回去见首领!你这个混蛋已经够难看了,"巴特又对乞丐继续说道,"待会儿把你的脖子一勒,你就更难看了!"

巴特的坚毅和执着令乞丐暗暗担心,如果他再不赶快想法子逃跑,恐怕就要栽在这个家伙手上了。于是,他颤颤巍巍地对巴特说:

"勇敢的好心人啊,请发发慈悲,放过我这个可怜的老乞丐吧!如果我之前对您的首领有失敬的地方,也请您原谅我吧!你放心,我一定会对自己犯下的错误进行弥补的!现在,请把我松开,我的衣服兜儿里有二十英镑,别的地方还藏有一点儿碎银,我愿意全部都交给你们!"

听了这番话,巴特和迈克不禁两眼放光。他们这辈子都还不曾有过自己的钱,而这一次,竟然可以一人分到十英镑,这对他们来说简直就是天文数字!而且,他们也正好趁此机会来孝敬首领。

"老东西,你说的可当真?"巴特命令道,"快把钱拿出来给我们看一看,谁知道你是不是在撒谎!"

说着,他们松开了乞丐的手。此时已经是傍晚时分,风声也越来越大。乞丐背风而立,解下他的外袍,铺到地上,又解下两个大布囊,里面装的可能是干粮和肉。最后,他把那条大皮带也从脖子上解下来,皮带一头还挂着第三只布囊。

"东西都在这里了,"乞丐说道,"保险起见,我把钱都藏在这里面了。袋子里还盛着其他破东西,都是我御寒用的。另外,里面还有一双破靴子。"

当他把皮带从头顶绕过来时,巴特突然发现,就在乞丐的左腋下,还用细绳拴着一个小荷包。那个小荷包看上去是特意藏起来的,巴特心想，那里一定装着什么值钱的东西。巴特越想越觉得不对劲，看那乞丐如此慌慌张张，肯定就是在掩饰这笔财富。

巴特突然向前一步，一把捞起荷包，随即用刀子割了下来。于是，这个钱包就落到了巴特的手上。乞丐突然上前来夺，可他手中提着大袋子，动作已然没有那么灵活了。他挣扎着要把荷包夺回来，可眼前的两人用刀子再一次对准了他的胸口。

"快住手，你这混蛋！"巴特怒喝道，"不然我就杀了你，这东西一样是我的！别再耍什么鬼花招，不然我就要你好看！"

乞丐见巴特已经开始起疑，不得不放弃了抢回荷包的念头。更何况，那个荷包早已被巴特塞进了自己的紧身衣里。乞丐绷着脸，压抑着满腔怒火，俯身打开地上的袋子。巴特和迈克也弯下腰，看那乞丐玩什么鬼把戏。

乞丐将双手伸进袋子里，就在一瞬间，他突然抽出一大条肉，猛然摔在巴特和迈克的脸上。巴特和迈克眼前顿时一片漆黑，慌乱中连忙后退，尽管他们眼前一片模糊，嘴里却依然大骂着乞丐。

接下来，他们的头部分别受到猛烈地一击。原来，那乞丐趁机夺回长枪，给他们每人来了个下马威。巴特的眼睛依然被肉末糊着，他感到乞丐正奋力撕扯着自己的紧身衣。于是，他挥动着手中的匕首向前方乱刺一气，明显感到乞丐向后退了一步，也抽回了他那血淋淋的手。随后，乞丐举起长枪，对准巴特的脑袋，准备一棍了结他的性命。

此刻，巴特也意识到，那个荷包里一定装着极为珍贵的东西。就在枪杆落下来的一瞬间，巴特一跃而起，让乞丐扑了个空。倘若这一次巴特真被击中的话，他一定会被打得脑袋开花！见情况不妙，巴特头也不回地拼命向前跑，迈克也紧紧跟在后边。那乞丐在他们身后追了一会儿，不过由于他身上的衣服太过厚重，不久也就停了下来。

这时，天色已黑，巴特和迈克垂头丧气地返回了营地。

"咱们两个都是蠢货！"巴特懊恼地说道，"我愿意脱去上衣，接受罗宾汉首领的惩罚!"

"被那乞丐打了一顿,我的骨头到现在还疼得要死,"迈克说道,"我可不希望近期再挨揍了。我觉得咱们还是躲一阵,养养伤。到那时,首领估计也就消气了。"

"你这傻瓜,"巴特对迈克和自己都是又气又恨,"你还不如别回来呢!你就饿死在这树林里吧,或者滚回你的老地方,被你的领主管家活活打死!"

迈克此时有些进退两难,他既害怕荒无人烟的森林,又害怕领主管家的爪牙,再三思索之后,他决定还是跟巴特一起回去,接受首领的惩罚。

他们到达营地时,所有人都正要坐下来用餐。巴特将事情的原委都一五一十地告诉了罗宾汉,脸色显得十分愧疚。罗宾汉耐心听完巴特的陈述,最后问道:"那个从乞丐那儿抢来的荷包,现在在哪儿?"

巴特早忘了荷包的事,不过他感觉荷包还在紧身衣内,便把它掏出来,交给了首领。罗宾汉让巴特点燃了一支火把,然后仔细检查着荷包里的东西。

他先在荷包里翻出一块碎布,里面包着三枚金币。接着,又翻出一枚刻着花纹的指环。翻到最后,罗宾汉在荷包底部找到一张折得很小的羊皮纸书信。他把羊皮纸展开,小心地铺在自己的膝盖上,然后逐字逐句地阅读上面的文字。罗宾汉小的时候,曾在叔叔家学过拉丁文,只不过长大以后很少用到罢了。

罗宾汉缓慢地读完了那封书信,他的脸色渐渐变得凝重而严肃。那封信的内容如下:

致尊敬的诺丁汉郡郡长拉尔夫·姆达奇先生,谨向您致以最亲切的问候。这位信使,理查德·伊尔比斯特,就是我曾经跟您提起过的人,他是由我的好友尼日尔·格里姆爵士引荐给我的。

此人英勇果敢，足智多谋，手段高超，只要允诺此人丰厚的回报，他便会竭尽全力，决不畏难逃脱。不过须得禁止此人饮酒，切记切记。此人会依据我们的计划，取得罗宾汉的首级，同时，还会铲除他在绿林中的党羽。静待佳音。

这份文书上没有落款，因为在那个年代，人们是用印章来表明自己的身份的。在这份文书上，盖着一枚盖伊·吉斯伯恩的蓝印，图案是一颗野人头和一把宝剑。

罗宾汉看着眼前的巴特和迈克，他二人此刻都低着头，面带愧色，好像在等待处罚。

"你们根本没有资格来绿林！"罗宾汉厉声说道，"你们只能干些打劫的勾当，应该藏到城里的酒馆去，等到别人喝醉酒无法反抗的时候，再抢走人家的钱包！我若交给你们做一件事，你们应以大局为重，不管眼前有怎样的诱惑，都应该无动于衷！不过，念在你们都是初出茅庐的新手，我不会再追究此事。去吧，"罗宾汉的口气温和下来，"趁热赶紧去吃饭吧。你们以后会更聪明，也会更有所作为。从今往后，希望你们能够记住我对你们的期望。"

巴特从未在自己的上级那里听到过如此贴心的话，这一刻，他的心被罗宾汉恳切的话语彻底俘虏了。

"首领，"巴特单膝跪下，对罗宾汉诚恳地说道，"我实在太愚蠢了，理应受到处罚！如果您不体罚我，那就请您派一件苦差事给我吧！这样，才能消解我内心的不安和愧疚！"

"敬爱的罗宾汉首领，请允许我和巴特一起做吧！"迈克说道，"以后，我一定会成为一个真正的勇士，为您效劳！"

罗宾汉被他二人的诚意和热情打动了，他面带微笑地看着他们。

"年轻人，"罗宾汉最后说道，"现在快去吃晚饭吧，很快你们就有事做了。"

晚餐过后，罗宾汉把小约翰叫到身边，对他说道：

"约翰，那个傲慢的温特布里奇陶工出发了吗？"

"已经出发了，首领。"小约翰答道，"昨天他就驾着马车，带着他那些坛坛罐罐出发了。那个家伙的头脑果然灵光，雪刚一融化，他就带着许多人在窑边忙活起来。"

罗宾汉又向约翰打听陶工会在什么地方过夜，约翰都原原本本地告诉了他。随后，罗宾汉把巴特和迈克叫到跟前。

"你们刚刚说，希望能为我办一件事，"罗宾汉说道，"那么现在，我手头儿就有一件事需要你们来完成。这件事也的确是件苦差，你们要么靠计谋取胜，要么就得受些皮肉之苦。你们应该知道，从这里去曼斯菲尔德该怎么走吧？如果我没记错，你们先前从沃尔索普领主那里出逃，走的应该就是这条路。今晚，我就要你们去曼斯菲尔德一趟，去找那个傲慢的温特布里奇陶工。我还要你们转告他，我很希望能同他交个朋友，同时，我还希望他能把他的衣服、马车和那些坛坛罐罐借我用一下。因为，我准备乔装打扮一番，到诺丁汉的市场里逛一逛。"

"我们保证这一次漂漂亮亮地完成任务！"巴特说道，"我们现在就去取棍子、长剑和盾，然后马上出发。"

小约翰会心一笑："先别说得这么轻松，你以为这件事跟赶鹅一样简单吗？你错了。假如你不了解那个傲慢的温特布里奇陶工，但凡出一点儿差错，他都会立刻拿起武器，把你们打一顿。"

"这我知道，小约翰，"巴特笑道，"你曾经不就被他这样收拾过吗？"

"确实如此，"小约翰诚实地答道，"那一年的秋天，我就被他狠狠地教训了一通。当时我朝他要买路钱，结果他上来就给了我三下，我这辈子也忘不了那次的经历。"

"全舍伍德的人都听到那三声响了！"巴特开玩笑说道，"不过，我倒是听说那个陶工有副侠义心肠。不管怎样,他愿意也好,不愿意也罢,我都会按照首领的吩咐去做。"

"那么,明早天亮后一个小时内,"罗宾汉说道,"我会在赫尔恩森林的岔道口同你们汇合。"

"保证完成任务,决不让您失望!"说完,巴特和迈克便趁着夜色,朝着曼斯菲尔德的方向出发了。

第二天,在诺丁汉的集市上,果然有人驱赶着一辆马车,车上满是精致的温特布里奇陶器。卖陶器的,是个粗壮的中年人,他看起来体格很好,脸蛋红扑扑的。不过,他的头发却看起来很乱,仿佛很少梳理。他身上穿着一件褪了色的棕色紧身衣和一件斗篷,上面都打满了补丁。这一次,罗宾汉的确乔装得很好。

市场上挤满了农民、小贩、商人和屠户,有些人已经支起了货亭或摆好了摊子,还有些人正忙着从马背上卸下货物。这个陶工就在马车旁边卸下了陶罐,再用燕麦和料草喂饱了马驹儿。准备工作结束之后,他便高声叫卖起来。

陶工摆摊的地方,距离郡长的府邸不超过五步。时不时地,他就朝着这栋房子望上两眼。郡长府邸就建在集市旁边,是栋木质结构的建筑,上面还雕着古老的花纹,十分惹人注目。此时,府门已经打开,门前人来人往,络绎不绝。

"陶器便宜卖啦!"陶工高声叫卖着,"快来瞧快来看呐!各式各样的陶器,今日大减价!夫人们,大婶们,快来看看吧!多么精美的陶器啊!快来买厨房的好帮手吧!"

陶工的声音很大,不一会儿,就聚拢了一大帮人围在他的摊子跟前。这些人都是专门过来赶集的,在挑好货物之后,这些人开始和陶工讨价还价。不过,陶工的心思根本不在陶罐上面,也不管别人给多少钱,反正只要给了钱,就一律让人把东西拿走。于是,陶器廉价出售的消息立刻在集市上传开了,一会儿工夫,陶工面前仅剩下六个陶罐了。

"这个人可真是个傻瓜，"一个女人说道，"他根本不会做生意。就算他能做出好陶器，却不知道怎么跟人讨价还价。照这样下去，他永远也赚不到钱。"

这个时候，恰好有一名侍女从郡长的府邸走了出来，陶工叫住她，请她带自己向郡长夫人转达最崇高的敬意，并把剩下的陶器当成礼品，全部送给了郡长夫人。侍女答应了陶工的请求，将陶器带回了府邸。不一会儿，郡长府邸的女主人玛格丽特夫人竟然亲自出来了。

"善良的手艺人，谢谢你送来的陶器！"玛格丽特夫人的目光十分亲切，态度也很温和，"这些陶器都很精致，敲起来声音也十分清脆，我真的是太高兴了。善良的手艺人，如果你哪天再来城里，请提前通知我，我还会再来买你的陶器的。"

"尊敬的夫人，"陶工对夫人脱帽致敬，"我给您留的都是最好的陶器，这些陶器上面丝毫没有裂纹，其他地方也没有一点儿毛病。我可以发誓，不管你敲哪一个，声音都非常清脆。"

玛格丽特夫人觉得这个陶工既坦率又真诚，十分招人喜欢，便同他攀谈起来。这时，院子里传来巨大的钟声，玛格丽特夫人对罗宾汉说道：

"善良的手艺人，如果你愿意，请跟我一起来屋里坐坐吧。在买卖公会的酒宴上，你可以同郡长和我坐在一起。"

这正是罗宾汉所期望听到的，他连忙谢过郡长夫人，便跟随她走进了郡长府邸。罗宾汉刚进入房间，房门就再次被打开，郡长走了进来。之前，罗宾汉见过郡长一次，这一次，他飞快地打量着郡长。这位拉尔夫·姆达奇郡长曾是个家境十分富裕的制鞋商人，花了大价钱，才从伊利主教那里买来了这个官衔，为了把本钱捞回来，这位郡长可没少做欺压百姓的事。

"快来看看这位陶艺师傅送给了我们什么？"玛格丽特夫人一见到

郡长，便指着身边那些瓶瓶罐罐炫耀起来，"这六个陶罐都是上乘货色，跟从乡下工坊里买来的一样好！"

拉尔夫·姆达奇郡长又高又瘦，相貌古怪而凶狠。他瞥了陶工一眼，陶工急忙弯腰向他行礼。

"这位好心的陶工师傅可以同我们一起用餐吗？"玛格丽特夫人问道。

"让他来吧，洗洗手，马上要开饭了。"郡长粗声粗气地答道。他确实已经很饿了，加之刚刚又做了一笔亏本买卖，他的心情并不算好。

他们走进餐厅，里面坐了约有二十来人，都在耐心地等待着郡长和郡长夫人。在那些人当中，有的是官员，有的是郡长的手下，还有一些是集市上的富商。

看到郡长和郡长夫人在首席上落座，其他人也都跟着坐了下来，而罗宾汉，则被安排在末尾的位置。每个座位前都摆放着一只犀牛角汤匙和一个木盘，盘子上面放着一大块面包片。此外，每两个人还要共用一只白镴杯喝酒。接着，侍从们从厨房里取出烤好的肉串供客人们享用。这个时候，每位客人都从自己的腰间抽出匕首，随便在裤子上擦两下，便从肉串上割下自己相中的部位。切好的肉块被放到面包片上，他们三两下就把肉用面包卷好，开始美美地享用起来。人们就这样吃着，直至把全部的烤肉吃完。

在餐厅的地面上，猫儿、狗儿为了争抢客人们丢下来的骨头，还在大肆地撕咬着。在餐厅的门口，乞丐们不住地向里面张望，高声请求用餐的人能施舍一点食物给他们。时不时地，坐在末席的客人会朝着乞丐们丢一块骨头。不过，在他们看来，这并不是施舍，而是想狠狠地砸乞丐一下。然而，乞丐们往往都能灵活地接住骨头，接着便大啃特啃起来。偶尔，还有大胆的乞丐冒险跑到餐桌前乞讨。每到此时，侍从们就用棍子打得他们东躲西窜，驱赶他们离开餐厅。

突然，一个强壮的乞丐闯入餐厅，穿过撕咬的狗群，径直来到餐桌首席的位置。侍从们见状马上赶来，要把他撵出去。

"我要见郡长！"乞丐一边奋力反抗，一边咆哮着，"是位骑士派我来见他的！"

可是侍从们根本不相信他，硬要把他拖出门外。他们的吵闹声引起了客人们的注意，人们纷纷扭头朝这边观望。罗宾汉抬头一看，一下子就认出了那个乞丐。原来，那家伙正是吉斯伯恩派来的间谍——理查德·伊尔比斯特。他们昨天刚刚交过手，那乞丐甚至还打伤了他的两个手下。

伊尔比斯特拼命挣脱束缚，可那个侍从却是个极其强壮的人，任他怎样挣扎，都无济于事。突然，伊尔比斯特大声喊叫起来：

"郡长大人，请您大发慈悲吧！是盖伊·吉斯伯恩爵士派我来给您送信的！"

这时，郡长抬起头，盯着眼前两个扭打在一起的人。

"让他说！"郡长高声喝道。侍从听罢，便不再硬来，却还是死死地抓着他。理查德·伊尔比斯特恶狠狠地盯着旁边的侍从，气喘吁吁地站在那儿。

"还不快说，你这混蛋，没听到大人的吩咐吗？"侍从训斥道，"你这样看着我，难道说还想把我吃了不成？"

乞丐转过身，朝着郡长说道："尊敬的郡长大人，是盖伊·吉斯伯恩爵士派我来的，他托我捎给您一封私信。"

郡长半信半疑地盯着他。

"信里说什么？"郡长的声音严峻而冷酷。那乞丐迟疑地环视了一圈，发现所有人都在看着他，有的好似在嘲笑，有的则带着鄙夷的神色。

"尊敬的郡长大人，看这乞丐的样子，恐怕他只能告诉您一个人了。"一个肥头大耳的农场主笑道，"这样，他就好敲诈您的钱财了！"

"或许是这样，"另一个也边笑边比划着，"一刀子把你给'咔

085

嚓'了!"

"你说是盖伊·吉斯伯恩爵士派你来的,你有什么证据吗?"郡长怒气冲冲地训斥道,"不然,我就让人把你打出去!"

"我在树林里被十二个强盗围困了,"伊尔比斯特说道,"他们抢走了盖伊爵士给您的信!"

这样的说辞太老掉牙了,周围的客人顿时大笑起来,一瞬间,那乞丐就被从四面八方传来的嘲笑声淹没了。

"他让你给我捎的信,难道就是这样一个笑话吗?"郡长大声咆哮起来。

"不不,盖伊爵士是派我来帮您铲除罗宾汉的!"伊尔比斯特吓得大叫起来。可人们一听说是他来抓罗宾汉的,笑得反而更响了。四周的嘲笑声此起彼伏,伊尔比斯特被气得险些丧失了理智。

"哈哈哈哈!"众人早已笑弯了腰,"太好笑啦!我看你更像是罗宾汉派来的,这不就是贼喊抓贼嘛!"

"来人,把他给我轰出去!"郡长怒吼起来,脸已经涨得通红,"给我好好儿教训教训这个谎话连篇的贱民,把他赶出城去!"

"我没有撒谎!"伊尔比斯特高叫着,"我曾参加过十字军东征!我还——"

不容他说完,便有十几个侍从朝他扑来。伊尔比斯特毫无反击之力,不一会儿便被轰到集市上。他的斗篷被扯了下来,袋子里的东西也被扔的到处都是。接着,他只觉得木棒从四面八方打下来,像冰雹一样落到他的身上。他那双曾犯下无数罪孽的双手,被鲜血染红了。他的内心也在这一刻变得更加冷酷。说真的,他这颗冷酷的心,本就是在这个冷酷的年代里练就的。就这样,伊尔比斯特从城里被打到城外,一路上饱受煎熬和苦楚。

客人们又谈笑了一会儿那个冒失的乞丐,接着,便兴冲冲地转移到另外一个话题上。原来,在酒宴结束之后,郡长要在城外举行射箭比赛，赢的人可以获得四十先令作为奖励。

宴席结束后，大多数客人都选择参加射箭比赛。按照以往的规矩，郡长手下的兵勇也都必须参加。而罗宾汉呢，不用说，以他的资格，充其量也只够充当本次比赛的热心观众。射箭比赛很快结束了，令人遗憾的是，参赛选手们整场比赛都表现平平，比赛也毫无精彩可言。

"尊敬的郡长大人，"陶工站出来说道，"尽管我只是一名普通的陶工，但从前却是一名优秀的射手。我热爱射箭，这一点从没变过。如果您不介意的话，能让我也试一下吗？"

"你来试试吧，"郡长答道，"看你确实很强壮。不过，你现在看起来满脸通红，跟个喝醉的酒鬼也没什么两样。"

听到郡长的嘲笑，陶工同众人一起大笑起来。郡长命令手下拿来三张弓，放到陶工面前。陶工挑选了一会儿，最后从中选了一张最大最结实的。

"这些东西太次了，"陶工在耳边弹着弓弦说道，"轻轻一弹就有杂音，而且力度也太弱了。"

说完，陶工从郡长手下的箭筒里抽出一支箭，顺势搭在弦上。接着，他把弓张到最大，一转眼，箭迅速地飞了出去。人们瞪大眼睛观望着，随之而来的，是热烈的欢呼和由衷的赞叹。原来，罗宾汉的箭距离靶心仅有一英尺，比其他人近了整整六英寸。

"再比一局，"郡长对手下的兵勇说道，"让这个陶工同你们一起比赛。"

新一轮比赛开始了，每个兵勇都尽全力将自己的技艺发挥到最佳水平，可是依旧没人能超过陶工。眼看最后一个兵勇的成绩依旧平平，参赛的兵勇们都阴沉着脸，垂头丧气地盯着陶工。此时，轮到陶工上场了，只见他上前一步，箭已经搭在了弦上。

瞧他的样子，这一轮比赛似乎更加轻松。观众们都屏住了呼吸，四下里鸦雀无声。只听嗖的一声，一箭射出，又听砰的一声，二百码以外的人都知道这支箭已经射中了箭靶。人们连忙瞪大眼睛,放眼望去,嚯,箭正中靶心!一时间,人们简直不敢相信自己的眼睛。

记分员马上跑到箭靶跟前,接着,他异常兴奋地朝这边跑来,口中高喊着:"正中靶心,还把靶钉射成了三块!"

所谓靶钉,就是钉在靶心正中的一块木头。这时,人群中再一次响起了热烈的欢呼。人们高高举起手中的杨木棒,在空中热情地挥舞着木棒上的流苏。许多人走到陶工面前,有的同他握手,有的拍着他的肩膀以示钦佩。

"老天呐,"一个人喊道,"虽然你不懂得如何做生意,可你却是一名优秀的弓箭手!你的技艺,绝不逊色于任何一个守林人!"

"甚至同那个神箭手罗宾汉相比,你的技艺都有过之而无不及!"一个喝得醉醺醺的磨坊主赞扬道。

郡长手下的兵勇们看到自己竟输给一个陶工,一个个都耷拉着脸,看起来十分沮丧。不过,郡长倒并不在意,他对手下们嘲笑了一番,便走到陶工面前说道:

"你确实有两下子!其实,你完全可以靠一张弓闯天下,没人会是你的对手!"

"我从小就十分钟爱射箭,"陶工说道,"那个时候,只要我想射中什么,我就一定能射中。我曾经还跟许多弓箭手比试过,在我的马车上,至今还有一张从罗宾汉那里赢来的弓。不是我吹牛,我跟那个混蛋都比试过好几回了!"

"什么!"郡长吃了一惊,眼神中满是猜疑,"你同那个恶贯满盈的家伙比试过?这么说,你知道他藏在哪儿?"

"如果我没猜错的话,应该是在女巫树林,"陶工十分轻松地说道,"我打那儿经过的时候,听人提起过。想来,那应该是去年秋天的事儿了。当时,他阻拦了我的去路,跟我要过路费,我就告诉他,我走在皇家大道上,除了国王,我的钱谁也不给。我还说要跟他比试棒法,或者比试射箭,正好看看我同他的技艺到底孰高孰低。谁知,那个家伙竟然真的跟我比了四局!最后,他看我为人仗义,就放我走了。"

的确,罗宾汉同那位陶工的友情,正是通过这种方式建立起来的。也正是出于这种友情,巴特才能轻而易举地从陶工那里借来了装备和货物。

"如果你能让我见一见那个恶棍,我就给你一百英镑!"郡长绷着脸说道。

"没问题!郡长大人,只要您按我说的做,明天带上您的人马跟我一起走,我肯定能帮您找到他的营地!我听说,那个混蛋整个冬天都是在那儿度过的。"

"一言为定!你果真是条汉子!"郡长说道。

"不过,丑话还是说在前面,"陶工说道,"您必须给我丰厚的奖赏,我才肯做。不然您想,如果罗宾汉知道是我带您去剿灭他的老巢,他是一定不会放过我的。这么一来,我以后经过那片树林的时候,恐怕就性命不保了。"

"我以国王的名义向你保证,事成之后,我定会好好儿打赏你!"郡长说道。

尽管郡长说得信誓旦旦,但罗宾汉却很清楚,这样的允诺根本毫无意义,谁不知道郡长向来都是爱财如命的呢?不过,罗宾汉却装出一副很满足的样子。当郡长提出给他四十先令作为拔得头筹的奖赏时,罗宾汉也是再三推辞,由此也为自己赢得了更多人心。

"不,不,"陶工说道,"您应该把这些钱奖赏给射箭最好的人。我刚刚那一箭纯属是巧合,或许是被风吹偏了,才凑巧碰到了靶钉。"

晚上,陶工被郡长邀请共进晚餐。席间,众人纷纷向他敬酒,把他当作值得敬重的朋友。欢快的晚宴过后,陶工被郡长留在府中过夜,其他人则各自回家休息去了。

次日,天刚蒙蒙亮,人们便已经集合完毕,他们每个人都吃了一

089

大块面包,还痛痛快快地喝了一壶酒。不多时,马匹已经准备就绪,就连陶工的马车也准备好了。于是,陶工带着郡长以及另外十个属下,一起朝着绿林进发了。

陶工在前面领路,郡长带人跟在后面。就这样,他们沿着寂静的沼泽,或是狭窄的小路,一直朝着树林深处行进。他们途经好几个地方,都是十分凶险,极易遭到埋伏。郡长从未走过这样的路,一路上都是惊慌失色,暗暗担心自己性命不保。

"你确定就是这条路吗?"郡长一遍又一遍地问道。

"当然啦!"陶工笑道,"我从小在舍伍德长大,已经来来回回走了二十几年,还从来没有走错过。您以为,我是故意带您从这里走的吗?您也不好好儿想想,罗宾汉如此狡诈,又怎么可能会驻扎在大道上呢?只要猎狗稍稍一闻,他不就暴露了吗?"

"你是怎么知道那个家伙的藏身地点的?"郡长开始露出一丝怀疑。

"我打温特布里奇经过这里的时候,村子里的人们告诉我的。"陶工不以为然地答道,"我把你们带到女巫森林附近半英里的地方,不过具体怎么抓人,那就要看你们的了。"

"那个女巫森林,又是什么地方?"郡长又问道。

"听说那里十分可怕呢!"陶工小心翼翼地答道,"据说那里有可怕的女巫出没,地上到处都是死人的骨头!尽管从外面看是普普通通的树林,可是在树林里面,却处处是悬崖和洞穴。那个女巫,还有她手下的恶灵,就生活在骨头堆里。听人说啊,罗宾汉还跟那个女巫沾亲呢!只要他在这绿林之中,那女巫就会保护他不受一丁点儿伤害。"

"怎么会这样!"郡长和属下们听了这些话,都纷纷抱成一团,心惊肉跳地四处打量。

"据说啊,那个女巫是这树林中的精灵,她拥有神秘的力量,既能杀死来到树下的人,又能把他们活生生绑在树上,甚至还能让他们永远沉睡!"

"快看，那是什么！"一个士兵喊道。

"那边是什么东西？"郡长指着前面问道。他们此时已来到林间的一片草地，树林在这里消失了，取而代之的是长满低矮灌木的丘陵。在一个突起的山脊上，生长着一棵大橡树，巨大的树冠向四周延展开来。在树冠下面，有三块高高耸立的巨石，它们彼此依靠，仿佛是在相互耳语。

"这儿就是里格三巨石。"陶工答道，"听人说，这三块巨石在白天看来是石头，可是一到了晚上，当晚风吹起、猫头鹰开始啼叫的时候，它们就会变成像旋风一样飞来飞去的女巫！这三个女巫就是森林女巫的属下，她们会按照森林女巫的命令，向人间播撒瘟疫，引发饥荒，为人类带来诸多不幸。"

听到这儿，人们不禁面面相觑。不过，他们还是飞快地把头扭开，好像害怕被人发现心中的恐惧。在那个年代，不管是国王还是普通人，人人都迷信巫师的存在。

"你怎么不早说呢！"郡长气急败坏地说道，"出发之前，你就应该把这些讲清楚！好歹我还能带上一名神父，好让我们——"

不等郡长说完，黑暗的树林中突然传来可怕而刺耳的笑声，声音回荡在树林之中，久久未能平息。这笑声来得太突然了，让人顿时感到毛骨悚然，甚至连马儿也停下了脚步，在原地瑟瑟发抖。那些士兵们不停地在胸前画着十字架，惊慌失措地朝着树林深处张望。"咱们还是回去吧！"不知是谁喊了一声，紧接着，就有人调转马头，沿着来时的小路飞也似的逃跑了。

这时，笑声再一次疯狂地在树林中响起，那声音仿佛是从四面八方传来，从每一个黑黢黢的树穴中传来。剩下的人也迫不及待地扬鞭催马，不管郡长如何命令他们回来，他们都只是一股脑儿地飞奔，拼了命也要逃出这树林。

这个时候，陶工还坐在他的马车上。郡长则紧绷着脸，听着那些马蹄声越来越远,越来越弱,最后消失在风中。

"你们这帮胆小鬼!"郡长咬牙切齿地骂道。可是,尽管他一再给自己壮胆,他还是怕得要命,不停地朝着四周东张西望。

忽然间,陶工甩出一声响亮的鞭子。接着,在这片广袤的土地上,一声号角响彻天际。转眼间,从土地里,从树干中,甚至从郡长头顶的树枝上面,一下子冒出大约二十名身穿棕色紧身衣的汉子。

"陶工大人,您还好吗?"其中一个高个子、大胡须、光脑袋的家伙问道,"您今天的生意怎么样?在诺丁汉有没有把货卖光?"

"不瞒你说,"陶工答道,"我不仅把货卖光了,还卖了个好价钱。小约翰,你过来看呐,我甚至把郡长大人都请来了!"

"郡长大人大驾光临,我们理应在此恭候!"小约翰大喊着,并发出一阵响亮的笑声。他这一笑,人们都朝着郡长望去,看到郡长那又恨又气却无能为力的样子,大伙儿都禁不住哈哈大笑起来。

"混账!你们这群恶棍!"郡长怒骂道。他那张藏在钢盔底下的脸,已经因羞愧而变得通红。他朝陶工怒吼道:"你,究竟是谁!"

"感谢上天,你竟不知道我是谁!"陶工说着,便脱去了外面的斗篷和紧身衣。那件紧身衣里塞满了破布,好让他看起来更结实。"郡长大人,既然您到这儿了,就不妨同我们一起来品尝皇家饲养的肥鹿吧。不过,您得把马匹、盔甲和其他东西留给我们,就权当是交给我们的过路费吧!"罗宾汉继续说道。郡长别无他法,只得脱下盔甲,连同马匹和其他东西一起交给罗宾汉。接着,无论郡长愿意与否,都不得不割下一块鹿肉,同那伙儿逃犯一同进餐。他原本已是饥肠辘辘了,这样吃着鹿肉,喝着美酒,竟也觉得十分香甜。

美餐过后,郡长准备徒步返回诺丁汉。就在这时,罗宾汉让人牵来一匹女人骑的小马,并命令他骑上去。

"郡长大人,您一路走好!"罗宾汉说道,"还有,请代我向您的夫人问好!比起您的粗鲁和刻薄,她可真是坦诚和善。这匹小马是我送给夫人的礼物，相信她一定会喜欢！这样，她每每看到这匹小马，就会想起那个善良的陶工了。不过，我可不指望您也这样想我。"

郡长一言不发地离开了。到达诺丁汉后，他守在城门前，一直等到天黑才偷偷摸摸地骑进去。守城的门卫看见郡长骑着一匹女人骑的小马回来了，都感到相当诧异，更何况，郡长身上的装备也被人洗劫一空了。出发时还信心饱满的郡长大人，就这样铩羽而归，真是令所有人都大吃一惊！从那些惊诧的路人口中，郡长听闻他的手下们也已经狼狈地回来了。他本想悄悄地溜回家去，却不料满大街上都是盯着他看的行人，而且无一例外的都挂着一副难以置信的表情。面对人们的询问，郡长只是默然地在胸口画着十字架，不做任何回应。等他跨入自家府邸后，他听到人群中突然爆发出振聋发聩的笑声。那声音如此巨大，即便他已经走进卧房，那嘲笑声仍旧排山倒海一般涌进他的耳朵。

第二天，全诺丁汉也找不出第二个像姆达奇郡长那样气急败坏、暴跳如雷的人了。全城的百姓都在私底下偷着乐，从高傲的巡警到数以百计的兵勇，甚至包括马厩里的马童，所有人都在欢乐地构想着郡长头天的窘境。他是那么趾高气昂地带着大队人马去活捉罗宾汉，却未料到带路的陶工竟是罗宾汉本人。最后，他不仅被罗宾汉活捉，甚至还被他戏耍了一番。一想到这些，人们就会情不自禁地笑出声来。

第四章
天外有天

又到了一年中的盛夏，每到此时，可怜的农奴们就不得不顶着烈日在田地里耕种。刺眼的阳光如同火焰般灼烧着他们的肌肤，繁重的农活更是令他们汗如雨下，苦不堪言。相较之下，绿林的生活是多么逍遥快活！尽管是烈日当头，在绿林之中，却是凉爽舒适。微风在林叶间轻轻吹拂，几只苍蝇如游侠般飞来飞去，跳着不变的舞蹈。那嘤嘤嗡嗡的声音，仿佛柔声细语，令人闻之欲睡。

那些在酷暑中耕作的农奴，时而直起已经僵硬的腰板，遥望着那片在风中摇摆的树林，憧憬着那遥不可及的凉爽树荫。这时候，他们更多的会想起那些逃走的同伴。那些勇敢的人们，他们摆脱了农奴的命运，冲破了赋税和陋习的枷锁，此时大概正享受着来之不易的自由吧？许多农奴都对这种自由为之向往，他们一生都在不停地问自己：我是否也能鼓足勇气，逃离这个与生俱来的囚笼？我是否也敢以下犯上，夺回属于自己的那份财产？在那个艰苦的年代，农奴就是在这不公的社会中艰难地维持生计。这些，都是他们真实的内心写照。

在这短短一年间，罗宾汉和绿林勇士的名声已经在这片广袤的林区传播开来。四处奔走的商贩、艺人和乞丐，把他们的英勇事迹口口相传。在乡镇的酒馆里，常常能看到吟游诗人对着三五成群的农奴高唱那些勇士的赞歌，歌颂他们的英雄事迹和侠义豪情。

农奴的日子越来越难过了，从播种到收割，他们日夜忙碌，苦不堪言。尽管如此，积压在他们身上的农活还是越来越多，越来越苦，已经远远超出了他们的能力所及。就在农奴们觉得自己快要被逼上绝路的时候，总有几个人会下定决心，孤注一掷。他们一旦寻着逃跑的机会，便会义无反顾地逃到绿林，投奔罗宾汉去了。

就这样，在仅仅一年间，罗宾汉的队伍从最初的二十个人，逐渐扩充到三十五个。不过，说到招贤纳士，罗宾汉还有自己的绝招。只要他听说哪里有出色的弓箭手、武艺高超的剑客或是耍棒达人，他都一定要去见识见识，同那个人打上一架，再和他成为一生的挚友。靠着这种方法，罗宾汉将更多更优秀的人才招致他的麾下。

在同对手一较高下时，罗宾汉大多数情况下可以赢了对方。不过，也有几次是例外，他的对手要么比他更灵活，要么运气更好。不过，无论结果是输是赢，他的对手最终都会被他的英雄气概所打动，然后死心塌地地跟随他，加入到绿林队伍中去。

就是用这种方法，罗宾汉赢得了教头西姆·维克菲尔德的信任。他们交手的过程，就像吟游诗人乔瑟林歌中唱的那样：

> 夏日漫长，觅知己而较量，
> 棋逢对手，势不可挡，
> 刀光剑影，气贯长虹，
> 势均力敌，难较高下。

打到最后，罗宾汉也不得不承认，他实在是打够了。于是，他热情地邀请西姆·维克菲尔德加入绿林，西姆也欣然接受了。不过，西姆称自己目前正在供职，必须等到下个圣米迦勒节①后，才能前去投奔罗宾汉。

"好罗宾汉，"西姆握着罗宾汉的手说道，"到那时，我就手握宝剑，和你一起肩并肩走进绿林！"

还是用同样的方法，罗宾汉同诺丁汉的耍棒行家阿瑟·布兰德也打过一架。在这场打斗里，他们同样打得难解难分，不分高下。到最后，他们成了好朋友，阿瑟也十分愿意加入绿林。实际上，阿瑟是小约翰的堂兄弟，两个亲人在绿林中相见，自然是格外开心。他们都长得人高马大，又都那么精通箭术和棍棒，所以人们常说，要是有他二人出马，至少可以以一当十。自此之后，凡是有出勤任务，他们二人总是形影不离。

罗宾汉最初藏匿于绿林的时候，发现林中有许多不同帮派的劫匪。其中，大部分人是因为谋杀或抢劫畏罪潜逃至此，渐渐地，一些逃亡的农奴、贫民和流浪汉也加入了这些团伙。这些人的本性并不算坏，只不过是为了逃避审判，才躲进了这绿林之中。

不过，这些强盗团伙对抢劫对象从不加以区分。无论贫富，凡是出现在他们地盘上的人，都是他们抢劫的对象。这一秒，他们可能强迫某个穷人交出身上唯一的食物；下一秒，他们又跑去抢劫某个富人身上的钱财。对待这些强盗团伙，罗宾汉总是采用最直截了当的方法。他一旦知道了这伙人的藏身之处，便带着自己的人偷偷埋伏在那里。一旦对方出现，不等他们回过神来，罗宾汉便指挥手下用弓箭指向他们每一个人。接着，罗宾汉便上前发话："本人就是罗宾汉，想必你们也已经听说过了。现在，你们要么和我决一死战，用武力来解决问题；

---

① 圣米迦勒节：基督教历法中的一天，大约为每年的 9 月 29 日。圣米迦勒（St. Michael），宗教神话中的天使军最高统帅，对于罪恶的事抱持着绝对的否定与无情的歼灭，被视为"绝对正义"的化身。

要么，就终止这种欺压穷人的劣行，加入我的队伍，发誓永不再做伤天害理的事！"

大多数情况下，强盗们会选择后者，加入罗宾汉的队伍，并按照罗宾汉的要求对天起誓：不再欺负穷人、老实的佃户和正直的骑士；不做任何危害妇女的事；也不伤害任何一个有妇女参与的团体；除此之外，还要尽所能帮助穷人和有需要的人。不过，偶尔也有一两个强盗头子不愿屈服，并向罗宾汉发出挑战。可是，往往等罗宾汉杀到第三个人的时候，剩下的人都吓得不敢再反抗了，于是便纷纷对他俯首称臣。

通过以上方法，罗宾汉又将队伍扩充到五十五人。当树叶茂盛、郁郁葱葱的时候，这些人就穿着绿色的林肯装；当树叶凋零、纷纷洒落的时候，这些人又会换上棕色的紧身衣、兜帽和斗篷。靠着这样的障眼法，他们才能在伏击时不被敌人察觉。

七月里的一天，罗宾汉和他的队友们窝在洞穴里打发时间。此时，洞外正是狂风暴雨，硕大的雨点如同飞箭一般打在地上。每一片树叶上，都淅淅沥沥地流淌着雨水。整个林子，像是泡在了雨水里，早已被浸透了。浓重的雾气弥漫在山谷之中，缓缓地沿着悠长的山路消散在空中。林中虽说有路，这时也早已被雨水反复冲刷浸泡，变得泥泞不堪了。因而，在这种天气条件下，任谁也不会在林中行走。那些乞丐、小贩、江湖郎中、朝圣者、杂耍艺人或是其他的过客，此时已经躲进乡里的酒馆，或是投宿到大路上偏僻的旅店了。

在埃弗武德·斯卡尔洞穴中，罗宾汉和他的伙伴们正舒舒服服地坐在干燥温暖的草垛上，或彼此讲着故事，或听朝圣者讲述他这一路上的见闻。这个朝圣者，是斯卡利特今早遇见的。当时，他的脚肿得厉害，走起路来也是一瘸一拐的。斯卡利特见状，便把他带回到营地。随后，小吉尔伯特为他处理了伤口，并给他的伤口敷药包扎。这个朝圣者是个心地质朴的善良人，为了报答绿林勇士的恩惠，他向他们讲述了数年前他游历罗马的精彩见闻,以及他坐船从威尼斯到迦法一路的经历。

和他们在一起的,还有其他旅人,其中就有一个快乐的江湖郎中。他看上去已是瘦得皮包骨头,长得却很精明。他总是口若悬河地讲述自己的故事,却常常兴奋得得意忘形。他身上披着一件极其破旧的天鹅绒斗篷,斗篷边上的皮毛已被磨损得很严重了。他头戴一顶印有犹太教神秘符号的帽子,据他说,只有最聪明的人才能理解符号的意思,这其中当然也包括他自己。他还特意强调自己随身携带着少许神奇的药水和丹药,这药水曾经赋予了赫拉克勒斯①神力,而那丹药则令海伦②变成了绝代佳人。

"那可真是太奇怪了,以你这副身板儿,竟然都没喝上一口那神奇的药水!"小约翰边笑边说道,"你可别忘了,上次在诺丁汉的古斯市场上,你骗那里的流氓恶棍说能治好他们的酒糟鼻,可后来怎么着,非但没拿着医药费,还被狠狠地暴打了一顿!"

"我需要的可不是胳膊上的蛮力!"郎中的小眼睛兴奋地闪着光,"要说当时,难道不是靠着我的三寸不烂之舌,才摆脱了那些恶棍吗?要是没有我,郡长的手下怎么肯几下子就赶跑了他们?所以说啊,我有的是比发达的四肢更宝贵的东西!"他拍拍自己的脑门,"有了头脑,还要力气做什么呢?体力永远也赶不上脑力,不是吗?"

"我倒是很怀疑你的头脑是不是真的能帮到你!"一个声音从洞穴的角落传来,"何不说说你上次遇到戴尔泉隐士那件事呢?也好让这个兄弟知道你是怎么丢人的。"

郎中听罢,小脸儿气得马上耷拉下来,而说话的那个人,却是哈

---

① 赫拉克勒斯:希腊神话中最著名的英雄之一。他神勇无比、力大无穷,死后升入奥林匹斯圣山,成为大力神。
② 海伦:希腊神话中宙斯与勒达之女,被称为"世上最美的女人"。她后来和特洛伊王子帕里斯私奔,引发了特洛伊战争。

哈大笑。那个人面色苍白,穿着一件朝圣者的袍子,尽管他是在嘲笑郎中,却听不出其中有任何恶意。

"快给我们讲讲吧!"逃犯们听了都兴奋地大喊起来。郎中的窘相令他们一个个都有些幸灾乐祸,还有些人撺掇着那位朝圣者来讲述那个故事。可是,不管他们怎么请求,郎中却充耳不闻。他的脸被气得通红,嘴里不断地咒骂着那个多嘴的朝圣者,还有那个曾经令他蒙羞的隐士。

"亲爱的朝圣者,还是你来告诉我们吧!"小约翰向朝圣者恳求道。这时,郎中却突然打断他说:"那家伙根本就不是什么朝圣者!他那张该死的脸,我一眼就认得!哼,他是从纽斯泰德修道院逃出来的逃犯!如果我现在就向修道院的管家通风报信儿,肯定能拿到一些报酬!"

人们都不约而同地看向朝圣者,他身材高大,四肢强健,不过他的脸色不大好,似乎是得了什么病。

"他说得确实没错,"朝圣者说道,"我的名字叫尼古拉斯,是纽斯泰德修道院的铁匠。不过,"说到这儿,他的声音突然变得严肃洪亮起来,"从昨天早上起,我就再也不会回去做他们的奴隶了!我只想自由自在地工作,跟着一个好主人,有不错的报酬,对我来说,这样就足够了。之前,我一直是个铁匠。我的技术很好,能做出犁头、耙子,还会箍车轮,我甚至还能铸出工艺精良的宝剑。不过,后来我就病倒了,无法再继续工作。领主管家见我不中用了,就把我的母亲赶出家门,还抢走了她的财产和土地。而我呢,却虚弱地根本无法起身,只能躺在草垛上,眼看着母亲被人用棍棒轰出去。再后来,那些人把我也扔在路边,对我恶语相向,还让另一个身强体壮的农奴取代了我的位置。就这样,我和母亲就被那些人无情地抛弃了。"

"可怜的年轻人,"罗宾汉叹息道,"他们都是一群铁石心肠的人,你本就不该寄希望于那些神父、主教和他们的下属。幸好你现在逃出来了,干得好!不过,你的母亲现在怎么样了?"

"她也已经得到了解脱,再也不会受到领主管家的伤害了!"尼古拉斯的脸上掠过一丝哀伤,"我已经把她葬在教堂墓地的泥土之中,在那里,她会得到永远的安息。"

"小伙子,如果你想获得自由,"罗宾汉说道,"不如就留下来,和我们在一起吧!我们这里有许多剑和戟需要修理,并且在每个米迦勒节,你都会得到相应的报酬。你愿意加入我们吗?"

"啊!当然愿意啦,首领!"尼古拉斯惊喜地答道。他走到罗宾汉面前,紧紧握住他的双手,心中满怀感激之情。接着,尼古拉斯脱去了身上的朝圣者袍子,里面穿的紧身衣更突显了他的体形,他真的是太瘦太虚弱了。

"小伙子,你也太消瘦了!"罗宾汉笑道,"不过,我相信你会变得强壮起来。在这里,呼吸森林里的空气,吃着美味的奶油和鹿肉,再加上可口的麦芽酒,不出一个月,你就能高过小约翰了!"

小约翰微笑着,向新来的伙伴点头示意。

"不过现在呢,"罗宾汉继续说道,"好尼克(尼古拉斯的缩写),给我讲讲吧,谁是戴尔泉隐士?他又是怎样对待我们的好朋友皮特医生的呢?"

"哦,事情是这样的,"尼克笑着说道,"其实我对皮特并没有恶意。一直以来,我们那里的农奴如果吃坏了肚子,都是皮特给治好的。我的母亲也曾说过,皮特的药水真是神奇,在天底下真是少见。"

"善良的人们,你们都听到了吧!"小郎中兴奋地大叫起来。听了铁匠的夸赞,他的脾气似乎马上就变好了。"我的病人都会说我的好话,这是理所应当的!不过,"皮特的眼睛里突然冒出了怒火,"那个叫塔克的猪脑袋隐士,我真想把他的脑袋按进又黑又深的温德斯维斯普沼泽!就是那个没脑子的家伙,骗我说出了所有的药方!刚开始他只是好奇地看着我,忽闪着母牛一样温顺的大眼睛,那样子就像个单纯的小姑娘。他一直问东问西,不停向我询问那些药方是怎么制成的,还时不时地作出惊讶和崇拜的样子，仿佛已经被我的智慧和能力所折服。哼，这个狠毒的家伙！其实，他是在引诱我走进他的圈套！他是存心要害我！我耐着性子，回答了他所有的问题，本想着他能买我一瓶蛇油膏——这药可是相当有效，我亲爱的朋友们，能治疗疟疾和风湿病——是他告诉我说，一到冬季的阴雨天气，他的关节就发麻，所以我才给他开了这种药。谁知道，那个大恶棍竟然掐住我的脖子，还抢走了我的药箱！然后，他把我绑在他屋外的树上，从药箱里拿出最珍贵的药品，就是那种圣水和仙药，然后全都灌进了我的嘴里！哼，这个混蛋！畜生！他说我之前太慷慨了，一味给予，从不索取，所以他才把那些药都喂给我吃了。他还说，要让我变得像赫拉克勒斯一样强壮，像维纳斯①一样优美，像所罗门②一样聪明，像帕里斯③一样英俊，像尤利西斯④一样机智。接着，他又在我身上贴满了又热又烫的膏药，真是让我痛不欲生，生不如死！不过，还好我事先就把最宝贵的药品藏到一个小包里，不然我一定会死得很惨！因为——"

小郎中不经意间说出了真相，人群中顿时爆发出巨大的笑声，把他剩下的话都淹没了。

人们饶有兴致地询问他，吃下那么多灵丹妙药究竟有何种疗效。不过，小郎中已经恢复了神志，对每一个问题都巧妙地应付过去了。

"现在，不妨请你说一说，"罗宾汉问道，"那个让你尝尽苦头的隐士究竟是谁？他住在哪里呢？"

"听我慢慢道来，"小郎中皮特答道，"我听说，你们自打来到绿林

---

① 维纳斯：古希腊神话中主司爱与美的女神，同时又是执掌航海的女神。
② 所罗门：传说中的古犹太国的国王，《旧约·列王纪》中记载他有超人的智慧。
③ 帕里斯：荷马史诗《伊利亚特》中长相俊美的特洛伊王子，后因其爱上墨涅拉俄斯的妻子海伦并将她带回特洛伊，从而引发了长达十年之久的特洛伊战争。
④ 尤利西斯：希腊神话中的人物，是希腊西部伊塔卡岛之王，曾在特洛伊战争中献木马计攻破特洛伊城。

之后，便不允许任何人抢劫和欺负穷人。不过，这个逃亡的神父是绝对不会听你们调遣的。他也喜欢用弓箭射杀皇家的野鹿，还是个耍棒的高手，他甚至能打倒和他一样强大的对手。他还养了许多大狗做帮凶，整天过着奢靡而邪恶的生活。唉，他就是个坏事做尽的大魔头！罗宾汉先生，我相信他肯定愿意跟你打一架，因为，他根本就不把你放在眼里！"

"不要相信皮特的话，事情压根儿就不是这样！"铁匠尼克生气地说道，"塔克神父不是坏人，他的生活也不糜烂！他总是来村子里看望穷人，尽其所能给他们治病，给予他们慰藉，而且，他还从来不求回报！他确实十分强壮，不管是弓箭、棒子还是剑，几乎是样样精通。但是，他绝对不是强盗，而是个心地善良、为人谦逊的大好人！可是，如果有谁敢伤害穷人和妇女，他就一定不会放过！曾经有些坏心眼的骑士想要置他于死地，好在他武艺精湛，再加上那些猎狗的帮助，他最终才能战胜那些恶棍骑士。"

"那家伙就是个胆大妄为、不受约束的混蛋！"皮特不屑道。"瞧他那轻狂的样子，好像就没人能胜得了他似的。我听说，他就是因为生活糜烂，才被清泉修道院的兄弟会赶了出来。后来，他一路北上，最后隐匿在这绿林之中。罗宾汉先生，"皮特顿了顿说道，"如果你才是这片绿林真正的主人，最好能亲自去看看那个张狂的家伙，然后再狠狠地教训他一顿！"

这两种截然相反的评论引起人们极大的好奇心，于是众人纷纷讨论起来。不一会儿，雨过天晴，阳光再次普照大地。在阳光的照射下，每片叶子都闪闪发光，仿佛镶嵌着珍贵的珠宝。路人们纷纷启程，那帮逃犯也开始分头完成自己的任务。他们有的制造弓和箭，有的裁布制衣或是打着补丁，还有一些人，已经埋伏在大路两旁。他们已经得到消息，约克郡的主教已经派出一支队伍从克里斯塔尔启程，如今正在去往奥勒顿的路上。据说，这支队伍里有不少好东西，绿林军们正好可以借此机会补贴家用，不管是食物、衣服还是装备，他们都会照单全收。

过了些日子，罗宾汉寻着个机会，想去见一见皮特和尼克口中的隐士。塔克神父的大胆和独立激起了罗宾汉的好奇心，罗宾汉迫不及待地想见到他，顺便同他一较高下。罗宾汉通知小约翰和其他十几个人跟他一起南下，不过，他却叮嘱手下们要和他拉开一个小时的路程。于是，罗宾汉启程前往纽斯泰德修道院，并在修道院附近打听到了塔克神父的住处。

为了能尽快到达目的地，罗宾汉一路骑马飞奔。他头戴钢盔，腰上佩戴着长剑和小圆盾，身上穿着一件厚厚的棕色皮甲。除此之外，他还随身携带着那把最喜爱的紫杉弓，一束箭也装进了腰间的箭筒中。

罗宾汉出发的时候，大概是在正午时分，而他快要到达目的地的时候，已然近乎傍晚。最后，他终于抵达了里恩胡斯特树林。独自走在这片寂静幽僻的树林里，罗宾汉似乎听到一丝奇怪的声音，他拉紧缰绳，仔细聆听。他认真观察着周边的情况，四周和头顶上都是巨大的灰色树枝，看起来仿佛是林中王者的权杖。这些灰色的树干，一个接一个紧紧地挨着，那些盘虬卧龙一般的树枝，向四周伸展开来，灰色的苔藓覆盖在上面，好似大片大片的络腮胡须。此时，树林中光线昏暗，罗宾汉看不到任何生命的迹象，却总觉得有什么东西在盯着他。他驱马来到一条昏暗的小路上，这条路看似能通往一片开阔的空地。经年累月，小路上已经积满了厚厚的苔藓和落叶，马蹄踩在上面，没有发出一丁点儿声音。果不其然，小路的尽头真的是一片空地。不过，树林的左前方是什么飞过去了？罗宾汉不确定那是树叶在晃动，还是一匹狼潜伏在那里。不过，他十分肯定，刚才确实有东西从那掠过，像暗影一样无声无息，如幽灵一般敏捷轻灵。

他转身朝来路张望，又仔细查看了周围的环境。最后，他朝着树木较为稀少的方向走去，心底盘算着，此处应该距离隐士的住所不远了。罗宾汉翻身下马，把马拴在一棵树上，然后吹出一声悠长低沉的鸟哨。接着，他又吹了两次哨子，才从远处听到相同的哨声。罗宾汉在原地等了一会儿，一只松鼠钻进了他上方茂密的树冠中，他头也不抬地说道：

"凯特，我知道你来了。除了我之外，这片橡树林中还有其他人吗？"

凯特沉默了一会儿，接着，茂密的树叶中传来他的声音：

"除了一个年轻的煤矿工，似乎并没有其他人。"

"你确定没有人在监视我吗？"

"我说不好，不过，我确信这里没有人想要伤害你。"这个回答并不直接，于是罗宾汉又踌躇了一会儿。他想不出什么人会知道他在这里的行踪，但是，他也不再问凯特了。

"帮我看好马，凯特。"说罢，罗宾汉便朝着隐士居所的方向走去。不多时，他便走出了树林，看到一条溪流在阳光下波光浮动。他左右张望，终于在溪水的左侧，看到一间矮小的房子。房子由厚厚的木板搭成，看上去已是破败不堪，应该是很多年前搭建的吧。在房屋正门上，吊着一架自制的吊桥，房屋四周，还有一条深深的壕沟。在壕沟的保护下，这个小屋看起来占尽地利，除非敌人乘船来袭，否则便无计可施。

"不得不说，这里果然是个好地方！"罗宾汉自言自语道，"不过，这里看起来倒更像个强盗窝，而不是苦行僧清修的场所。对了，那个隐士现在在哪儿呢？"

他在林边认真察看了一番，发现一条小路穿过树林直达溪边的浅滩。在河对岸，那条小路从溪边再次延伸，像一条地道一样穿过树林。就在溪边路口的一棵树下，罗宾汉发现一个人正坐在那里沉思。那个人穿着修士的袍子，胳膊粗壮，身材健硕，看起来十分结实。

"果真是个强壮的家伙！"罗宾汉感叹道，"咦，他好像在思考什么，仿佛是在忏悔。不管他，让我来射支箭，先试试他的身手如何!"

罗宾汉悄悄地靠近那个沉浸在思考中的修士，他抽出一支箭搭在弓弦上，上前一步说道："喂，你，过来背我过河!我有事要到河对岸去，当心别弄湿了我的鞋子!"

那个大块头微微动了一下，慢慢抬起头，木然地瞧着罗宾汉，仿佛没听懂他刚刚说了什么。看着他一脸呆呆的表情，罗宾汉情不自禁地大笑起来。

"快起来，大块头儿!"罗宾汉命令道，"要么用你这把懒骨头背我过河，要么就吃我一箭!"

那个隐士一言不发，默默地弯下腰，把罗宾汉背了起来。他小心翼翼地试了试溪水的深浅，然后在溪流中缓慢地行进。快到对岸的时候，他突然停了下来，似乎是要喘口气儿，之后才慢吞吞地上了岸。罗宾汉本想就势跳下来的，却发现自己的左腿根本动弹不得，似乎是被一只铁钳夹住了。就在他慌忙挣脱之际，他右侧的肋骨上突然挨了一记重击。接着，他感到自己被抓起来摇晃了两下，然后就被扔到了岸上。那个大块头隐士用膝盖压住他，双手掐住他的脖子说道：

"现在，我亲爱的朋友，把我背回河对岸去，不然我就要你好看!"

罗宾汉被人这样戏弄了一番，此时已是火冒三丈，他伸手去拔出匕首，可是他的手腕却被那修士突然抓住，狠狠地扳到他的身后。罗宾汉这才明白过来，若论力气，他远不是眼前这个隐士的对手。

"小伙子，慢慢来，"隐士微微笑道，"毛儿还没长齐，就这么自不量力。快起来吧，把我背回去。"说着，隐士便松开他。

此刻，罗宾汉心头虽然火大，却有些搞不清楚状况。这个家伙既然已经占了上风，为什么没有把他打昏，或是直接把他杀了?大多数情况下，人们都会这样做，而且也不会受到谴责。不管怎样，罗宾汉如今是追悔莫及，他已经意识到自己的愚蠢，当初实在不该小瞧这个隐士!

罗宾汉一言不发,他弯下腰,静候隐士。那个隐士慢吞吞地爬上他的背,两只手还勾住了他的脖子。隐士没太用力,只是让罗宾汉时刻明白,如果他再敢耍什么花招的话,后果将不堪设想。不一会儿,他们便来到河心。这里河水较深,水流湍急,罗宾汉真想把这个大块头从背上甩进河里,不过鉴于成功几率不大,才就此作罢。

当他们快要走到岸边的时候,罗宾汉突然听到小木屋里传来一阵笑声。循声望去,他看到有个姑娘正趴在小木屋的窗前。那姑娘长得可真是漂亮,脸上还挂着小小的酒窝。不过,姑娘一看到有人在朝她张望,便飞快地从窗前消失了。罗宾汉并不知道这是哪家的姑娘,不过,他一想到自己颜面尽失,像个傻子一样,便不由得又火大起来。上岸以后,隐士不急不慢地从他背上爬下来,罗宾汉立刻转身,对他忿忿地说道:

"我们以后一定会再见面的,你这个可恶的家伙!下次见面的时候,你的尸体上定会插上一支箭!"

"你想来就来吧,"隐士愉快地大笑起来,"我早已为你备下鹿肉馅饼和马尔瓦西酒,想要招待你呐!至于你的箭,你还是把它留给皇家的红鹿吧。年轻人,以后做事还是要三思而后行,在你试探出对方实力之前,可不要再轻易出手了。"

罗宾汉听罢,便朝隐士扑去。在他听来,刚刚隐士所说的都是傲慢的讽刺。于是,两个人又抱在一起,打成一团,每个人都试图把对方扔进河里。不过,他们谁也没有得逞,两人尽管都滑倒在河边,却依旧死死地抓住对方,谁都不肯松手。最终,他二人双双滚进了河里。

罗宾汉飞快地爬起身,迅速抄起掉进河里的弓箭,用最快速度把箭搭在弓弦上。就在他意图瞄准放箭的时候,却意外地发现隐士已经不见了。不多时,隐士从树后信步走出,一手握剑,另一只手持着圆盾,头上还戴着一顶钢盔。罗宾汉见目标出现,急忙瞄准,只听嗖的一下,一支箭便射了出去。他信心满满地瞧着箭射出去的方向,本以为能射中那个大块头,却不料远远听得有笑声传来,那隐士竟用圆盾把箭挡住了。那支箭被弹到一边,插进泥土之中,箭杆不停地左右晃动,看上去就像一根随风摆动的奇怪树枝。

罗宾汉见状,连忙补发三箭,不料又被那隐士一一灵巧地挡住了。罗宾汉眼见不能战胜这个厉害的对手,心中的怒火再次被激起。

"接着射呀,我的好伙计!"那隐士大喊道,"如果你愿意射上一天,我也心甘情愿地陪着你,给你当靶子,只要你不介意浪费箭就成!"

"我只要吹一声号角,"罗宾汉怒气冲冲道,"我的同伴们就会朝你射出无数支箭!到那时,你恐怕就要变成一只刺猬了!"

"好大的口气,"隐士答道,"而我,只要吹三声口哨,我的狗就能把你撕成碎片!"

隐士正说着,罗宾汉却察觉到身后的树林里传出一阵响动。紧接着,他看到一个瘦削的小伙子朝他跑来。那小伙子背着一张弓,手里还握着一根棍子,他的脸被兜帽遮住了大半,很难辨认出长相。不过,罗宾汉凭直觉感到此人是冲自己来的,于是便抽出长剑,握紧圆盾,准备随时出击。就在这时,树林里的动静越来越大,仿佛有许多人正朝这边赶来。只听一声刺耳的鸣叫,罗宾汉立刻警惕起来,是凯特在给他发信号,暗示他敌人就在附近。

那个瘦削的小伙子听到鸣叫,也停了下来。罗宾汉的脑海里闪过一个念头,这个家伙说不定就是盖伊·吉斯伯恩派来的奸细!于是,他二话不说,举剑便朝那个年轻人跑去。就在距离对方只有一码远的时候,他突然发现,那个小伙子跑起来气喘吁吁,看上去又是那么弱不禁风,心中不禁暗暗诧异。随着对方把头抬起,罗宾汉立刻认出了那张被遮盖的脸,他不禁大声喊道:"玛丽安!你怎么会在这儿!"

"罗宾汉!"玛丽安朝他喊道。她一手抓住罗宾汉的胳膊,小脸儿跑得通红,气喘吁吁道:"快给你的人发信号!不然就太迟了!"

说完，玛丽安又跑到隐士跟前，飞快地同他说着什么。罗宾汉马上吹响了号角，角声清晰而嘹亮，回荡在昏暗的树林里。那个隐士也随之吹起一声刺耳的口哨。哨声刚刚落下，便有几个壮汉从树林中跑出来，这些人就是圣玛丽修道院派来的兵丁。

"玛丽安快跑！"罗宾汉大叫道，"快躲到小木屋里去！趁还来得及！"

说罢，罗宾汉瞄准跑在最前面的敌人，射出了第一箭。接着，他迅速跳上一块突起在河面上的岬角，又射出了第二箭。这时，玛丽安和隐士也朝他跑来。

"别过来，别过来！"罗宾汉不停地大喊，"快点过桥，藏到小木屋里去！如果我的同伴不在附近，我们的处境会很危险！亲爱的，我断不能让你受到半点伤害！"说罢，他又放出第三支箭。

"别担心，罗宾汉！"玛丽安朝他喊道，"难道你忘了吗，我也会射箭！善良的塔克神父也会帮我们的，快看，那些狗也来帮忙了！"

这时，那些兵丁距他们只有几十码远了。罗宾汉已经连射三箭，一死两伤。

兵丁中领头的是布莱克·雨果，他高喊着：

"伙计们，咱们一起朝他扑过去，不然咱们都会被他射死！"

他的话音未落，身边的一个兵丁突然倒地，一支箭正中他的喉咙。看到这一幕，那伙兵丁已是吓得心惊胆战，他们彼此推脱怂恿，谁也不肯冲在前面。就在他们踌躇之际，远远传来犬吠的声音，不等他们搞清楚状况，十只大狗已经朝他们扑了过来。这些狗的个头和猎犬一般大，脖子上都挂着带刺的项圈，看上去十分凶猛。

面对突如其来的可怕攻击，兵丁们猝不及防，手忙脚乱地抽出剑或匕首胡乱挥舞。突然，一声刺耳的口哨响起来，几条大狗都停止了攻击，一个手持圆盾的修士出现在他们面前。此时，已经有五只大狗躺在地上，或死或伤，其余的听到主人的命令，都退了回去，舔舐着自己的伤口。

布莱克·雨果抹了一把汗，定睛观察来者是何人，突然，他的脸色变得惨白起来。小木屋那边的空地上，忽然冒出二十几个绿衣人，他们飞快地朝这边跑来，边跑还边向布莱克·雨果一伙人放箭。

"快逃命吧！"布莱克·雨果大喊起来，"来了这么多人，咱们根本打不过！"

那些兵丁朝着来人的方向看了一眼，顿时吓得脸色苍白，忙不迭地逃进树林中去了。那些逃犯见敌人撤离，便就势停下脚步，举箭向敌人射去。那些箭如雨点一般划过空中，穿透林间的树叶，最后消失在灌木丛中。在这场箭雨中，有三个兵丁丧了命，剩下的人都吓得魂飞魄散，连滚带爬地四散在树丛之中。

逃犯们随即跳入树丛，乘胜追击，转眼间，也在树林中消失不见了。罗宾汉这才放下弓箭，转身走到玛丽安身旁。玛丽安气喘吁吁，小脸儿通红，她担心罗宾汉会怪她太过冒险，于是抢先一步说：

"罗宾汉，请别生我的气！我真是太担心你了，所以才背着你来到绿林！想当初，我们还是孩子的时候，总是一起在洛克斯利围场打猎，可是，我们现在为什么不能像当初那样呢？"

"亲爱的，你想知道为什么吗？"罗宾汉答道，"因为我是个逃犯，而你是领主的女儿。我的这颗脑袋，如果有人想要，可以随时被取走，就连我身边的人，也会受到牵连。玛丽安，快告诉我，你这样女扮男装有多久了？还有，你是怎么认识那个家伙的？"

"罗宾汉，塔克神父绝不是坏人，"玛丽安纠正道，"他是理查德爵士的好朋友，还常常夸赞你。在我为你担惊受怕的日子里，他给了我很多安慰和鼓励。后来，我决定女扮男装到绿林中生活，是塔克神父一直在帮助我。他在林子里有很多朋友，就是从那些人口中，我才知道了好多关于你的事。而且，你骑马来这儿的时候，我也一直偷偷地跟着你。这件事，凯特也是知道的。"

玛丽安一边说着,一边带罗宾汉过了桥,来到塔克神父居住的小木屋里。尽管房子不大,却也被分成厨房、祷告室和会客厅。在屋子的正中间,摆放着一张桌子,靠墙的位置摆着几张案几,案几上还放着两三块腌火腿、腌鹿肉和其他肉食。墙壁上挂得满满的,包括一身锁子甲、几顶钢盔、一把双刃剑、两三把闪闪发亮的匕首、一捆箭和一张弓。在屋子的角落里,还有一尊耶稣受难像和一个祷告用的蒲团。

他们进来的时候,一位姑娘从座位上起身迎接他们。玛丽安愉快地张开双臂同她拥抱,并把罗宾汉介绍给她认识。

"爱丽丝,这就是我的罗宾汉!"玛丽安兴奋地说道。

罗宾汉认出了眼前这位小姐,她就是先前躲在窗边微笑的那个姑娘。爱丽丝面容姣好,明亮的眸子一眨一眨地看着罗宾汉。她伸出手,对罗宾汉说:"你就是那个英勇的逃犯吧!听说,拉纳尔夫·格里斯比爵士被你气得够呛,每晚入睡前,都要发誓要把你的头颅挂在哈格瑟恩的城墙上呢!"

她微笑着望着罗宾汉,眼神中满是对这个英俊逃犯的赞许。这样一来,罗宾汉先前的不悦也随之烟消云散了。他单膝跪地,风度翩翩地吻了一下姑娘的手。

"我正是罗伯特,人们也叫我罗宾汉。"他说道,"我猜你一定是艾伦·阿戴尔的挚爱,爱丽丝·博福莱斯特小姐。"

听了罗宾汉的话,爱丽丝不觉羞红了脸。可就在一瞬间,她的脸色又显得很苍白,眼神中流露出苦楚凄婉的哀怨。她走到玛丽安面前,用手亲切地搂住她的脖颈,羞赧地望着她。

就在这时,塔克神父走了进来,他朝罗宾汉说道:"我敢说,这是我损失最惨重的一次。为了救你,我的四条狗就这么白白牺牲了。"

"好伙计,"罗宾汉向塔克神父热情地伸出手,"原来您是我心上人的好朋友,那么您也就是我的好朋友!"

"罗宾汉,年轻人,"塔克神父笑得一脸和善,"自从我听说你们烧了吉斯伯恩的房子以后，就一直在默默地祝福你，打心眼儿里把你当成好朋友。我在理查德爵士的帮助下，在这树林中生活了七年。不瞒你说，在这七年间，我还从没听说过如此大快人心的消息呐！还有，你竟然敢戏弄诺丁汉的郡长，还把他气得半死，我听完真是觉得开心极啦！自从我逃出修道院以来，还从没这么开心过！"

塔克神父抓过罗宾汉的手，使劲儿握了握，那力度足以捏碎一个弱者的骨头。不过，罗宾汉的回应也丝毫不亚于他。塔克神父满意地笑了。

许久不见，他们有太多太多的话要说了。玛丽安讲述了几个月前如何在塔克神父的帮助下来到树林里，又如何从塔克神父那儿学会了丛林生活的技巧，其中还包括草药和自救的知识。她还告诉罗宾汉，她已经同凯特一家人都成了好朋友。就是通过他们，她才知道了罗宾汉和绿林军的事情。

"罗宾汉，"塔克神父说道，"有这样一位美丽的姑娘肯为你付出这么多，想想都该觉得自豪啊！"

"我确实是深感自豪，"罗宾汉答道，"可是，我也感到些许忧伤。只要一想到我是一名逃犯，不能给自己心爱的人无忧无虑的生活，我便倍感自责。在这荒郊野外，我只能勉强维持生计，生活也是无依无靠。除非国王能赦免我，不然，这一切都不会有所改变。我不能让这位好姑娘过上幸福的生活，却要让她违背家人的意愿同我结婚，不，我怎么能让她沦为逃犯的妻子呢！我不能让她跟我一起受苦！"

"亲爱的罗宾汉，"玛丽安温柔地说道，"我这一生只爱你一人。所以，我是非你不嫁的。如果你喜欢在林中过自由自在的生活，那么我也会和你一样喜欢，即便要和家人分离，我也会十分幸福。当秋风吹动、树叶凋零的时候，当狂风肆虐、暗无天日的时候，当冬雪纷纷、天寒地冻的时候，你一定会觉得我会后悔当初做下的决定，不，不会的！只要和你在一起，我的心中就会充满暖意，我也绝不会后悔离开父亲的城堡！我的父亲确实很疼爱我，但他却一直阻挠我对你的爱。尽管离开父亲会令我伤心，可是只要你需要我，我便会不顾一切地追随你到天涯海角！"

玛丽安温柔的嗓音变得些许哽咽，她勇敢地望着罗宾汉，眼睛里充满了泪水。罗宾汉轻轻拉起她的手，放到唇边，深情地亲吻道：

"亲爱的玛丽安，我的爱人，我知道你心中只有我。不过，一个姑娘怎么能跑到绿林里，跟个逃犯一起过担惊受怕的日子呢？可是，亲爱的玛丽安，我的爱人，我可以向你保证，如果你身处危险之中，或者有人对你不利，我一定会到你身边保护你，不让你受一丁点儿伤害！让我们听从命运的安排，在塔克神父的见证下，我们结婚吧！"

"说得好啊，罗宾汉！"塔克神父由衷地赞叹道，"真是句句出自肺腑，不愧为一个诚实坦荡的人！跟我想的一样，在春天到来之前，这位年轻漂亮的姑娘，确实需要一位像你一样强壮的爱人来呵护她，保护她不受坏人的伤害。"

塔克神父之所以这样说，是因为他知道玛丽安的父亲已经病重。一旦玛丽安的父亲过世，便会有很多位高权重、心狠手辣的人觊觎玛丽安的土地和财富。因此，这些人一定会想方设法把玛丽安控制在自己手中，把她的婚姻当做交易，以便能从中捞取大笔的财富。

树林那边远远传来一声号角，一会儿的工夫，小约翰便带领其他人吹着号角回来了。小约翰向罗宾汉报告说，修道院派来的那些兵丁被他们打得溃不成军，已经被赶到哈罗林那边去了。在大路上，还有两个骑士在那里接应他们。不过，当时逃犯们一齐放箭，把他们全都赶跑了，其中一个骑士还中了一箭。

"认出他们了没有？"罗宾汉问道。

"其中一个骑士拿一面白盾，另一个骑士的盾牌上印有一座红塔。"小约翰答道。

"有红塔的那个人我不认识，但是拿白盾的那个，当初在坎普塞尔教堂和咱们交过手！"斯卡利特紧接着答道。

"斯卡利特说得没错，"弓箭手威尔又说道，"那个人就是尼日尔·格里姆。至于另外一个人，从他的口音，还有他骂人的架势来看，只能是伊森巴特·勃拉姆本人，不会是其他人。"

"那就肯定没错了，"罗宾汉答道，"看来他们一直在监视我们。现在你们先去林子里，随时听我的号角。这里有两位姑娘，我必须保证她们的安全，先把她们护送回去。"

塔克神父很快便为众人预备了一桌子食物，大家都坐下来开始吃饭。随后，玛丽安换上了平时的装束，其他人又从树林中的秘密营地牵来两匹马。两位姑娘骑上马，在同塔克神父告别后，便在罗宾汉的带领下前往理查德爵士的城堡。

他们沿着阳光明媚的森林小路一路前行，罗宾汉看到爱丽丝小姐似乎沉浸在悲伤之中，便转身向玛丽安求证，询问她到底是什么原因让爱丽丝小姐如此伤心。

"爱丽丝同那个老恶棍拉纳尔夫·格里斯比的婚期已经定了，她的心上人艾伦·阿戴尔却还在逃亡，目前藏身在兰卡斯特的荒山之中。爱丽丝现在十分绝望，她根本就毫无办法。"玛丽安据实答道。

"这我倒没听说过，"罗宾汉答道，"那个年轻人为什么会逃亡呢？"

"因为他谋杀了伊沃·拉维纳尔，伊森巴特·勃拉姆正好借此机会要逮捕他。艾伦的父亲，赫布兰德爵士，如今已经欠了伊森巴特·勃拉姆一大笔土地罚金，如果连他的儿子也被处死，赫布兰德爵士就真的要绝望了。唉，就是经历了这些悲惨的遭遇，我亲爱的爱丽丝才会那样伤心。"

"艾伦确实杀死了伊沃·拉维纳尔，"罗宾汉答道，"当时我也在场。但我敢肯定，那是一场公平的决斗。不过，到底是谁在造谣说艾伦是谋杀呢？当时除了一个农奴，并没有其他人在场，而且，那个农奴也已经被凯特杀死了。"

接着，罗宾汉向玛丽安讲述了那天决斗的情景。

"我现在想起来了，"玛丽安答道，"理查德爵士曾经告诉我，是一个守林人告诉他伊沃·拉维纳尔被人发现死在了森林里。也就在那一天，艾伦曾经到过那个守林人的住所，还把马拴在那里。艾伦回去牵马的时候，那个守林人发现他的肩部有一道伤痕。"

"那个守林人就是布莱克·雨果，"罗宾汉恍然大悟道，"也就是今天领头的那个人。他当时还说其他的没有？他有没有说起其他人？或者，他有没有说他自己当时的处境？"

"没有，我想他应该没有说。"

罗宾汉接着又把小约翰第一次同布莱克·雨果交手的情景告诉了玛丽安，告诉她小约翰是如何把布莱克·雨果捆在木桩上，又如何当着他的面吃光了他为自己准备的美餐。玛丽安听完后开心地笑了起来，她还说，如果理查德爵士听到这个笑话，也一定会乐得合不拢嘴。

"看到那边那个大高个儿没有？"罗宾汉指着小约翰强健的背影问道。小约翰此时正大步在前方带路，与此同时，还灵机敏地洞察着四周的情况。"就是他把那个守林人好好儿教训了一顿，他既风趣又有胆识，我从没想过能遇上如此出色的伙伴！"罗宾汉禁不住夸赞起来。

玛丽安此时很想跟小约翰说话，于是罗宾汉把他叫了过来。小约翰来到玛丽安面前，他的脸因为害羞而变得红扑扑的，这还是他平生第一次同姑娘讲话呢！不过，树林的生活和新鲜的空气赋予了他坦率的性情和做人的尊严，他的紧张和不安很快便消失得无影无踪，到后来，他竟然也和这位小姐自如地攀谈起来。

玛丽安向小约翰询问了许多关于绿林军的问题，小约翰一一作出解答。与此同时，罗宾汉则来到爱丽丝小姐身边，宽慰她内心的不安。

"爱丽丝小姐，"罗宾汉说道，"很抱歉我刚刚说错了话，让你伤心了。我也认识艾伦，我从没见过像他那样英勇正义的年轻人，而且，他的言谈举止又是那样高雅和善。所以，你能不能告诉我，那个兰比城堡的暴君究竟做了什么？为什么你和那个恶棍骑士的婚期这么快就定下来了？"

"罗宾汉先生，"爱丽丝小姐那黑色的大眼睛闪烁着光芒，"谢谢你如此夸赞我的爱人！一年前，艾伦逃到山林之后，曾向我写信提到你，在信中他十分珍视你们之间的友情。我的婚事，是三天前在圣·詹姆士的宴会上订下的。邪恶的伊森巴特威胁我的父亲，他说如果不把我嫁给拉纳尔夫爵士，就要烧了我们的房子，甚至还要杀了我们。我可怜的父亲无法和伊森巴特抗衡，也没有位高权重的朋友可以仰仗，如今连我的爱人也成了逃犯，我们根本就无计可施。"

说着，爱丽丝的眼睛里便淌出了泪花，令罗宾汉颇为动容。罗宾汉眉头紧蹙，沉思了一会儿，说道：

"放心吧，亲爱的小姐，尽管婚期已经迫近，还是有一些善良而强壮的人愿意帮助你。不过，能否请人替我转交一封信给艾伦？"

"谢谢你的鼓励和帮助，罗宾汉先生！"爱丽丝的脸上露出了笑意，"我家中有个仆人知道他的藏身之所，尽管路途艰辛，但他已经帮我带过四封信了。那个仆人还很勇敢，十分乐意帮助我。"

"他叫什么名字？家住何处？"

"他叫杰克，家住在克伦威尔的霍尔·斯沃恩。"

"那么，请给我一件你身上的东西当做信物吧。在今晚钟声敲响之前，我会派人到他那里去。"

爱丽丝从她细长的手指上摘下一枚金指环，放到罗宾汉的手中："拿着这个，这样，他便会知道人是我派去的。为了我，他会服从一切指令。"

这时，爱丽丝身边的侍女也伸出手，从手指上摘下一枚厚厚的银指环。这名侍女有一头乌黑的长发，脸颊上带着玫瑰色的红晕，看上去是那么美丽动人。她对罗宾汉说道："勇敢的逃犯先生，请让您的人把这个也带给杰克吧。虽然我们两人彼此相爱，但他如果不肯按您说的做，就替我把这枚戒指还给他吧，从此之后，我们之间再无半点儿瓜葛。如果他不能为爱丽丝小姐赴汤蹈火，他也就不再是我内特的男人。"

"美丽的姑娘，我一定按你的话去做。"罗宾汉微笑着说道，"相信送你戒指的这个人，一定也是个英勇的好汉。我相信，一切都会顺利进行的。"

不久，他们便到达了理查德爵士的城堡，两位小姐也被安全地送回了家。看天色已晚，罗宾汉心想不能再耽搁了，他把弓箭手威尔叫到跟前，把两枚指环交给他，并且向他交代了此次的任务。很快，威尔便骑上罗宾汉的快马，沿着树林一路向东奔驰，往特伦特的方向去了。

第五章
佳偶天成

此时，在树林里，杰克正往自制的小木车上放上最后一捆干柴。他还不知道，一件十万火急的任务正要降临到他的身上，而他的命运，也会由此发生巨大的转变。杰克是个健壮的小伙子，大概二十出头，有一双机灵的棕色眼睛，脸颊上还有一点小雀斑，样子十分好看。他有一头漂亮的棕色卷发，除非是雨雪交加或寒风肆虐的时候，他才肯带上帽子。

杰克是克伦威尔庄园的农奴，他的领主就是爱丽丝小姐的父亲——沃尔特·博福莱斯特爵士。不过，沃尔特·博福莱斯特爵士却不知道有杰克这样一个人存在。尽管沃尔特爵士从外面放鹰或打猎回来的时候，杰克会给他开门，不过，他却从来没有留意过杰克。沃尔特爵士的大管家约翰却对杰克很熟悉，因为，杰克干起活儿来总是最卖力的一个。杰克十二岁那年，爱丽丝小姐看中了他，让他做了自己的放鹰人，还一度惹得约翰管家十分嫉妒。后来，杰克的父亲去世了，杰克便接了父亲的班，同母亲一起分担田地里的农活。从那以后，尽管杰克很少有机会见到爱丽丝小姐，可他却从未忘记爱丽丝小姐的音容笑貌。只要是爱丽丝小姐的意愿，刀山火海他都在所不辞。

在约翰管家那里，有一卷厚厚的羊皮卷，上面记录了领地上所有农奴的名字。在这本花名册上，杰克的名字被登记为"威尔金的儿子，杰克"。其实，杰克父亲的本名是威尔。只不过他的身材过于矮小，才总被人叫作威尔金，也就是小威尔的意思。相比之下，杰克的名字却是不固定的。因为在那个时候，农奴和穷人根本没有给自己起名的权利。有时候，杰克被叫作杰克·威尔的儿子。后来，人们看到他家门口长着一棵老山楂树，于是又叫他刺头杰克。还有人按他母亲的名字，唤他为杰克·爱丽丝的儿子，或者干脆叫他爱丽仔。面对五花八门的名字，杰克并不计较，反而越发精明能干。慢慢地，大家都开始称呼他为杰克了。

杰克喜欢马、狗和鹰。他知道庄园里每一匹马的名字，也总是赶着马儿在田野里犁地或是开渠，终日都与马群为伴。他也曾陪着爱丽丝小姐，带着各式各样的鹰，一起在开阔的旷野上打猎玩耍，奔跑嬉戏。

杰克也喜欢狗，他和村里的每一条小狗都说过话。不过，村里是没有大狗的，所有的大型犬，如猎犬、獒犬，在这里一律禁止饲养。由于这里临近国王养鹿的地方，所以那些大狗要么被守林人猎杀，要么被打断前爪，以防止它们猎杀野鹿。

杰克最大的愿望就是成为自由人，能够随心所欲地在属于自己的土地上耕种，就像同村的尼古拉斯·克里夫和西蒙·弗莱彻那样。对杰克来说，获得自由，就是世上最幸福的事了。尽管他没有凶残的领主，也没有粗暴的管家，可他仍旧不愿做束缚在土地上的农奴。杰克的母亲把他们沦为农奴的遭遇归咎为很久以前的诺曼人侵略[①]。在杰

[①] 指英国历史上的"诺曼征服"。公元1066年，由于英格兰国王爱德华死后无嗣，英国贵族哈罗德与诺曼底公爵威廉相互争取王位。公元1066年，威廉率领大军渡过英吉利海峡，在英国南部哈斯丁杀死哈罗德，击败英军，登上英国王位，史称"诺曼征服"。

克祖辈那一代，也就是爱德华国王执政时期，天下太平，没有残暴的领主，也没有肆无忌惮的强盗。杰克的祖辈是老实巴交的自由民，靠着自己的土地一辈子安安稳稳地过活。可是后来，残暴的诺曼人来了，他们的土地全部被抢走，由此便沦落为农奴。

杰克的父亲去世后，母亲不得不把家里产奶最多的奶牛，以及家里最好的生活用具，全部给了管家。只有将这些东西献给领主之后，他和母亲才能继续留在这片土地上，继续在他们世代居住的小屋里生活。可是在杰克看来，这是极其不公平的。

十个月以前，杰克对村庄以外的世界还未曾涉足过，以为外面尽是些黑暗、可怕、神秘的地方。对距离村子教堂三英里以内的地方，他倒是十分熟悉。可是，他却从来不敢深入西边的森林。如果有陌生人打村舍路过，他也会立刻躲到一旁，看着路人走远后，才小心翼翼地钻出来。

关于村庄附近的那片森林，杰克小时候听其他农奴讲过许许多多可怕的故事，他一直觉得那是个异常恐怖的地方。有人说，森林里的野兽晚上会在林间飞行，白天则潜伏在灌木丛中，伺机吃掉毫无防备的行人。还有人说，在夜晚的山顶上，会出现星星点点的鬼火，那里就是黑暗精灵居住的地方。那些时候，小杰克的心中总是萦绕着各种神秘可怕的妖魔鬼怪，随时随地都有可能触动到他敏感的神经。在他看来，这些鬼怪可以变身成任何形状。它们要么藏在山泉溪流之中，要么隐匿在路边的树林里，甚至还有可能就潜伏在他每日耕种的草地里。在杰克居住的那个村庄里，甚至是在大不列颠所有的村落里，几乎人人都对精灵鬼怪的存在深信不疑。所以说，杰克并不比其他人愚昧，毕竟在那个年代，连国王身边的大臣和满腹经纶的学者也大都如此。

如果有一只乌鸦落在犁沟上，眼睛滴溜溜地望着杰克犁地，杰克就会认为那是巫师派来监视他的。不然，为什么他翻出那么多美味的蠕虫和蝼蛄,那乌鸦看都不看一眼,却偏偏盯着他呢。在这种情况下,杰克会默默地在胸前画着十字架,嘴里还念念有词。同样的,如果河水里漂着一根粗树枝,晒干后可以当干柴烧的那种,现在的孩子们可能会毫不犹豫地捡回家里,可是杰克不会这么做。他在碰触那个树枝之前,一定要先画十字架,用这个神圣的符号镇压邪气,以免藏在树枝下面的水鬼把他拖进水里。

不仅如此,杰克居然还知道挂马蹄铁的门道。如果路上有一块被人丢掉的马蹄铁,即便已经磨损得不成样子了,杰克也要把它当成吉祥的辟邪物捡回来。在杰克家的门楣和窗户上,就分别挂着一块马蹄铁,以此来阻止巫师从门口或窗户进入自己的房子。在每一个安魂夜,杰克都会在腰间别上一根花楸枝条,据说可以在这个幽灵四处游走的夜晚辟邪。

杰克从来没有亲眼见过精灵或是小棕仙,不过,他知道它们就住在山洞里,或是森林中很隐秘的地方。据说在很久很久以前,有个叫斯图尔特·诺威尔的农奴,就在树林里听到奇怪的声音。于是,他丢掉锄头,去看是什么东西在叫,竟然发现那里有一个小棕仙。斯图尔特当时吓坏了,他惊恐地要找回自己的锄头自卫,不承想,那个小棕仙竟然邀请他去家里做客。后来的一年间,斯图尔特常常跑到森林里的山峦之中,甚至还娶了棕仙的女儿,过上了十分幸福的生活。据说,他们的后代如今还自由自在地生活在诺威尔一带,他们都是身材矮小的小人儿,不管走到哪里,都是兴高采烈、欢歌笑语。

几个月前,杰克对外面世界的了解,就停留在这个水平。直到有一天,他正独自一人在一个僻静的角落里干活,爱丽丝小姐像从天而降的仙女一样出现到他面前。当时,爱丽丝小姐手里拿着一封书信,恳求杰克将信送到她的心上人手上,而她的心上人,就在兰开斯特森林里某个隐蔽的地方藏匿着。爱丽丝小姐对杰克说,他是自己唯一能信得过的人。杰克听后,自然是觉得受宠若惊,激动不已。

这一次的经历，令杰克终身难忘。杰克是个勇敢的小伙子，可是第一次穿越广袤的森林，同时身兼重任，他的心中还是忐忑不安，对未知充满了恐惧。可是，他对善良的爱丽丝小姐十分敬仰，对爱丽丝小姐和艾伦·阿戴尔的遭遇也颇受触动。终于，他对爱丽丝小姐的忠诚战胜了内心的恐惧，他毅然决然地担负起这份重任，并出色而圆满地完成了任务。

这样的任务，杰克后来又完成了三次。每一次横穿舍伍德和威利斯戴尔之间的森林时，他都要在陌生而艰险的道路上跋涉。不过，凭借自己的勇气和智慧，杰克在一次又一次的危机中化险为夷，终于不负重托，出色地完成了任务。

在树林中，杰克还没遇到过逃犯或强盗，碰到的只是一些小商贩、粗野的乞丐或是强壮的艺人。那些人会做的，也只是吓唬他，试图把他身上仅有的食物或钱财弄到手。可是，杰克还从未见过不顾一切从领主家逃出来的可怕逃犯。他曾一度揣摩这些逃犯究竟是怎样绝望，以至于他们竟抛妻弃子，作出如此孤注一掷的决定。他还想，像这样的逃犯，一旦被抓住，很快就会被判刑或者处死吧。

那个傍晚，杰克把最后一捆柴放到小车上，心里还在不断幻想：假如我此时正走在林间的小路上替小姐送信，如果突然有人跳到我的面前，抢夺小姐托付给我的珍贵信件，那我就二话不说跟他拼命，说什么也不能妥协！想到这儿，杰克不禁对着拉车的小马咂了咂舌头，牵着它沿来路走出树林。他抬头向西张望，在远处的地平线上，太阳那巨大通红的身躯已经开始西沉，落日的余晖，将整片树林都浸染在一片血红色之中。那刺眼的光线令杰克感到一阵炫目，就在这时，他听到身边有树枝被踩断的声音，一个男人从一棵大树干后面冒出来，拦住了他的去路。

"你是威尔金的儿子杰克吗？"那个陌生人的嗓音嘶哑尖利。

杰克向后退了两步，他的手按在腰间的小刀上，眼睛却紧紧地盯着眼前这个矮小结实的男人。那个男人身穿绿色的紧身衣，衣服上面划开了大大小小的口子，仿佛是被荆棘刺破的。他的背上斜挎着一张弓，腰间别着一束箭，另一侧还插着一柄长剑。

杰克皱眉怒视来者，心中却想不起来这人究竟是谁。他的脸上长着浓密斑白的胡须，看似严肃，却又不失诚恳。从他的衣服来看，应该是哪个领主家的守林人。不过，从那人的神态来看，他又好像并不属于哪个领主。他看上去是那么泰然自若，无论从他热忱的眼神，还是坦率的神情，都能察觉到他是个自由人。

这些念头在杰克脑海中一闪而过，他紧接着问道：

"我是谁，跟你有什么关系？"

"跟我关系太大啦！"那个陌生人哈哈大笑起来，"小伙子，我对你并没有恶意。"

对方的笑声听起来很真诚，这令杰克感到一丝放松，也跟着高兴起来。那个人把手伸进衣袋里，好像在摸着什么东西。接着，他抽出自己的匕首，在刀尖上穿过两枚指环，然后把刀举到阳光下。那两枚指环，一枚是金色的，一枚是银色的，太阳的余晖照射在指环上面，折射出钻石一样耀眼的光芒。

"年轻人，这些东西你可认得？"那个人问道。看到指环，杰克的脸突然紧绷起来，他板着脸问道："你是从哪里得来的？是不是从这些东西的主人那里抢来的？如果是的话，你便休想活着离开这里！"

"冷静点，勇敢的年轻人！"那个人忙安慰道。他敏锐地察觉到，杰克已经不由自主地蹲伏下身子，仿佛随时准备发动攻击。于是，他接着说道："这是爱丽丝小姐亲手交给我的首领的。爱丽丝小姐还说，杰克很勇敢，愿意为她赴汤蹈火，只要拿着这个指环作为信物，杰克就会为了她而听从任何调遣。"

"爱丽丝小姐真是这样说的？"杰克吃惊地问道。即便是从这个粗野的陌生人口中听到爱丽丝小姐对他的肯定和赞扬，杰克还是羞得脸颊通红，内心格外激动。"那么，"他继续问道，"小姐希望我为她做些什么？"

"带我去找艾伦·阿戴尔。"陌生人说道。

杰克迟疑了片刻，难道说，要带着这样一个陌生人穿过阴暗的森林到荒凉的匹克荒原去？不过，既然爱丽丝小姐如此信任他，他对小姐又是那么忠心耿耿，只要是为了小姐，他甘愿冒险一试。

"朋友，我会带你去的。"杰克答道，"那么请告诉我你的名字，还有你是谁。"

"他们都叫我弓箭手威尔，"那人答道，"我的首领是罗宾汉。"

"什么！"杰克惊讶地后退了一步，"你是个逃犯？是罗宾汉的人？"

"正是，"威尔答道，"我为我有如此英明神勇的首领感到自豪！"

杰克一脸诧异地盯着威尔，心里嘀咕起来：这个逃犯，好像并不像想象中那样绝望和凶狠。相反，他的面色平和，眼神笃定，眼角还带着微微的笑意。于是，杰克头脑一热，便朝威尔伸出了双手，威尔也紧紧地握住了他的手。"你是我见到的第一个逃犯！"杰克由衷地笑道，"如果你的头领还有其他同伴都像你一样，那么我敢肯定，他们都是正直诚恳的人！想必罗宾汉也是爱丽丝小姐的朋友吧？"

"那是自然了。"威尔说道，"不过，咱们现在可没时间闲聊。在天黑之前，咱们得马上动身了。"

他们二人都不再多言，杰克转身从树篱上折下一根铁线莲的枝条，把它系在马儿的脖子上。然后，杰克驱车来到通往村子的小路上，他跳下马车，对着马儿的屁股抽了一鞭，马儿便沿着小路一路小跑起来。这匹马认得回村的路，不多时便能安全地回到家里。杰克的母亲如果看到马儿脖子上的铁线莲枝条，便知道他是为爱丽丝小姐办事去了。

杰克和威尔两人在林中大概走了一英里路，威尔说道：
"小伙子，你还没问我这枚银指环是怎么得来的。"

杰克笑了起来："我才不会去问。首先，我一心只想着爱丽丝小姐的事；其次，我猜那肯定不是什么好话。"

"我这儿还有一位姑娘给你的口信，"威尔答道，"不过正如你所说的，这个口信可真是苦甜掺半。我琢磨着，内特·密凌小姐对你说话的时候，是不是也总是这样刀子嘴豆腐心？"

"你比我年纪大些，"杰克尴尬地笑了笑，"自然比我更了解姑娘家的想法。她究竟是要我做什么呢？"

威尔把内特姑娘的原话告诉了杰克，杰克的脸颊登时涨得通红。"我才不要她来教训我，"杰克忸怩的语气中带着一丝不屑，"这样只会让我分心，反而更加误事。"

说完，杰克便不再说话，只顾着埋头走路。不过，细心的威尔还是注意到他加快了步伐，仿佛是有满腹的心事。当天空中最后一缕微弱的光线消失在地平线上时，他们已经走到了森林深处。他们停下来休息片刻，从口袋中拿出食物果腹。直到月亮升上天际，借着清冷的月光，他们才继续在漆黑一片的树林中穿梭，看上去仿佛是林中的幽灵。而当他们静默地在原野中穿行时，在月光笼罩之下，又仿佛发光的魔法精灵。

两天之后的清晨，克伦威尔的村民们都三三两两地聚集在一起，七嘴八舌地议论着什么。因为就在这个清晨，厄运马上就要降临到他们敬爱的爱丽丝小姐身上了。人们都知道，爱丽丝小姐的挚爱是艾伦·阿戴尔，然而，命运却硬生生将两个相爱的人拆散，逼迫爱丽丝小姐嫁给那个住在东方沼泽里的白发恶魔拉纳尔夫·格里斯比。

一些村民站在教堂的院子里，朝着北方的大道极目远眺，不久之后婚礼的队伍就会从那个方向走来。人们还看到，神父已经慢慢地朝着庄园主家走去，待会儿他就要陪同新娘一起走进教堂了。

"他一定是去劝慰她了，可是这种事，他又怎么能说服她！"一个怀抱婴孩的年轻女人说道，"可怜的小姐，她把艾伦·阿戴尔当做唯一的挚爱，他怎能置她于不顾！"

"今天他如果来了，一定也会丧命的！"旁边一个男人答道，"他已经是个逃犯了，如此一来，竟也成了个伤心断肠人。"

"唉，我真担心这位年轻的姑娘！"一个年轻人说道，"婚礼举行后，她一定会痛苦到肝肠寸断，恐怕再也不能像以前那样明艳照人了。"

"真是罪过呀！"一个年轻的姑娘哭泣道，"难道她的亲人中，就没有人能救她吗？"

"摩金，她的亲人都没权没势，"一个满脸皱纹的女人答道，"如果他们胆敢违背伊森巴特·勃拉姆的意愿，那么无疑就会成为猫口中的耗子。"

正说着，北方的大道上传来一阵马蹄声，接着，十个身穿制服的骑兵纷至沓来。他们的面容狰狞而冷酷，一言不发地冲进教堂的大门，随后，他们便以迅雷不及掩耳之势冲散了围观的农奴，给自己的队伍冲出了一条路。然后，他们五人一队，分别站在教堂门廊两边，眼睛恶狠狠地盯着挤在门口的农奴。

"那些令老家伙担惊受怕的逃犯，不就和这些贱民一样吗？"其中一个兵勇说道。

听罢，其余的人都大笑起来。"咱们的老领主早就因为这个漂亮的丫头倒了大霉，"另一个说道，"眼看就要到手了，他却害怕杀出什么人把她抢走！"

"唉，老头子之前已经因为她走过霉运了。"又一个说道。

"不过，一旦进了哈格瑟恩·韦斯特城堡，就不必对她有所忌惮了。再强悍的女人，老家伙也有的是办法把她驯服，他的前妻不就是这样的嘛。"

"唉，那个女人可真漂亮！她的眼睛又黑又亮，一会儿像利剑般严厉，一会儿又像婴孩般甜蜜。"

"我也记得她，"最先开口的那个人答道，"她在哈格瑟恩·韦斯特

125

城堡住了两年,然后在一个冬天的夜晚逃跑了。天亮后,人们在格林利·麦尔找到她,而她却已经冻死了。"

"我敢说,如果你们结婚的话,肯定都是快乐的新郎!"一个看上去像是首领的人说道,"不如让那个歌手给咱们来上一曲,也好应应景儿。你,快过来!"

一个穿得花里胡哨的高个子艺人,从人群中挤了出来。他上身穿着彩色条纹紧身衣,下身是一条打着补丁的紧身裤,脖子里还用一条肮脏的丝带挂着一把竖琴。他一边朝着人群大笑,一边拨弄着挂在脖间的竖琴,听见士兵叫他,便走进教堂的大门,摘下他的天鹅绒帽子,向士兵们致敬。"尊敬的大人,有何吩咐?是要听一首高亢激昂的凯旋曲,还是一首赠给爱人的甜蜜情歌,还是说,来一首逐鹿的打猎曲?"

"只要是欢乐的歌曲,随便哪一首都行。"士兵头领下令道。

于是,伴随着几声竖琴的伴奏,歌手敞开歌喉,开始动情地演唱。他唱的是一首流行歌曲,名字叫作"伍德斯托克的玫瑰"。他是饱满的男高音,调子也很活泼欢快,周围的人也都跟着哼了起来。一曲过后,歌手又唱了一支关于婚礼的赞歌,士兵们听了颇为受用。歌曲唱完了,正当歌手提出要离开这里时,士兵首领却再次叫住了他:

"先别走,快乐的家伙,我想这里还有用得着你的地方。待会儿这里会有一位愁眉苦脸的新娘,你就用你那欢快的歌声让她高兴起来。她高兴了,我的领主也会随之高兴起来。如果今天你能让我的领主开心的话,我敢保证,你一定会得到丰厚的奖赏。"

听了这话,歌手显得十分高兴,就在他张口准备唱下一首时,突然看见四个骑士朝教堂这边赶来。个头最高的那个就是拉纳尔夫·格里斯比爵士,他头发斑白,满面通红,容貌丑陋,看起来十分苍老。他的嘴角露出一丝冷淡的神情,小小的红眼睛更显得十分凶恶。他身披一件昂贵的红绸斗篷,腰间系着一条镶满钻石的腰带,腰带上还插着一柄镶满钻石的宝剑。随他而来的三个人,都是相对年轻的骑士。

尽管他们衣着华丽，却是样貌低俗，举止粗鲁。其中一个，是拉纳尔夫的侄子，埃克托·哈尔利普爵士。埃克托爵士长得同样是一脸猥琐，而他的为人，简直和他叔父一样臭名昭著。

老爵士骑着马急匆匆地闯进教堂大门，显得十分焦躁不安。

"爱丽丝小姐来了没有？"他用沙哑的嗓音朝着士兵们大喝道。他那双狐狸般红色的眼睛充满怀疑，滴溜溜地看看这个，又望望那个。

"还没有，主人。"士兵头领答道。

"真是岂有此理！"老爵士厉声说道。他调转马头，怒气冲冲地到大路上左右察看，之后又看了看那些围观的农奴和远处的屋舍。"她竟敢让我等着！"拉纳尔夫嘴里不情愿地嘟囔着，"应该是她等我才对！以后她要敢对我不敬，我才要她好看！"人们能够清楚地听到他咬牙切齿的声音，甚至还从他眯起的红色眼缝中，看到了流露出来的凶光。

"你是谁？"拉纳尔夫突然注意到站在他马边的歌手，厉声问道。

"尊敬的爵士大人，我名叫乔斯林，是个歌手。"歌手恭敬地答话，顺手拨弄了两下琴弦。

"一脸贱相！"拉纳尔夫不屑地看着他，"你这副样子，卖唱都不配！"

"爵士大人，我的确是个穷卖唱的。不过，如果您愿意的话，我希望能用我粗鄙的歌曲，为大人您带来最大的乐趣！"歌手说着，再次用手拨起了琴弦。

"那就唱吧，混蛋，唱得好便罢，唱不好可就要挨鞭子了！"

歌手信手拨弄着两根琴弦，开始唱了起来：

我悲哀地游走在领主的土地上，
很久以来，对我的骑士之名不屑一顾，
我已沦为那个美人的奴仆。
彻夜难眠，扼腕长叹，

> 日思夜想,全付枉然,
> 亲爱的艾丽桑小姐,你是那么高不可攀。
> 北风吹啊,北风吹,
> 将我的心上人吹入我怀,
> 北风吹啊,北风吹,
> 将我的心上人吹入我怀。

就在歌手唱完这一段的时候,只听见教堂周围传来一阵阴森而轻蔑的笑声,其中还夹杂着奇怪的尖叫。人们四处张望,寻找笑声的来源,却什么也看不见。那声音仿佛就回荡在他们的头顶,可当他们抬头找寻时,只看到教堂塔楼黑洞洞的屋顶,几只寒鸦盘旋在上空鸣叫,垛口处还有几只燕子进进出出。

于是,歌手又开始唱下一段:

> 噢,她那冰冷的面孔折磨着我,
> 她金色的眼睛如同利剑穿透我心,
> 我是那样悲痛欲绝,茫然若失!
> 我已然年迈,却仍旧热爱生活,
> 啊,她在对我微笑,是那样迷人,
> 我亲爱的小姐啊,我的艾丽桑。
> 北风吹啊,北风吹,
> 将我的心上人吹入我怀,
> 北风吹啊,北风吹,
> 将我的心上人吹入我怀。

只听那笑声和尖叫再一次响起,其间夹杂的嘲讽意味也更为明显。拉纳尔夫盯着那个歌手,显得颇为恼怒,他气冲冲地问道:

"混蛋,是谁在发出声音?是同你一起来的吗?"

"不是的,领主大人,我一直都是孤身一人。"歌手答道。

"领主大人,教堂的塔楼上好像有个女妖。"一个士兵怯生生地说道。他的眼睛偷偷上瞄,语气中充满恐惧。

"混蛋!"拉纳尔夫怒斥道,"回去之后,我再好好收拾你!去把教堂里里外外给我搜一遍,看是不是有什么贱民藏在里面。如果发现有的话,就把他带到这儿,我要割了他的舌头!谁再敢藐视我,这就是下场!"

四个士兵跑去教堂周围搜查,其他人则去公墓搜索,唯恐有人躲在棺材里头。不过,两路人在搜查一遍之后,均是一无所获。这时,拉纳尔夫已然是怒不可遏了。他吩咐五个士兵去驱逐站在教堂门口的农奴,心中对刚刚发生的诡异事件暗暗吃惊。村民们见大事不妙,还未等士兵上前驱赶,便已各自逃回屋舍了。

"你这个混蛋!"拉纳尔夫朝着歌手咆哮道,"现在马上给我再唱一首,如果再让我听见笑声,那必然就是你搞的鬼!哼,你以为这种下三滥的小伎俩能骗得过我吗?"

"请您宽恕我吧,"歌手一副忧愁的神情,"我根本没发出任何笑声。不过,我愿意再为您献上一曲,希望以此能让您消消气。"

于是,歌手弹着竖琴,嘴里哼着调子唱:

> 一个神圣的使命降临于我,
> 我想这定是上天的馈赠!
> 啊,如今她与我命运相同,
> 我的爱人啊,我们永不分离,
> 直到生命的尽头,直到我一无所有,
> 我温柔甜蜜的艾丽桑。
> 北风吹啊,北风吹,

> 将我的心上人吹入我怀,
> 北风吹啊,北风吹,
> 将我的心上人吹入我怀。

然而,歌声落下,又是一阵嘲弄的笑声。那声音如此剧烈,如此阴森,令所有人都为之一惊。那声音从头顶传来,人们又禁不住仰头张望,却仍是什么也看不到。倏地,笑声停了下来,不一会儿,一阵沙哑的笑声又从路那边传来。那声音慢慢地由远及近,愈来愈近,人们甚至可以清晰地听到那恐怖凶猛的叫声:"科尔曼·格雷①!科尔曼·格雷!"

一听到这个名字,拉纳尔夫吓得急忙后退,挥手用力把马推开,颤巍巍地倚在教堂的大门上。他攥紧两个拳头,一边用力砸门一边大喊着:"滚开!都给我滚开!别让它过来!叫神父!快叫神父过来!这里有恶灵!啊,别让它过来!"拉纳尔夫简直是怕极了,他原本通红的脸颊变得苍白,嘴唇哆哆嗦嗦,甚至开始胡言乱语。他一只手不断地画着十字,另一只手时而像是把什么东西推开,时而又捂住眼睛。周围的人看着发狂的拉纳尔夫爵士,都目瞪口呆地愣在那里。

最后,拉纳尔夫终于回过神儿来,他看到周围的人都在盯着他,神志也稍稍清醒。尽管他的身子仍在颤抖,他却一把牵过马来,跨马便朝着士兵们冲去。

"你们这群白痴!傻瓜!都还傻愣着干什么!"他疯狂地咆哮着,挥动着鞭子朝士兵们抽打。士兵们吓得纷纷躲闪,尽管拉纳尔夫命令他们谁都不许动,但是谁也不听。此时此刻,拉纳尔夫已经被气疯了,他发狂似的骑着马到处乱跑,不管碰到什么,都用鞭子一通猛抽。士

---

① 科尔曼·格雷:本部小说中的角色,即凯特和豪伯的父亲,曾被拉纳尔夫·格里斯比残忍杀害。

兵们原本是牵着马站在一旁，如此一闹，人马纷纷乱作一团，简直就是一场混战。突然，埃克托抓住拉纳尔夫的胳膊，朝他大喊道：

"快停下！爱丽丝小姐来了！"

拉纳尔夫爵士停止发狂，朝着北面的大路张望。果然，有一队人马朝教堂这边赶来。他马上丢掉鞭子，整了整帽子和礼服，又下令让那些灰头土脸的士兵都骑上马，准备迎接新娘的到来。此时，神父和教堂的执事已经从角门走了进来，教堂的大门也全部打开，原本黑洞洞的教堂顿时敞亮起来。

拉纳尔夫看到一切准备就绪，就瞪起眼睛四处搜寻那个歌手，然而却怎么都找不到了。

"那个混蛋卖唱的去哪儿了？"他朝另一个骑士问道。

"我也不清楚。"那个骑士答道，"我本来一直盯着他，就在刚刚混乱一团的时候，就看不着他了，恐怕他已经偷偷溜走了吧。"

"亲爱的菲利普爵士，"拉纳尔夫说道，"请你一定帮我这个忙，帮我找到那个无赖吧！如果我不能抓住他，把他碎尸万段，实在是难解我心头之恨！而且，我还要好好审问他，才能知道那个笑声到底是怎么一回事。你可以从我这里抽两个人一起去，但是，请务必要把那个家伙找出来！一旦捉住他，立即把他抓到哈格瑟恩·韦斯特城堡，关进地牢！"

"我会按你的意思去做的，格里斯比。"那个年轻的骑士冷笑一声，"可是，如果我把人抓到了，我要你给我三样东西：猎狗亚利桑德尔，猎鹰格里普和尖牙。"

"你这个家伙！"拉纳尔夫压着怒火说道，"它们可都是我的心肝宝贝！唉，你去吧，我答应你就是了，谁让我一定得抓住那个卖唱的！快点出发吧，晚了那家伙就躲起来了。"

拉纳尔夫转身对身后两个士兵交代了几句，随后，他们便跟随菲利普爵士上路了。他们刚走出教堂的院子，就看到沃尔特·博福莱斯

131

特爵士带着新娘骑马朝这边走来。爱丽丝小姐走在中间，沃尔特爵士和他的一个朋友分别走在两侧，他们身后还跟着一个侍从和一个侍女。拉纳尔夫瞧见自己的新娘来了，他那张老奸巨猾的脸上顿时笑成了一朵花。他站在院子中间，脱帽俯首向爱丽丝小姐弯腰致敬。可是，爱丽丝小姐依旧面色苍白，愁容满面，对拉纳尔夫爵士看都不看一眼。她身穿一件华贵的绸缎白纱，脖颈上佩戴着长长短短几条珍珠项链，披在肩膀上的那件轻纱上缀满了珍珠，连那层面纱也镶嵌着金边。不过，这样一身华丽的行头，却将爱丽丝的脸色衬托得格外惨淡。她那双哀怨的眼睛，似乎一直强忍着泪花。

爱丽丝的父亲——沃尔特爵士，看起来并不比爱丽丝好多少。沃尔特爵士本是个自尊心极强的人，一想到他要对一个残暴的领主低三下四、唯命是从，一想到他要把自己唯一的女儿嫁给一个无恶不作的混蛋，便觉得心如刀绞，痛苦无比。强抢民财、欺压百姓、霸占农田，这些都只是拉纳尔夫犯下的滔滔恶行中的冰山一角。更有传闻说，他不仅虐待前妻，还在哈格瑟恩·韦斯特城堡的地牢里犯下了惨绝人寰的恶行。

这时，所有人都走到教堂门前，翻身下马。此时的爱丽丝小姐已经伤心过度，快要忍不住哭出来了。眼睛红红的内特走到爱丽丝小姐跟前，一边为她整理衣服，一边在她耳边悄悄地鼓励她。接着，沃尔特爵士牵着女儿的手，带她走进了教堂。他们穿过昏暗的走廊，在神坛前面停了下来。神父已经等在那里，准备要为这对新人主持婚礼仪式了。

四个士兵骑着马守在教堂外面，另外四名则跟随拉纳尔夫以及另两名骑士走进教堂。埃克托作为伴郎，随着拉纳尔夫一起走到神坛前面，其他人则原地不动地待在后面。拉纳尔夫走上前，沃尔特爵士将女儿的手放入他的手中，拉纳尔夫便马上拉着爱丽丝小姐，走到神父面前。

一些坐在长凳上的家仆开始哭泣，老神父的脸上也笼罩着一层忧伤，悲痛的心情难以平复。老神父同沃尔特爵士一直都是十分要好的朋友，因此，他也是看着爱丽丝小姐长大的长辈。那时，爱丽丝小姐还是个刚刚出生的婴孩，是他亲自用圣水为爱丽丝洗礼，也是他教会了爱丽丝读书认字，对这个善良优雅的小姑娘，他总是疼爱有加。而此时，他却不得不违心地履行神父的职责。他翻开圣经，准备朗读上面的文字，宣布面前的男人和女人结为夫妻。

就在这时，从教堂墙角那片阴影里，突然传来一阵脚步声，一个男人走了过来，站在神坛前方。映着烛光，人们看到来者正是那个歌手，不过，他手中的竖琴早已换作了一柄长弓。竖琴由歌手身边一个英俊的小伙子拿在手中，而这个小伙子就是吉尔伯特。

"这是一桩错误的婚姻，这个邪恶的老头子根本配不上这位美丽的小姐！"歌手大声而严肃地说道，"拉纳尔夫爵士，如果你不赶紧滚出去的话，恐怕厄运马上就会降临到你的头上！神父大人，这位小姐应该在更合适的时间，嫁给一位深爱她的男人！"

所有人的眼睛都盯着这个身着绿衣的高个子歌手。爱丽丝小姐的眼中，焕发出前所未有的光彩，血液仿佛又流回了她的体内，涨红了她的脸颊。她马上把手从拉纳尔夫的手中抽出来，双手紧紧握在一起，身体因激动而微微颤抖。

拉纳尔夫的脸上阴沉一片，他看看爱丽丝小姐，又看看那个歌手，盛怒之下，他已经气得说不出话了。

"你究竟是谁?!"他突然怒喊起来，"你这个混蛋！傻瓜！白痴！是你令小姐轻贱于我！让她再也不会嫁给我了！"

一片沉寂，无人应答。沃尔特爵士偷偷瞧了瞧歌手，无奈地摇了摇头。突然，拉纳尔夫爵士拔出长剑，猛然向歌手刺去。

"你究竟是谁，竟敢和我作对？"他朝着歌手大喊道。

然而，从漆黑一片的屋顶上，竟又传来先前那尖利的叫声：

"科尔曼·格雷！科尔曼·格雷！"

听到这个名字，拉纳尔夫的身体开始发抖。他慌慌张张地抬头张望，脸色苍白，面带惊恐。就在他仰头向上看的时候，耳边听到一阵蜂鸣声，紧接着，一支黑色的短箭飞过，正好刺穿了他的喉咙。拉纳尔夫来不及发出任何声音，就重重地摔在地上，他抽搐了两下，便再也不动弹了。

在场所有的骑士和士兵都被眼前这突如其来的景象吓懵了，他们一个个瞠目结舌，竟有些不知所措。这时，歌手拿出一个号角，放在嘴边吹响，号声嘶厉响起，带着绵长的尾音在空旷的教堂里久久回响。随着这声号角，埃克托从惊愕与恍惚中清醒过来，他猛然抽出自己的长剑，一声大吼，朝歌手扑去。毋庸置疑，那个歌手正是罗宾汉。说时迟，那时快，罗宾汉也从腰间抽出剑来，同对手在黑暗中展开了猛烈的厮杀。号角的回声还在教堂里回荡，教堂外面却传来一阵武器撞击的声音。原本守在院子里的四个士兵，本就有些精神恍惚，此时更是吓得魂不守舍了。他们纷纷拔出长剑，朝着门口逃去。然而，就在他们逃出去的一刹那，门外一阵密密麻麻、如同黄蜂过境般的箭雨又把他们逼了回来。箭雨过后，四人中仅剩下一人了，其中两人已经倒地死去，还有一人身负重伤，蹒跚着逃跑了。与此同时，教堂的院子里突然冲进来十几个绿衣人。现在，教堂里总共还有五个士兵，这些人很清楚，身为拉纳尔夫的手下，一旦落入这些人手中，必然是死路一条。于是，他们纷纷扑向绿衣人，希望能杀出一条血路来逃生。绿衣人在门外奋力阻挡他们的去路，士兵们则为了活命拼命反击，双方就此展开了激烈的打斗。

突然，教堂侧门那边传来一声尖叫。沃尔特爵士迅速朝那边张望，发现跟随拉纳尔夫而来的其中一个骑士，竟然企图挟持爱丽丝小姐从侧门逃走。爱丽丝小姐奋力挣扎，高声求救。

侍女内特听到爱丽丝小姐的叫声，已经飞快地冲了过去。她拼命扯住那个骑士的衣服,尖叫着发出求救。此时,那骑士已经拖着爱丽丝小姐走到了门口,他转身给了内特重重的一击,内特顿时失去了知觉。紧接着,那个骑士便带着爱丽丝小姐从教堂侧门消失了。

而在这个时候,罗宾汉正同埃克托进行激战,打到最后,他一剑结果了埃克托的性命。尽管罗宾汉已经负伤,他还是飞快地朝着教堂侧门奔去。走出门,罗宾汉四下看不到任何人,便料想骑士必定是逃向了教堂的院子,企图从那里骑马逃跑。

不出罗宾汉所料,那个骑士果然打算带着新娘神不知鬼不觉地骑马逃走。他拖着不断挣扎的爱丽丝小姐走到教堂前面,发现有两个人正在那里进行激烈的搏斗。其中一个是奉命追捕歌手的菲利普爵士,另一个则很面生。不过,爱丽丝小姐一眼就看到那个人,竟激动地大喊起来:

"艾伦!艾伦!快救我!"

听到心上人的呼唤,艾伦连忙朝声音传来的方向望去。而他这一个分心,竟让菲利普钻了空子,对他当头就是一剑。幸而杰克及时看到,他提起棒子对着敌人的肩膀猛然挥去,这才救了艾伦一命,不然的话,艾伦恐怕早已被劈成两半了。杰克这一棒子,不仅救了艾伦的性命,也为他留出了反击的时间。艾伦心里很清楚,若要从敌人手中救出心上人,就必须先解决掉眼前这个累赘。于是,他瞅准机会,直冲要害,一剑便把菲利普砍倒在地上。

不过那个挟持爱丽丝的骑士,也就是伯特兰爵士,也不好对付。他不仅身强体壮,还狡猾多端,一肚子坏水儿。他把爱丽丝小姐强行甩在马鞍上,自己纵身跳上马背,朝着院子的大门逃去。门口有两个英勇的农奴守在那里,他们看到小姐遇难,都奋不顾身地跑去阻拦。然而,他们哪里是伯特兰的对手,还不曾出手,便双双死在伯特兰的剑下。伯特兰眼见前方已无人阻拦,得意地大喝一声,他猛踢马刺,马儿迅速地奔跑起来,与此同时,他还对着已经不省人事的爱丽丝小姐一阵奚落。

突然，他感到身后有人跳上了马背，不等他弄明白是怎么一回事，一只尖刀已经明晃晃地出现在他眼前。只一瞬间，他觉得胸口被刺进了什么东西，然后便是一阵灼烧般的剧痛。他眼前的景象逐渐变得模糊起来，最后只剩下一片漆黑。随着身体的一阵晃动，马缰从他的手里脱落了。这时，他身后的杰克一把拉住缰绳，让受惊的马儿安静下来。待马儿立定，杰克翻身下马，把仍在昏迷中的爱丽丝小姐轻轻地放到地上。

这时候，艾伦·阿戴尔仍在同敌人交战，只见他轻轻一跃，一个灵巧的攻击便将对方置于死地。接着，他迅速赶到爱丽丝小姐身旁。为了唤醒小姐，杰克已经弄来一些凉水，轻轻洒在小姐的脸上。不久，爱丽丝慢慢苏醒，坐了起来。在知道是杰克冒着生命危险救她一命后，爱丽丝将右手伸向杰克，杰克虔诚地跪在地上，饱含敬意地亲吻了她的右手。

"杰克，"爱丽丝小姐虚弱地笑道，"你为我做出如此大的牺牲，理应成为一个自由人！我一定会告诉父亲，让他给你一块属于自己的土地！"

听了这话，杰克简直是喜出望外，他的心情过于激动，一时间竟不知说什么才好。于是，他只能一再地重复着对爱丽丝小姐的感激之情。

这时，内特也苏醒过来，尽管还带着一点晕眩，她还是连忙跑去照顾爱丽丝小姐。罗宾汉则返回教堂，赶去救沃尔特爵士。在那里，他看到有两名绿林军在战斗中牺牲了，十个士兵中死了九个，还有一个从边门逃走了。

沃尔特父女看到对方都安然无恙，激动地紧紧抱在一起。罗宾汉走上前，对沃尔特爵士说道："沃尔特爵士，很抱歉我自作主张插手了您的家事，让这个婚礼成了一场流血的婚礼。"

"逃犯先生，我真是谢你还来不及！"沃尔特爵士满心感激地说道。他一向豪爽耿直，能慧眼识豪杰，并且从来不以身份论英雄。于是，他接着说道："我由衷地感谢你救了我的女儿，让她免于身陷水深火热之中。那些被杀死的骑士身后都有靠山，想必那些人也不会善罢甘休。不过，他们的死，我都会凭一己之力承担下来。"

"您是指兰比的勃拉姆领主吧？"罗宾汉说道。他的眉头紧蹙，语气也煞是严肃。

"在这种兵荒马乱的年代，他们就是这一带的统治者。"沃尔特爵士答道，"国王的几个儿子都忙于争夺权位，国家也陷入内战危机。这个时候，软弱的人也不得不听从于那些有权有势的恶霸。"

"请听我说，沃尔特爵士，"罗宾汉神情肃穆地说道，"那些穷凶极恶的坏人终究只是少数，而拉纳尔夫·格里斯比和埃克托·哈尔利普，就是这少数人中的两个。他们的残暴行径，已经让劳苦大众忍无可忍了。我以圣母的名义在这里起誓，如果我能在这世上多活一天，就不会再让那些恶魔继续为非作歹！我要捣毁他们的巢穴，还要让他们在我的剑下——受死！"

沃尔特爵士看着眼前这个年轻人，只觉得他那双黑色的眸子格外有神，仿佛眼眸深处燃烧着熊熊烈火。这一刻，他也记起了罗宾汉那些为人称颂的侠义行为。从庞特福莱科特到诺丁汉，从匹克荒原到林肯郡沼泽，罗宾汉的事迹早已传遍了整个林区。

"我会尽我所能来帮助你的，逃犯先生！"沃尔特爵士说道，"一旦时机到了，我定会助你一臂之力！不过，眼下咱们该做何打算呢？"

"沃尔特爵士，依我看咱们这样做，"罗宾汉答道，"您的女儿和她的爱人同我一起搬到绿林去住，在那里，我们可以为他们二人主持婚礼。如果您担心勃拉姆那些人会对您不利，那么也请您暂且离开这里，也搬去和我们一起同住。不过，如果您不愿离开这里，我可以派二十个手下留下来，和您一起守护家园，您看怎么样呢？"

"亲爱的好罗宾汉，如果你的勇士能助我一臂之力，那么我还是希望留下来。"沃尔特爵士答道，"假若有一天，和平之神能再度眷顾英格兰，我相信，我的女儿和勇敢的艾伦一定还会回到我的身边！"

几天以后，塔克神父在他住所附近的小教堂里，为艾伦和爱丽丝主持了神圣的婚礼。这位侠义心肠的修士着实为他们二人感到高兴，并衷心祝福他们永远幸福地生活在一起。

就在拉纳尔夫死去的当晚，伊森巴特·勃拉姆正坐在兰比魔堡里准备享用晚餐。餐桌两旁还坐着尼日尔·格里姆爵士、哈默·莫尔坦、杀手鲍德温爵士、罗杰·顿卡斯特爵士以及其他人。这些人，无一例外都是些穷凶极恶的大恶棍。

"该死的家伙！"勃拉姆忍不住骂了一句，"竟然让我们等了这么久！拉纳尔夫那家伙是不是怕他美丽的新娘吃亏，才不敢带她来接受咱们的祝福？"听罢，众人大笑起来，纷纷拿拉纳尔夫打趣。

"埃克托、菲利普和伯特兰又去哪儿了？"尼日尔爵士问道，"哦，对了，他们是给咱们害羞的新郎倌儿壮胆儿去了！"

"哼！来人呐，给我上肉！"勃拉姆怒气冲冲地喊道，"拉纳尔夫那家伙要是来了，咱们非要耍耍他，还有他的新娘也——"

勃拉姆话音未落，只觉得头顶上有东西呼啸而过。哐啷啷！就在勃拉姆面前的桌子上，一支黑箭赫然插在那里，上面还系着一块羊皮纸。勃拉姆吓得魂飞魄散，他抬头望着高高的天花板，大叫起来："快看呀！就是从那个洞里射出来的！来人呐，给我搜！务必找到那个射箭的人！"说罢，他连忙起身，急匆匆地逃走了。士兵们接到命令，开始对整个城堡进行彻查。

尼日尔·格里姆从桌子上拔下箭，取下那张羊皮纸，仔细瞧了一会儿。纸上面写的都是些人名，有的是红色的，有的是黑色的。不过，他从来没读过书，一个字也不认得。不一会儿，勃拉姆怒气冲冲地回到席上。他气得满脸通红，嘴里咒骂着那帮一无所获的手下。

"这上面写的是什么意思？"莫尔坦问道，"为什么会有那么多名字在上面？"

勃拉姆早年做过修士，晓得识文断字。他看了羊皮纸一眼，顿时面容紧绷，那张脸因愤怒而变得扭曲起来。

"你们来看，"他说道，"竟然有一股势力在和我们作对！在这张羊皮纸上，我们那些已故的同伴的名字都是用鲜血写成的，快来看，上面有罗杰·隆尚和伊沃·拉维纳尔的名字，后面紧跟着就是拉纳尔夫·格里斯比、埃克托·哈尔利普、菲利普·斯克卢比和伯特兰·诺伊尔，全部是用鲜血写的！拉纳尔夫、埃克托、菲利普和伯特兰已经被杀死了！"

"这太奇怪了！"不知谁说了一句，在座的骑士们已经吓得脸色苍白，不知所措地看着彼此。甚至有一两个人开始在胸口画着十字，默默祈祷起来。

"这上面，还有咱们的名字。"勃拉姆接着说道，"咱们这些还活着的人，名字是黑色的。不过，每个名字下面却画着一条红线！"

勃拉姆沙哑地冷笑起来，用布满血丝的双眼盯着在座的每一个人。他捡起那支箭，仔细打量，那是一支很结实的短箭，箭柄和箭羽都呈现出黑玉的颜色。

"这一定是罗宾汉那个草寇的伎俩！"勃拉姆冷冷地说道，"那个狂妄的蠢货，想靠这个方法吓唬咱们，哼，这个不要命的家伙！他自以为能扳倒我，竟不想想我是谁！我，兰比的领主，罗杰·勃拉姆的孙子！当年祖父在世的时候，光他的名字就足以让四十个城堡的领主闻风丧胆！看来，我对那个逃犯还是太过仁慈了！这次，我要置他于死地！伙计们，咱们不妨设下圈套，一旦罗宾汉被关进地牢，咱们就可以好好儿折磨他了！"尽管勃拉姆不停地发出吼叫和发疯一样的冷笑，这顿晚餐仍旧是在死气沉沉的氛围中结束了。

第二天，罗宾汉带领绿林军行侠仗义的事迹被传得很远很远，与此同时，乡间还流传出古怪的传说。有人说，当罗宾汉和神父打算从教堂里把拉纳尔夫的尸体移走时，那具尸体竟然不见了。人们还说，就是那个发出古怪笑声的魔鬼，一箭要了拉纳尔夫的性命，也是它，带走了拉纳尔夫的尸体。

一个住在哈格瑟恩·韦斯特附近的农奴，还向人们讲述他那天的遭遇：那天傍晚，太阳已经落山了，他才急急忙忙往家赶。借着暮色，他看到一具尸体被什么东西抬着穿过了沼泽地。他觉得好奇，就走上前去瞧个仔细。吓！那东西除了两条腿，别的竟什么也没有！不用说，那就是沼泽恶魔，是要把他那邪恶主人的尸体带回家去。

不过，最奇怪的事发生在那天晚上。那一晚月亮很圆，哈格瑟恩城堡的士兵们都等着拉纳尔夫爵士和他的新娘回来。突然，远处的荒原里传来一阵嘶厉可怕的笑声，人们循着笑声望去，远远望见一个火苗在跳上跳下。火苗里显现出很多小小的人影，燃烧到最后，那火苗竟燃成了一个巨大的火堆！看到这一幕，人们不知所措，只知道在胸前一遍又一遍地画着十字。那里的士兵之前就听说过，在城堡周围那片长满杂草、怪石遍布的荒原上，潜伏着可怕的鬼怪。于是，士兵们连夜守在那里，不料就在黎明前最黑暗的时候，看守的士兵突然感到一阵困倦，竟和城堡里的人一起沉沉地昏睡过去了。

等他们醒来时，竟发现自己身处火海之中，凶猛的火焰在灼烧他们的脸颊，滚滚浓烟遮住了他们的视线，连呼吸都感到十分困难。眼见大事不妙，他们慌忙爬起来，在浓烟里横冲直撞地寻找出口。可令他感到绝望的是，几乎所有的门窗都已经从外面反锁了。于是，那些一生都不曾有过怜悯之心的人们，此刻在熊熊烈焰之中，才想到乞求上天的怜悯和宽恕。然而善恶终有报，这些坏事做尽的人们，再也无法求得上天的原谅了。

待到天明时分，在灰蒙蒙的天空下，哈格瑟恩城堡已经成为一片闪烁着零星火光的废墟。周围村子的男女老少都闻声跑来围观，无论是谁,都对眼前看到的一切唏嘘不已。这些骨瘦如柴、面黄肌瘦的穷人们,他们做梦也没有想到,原来这世上真的有因果报应,恶人真的得到了恶报。那些曾经压得他们喘不过气来的坏蛋,如今再不会蹂躏他们的身体、践踏他们的灵魂了。

拉纳尔夫爵士的奇怪遭遇被传得越来越远,十里八方的人们听了,无不打心眼儿里高兴。那个作恶多端的坏家伙,竟然不明不白地死于一双无形的手。而他的城堡,也被一股神秘的力量摧毁殆尽。只要一想到这些,人们便更加相信,正义终究会战胜邪恶。伊森巴特·勃拉姆和他的同伙儿无意中听到了这些传说,心里怕得要死,脸色也因为愤怒而变得乌青。每到夜幕降临的时候,他们都会特意叮嘱守卫士兵,要格外留心城堡上下。他们骑马的时候,也是左顾右盼,时刻警惕。在他们当中,甚至有相当一部分人,已经不再走林路了。后来,亨利国王逝世,狮心王理查德①继位,并带领十字军开始东征。在那些邪恶的领主中,有相当一部分人都跟随国王去了东部。不过,勃拉姆留了下来,等待转机的出现。

而现在,整个英格兰没有谁是比杰克更幸福快乐的了。是啊,他已经成为了自由民,开始在自己的土地上耕种了!杰克每天干活的时候,嘴里都吹着口哨或是唱着歌,满心都是欢喜的感恩之情。一方面,他感谢上苍为他的命运做出的安排;另一方面,他只要一想到爱丽丝小姐靠自己的力量过上了幸福的生活,心中便充满了难以名状的喜悦之情。

---

① 狮心王理查德(1157—1199):英国国王理查一世。因其在战争中总是一马当先,犹如狮子般勇猛,因此得到了"狮心王"的称号。

第六章
仗义相救

在巴尼斯戴尔的营地里,罗宾汉和他的手下正等着享用午餐。他们面前的空地上架着锅灶,美味的食物在铁锅里沸腾,柴禾燃烧的噼啪声和开水煮沸的咕噜声此起彼伏,交织成悦耳动听的乐章。当厨子打开锅灶时,煮熟的鹿肉和脆皮馅饼香飘四溢,挑逗起人们最敏感的味觉神经。

不过,罗宾汉却是个例外。侦察兵一早来报说,路上不像有来人的样子。顿时,他也变得无精打采起来。说真的,如果没有个陌生人坐下来陪他喝上一杯,他也真就没什么胃口了。

罗宾汉看了看躺在旁边磨箭的约翰,思忖片刻,然后开口说道:"约翰,你带着威尔和马奇去趟赛尔斯高地。那个地方地势相对较高,从那里,你们或许能观察到更远处的情况。如果逮到什么人,不管他是谁,也不管他地位有多高,都把他带来见我。"

小约翰听罢,兴高采烈地拿起弓箭,叫上威尔和马奇,然后便一起出发了。他们一路上在林间穿行,没过多久,便来到了一片高地。十年前,曾经有两个自由民生活在这里,一个叫沃尔加,另一个叫拉斐。他们在这片土地上耕种田地,饲养牲畜,日子也过得其乐融融。

然而有一天，兰比城堡的伊森巴特打此地路过，看中了这块土地，并且将其强行占为己有。这两个有着丹麦人血统的农民无法容忍这种强盗行为，他们奋力抵抗，誓死保卫家园。可是他们终究是寡不敌众，不仅被强行拽出家门，还眼睁睁地看着自己的房屋和庄稼被一把火烧为灰烬。在争斗过程中，沃尔加被杀死了，他的妻子和孩子也沦为了兰比魔堡的奴隶。拉斐和他的两个儿子也成了俘虏，后来在树林中侥幸逃脱了。据传，拉斐曾发下毒誓，总有一天他会以牙还牙，不仅要杀死伊森巴特，还要一把火把兰比魔堡焚毁。在这片空地上，如今还能看到那两间石屋，只不过是些断壁残垣罢了。

"还记得沃尔加和拉斐吧。"小约翰说道。他们路过残破的房子时，窗前高高的杂草正随风摇曳。

"唉，当然记得啦，"马奇和威尔纷纷感慨道，"他们也是个可怜人，总有一天，我们会为他们报仇的！"

他们边走边聊，在穿过一条铺满树叶的小路后，便来到一条高高凸起的大路上。这条路是八百年前由罗马人修建的，至今仍然作为主干道供人们行走。最终，他们在一个五岔口处停了下来。这儿的地势很高，小道的交叉口处是一片开阔的空地，四周都是向下走的斜坡。因此，他们可以从这里远眺连绵起伏的林海。约翰三人东张西望了一番，但一个人影儿也没见着。过了一会儿，他们又向北部的深谷里张望，竟惊喜地发现有人正打那里经过。那人骑马沿着左侧的林荫道缓缓前行，估计是往七英里之外的庞蒂弗拉克特去。

那个骑马人右手握着长矛，身上穿着盔甲，看样子像个骑士。他的头一直低垂着，不知道在沉思些什么。当他靠近些后，可以清楚地看到他的脸色黯淡无光，一脸的忧郁分明可见。他是如此失魂落魄，以至于只有一只脚蹬在马镫上，另一只脚随意地晃在外面，任凭马镫在脚上碰撞。

小约翰疾步走上前，张开双臂，单膝跪在骑士的马前，说道：

"骑士先生,欢迎您来到绿林!我们的首领已经等了您三个小时,看不到您,他都不肯吃饭呢!"

"你们的首领在等我?"骑士惊奇地看着跪在地上的约翰,"他是谁,绿林好汉吗?"

"他叫罗宾汉,"小约翰答道,"他很希望今天能跟您共进午餐。"

"我听说过他,"骑士说道,"他勇敢正义,是个好人。虽然我打算在饭前赶往布莱斯,但我还是愿意去见见他。可罗宾汉并不认识我,他又怎么会一直等我呢?"

"我们的首领在吃饭时,得有旅人陪酒,不然就吃不下饭,这是他的老毛病了。"小约翰笑道。

"恐怕我不能让你们的首领尽兴了。"骑士无奈地摇了摇头。

不一会儿,骑士就随约翰三人来到了巴尼斯戴尔营地。罗宾汉见状随即起身,仔细打量着骑士说道:

"欢迎您,骑士先生,请您今天和我共进午餐吧!"

"谢谢您,好心的罗宾汉,"骑士答道,"愿上帝保佑你和你的弟兄!"

水和餐巾被呈了上来,罗宾汉和骑士洗完手后,便坐下来用餐。午餐极为丰盛,有面包、红酒、鹿肉、鱼、烤鸭和松鸡,除此之外,还有炖卷心菜。骑士显然很享受他面前的食物,吃得津津有味。罗宾汉也没有问骑士姓名,他每次都是等客人吃完饭后,才向客人询问一番。酒足饭饱之后,他们又把手洗净,罗宾汉这才笑道:"骑士先生,这顿午餐您还满意吗?"

"很满意,好心的罗宾汉!"骑士感激地答道,"说实话,我已经三个星期没有吃过如此丰盛的大餐了。"

"那就好。"罗宾汉继续笑道,"不过,天下可没有免费的午餐,所以,我不得不向您收取一些过路费了。"

"我的好罗宾汉,"骑士苦笑着,"我已经身无分文,实在是没法儿付钱给你了。"

"得了吧,"罗宾汉不屑道,"您可是有封地的骑士!跟我说实话吧,您的鞍囊里都有些什么?"

"里面最多有十先令。"骑士沉重地叹了口气。

"哦,原来如此啊!小约翰,"罗宾汉突然下令道,"去搜搜这位骑士的鞍囊,看看里面都装了些什么!"小约翰听到命令,迅速跑去了。

罗宾汉转头又对骑士说道:"如果您说的都是实话,我不会拿您一分钱。如果您需要钱的话,我甚至可以借给您。"

没过多久小约翰就回来了,他对罗宾汉说道:"主人,我在鞍囊里只找到了这十先令。"说着,他把那枚硬币放在手心,呈给罗宾汉看。

"快把酒杯满上,诚实的人!"罗宾汉说着,也把自己的酒杯倒满,同那骑士互祝平安。

"这太奇怪了,"罗宾汉不解道,"看您的衣着如此单薄,我还从没见过哪个骑士像您这样寒酸。请告诉我实情吧,我保证不会泄露给他人。您生来就是骑士呢?还是出于什么原因扮成了骑士?或者,您是多管闲事,反而把自己的财产搭进去了?还是说,您本就是个败家子,把自己的财产都挥霍光了?"

"你刚才说的这些都不对。"骑士感伤地说道,"我的祖辈世代都在自己的土地上安稳地生活,他们一直捍卫着家族的尊严,长达百年之久。但是,你也是知道的,每个人都有可能遭遇不幸。一个人陷入不幸,不是因为他自己的所作所为,而是因为上天要改变他的境遇。以前,众所周知,我拥有四百镑的家产。而如今,除了我的家人,我已经一无所有了。"

"您怎么会沦落到如此悲惨的境地呢?"罗宾汉问道。

"因为我儿子杀了一个人。"骑士答道,"那本是一场公平的决斗,但死者家属有权有势,他们就是想借此机会让我破产。我已经赔偿了他们很多钱,但他们索要无度,我只好把土地抵押给了圣玛丽修道院。

他们同修道院沆瀣一气,一早就算计着要侵吞我的财产,让我身败名裂,只不过是在等待时机罢了。这一点,我早就心知肚明。如今我被他们抓住了把柄,他们也乐得看我对他们跪地求饶。不仅如此,连我的乡邻也受到了他们的威胁恐吓,以致没有人敢借钱给我。如此一来,我就再也无法赎回我的土地了。"

"请相信我,"罗宾汉捶了一下大腿说道,"尽管圣玛丽修道院那个胖院长狡猾多端、坏事做尽,可我从来就没有怕过他!现在请告诉我吧,您一共欠他们多少钱?"

"四百镑。"骑士伤心地答道,"我已经给了他们四百镑,可他们还想再要四百镑。因此,我才不得不向罗伯特院长抵押了房产。如果我明天不能把赎金凑齐,我就会失去所有的土地。"

"如果您失去了土地,下一步您又是怎么打算的呢?"罗宾汉问道。

"我已经想好了,到那时,我就去参加十字军。不过,我现在还得去趟圣玛丽修道院,告诉罗伯特院长我没有钱赎地了。"骑士起身要走,似乎话已说完。

"骑士先生,"罗宾汉追问道,"就没有朋友肯帮您吗?"

"朋友!"骑士苦笑道,"我富有的时候,我的朋友都口口声声地说他们是如何爱我。可是,当他们得知我需要帮助并且我的敌人势力强大时,他们就对我避之不及,唯恐我向他们求助。"

听了骑士遭遇,小约翰和威尔流露出同情的眼神,马奇转过身,偷偷地抹着眼泪。这位骑士看起来是那么高贵,那么悲伤,以至于这些绿林好汉都想为他出一份力。

骑士起身告辞,罗宾汉忙追过去,说道:"别急着走啊,请再把酒杯斟满吧!我说骑士先生,如果现在有人肯借钱给您,您有没有什么人能为这笔债款做担保呢?"

"根本就没有人,"骑士虔诚地说道,"除了造物主,我一个朋友也没有。"

"别开玩笑了,"罗宾汉说道,"我是问,您有没有自己的朋友,可不是指上帝。上帝是我们共同的朋友,但他可不能替您还债。"

"好罗宾汉,"骑士说道,"我说的可是真心话!除了耶稣和慈爱的圣母,我实在是没朋友了。"

"您说得也对!"罗宾汉又捶了一下大腿,"我看呐,即使寻遍全英格兰,也找不到一个比圣母玛利亚更好的担保人了。从我第一次祈祷开始,她就没有辜负过我。来吧,约翰,"他转身对小约翰说道,"去密室取四百镑来。记得把每个钱币都检查一遍,确保每一枚都完好无损。只有这样,才能让罗伯特院长挑不出一丁点儿毛病,而我们的朋友才能保住他的土地。"

小约翰带着马奇和威尔一起去了密室,他们取出四百,用布包裹好,然后由小约翰把钱交到罗宾汉手上。

"骑士先生,"罗宾汉把布包交到骑士手上,"这里有四百,您先拿这些钱去应急。我相信有圣母玛利亚的担保,您在一年零一天之后,一定会把钱还给我的。"

骑士接过罗宾汉手里的钱,热泪顺着他消瘦的脸颊落了下来,他激动地说:"您的德行实在是太高尚了,我从未想过,有人能一下子借给我这么多钱!好罗宾汉,谢谢您的救命钱!一年零一天之后,我一定将钱款悉数奉还,一定不会让您因缺钱而吃苦头!您可能不知道,我的儿子对您也是钦佩有加。之前,我就是从他那里,听过不少关于您行侠仗义的故事。如今眼见为实,即便用尽了溢美之词,也不足以表达我对您的敬意!"

"您的儿子是谁呢,骑士先生?"罗宾汉问道,"他又在哪里见过我呢?"

"我儿子叫艾伦·阿戴尔,"骑士答道,"您曾经多次帮他,最重要的是,您还帮他找回了他的心上人。"

"见到您真是太荣幸了!"罗宾汉紧紧握住骑士的双手,"艾伦跟我

147

说起过他苦难的父亲，也提起过您被罗伯特院长设计陷害的事。但是，我竟没想到您就是赫布兰德·特拉密尔爵士本人！赫布兰德爵士，我非常荣幸能帮助您！作为艾伦的挚友，我也十分乐意尽我所能，为朋友和朋友的父亲略尽绵力！另外，我想再多问您一句，既然您也受到过兰比强盗的迫害，如果有机会能推翻魔堡、消灭仇敌，到时候，您愿意助我一臂之力吗？"

"乐意之至，"赫布兰德爵士坚定地说道，"不只是为我自己，也为了那些被恶魔压迫和剥削的穷人们。我发誓，在这件事上，我会全力支持你。任何时候，只要你需要我，我必定会倾囊相助！"

同赫布兰德爵士说完话后，罗宾汉从他那堆华丽的服饰里，挑了一件装饰精美的骑士服，送给了赫布兰德爵士。然后，又为他拿出一副崭新的马刺和马靴。当赫布兰德爵士上马准备启程的时候，罗宾汉甚至又给他换了一匹更快更强壮的马。

赫布兰德爵士出发前，含泪谢过了罗宾汉，并一再感激他的善举。罗宾汉说道：

"如果一个骑士没有侍者和护卫，独自骑行反而有失体面。我会把我的一个手下派给您差遣，让他陪您一起去圣玛丽修道院。这样，他不仅可以服侍您，事情结束之后，还可以向我汇报事情进展的情况。约翰，"他把自己最得力的助手叫过来，"你去领一匹马，跟赫布兰德爵士一起去，记住要做得像个侍从的样子。回来之后，再如实向我汇报。"

"谢谢你，好罗宾汉！"赫布兰德爵士微笑道，"我以圣母的名义发誓，一年零一天后，我一定会好好儿报答你的！"

"再见了，爵士阁下！"罗宾汉紧握着赫布兰德爵士的双手，"当您不再需要约翰时，把他还给我就行啦！"

小约翰骑着马跟在赫布兰德爵士后面，这一路上，他为赫布兰德爵士带来了许多欢声笑语。出发前，其他绿林军都建议赫布兰德爵士要好好儿管教小约翰,他们还善意地开玩笑说:"约翰可是个调皮的家伙,可一定得盯紧了他!"

赫布兰德爵士和小约翰沿着僻静的林间小路骑行了一段时间,其间他们谈论了许多罗宾汉做过的善事。赫布兰德爵士最后说道:

"虽然我会尽全力帮助罗宾汉推翻魔堡,可是兰比的恶势力异常强大,我真担心这并非我们能力所及。伊森巴特·勃拉姆狡猾奸诈,又颇晓战术,恐怕在作战方面,罗宾汉要略逊色于他。"

"这一点,我倒不担心。"小约翰笑道,"我的首领英明神武,而且他有神灵护佑。危急之时,他总是受到圣母玛利亚的特殊关爱和眷顾,因而可以所向披靡,百战百胜。"

"这话倒也没错,"赫布兰德爵士思忖着,"圣母玛利亚的祝福,可抵得上一个连的兵力。只是勃拉姆的邪恶势力实在是太强大了,他带领着兰比的强盗四处劫掠,东到顿卡斯特,西至兰开斯特。居住在这一带的人们,因为害怕惹来灾祸,对他们也是唯命是从。我真担心,不等我们采取行动,魔堡的人就已经一早得到消息了。"

"唉!"小约翰伤心地叹了口气,"那些恶魔总是将伤痛和死亡强加给渴望和平的人们,长久以来都是这样。但是,我不想就这么认命,而且我相信,他们的气数也快要尽了。每个村子里,都有人正忍受着那些恶棍带给他们的伤害;每个庄园或城堡里,也总有一些人为他们的残暴行径感到羞耻和痛心。我坚信,我的首领总有一天会揭竿而起,到那时,从这儿到兰卡斯特的每一个热爱和平的人,都会站出来追随他。只有将那些恶魔都消灭干净了,才能让这片土地重归和平与宁静。"

"圣母保佑,但愿如此吧!"赫布兰德爵士叹道,"咦?你看前方那个人,他身后跟了一群人,那些人似乎要对他不利。"

约翰和赫布兰德爵士向前方仔细张望,不远处的确有五六个人走在路中间。他们又靠近了些,看到走在最前面的那个,几乎全身赤裸,双手举着一个十字架。他的身后跟了五个人，每个人手中都握着一柄利剑。

"那个举着十字架的人，应该是个犯了重罪的罪犯。"小约翰解释道，"而那些持剑的人，应该是这个罪犯曾经加害过的人。他们现在要把那个罪犯驱逐出境，所以才这样一路监视他，以免他逃跑了。我的上帝啊，瞧他那举着十字架的样子，真像个十足的恶魔。"

赫布兰德爵士和小约翰骑着马，很快便赶上了前方的人群。走近之后，他们看到那个罪犯身上只穿了一件衬衣，没有系腰带，也没有穿鞋袜，那光头光脚的样子，如同要上绞刑架一般。不过，他的模样的确很邪恶，一侧的脸颊上还横着一道疤痕。跟在他身后的，是五个市民，其中一个看似颇有些威严，应该是这几个人的首领。赫布兰德爵士礼貌地向他们询问这个犯人究竟犯了什么罪，那个首领说道：

"此人是个恶棍，更是个杀人犯，他的名字叫理查德·伊尔比斯特。就是他，杀死了我们慈爱的父亲。我们一共兄弟三人，家住庞蒂弗拉克特。在那里，我们的父亲有自己的一只小店。平时，我们的父亲爱听旅行者的故事，也喜欢跟参过战的人聊天。一次偶然的机会，他遇到了这个卑鄙小人，并且听他讲了很多神奇的冒险经历。父亲很喜欢这个人，他甚至不顾我们的反对，硬把这个无赖带到了家里。可是这个伊尔比斯特，他竟然忘恩负义，不仅偷走了父亲所有的积蓄，还用极其残忍的手段将他杀害了。我们忍无可忍，一路上都在追杀他。可是，他却逃到圣米迦勒教堂寻求庇护。后来，他在神父面前发誓要改过自新，并且永远离开这个国家。现在，我们就是要送他去格里斯比港登船。"

从这五个人看那罪犯的眼神可以看出，他们实际上巴不得他逃走。只要他露出一丝逃跑的迹象，他们就有正当的理由立刻将他杀掉。当然了，如果他们现在就杀掉这个恶棍，也没有人会阻拦，他们可以轻而易举地要了他的命。可是，作为遵纪守法的公民，他们必须尊重这个恶棍曾经发过的誓言。

这个伊尔比斯特，其实就是当初那个假扮成乞丐、差点让罗宾汉一命呜呼的人。只是小约翰从未见过这个人，所以并没有认出他来。他仔细看了看伊尔比斯特那张凶残的脸，也注意到他在看另外五个人时，流露出凶恶狡猾的眼神。

于是，小约翰对那五个人说道："我给你们个忠告吧，对这个无赖，一定要格外留心。我刚刚瞧见了他的眼神，只怕他现在已经藏了一肚子阴谋诡计。一定要千万小心，切记切记！"

同约翰和赫布兰德爵士一直谈话的，是三兄弟中最年长的哥哥。他一贯都是固执己见，更讨厌听取区区一个路人的劝诫。于是，他不耐烦地说道：

"我不需要任何劝告，而且，我也很清楚该怎么处置一个无赖。如果这个恶棍想要耍花招，恐怕在他采取行动之前，他自己就已经没命了。"

小约翰微微一笑，不再多说什么。他和赫布兰德爵士继续赶路，走出一段之后，赫布兰德爵士说道："那个强盗杀人犯，我是见过的。在法国吉索尔的时候，他胆大包天，竟然跑到国王的寝宫去偷盗，结果被当场抓获了。当时，他被判处了绞刑，而且是立即行刑，可是后来不知他耍了个什么样的花招，竟然从执法官手里逃脱了，而且是逃得无影无踪，根本没人能找得到他。这个家伙满脑子都是鬼花招，当真是不可小觑！"

"此人的确是一脸狡诈，刚刚我也看出来了。"小约翰说道，"如果刚刚那五个人还是固执己见的话，恐怕要有人在那恶棍手中丧命。"

小约翰同赫布兰德爵士一路上不再多言，在黄昏时分，他们平安抵达克郡。他们是最后两个进城的，刚一进城，高高的城门就被卫兵关闭了。随后，他们住进了一家不错的旅馆，吃过饭后，便各自睡去了。

第二天早上，圣玛丽修道院的会堂里聚集了教堂里所有的主事。坐在首席上的，是罗伯特院长，他的脸凶狠通红，肥厚的嘴唇微微翘起，嘴角被脸颊上的肥肉连带着耷拉下来，连下巴都被挤出了两个。坐在他旁边的，是修道院的主教。他平日里做了许多好事，看上去也是温和慈善，同罗伯特院长的飞扬跋扈，形成了鲜明对比。

今天是佃户来缴租金或税款的日子，因而在他们面前的桌上，堆了很多羊皮纸。罗伯特院长身后站着几个人，静候着院长发布指令。桌前还坐着两个修道士，他们一直埋头伏案，不知在写些什么。院长的右边坐着一位皇家法官，他是途经此地，顺便再以国王的名义捞点油水。席间还坐着两个骑士，约克郡的郡长也到场了。

很多人走进来，用钱或者货物缴纳租金，还有一些人，对院长控诉着管家对他们的欺凌。前来控诉的人络绎不绝，令人不得不惊叹，原来圣玛丽修道院竟有这么多领土，领土之上，又有这么多严厉的管家。对于这些控诉，尽管好心的主教有心要询问一二，罗伯特院长却是充耳不闻。

"真是一群爱发牢骚的无赖！"院长不耐烦地说道，"省点儿力气吧，我的主教，有时间还是多做些祷告吧！我宁肯放手让那些管家们去处理这些事，也比什么都不懂却乱管闲事的好。"

"可是，毕竟那些人都告到管家们头上了。"主教说道，"依我看呐，咱们也不得不顾及修道院的名誉，不得不保全圣母玛利亚的颜面，更何况，咱们这间修道院还是以她的名字命名的呢。所以呢，我认为咱们应该好好儿调查一下，如果真是我们的人犯了错，那他们就应该受到惩罚。"

"如果依你的方法去做，"院长嘲笑道，"恐怕咱们很快就变成穷光蛋啦！那些无耻的佃农索要无度，难道说咱们都要满足他们吗？别再啰嗦啦，我是这里的院长，我知道该怎么做！"

这时候，一个高大威猛的骑士大步走进会堂。他面相凶狠，身上穿着锁子甲，腰间悬挂着一把剑。他蓬乱的黑发上戴了顶天鹅绒帽子，进屋时，帽子被他摘了下来。他身后还跟着一名随从，扛着他的头盔和笨重的狼牙棒。罗伯特院长连忙从座位上起身，笑着迎接道：

"哈，尼日尔爵士，您果然如约而至啦！您认为那个威利斯戴尔的骑士会在这最后一日爽约吗？"

"我觉得，咱们今天就能看到他向咱们讨饭吃的样子！"尼日尔·格里姆狡黠地笑道，"咱们还可以看到，他若想包庇那个孽子艾伦·阿戴尔，就必须付出沉重的代价！哼，如果我抓不着那个卑鄙的小子，那就让他的老子来替他还债吧！"

"我听说，他的儿子和逃犯罗宾汉往来颇为密切。"皇家法官插嘴说道。接着，他又对约克郡的郡长说道："你身为郡长，必须采取强硬手段，铲除这帮盘踞在巴尼斯戴尔的毒蛇！他们不仅杀死了拉纳尔夫爵士，还纵火烧掉了他的城堡，简直罪大恶极！"

"法官阁下，请恕我直言，"主教毅然说道，"如果真有这样猖狂的逃犯，我们断然不敢包庇。只是他所做的那些事，在过去几年间，国内的男爵贵族们不也都干过吗？可他们却没有受到任何惩罚！"

尼日尔·格里姆恶狠狠地看了主教一眼，几句诅咒从他那红胡子里冒了出来。那位皇家法官气得干瞪眼，却无言以对，他心里很清楚，这人说的是实话。像勃拉姆和尼日尔这样有权有势的骑士，这几年间确实是作恶多端，只是他们凭借自己的财富和势力，从没受到过惩罚罢了。

为了缓和气氛，罗伯特院长忙插嘴道："不过，有一点我是知道的，如果赫布兰德爵士今天没有带来那四百镑赎金的话，他就会失去土地，他子女的继承权也将被彻底剥夺了。"

"如今天色尚早，才过了半天而已。"主教说道，"如果他真的失去了土地，那就太令人惋惜了。他的儿子在一场公平的决斗中杀了伊沃爵士，你们却趁机如此陷害他。他只是个无权无势的可怜人而已，你们何必做得这么绝情!"

"你这个多事的家伙,总是跟我对着干!"罗伯特院长那肥大的脸被气得通红,"我还没说什么,你就在那儿喋喋不休!"

"我不过是说句公道话,就事论事,不针对任何人。"主教不以为然地说道。

这时候,修道院的库管员走了进来,他是专门负责给修道院供给粮食的。他身躯肥硕,满面油光,那些由他管理的食物,仿佛都被他偷吃了似的。没走几步,他就喘起气儿来,边喘边笑道:

"哈哈!如果赫布兰德爵士不能交出那四百镑,今天就是他丧失土地的日子!我敢打赌,他准是一气之下把自己吊死了,绝对不会来了!哈哈,他的土地是我们的了!"

"我赞同你的说法,"皇家法官说道,"那个骑士今天是不会来了。别忘了,你们贷给他的四百镑里,有一部分是我借给你们的。如果他真的交不起赎金,那么我应得的就该多得多,毕竟他的土地可比那四百镑贷款值钱多了吧。"

"您说得对,"罗伯特院长忙说道,"除了复仇而来的尼日尔爵士,我们都可以分得那块土地。"

"现在,诸位不妨先用餐吧。"库管员说完,便引着众人走向宽敞的大厅。人们依次落座,开始享用丰盛的大餐。美味的食物被盛进银质的餐具中,然后由衣着华丽的侍从一一端到他们面前。他们算准了赫布兰德爵士没钱还债,于是在进餐期间说说笑笑,很是开怀,心里却盘算着如何瓜分那块土地。

就在他们用餐的时候,赫布兰德爵士走进了大厅。他没有穿罗宾汉送给他的精美华服,而是穿着一件又破又旧的衣服,看上去仿佛已陷入极度的贫困之中。小约翰跟在他身后,穿着一件带补丁的脏上衣和一条破裤子,样子像个寒酸的侍从。

"上帝保佑你们!"赫布兰德爵士说着,单膝跪在地上。

罗伯特院长看他贫困潦倒的样子,显得十分高兴。

"神父大人,按照您的吩咐,我来了。"赫布兰德爵士继续说道。

"你带够赎金了吗?"罗伯特院长尖声问道。

"一个便士也没有。"赫布兰德爵士摇摇头,伤心地说道。

院长笑得更开心了。"你真是个倒霉鬼!"他嘲笑着,然后举起酒壶,对皇家法官说道,"法官先生,咱们喝一杯吧!我想,咱们想要的东西已经得到了!"

他们干了杯中的酒,罗伯特院长又转向赫布兰德爵士说道:

"既然没钱还债,那你还来这儿做什么?"

"神父大人,我想恳求您,再多给我些时间吧!"赫布兰德爵士伤心地说道,"我已经很努力地筹钱了,只要您再给我四个月,我一定会筹齐了这笔钱给您的!"

"我说伙计,期限已经到了,"皇家法官语气轻蔑,"既然你没钱,就必须抵押土地。"

"行行好吧!"赫布兰德爵士苦苦哀求,"法官先生,我的朋友,请让我免于遭受忍饥挨饿的命运吧!"

"我是你的朋友,也是罗伯特院长的朋友,"皇家法官冷冷地说道,"对于你们之间的恩怨,我只能公平对待。如果你没有钱,就必须失去土地。这就是法律,我只能照章执行。你听明白了吗?"

赫布兰德爵士又转向郡长,说道:"尊敬的郡长大人,您能替我向院长求情,多宽限我些时日吗?"

"不,"郡长语气冰冷,"我不会——也不愿意。"

万般无奈之下,赫布兰德爵士只得又转向罗伯特院长。

"我请求您,尊敬的院长大人,"他央求道,"帮帮我,施恩于我吧!求您保住我的土地,等我筹齐了钱,一定会马上还给您!从此之后,我必定对您忠心耿耿,听从您的调遣!"

"我的上帝啊!"罗伯特院长此时颇有些恼怒,"你说的这些蠢话,

155

完全是在白费口舌！我告诉你，你可以再去占领别的土地，但是，你现在的土地已经归我了！你休想再打它的主意！"

"你曾经对我许诺过我们彼此之间的友谊，"赫布兰德爵士苦笑一声，"说真的，现在才是真正考验这友谊的时候！"罗伯特院长恶狠狠地盯着赫布兰德爵士，他不喜欢在别人面前被提及这些往事。

"滚出去，你这个混蛋！"罗伯特院长怒道，"今天你还不上赎金，就别想要回你的土地！滚出去吧，你这个骗子！快滚出我的大厅！"

"是你在胡搅蛮缠，罗伯特院长！"骑士怒吼着从地上起身，"我不是什么骗子，一直都是个讲信义的人。我征战过很多地方，在沙场是出生入死，冲锋陷阵，保卫过亨利国王、法兰西国王和日耳曼国王。我所到之处都备受赞誉，只有在这里受到了污蔑和诽谤，罗伯特院长！"

那位皇家法官显然是被赫布兰德爵士的话打动了，他也觉得罗伯特院长的做法有些欺人太甚。于是，他转向罗伯特院长说道：

"不如你再给他一些补偿，让他痛痛快快地放弃那块土地的产权吧。"尼日尔·格里姆的脸色阴沉下来，他低声对罗伯特院长说道："什么都不给他！"

"我就再给他一百镑吧。"罗伯特院长不情愿地说道。

"不不，给他两百镑吧，那块土地至少也值六百镑呢！"皇家法官劝道。

"哈，我的上帝呀！"赫布兰德爵士冷笑一声。他阔步到桌前，目光逼人，面前的敌人被他挨个儿扫了个遍。"你们对付我的阴谋，我一早就知道了！"他朗声说道，"你们这些腐败肮脏的修士，日日夜夜都垂涎着我的土地！你们是那么贪得无厌，一心只想着吞并更多土地，让更多的人沦为你们的奴隶，这样，你们就可以对他们肆意妄为、横征暴敛了！你，尼日尔·格里姆，我知道你是想为自己的亲人报仇。可是，那场决斗是公平的，你的亲人是死有余辜！不过我也知道，你向我复仇的主要原因,不过是知道了我的儿子受罗宾汉庇佑,你没胆子跟罗宾汉较量,才转而向我这个没权没势的老头子报复!但是我告诉你,你的末日就要到了!至于你,罗伯特院长,这是你要的四百镑!"赫布兰德爵士说罢,便从怀里抽出一个布包,把里面的金币全部倒在了桌上。

"拿走你的金子吧,尊敬的院长,"他嘲笑道,"希望这些钱能拯救你不朽的灵魂!"

主教带着两个修道士走上前来,他们数了数金币,发现正好够数。于是,主教马上开了收据,并亲手交到赫布兰德爵士手上。这个时候,罗伯特院长坐在原处一动不动,他被眼前的一幕惊得目瞪口呆,羞愧地什么也吃不下去了。其他人的脸色也不好看,这突然扭转的局势,令他们感到很不是滋味。尼日尔·格里姆气得满脸通红,他咬紧下唇,恶狠狠地盯着赫布兰德爵士。赫布兰德爵士也大胆地同他对视,坦坦荡荡,毫不避讳。

"尊敬的院长先生,"赫布兰德爵士扬起那份收据,"我已经兑现了诺言,缴付了全部债款。现在,我要收回那块你们讨论了很久的土地了。"

说完,他昂首阔步地走出大厅,小约翰紧紧地跟在他的身后。他们骑马回到旅店,匆忙换了身衣服,吃了几口饭,便骑马出城了。他们一路西行,赫布兰德爵士恨不得马上飞回家,告诉他亲爱的妻子这一路的奇遇,当然也少不了对罗宾汉千恩万谢一番。

当他们离开约克郡,在树林里走了几英里后,小约翰说道:"赫布兰德爵士,那个坐在院长旁边的骑士一直目露凶光,咱们最好留心,不要被人暗地里伏击了。"

"如果只是尼日尔·格里姆自己,我倒是不怕,"赫布兰德爵士答道,"也不怕任何一个骑士和我单打独斗。不过,兰比的骑士都极具报复性,他们习惯于三五成群地出击。你的话很有道理,我定会当心的。

绿林好汉,我们就此分别吧,路途辛劳,我不想再拖累你了。"

"不不,"小约翰答道,"在把您安全护送到家之前,我是绝对不会离开您的!首领说过,我是您的随从,所以我会留下来协助您,直到送您到家为止。"

"你为人忠诚,是条好汉!"赫布兰德爵士感激道,"我会回报你的,不过可能没办法给你钱财。"

"谢谢您,赫布兰德爵士,我并不需要这些回报。"小约翰笑道,"不瞒您说,我已经准备好大干一场了。我总觉得,过不了多久,我们就会遇到一些对手,否则我便看错了那骑士眼中的杀气。"

小约翰相信,尼日尔·格里姆在赫布兰德爵士放下钱袋的时候,就已经起了害人之心。他担心赫布兰德爵士会在某个地方遭遇袭击,甚至还有可能被仇杀。

每当走在狭窄的路上或穿过浓密的树林的时候,他们都格外警觉地留意着四周,不过,他们最终还是平安地走出了森林。临近傍晚时分,他们来到一片荒野中,这一路上也没有敌人的影子。但是,他们不敢掉以轻心,因为这一带正是兰比的强盗们活动最为猖獗的辖区。于是两人快马加鞭,想在天黑之前到达斯坦摩尔镇。

这一路上,他们很难碰到什么人。有时能遇到一两个牧羊人,偶尔也会遇到几个干完农活儿的佃农。有一次,他们看到远处有人打猎。还有一次,他们遇到一个商队。后来,他们登上了一条又长又险的陡坡,那条路通往一座名叫"冷厨岭"的山脊。山顶上有一片冷杉林,由于常年受强风摧残,冷杉的树梢都被吹得倒向一边。

就在他们拖着疲惫的马匹,快要达到山顶的时候,突然,从旁边的灌木丛里嗖地射出一支箭。那支箭撞到了小约翰挂在膝边的圆盾上,然后掉在了地上。小约翰低头看了看,发现是一支黑色的短箭,顿时,他意识到是凯特在向他发出警告。他对几步之外的赫布兰德爵士喊道:"爵士阁下,留心树林!"他话音未落,冷杉林里就冲出来一个披坚执锐的骑士,他骑着马,径直朝赫布兰德爵士冲去。就在这时,道路的另一边,又冲出第二个骑士,他手持狼牙棒,骑着马朝小约翰逼近。这条路陡峭险峻,那两个伏击的骑士企图凭借猛攻,将目标撞倒在地上。不过,赫布兰德爵士和小约翰已然做好了防范,随时准备还击。赫布兰德爵士自打听到了树丛里的箭声,就已经将长剑和圆盾分别拿在手中。所以,当第一个骑士向他冲过来的时候,他就用圆盾抵御了长矛的攻击。那骑士扑了个空,身体也因用力过猛,大幅度向前倾斜。赫布兰德爵士顺势对着他的脖子猛砍过去,那骑士顿时从马背上滚了下来。骑士的马儿受了惊吓,发疯似的往前跑。可怜那骑士的马刺还挂在马镫子上,于是他被马儿拖在后面,随它一路去了。

转眼间,第三个骑士也从树林里冲出来,挥舞着长剑,朝着赫布兰德爵士飞奔而去。赫布兰德爵士的处境十分危险,一方面,他必须控制住胯下的马匹,防止马儿在陡坡上滑倒,另一方面,他还要想办法抵挡敌人的攻击。

与此同时,小约翰的处境也同样不妙。从树林里冲出来的第二个骑士对他一上来就是猛攻,他根本没有时间抽出圆盾进行防御。一记狼牙棒重重地打在他的臂膀上,顿时,那只臂膀便在剧痛之下使不上力了。无奈之下,约翰只得拼命挥舞着手中的剑,尽量保全自己。然而,他的对手从头到脚都有重铠甲覆身,胯下又有良骑相助,约翰只能步步防守,却伤不到对方一丝一毫。那骑士的狼牙棒一次又一次朝约翰挥来,每一次都是要置他于死地,约翰只得用圆盾抵御攻势,苦不堪言。不仅如此,对手的烈马也气势汹汹地朝着约翰的马儿逼近。约翰暗觉不妙,照此下去,用不了太久,他就会被对方打落下马。

突然,骑士那只挥舞着狼牙棒的胳膊,在空中骤然停住,身体似乎也跟着颤抖了一下。一声低沉的呻吟从他的面甲里传出,那只狼牙棒猛然坠地,他的身体也随之晃动起来。约翰定睛观瞧,发现在那骑士腋下,竟插着一支黑色的短箭。由于射程较短,那箭已经深深刺入了骑士的肌骨之中。小约翰朝箭射来的方向望去，看到路边不远处有一个榛树丛，在枝叶间明灭可见的，不正是凯特的身影吗？不过，此时的凯特一改往日温和的神色，只见他目光如炬，神情肃穆，脸上带着一种可怕的宁静。

只听咕咚一声，那骑士从马上一头栽了下来，便再也不动弹了。他的马儿守在他的尸首旁，吓得瑟瑟发抖。那个同赫布兰德爵士打斗的骑士看到同伴身亡，也不敢继续恋战。他狠狠踢了一下马肚子，沿着陡坡俯冲下去，一溜烟儿地朝着兰比城堡的方向逃去了。赫布兰德爵士受了伤，眼见对手逃跑，也只得就此罢休。

不过，凯特却没有罢休。他迅速穿过大路，一个猛子扎进树丛中不见了。

"那是谁？"赫布兰德爵士看到凯特，禁不住问道，"他也是来偷袭咱们的吗？"

"不不，"小约翰答道，"那可是我的救命恩人！刚才如果不是他一箭要了那个混蛋的命，恐怕我此时已经性命不保了。"

"这个骑士又是谁呢？"赫布兰德爵士边说边走到骑士尸首旁边，掀开他的面甲。"我的天呐！"他惊叫道，"这竟然是尼日尔爵士！"

"如此一来，这世上又少了一个恶棍，"约翰说道，"或许是少了两个也说不定。如果我没猜错的话，那个脖子上挨了一剑的家伙，现在也应该死了。即便他没有被剑砍死，也会被马拖死的。"

"你帮我跑一趟吧，约翰，"赫布兰德爵士说道，"你去找那个骑士的尸首和马匹，找到了就带到这儿来，我要给这两个骑士一个体面的葬礼。而且，从法律上来讲，他们的马具和马匹，应该是归我们所有了。"

约翰按照赫布兰德爵士的吩咐去做了。他大概走了半英里，就发现那匹马正在草地上悠闲地吃草，而那个骑士的尸体则甩在几码地之外。约翰将那骑士的尸体放到马背上，带回了赫布兰德爵士那里。

然后，他们将尼日尔的尸体放在另一个马背上，便牵着马朝一个小教堂走去。他们大约走了一个钟头，便来到了教堂。由于看管教堂的修士碰巧不在，他们便将两个骑士的遗体放在神坛上，脱下他们的铠甲，为他们进行了最后的祷告。

待葬礼结束之后，他们把两套铠甲放在马背上，便带着两匹缴获而来的马儿，寻找投宿的地方去了。第二天，赫布兰德爵士终于回到了自己的城堡。他的妻子和家人见他平安归来，自然是欣喜不已。赫布兰德爵士向家人讲述了这一路的奇遇，并且着重强调自己是如何在罗宾汉的帮助下凑足了赎金，又如何在小约翰的护卫下成功脱险。他的家人自然是对小约翰不胜感激，不仅热情地招待了他，还由衷地希望他能多住几天。可是，小约翰急于回到首领身边，第二天便向赫布兰德爵士夫妇辞行了。赫布兰德爵士的妻子朱迪思夫人，给他准备了满满一袋肉，还将一枚金指环赠予他。赫布兰德爵士则为他置备了一匹壮马，又将尼日尔的盔甲和马匹折算成黄金，如数交给他，并称这是他应得的战利品。最后，赫布兰德爵士握着他的手，嘱咐道：

"亲爱的约翰，你和你的首领都是我父子二人的挚友，你们对我们的恩情，我们一定永世不忘！请代我向罗宾汉转达，就说我赫布兰德向苍天保证，一年零一天之后，我一定会把借来的那些钱如数奉还！到时候，我还要再给他送上一份大礼！还有就是，如果有一天约翰伯爵谋反篡位的话，定会给国家带来战火和灾难，百姓们也一定会需要罗宾汉这样的好汉，拯救他们于水火。到时候，如果罗宾汉需要什么帮助，就请他尽管开口，我必定会倾囊相助！"

约翰向赫布兰德爵士允诺会把这些话转达给罗宾汉，然后便告辞上路了。他这一路上顺畅无阻，最终平安地回到了营地。

就在赫布兰德爵士和小约翰被伏击的那个傍晚，那个侥幸逃脱的骑士，带着一身伤痕，回到了兰比魔堡。他虚弱地让守门士兵为他降下吊桥，然后骑马冲进城堡，径直闯入了大厅。彼时，伊森巴特正与其同党在大厅开怀畅饮。

"这不是伯纳德·布雷克爵士吗?"在座的骑士看着马背上那个摇摇晃晃的身影,感到万分惊诧。

"尼日尔爵士和皮特爵士在哪儿?"伊森巴特大怒道。他的心底萌生出的恐惧,令他十分不悦。

"他们死了!给我拿、拿酒来,我、我累死了。"伯纳德气若游丝。透过面甲,人们可以看到他苍白的脸庞。

人们将一杯酒递到伯纳德手上,并帮他取下盔甲。伯纳德脸色苍白,身上伤痕累累,他伤得着实不轻,全凭一副好底子才能支撑到现在。他把那杯酒一饮而尽,然后又让人倒了一杯。

"赫布兰德杀了皮特爵士,"伯纳德继续道,"我看到尼日尔爵士也跌下马背,应该是被那个逃犯杀死了。"

一时间,在座的人都面面相觑,沉默不语。

突然,一个士兵急匆匆地跑进来,将一支黑色的短箭放到伊森巴特面前的桌子上,回禀道:"主人,这是刚刚从铁闸门外射进来的,差点儿射中我的脑袋!而且,我们根本看不到是谁射的!"

伊森巴特瞥了一眼那支箭,脸色愈发阴沉下来。原来,在那支箭的箭柄上,共有七条刻痕,而且全部被涂成了红色。

"给我抓住他,快!"伊森巴特恶狠狠地命令道,"那个射箭的混蛋一定还没有走远,给我搜,把他带过来!"

接到命令后,骑士们便率领几十名兵丁前去捉拿要犯。一时间,城堡里变得骚动起来,城门吊桥上不时传来隆隆的脚步声。兰比城堡前面本是一片相当空旷的空地,人们无论如何也想不明白,那个弓箭手是如何逃过守城士兵的眼线,不仅来到城堡脚下,甚至还射了一箭。兵丁们在城堡方圆半英里内进行了搜索,可是连那个弓箭手的影子也没看到。

随着天色渐晚,沉沉的暮色吞噬了整个城堡,士兵们的搜索也不得不中止下来。他们三三两两地返回城堡,向领主们汇报了搜索的情况。当最后一拨士兵进入城堡后,吊桥也被升了上来,吊桥铁链被吱吱呀呀地卷在滚轴上,发出刺耳的声音。随着哐啷一声巨响,铁闸门被轰然放下,那巨大的震动令塔楼也随之晃了晃。这时,从护城河上漂着的一小片水草下面,露出一个小小的脑袋。仔细观察过四周后,他异常谨慎地钻出水面,唯恐城楼上的士兵听到哗哗的水声。这个人,正是凯特。此次,他是遵照罗宾汉的吩咐,前来探查魔堡的情况。为了保持弓箭干燥,他把弓箭藏在这片水草丛里,以便随时使用。

凯特抬头仰视着这个硕大黢黑的城堡,城堡的每一个城垛上,都透着火把的光亮。每当有士兵从城垛旁经过的时候,他们的头盔就在火把的映射下,泛出暗哑的光芒。凯特目不转睛地盯着那些士兵,箭始终搭在弦上。他希望有哪个士兵能走到城垛旁,押着脑袋向外望一望,这样,他就有机会再放上一支冷箭了。不过,时间一分一秒地过去了,始终没人向外看。凯特也只得松开弓箭,不情愿地离开了。

"已经死了七个了,"他喃喃自语道,"不过,活着的也还很多。哼,杀人者,人人得而诛之。他们不配受到人们的同情和怜悯!"

凯特走得很慢,他不时地回过头,看着身后那个星火点点的庞然大物。突然,他一路小跑起来,大约跑了一英里,便来到树林边缘。凯特在漆黑一片的树林中继续穿行,高大的树木在他身旁闪过,终于,他在一棵最大的橡树脚下停了下来。接着,他并不急着爬上树干,而是像只野兽一样,在四周观察了好一会儿。直到听不到任何动静,他才以迅雷不及掩耳之势爬上了那棵高大的树木,转眼间,便消失在茂密的枝叶中。他越爬越高,待他爬到树冠顶端时,宛如到达了另外一个世界。这里只有无尽的夜色和连绵的树冠,微风轻轻拂过,枝叶沙沙作响,宛如耳语一般。凯特待的地方是三个巨大的枝桠间,这里有一个巨大的树巢,里面堆满了芳香的蕨草。凯特转身俯视着自己的来路,眼前是一片郁郁葱葱的树林,在清风中微微摇摆。越过成片成片的橡树林,凯特远远地看到,兰比魔堡耸立在漆黑的苍穹之下,星星点点的火光围绕着城堡轻轻摇曳。夜更深了,倏地一下,城堡上的火光暗了下来。

凯特脱下湿漉漉的衣服,挂在树枝上晾干。然后,他伸手在蕨草下面摸出一些食物,便大嚼特嚼起来。不过,他的眼睛却一直没有离开魔堡。当城堡的火光都渐渐熄灭,凯特便蜷缩在树巢里,闻着蕨草特有的芳香,沉沉地睡去了。在这恬静的夜晚里,清风徐来,树叶沙沙作响,宛如一首仲夏摇篮曲,在温柔婉转地低吟浅唱。

第七章
铲除奸凶

　　黎明将至，寒风习习，冬日的树林里一片萧瑟。枯萎的树叶随风凋零，打着转儿落在林间的小路上，或是藏在某个孤单的角落里。黎明的光线总是那么朦胧暗淡，仿佛永远也无法穿透密林深处。就在树林最深最隐蔽的地方，生长着极为茂密的冬青和巨大的橡树。在那橡树干上，还覆盖着大片大片胡髭般灰白的苔藓。

　　弓箭手威尔此时正穿梭在林间的小路上，他边走边察看着道路两边幽暗的巢穴。就在三天前，他曾经见过一个朝圣者在这里出没，而那个人举止，却一点也不像个朝圣者。他看起来鬼鬼祟祟的，眼睛总是东张西望，偷偷观察着绿林军的藏身之地。威尔身上穿着一件垂到脚踝的棕色大衣，大衣上的帽子把他的脑袋裹得严严实实，身上也因此格外暖和。

　　随着冬日里的第一场雪纷扬而至，罗宾汉就带领手下迁回了他们的冬营地。不过，在这个一切都是银装素裹的季节里，少有旅人在林地里穿行。因此，大部分逃犯都暂时搬到亲戚家或林地附近的农户家过冬，等到来年开春，再搬回绿林生活。他们穿着农民的衣服，帮着寄宿的人家干些农活儿。如果他们设下的陷阱能捕到一些猎物，他们就把猎物送给寄宿的人家以示谢意。

隆冬之际，罗宾汉就带着十二个骨干成员，生活在树林深处的秘密洞穴里。这些洞穴是他们翻遍整个树林才找到的。不过，他们有时也会住在林中好心的农家，比如艾伦·阿戴尔的哥哥皮埃尔，就常常邀请罗宾汉和他的手下来自己家中过冬。今年冬天，沃尔特·博福莱斯特爵士也邀请罗宾汉等人在自家的农场里度过漫漫寒冬。那个农场就设在森林里面，距离沃尔特爵士的克伦威尔庄园很近，艾伦·阿戴尔和他美丽的妻子如今就幸福地生活在这个地方。

罗宾汉欣然接受了沃尔特爵士的邀请，搬去和他们一起同住。不过，如果天气状况良好的话，他绝不会在一个地方逗留太久。现在，罗宾汉住的是一个极为隐蔽的地方。这个地方，就在曼斯菲尔德东部几公里处的乱葬岗里，是罗宾汉带领手下改造而成的。这里杂草丛生，乱石遍地，废弃的坟墓随处可见，不管走到哪儿，都是一派荒无人烟的凄凉景象。如今，罗宾汉就带领手下生活在这里的一个古墓中。尽管是个坟墓，罗宾汉他们却将它收拾得干干净净，温暖舒适。

每天早晨，威尔和伙伴们在墓穴中饱餐之后，都会到墓穴外面巡视一番，检查在过去几个小时里，是否有敌人来过的痕迹。留在地上的奇怪脚印，灌木丛和小树林里被折断的树枝，对于这些细节，他们总是分外留意。他们都有着印第安人一样敏锐的观察力，加之丰富的阅历，他们可以轻易辨认出任何可疑的痕迹。

这天，威尔像往常一样在周边巡视。突然，他在一条小路上停了下来。他先是对旁边的榛树丛和橡树仔细查看一番，然后蹲下身来，检查着面前的一个小岩洞。这个小岩洞其实是个泉眼，夏天的时候，泉水会从这里涌出来。现在，就在这块柔软的土地上，一个狭长的脚印清晰可见。威尔顺着脚印继续向前检查，又发现两个相同的脚印。从脚印的边缘处可以判断，这些脚印都是新踩上去的，因而，威尔心下十分肯定，留下脚印的那个人，一定还没有走远。不过，究竟会是谁呢？从脚印来看，应该是一个年轻的小伙子或是个姑娘留下的。不管是谁，这个人应该是个穷人，从脚印可以看出，他的一只鞋子已经破烂不堪了。

威尔四下搜索着脚印，并沿着脚印的方向悄悄潜行。就这样大概走了五十码远，威尔发现脚印已经进了前方的树莓丛，于是他停下脚步，侧耳倾听树丛里的动静。隐隐约约的，威尔听到茂密的树丛中仿佛传出低声的啜泣。于是，他绕过一棵高大的榛子树，偷偷朝着哭声传来的方向望去，令他吃惊的是，前面不远处竟然有一个小姑娘站在那里。那个小姑娘正在树丛那边采着浆果，随身还挎着一个破草篮。

小姑娘边采边哭，威尔甚至能清楚地看到，她的脸颊上挂着两行晶莹的泪珠。或许是害怕旁人听到，那个小姑娘始终是低声啜泣，强忍着不发出声音。她的双手因采摘浆果而被刺破，她脚上穿的鞋已经破烂不堪，露在外面的双脚也被冻得乌青。这一切，威尔都看在眼里。

威尔情不自禁地挪动了一下。小姑娘听到响动转过身，她的眼中充满恐惧，一张小脸儿已经吓得惨白。她把草篮紧紧抓在胸前，噗通一声，跪在威尔脚下。

"噢，请您杀了我，放过我的父亲吧！"她的声音听起来是那么虚弱无力，"杀了我吧，也请从此放过我们！他将不久于人世，现在连话都不能说了！"

小姑娘双手合十，脸上挂着两行泪珠，苦苦哀求着。她那张稚嫩的脸，看上去是那么虚弱瘦削。那绝望的表情，仿佛是在告诉威尔，这个女孩正处于极大的危难之中，而今她别无所求，只求一死。威尔还看出来，这个女孩是个犹太人。

威尔对女孩诚恳而亲切地笑了笑，希望能给她些许宽慰。从这个孩子的眼神和话语可以判断出，她必定是受了极大的冤屈。

"亲爱的小姑娘，"威尔亲切地对她说，"我不会伤害你。你为什么会在这里采野果子？看你如此饥寒交迫，还那么瘦弱，你应该吃点更好的食物才是。"

威尔走上前去,把女孩扶了起来。那个孩子看起来有点不知所措,她甚至不敢相信,这些亲切的话语,是从眼前这个看似粗鲁的人口中发出的。她仔细瞧了瞧威尔,脸上原本紧张的神色有了些许缓和。

"你、你不是他派来的吗?你不认识那个、那个叫伊尔比斯特的人吗?"女孩吞吞吐吐地说道。

"伊尔比斯特?"威尔一听到这个名字,眉头顿时紧蹙起来。他记得罗宾汉曾经对他提起过这个恶棍,也从一些路人那里,断断续续地了解到他犯下的恶行。威尔接着问道:"可怜的孩子,那个恶棍在追杀你吗?"

"是的,先生,他是我父亲的仇人。"女孩的声音再次哽咽了,"我的父亲是从约克郡那场残害犹太人的大屠杀中逃出来的,那场屠杀您可曾听说过?"

"听说过。"威尔答道。一想到那次暴行,威尔又皱了皱眉头,眼神中闪过一丝气愤。在那次事件中,许许多多无辜的犹太人被邪恶的骑士和暴民残害。那些犹太人甚至被逼地将自己关进城堡,亲手杀死自己的妻子和儿女,然后自杀,为的就是不落入那帮"基督徒"手中。

"你和你的父亲究竟出了什么事?"威尔问道。

"在那次遭遇中,我和父亲在城堡里躲着直到杀戮结束。"女孩抽噎着答道,"后来,在一个好心人的帮助下,我们才能偷偷逃出来,从而幸免于难。我的父亲本打算到诺丁汉去,那里有我们的族人。如果他们知道我们需要帮助,一定会支援我们。可是,我们实在没办法饿着肚子穿过这么大一片树林。噢,好心的先生,请您发发善心,救救我的父亲吧!他就躺在这附近,恐怕已经——我担心他已经——噢,请不要抛下我们!"

"可怜的孩子,快带我过去!"威尔关切的语气和亲切的面庞,无疑已经打消了这个可怜孩子心中的疑虑。

不由分说，女孩带着威尔穿过茂密厚实的灌木丛，走到一座崖壁前。崖壁上有个很大的山洞，洞口被榛树丛遮得严严实实。威尔跟随女孩走进山洞，便看到她的父亲躺在一堆枯草上面，看上去已经奄奄一息了。他的头发斑白，显然是上了些年纪，他的身上只穿着一件打满补丁的长袍，上面还沾满了污泥。女孩一会儿看看父亲，一会儿又看看威尔，她心中的疑虑尚未彻底消除，身体因为害怕而禁不住瑟瑟发抖。

那位老人听到有人进来，慢慢睁开了眼睛。女孩连忙跑过去，扑倒在父亲身边，她紧紧握住父亲的双手，脸上露出关切的神情。

"啊，我的小露丝，"老人望着女孩亲切地说道，"我的孩子，我恐怕起不来了。我现在觉得浑身僵硬，不过等一下就会好了。待会儿我们继续赶路，恐怕还得需要几个小时的路程呢。等到了城里就好了，我的小露丝就有美味的食物和新衣服了。亲爱的孩子，你的小脸儿现在又瘦又黄，真是委屈你了，不过很快——咦，这是谁？露丝，露丝，我们是不是被人发现了？"

在昏暗的山洞中，这位老人起先并没有注意到威尔。当他带着绝望询问的时候，流露出的却是对女儿的极大担忧。在威尔看来，这是一位坚强的老人，尽管自己已经病得很重，却不把自己的痛苦告诉女儿，反而不断地安慰和鼓励她。

"老先生，请别害怕，"威尔俯身关切地望着老人，"如果有什么能帮到您父女二人，我一定会尽心去做。"

"谢谢你，林中人，"老人的声音颤抖着，"我并不担心自己，只是我实在放不下我的小女儿，我可怜的小羊羔。她经历了太多的苦难，只要她能平平安安的，我也就别无所求了。"

这个可怜的老人老泪纵横地诉说着，以他现在饥寒交迫、重病缠绕的处境，他觉得自己定将不久于人世了。可是，一想到自己的女儿在这世上孤苦无依，便更觉得揪心难过。

"你们现在需要的，是食物和温暖的住处。"威尔马上意识到这一点，"我现在身上带着些食物，不过至于住处，我还得请示我的首领。"

说完，威尔从口袋里取出几片面包和鹿肉，递给女孩，让她快吃下去。不过女孩并没有自己吃，而是马上把面包和鹿肉撕成小块，一点一点喂给自己的父亲。尽管这两日他们几乎水米未进，他们却也并不敢开了吃，而是一点一点地吃得很慢。

接着，威尔又把自己的酒囊递给他们。几口美酒下肚，女孩和她父亲的脸色红润起来，眼睛里也有了光彩。

他们将酒囊还给威尔，老人对女孩说道："我的小露丝，过来扶我一把。"

在女孩的搀扶下，老人屈膝跪在地上，女孩也随之跪在地上。他们在感谢上苍，派来这样一位好心人帮助他们摆脱了困境。他们甚至还乞求能够看到威尔的脸庞，因为山洞太昏暗，他们根本看不清恩人的面孔。威尔看到老人和女孩跪在地上虔诚地做着祷告，感到有一丝窘迫。等到他们做完了祷告，露丝牵起威尔的手，一再地亲吻着。她的脸颊再次被泪水打湿，心中纵有千言万语，都不足以表达她此时的感激之情。

"说了这么多感激的话，已经足够了。"威尔颇有些不好意思，"你们暂且先留在这里，我马上回去，同首领商量如何给你们安排住所。"

"勇敢的林中人，你的首领是谁呢？"老人问道。

"他的名字叫罗宾汉。"威尔答道。

"我曾经听过他的名字，他可真是个好人呐！"老人激动地说道，"我听说，他尽管是个逃犯，却比那些执法者更具同情心和正义感。善良的林中人，请你一定向他带去鲁本·斯坦福的祝福，并且请转告他，如果他能帮助我们找到诺丁汉的亲人，我们的族人会一生一世感谢他的好意！如果将来他有什么需要，我们也愿意竭尽全力帮助他！"

老人说得一本正经，仿佛是习惯了发号施令。

"我一定会转告他的。不过,他绝不是为了获取你们的感恩或酬金才帮助你们。行侠仗义、救死扶伤,本就是他的作风。"威尔答道。

"逃犯先生,你的言辞真是慷慨仗义!"鲁本说道,"如果你的首领也像你一样好心的话,我相信他也一定不会对我们不管不顾的!"

说罢,威尔起身返回乱葬岗。他在大墓穴中找到罗宾汉,并把事情的来龙去脉都告诉他。

"干得好,威尔!"罗宾汉夸赞道,"带上两匹马,把那对犹太父女接到这儿来,我要向他们打听打听有关理查德·伊尔比斯特的情况。听说那个家伙在约克郡做了不少坏事,我猜他现在应该就在诺丁汉附近。"

威尔按照罗宾汉的指示接回了鲁本父女,并将他二人安置到附近山坡上的一间小屋里。鲁本父女此时都非常虚弱,尤其是老鲁本,被连日来的迫害消耗了大量体力。不过,好在这里有充足的食物、舒适的衣服和温暖的炉火,几天下来,他们父女二人看上去壮实了很多,精神也恢复得不错。他们对罗宾汉一再表示感谢,明亮的眸子中总是洋溢着对罗宾汉的敬佩和感恩之情。

当老人的身体有所恢复之后,罗宾汉便向他打听当初是如何遭受了迫害,老鲁本自然愿意将整件事情都原原本本地告诉他。

"善良的逃犯先生,我猜,你一定听说过去年秋天理查德国王在威斯敏斯特继位的事。"老鲁本道,"那个时候,约克郡里就涌出一群邪恶的骑士和暴民,他们仇视犹太人,抢夺他们的房产,甚至对他们痛下毒手。那个时候,理查德国王确实严惩了那些强盗,将他们处以绞刑,或者罚他们在身上烙上了印记。

"然而,就在一个月前,理查德国王率领十字军开始东征,那些仇视犹太人的骑士趁机又开始出来兴风作浪。他们到处煽动民众仇视犹太人,以致最后为数众多的暴民对犹太人展开了残酷的大屠杀。

"那时候,那些暴民纷纷涌进了犹太人避难的城堡搜查,我们当时就躲在那里，时刻准备着被他们捉住，然后拖出去杀死。不过，他们后来离开了城堡，去了大教堂。你可能也知道，我们犹太人曾经向一些基督教徒放贷，那些借据就是理查德国王下令放在大教堂里保管的。所以，那伙儿暴民才转而赶去大教堂，把所有的借据都一把火烧了，他们欠犹太人的债务也就此一笔勾销了。"

"你是怎么逃出来的呢？"小约翰问道，他同威尔、斯卡利特、阿瑟·布兰德也在一旁倾听。

"后来，一定是上苍听到了我们的祈求，给我们派来一位好心人。那是个好心的士兵，他发现了我们，却没有把我们抓起来。相反，他不仅给我们吃的，还把他自己的外罩借给我做掩护。第二天晚上，他带着我们从一个秘密的小门逃出城，把我们带到通往诺丁汉的路上。"

"你知道那些恶棍骑士和暴民后来怎样了吗？"罗宾汉问道。

"我曾听那个好心的士兵说起过，"老鲁本接着说道，"他告诉我，那些人害怕国王会加罪于他们，所以为了洗清嫌疑，参与屠杀的骑士都去参加十字军东征了，而那些暴民有的逃到了苏格兰，有的逃进了树林，有的还仍旧藏在城里。

"他还告诉我们，皇家法庭的人要去那座被践踏的城市巡视，因此，那里的郡长和大商人现在都吓得瑟瑟发抖呢！"老鲁本顿了顿，"对了，逃犯先生，我还有一事相求。我还有一儿一女在诺丁汉，他们也就是我们要投奔的人。他们现在肯定以为我和露丝都遇害了，正沉浸在巨大的悲痛之中。所以，我想请求您派一个手下去他们那里，告诉他们我和露丝一切平安，很快就能和他们见面了。我的身体现在已经好多了，随时都可以动身。"

"当然可以了，"罗宾汉说道，"你们谁去给他们的亲人捎个信儿？威尔，他们是你发现的，你去怎么样？"

"乐意效劳，"威尔说道，"你们有什么要说的，就都告诉我吧。还有，告诉我他们的地址，我马上就可以上路了。"

鲁本父女对罗宾汉和威尔又千恩万谢了一番,然后告诉了威尔要带的口信儿以及亲人的住址。威尔启程前去换了一身装束,以免引起城里人的注意,毕竟城里有不少人在穿过树林的时候,都被威尔收过买路财。

当天下午,只见一个朝圣者朝着布莱多史密斯角门那边走去。他头戴一顶嵌着贝壳的帽子,身穿一件黑色的长袍,脚上踩着一双破烂的鞋子,手里还拄着一根结实的木杖。这扇城门天黑的时候就会关上,因而他必须在太阳落山前从这里进城。不过进城之后,他就必须得像个真正的朝圣者那样,假装自己已经精疲力尽,在大街上缓慢而吃力的行走。

尽管威尔总是低着头,眼睛看着路面,他却并不认为自己的装扮会被人认出来。他时不时地抬头看看路标,以免错过塞拉斯·本·鲁本的房子。塞拉斯·本·鲁本是诺丁汉的犹太人首领,也就是老鲁本要投奔的亲人。

终于,威尔找到了老鲁本告诉他的那条街。他顺着街道的房屋,开始一间一间地数过去,因为老鲁本曾经告诉过他,询问犹太人的住处不能太过张扬。走在街上,威尔发现有几户房门是开着的,隔着门可以看到院子里工作的女人和玩耍的孩子。其他的门则关得紧紧的,似乎是房主害怕遭遇约克郡犹太人那样的命运。

最终,威尔来到第九扇门前。门是锁的,威尔轻轻叩门,在外面静候。

门上的一扇小门打开了,一个男人隔着小门向外张望。

"你想干什么?"男人问道。

"我想见塞拉斯·本·鲁本,有人要我给他带个口信。"

"有暗号吗?不然我怎么知道你是不是奸细?会不会对我们暗下杀手?"门里人冷冷地说。

"那么,请听我说。"威尔答道。接着,他把老鲁本教给他的希伯

173

来语重复了一遍。

小门突然关上了，只听门闸哐啷一声，门开了。"进来吧，朋友。"那个矮小精悍的犹太人说道。威尔进门后，门又迅速地被锁上了。接着，那个犹太人带着威尔进了里屋，对威尔说道："我就是你要找的人，有什么事请说吧。"

"我来是告诉你，你的父亲鲁本·斯坦福和你的妹妹露丝现在已经平安无事了。"

"感谢上苍啊！"塞拉斯·本·鲁本听罢，双手合十，颔首低眉，嘴里念念有词地做着祷告。

"告诉我，你是怎么知道这些的？"塞拉斯做完祷告继续问道，"他们现在在哪儿？我什么时候才能见到他们？"

威尔将自己如何遇到鲁本父女，以及他们的遭遇都一五一十地告诉了塞拉斯。塞拉斯听完之后，对威尔一再表示感谢，然后起身走进了房间。当他出来的时候，他双手捧着一条绿色的肩带，上面还镶嵌着美丽的珍珠和珍贵的宝石。

"您的好意我实在无以为报，但是请收下这份礼物吧，以示我对您的谢意！"

"谢谢你的好意，可是这件礼物对我来说太贵重了，我想送给我的首领或许更合适。不过，如果你真的愿意送我一份礼物，那么请送我一把西班牙制造的刀吧，听说西班牙的造刀工艺堪称一流。"

"如果您的首领不嫌弃，我很乐意把这条肩带送给他。而您，我愿意送给您我店里最好的西班牙刀！"

塞拉斯进屋取来一把刀，将刀展示给威尔。威尔试了试刀刃，锋利无比，果然是刀中精品。

天色渐渐暗下来了，威尔本打算在城门关闭之前出城，可是又不得不同塞拉斯为后续事宜做出详尽的安排。他们一直在讨论何时何地以怎样的方式同鲁本父女相见，到时罗宾汉也会派人秘密地带鲁本父女去会面的地方。等到一切都安排妥当,天已经黑透了。塞拉斯希望威尔能留下来过夜,反正这里除了他,已经没有其他人了。事实上,为了躲避暴民,他早已将自己的妻儿都送到了安全的地方。

"谢谢你,塞拉斯,"威尔婉谢道,"可是,我还是希望能在城门附近过夜。这样,我就能在城门打开的第一时间溜出城了。"

威尔说罢离开塞拉斯的家,沿来路往回走。突然,他身后冒出两个男人,悄无声息地从后面超过他,看起来鬼鬼祟祟的。那两个人都不是犹太人的装束,他们鬼鬼祟祟的行径让威尔感到十分可疑。于是,威尔放慢了自己的脚步,好同那两个人拉开距离。然而奇怪的是,那两个人竟然也放慢了速度,一直和威尔保持着六步远的距离,其中一个人还不时地回头张望。威尔一下子明白过来,他们是冲着自己来的。那两个人,要么认出他是罗宾汉的手下,要么误以为他是犹太人,总之是来者不善。

威尔心里盘算着,手里紧紧地握着那把西班牙刀。他突然停下脚步,心想,如果那两个家伙也停下来朝他发动攻击的话,他就跟他们拼了。可就在这时,他感到黑暗中有一只手拉住了他的胳膊,耳畔有人低声耳语:

"我是塞拉斯·本·鲁本的朋友,你被人盯上了,快跟我来!"

威尔看到身边有一个黑影,与此同时,旁边一扇门悄无声息地打开,威尔被领进了一个狭窄迂回的走廊。就这样,威尔任凭那黑影带着他走了好几码远。一阵晚风拂过他的面颊,他抬起头,只见深蓝的夜幕上闪烁着繁星。

"往左拐,"声音又一次在耳边响起,"沿着这条路,你就能到弗莱彻门了。""谢谢你,朋友!"威尔道了声谢,便朝着左边大步离开了。

刚走了几步,威尔就来到一条狭窄的街道上,就是沿着这条路,可以一直通往弗莱彻门。威尔脚下飞快地赶路,心里却默默感激着那位不曾谋面的犹太人,要不是他,自己今晚恐怕在劫难逃。威尔急匆匆地走进一家小旅馆，之所以选在这里，是因为从这里可以看到城门。旅馆的老板对客人并不过问太多，于是威尔草草吃了顿饭，便起身到卧房睡觉了。卧房在旅馆的二楼，是一间很大的屋子，所有在此过夜的旅客都在这里休息。威尔选了一个角落，倒身躺在地上的草铺上，很快便睡着了。

天色渐晚，其他旅客也陆陆续续来到这间屋子，选好自己的铺位后，便立刻倒身呼呼大睡起来。屋子的墙壁上，点着一根灯芯草蜡烛，为这间屋子带来些许光亮。借着昏暗的光线，威尔仔细打量着进来过夜的每一个人，等看清来人后，又翻身继续睡觉。不多时，这间屋子里便挤满了人。后来的旅客只得跨过那些横七竖八躺在地上的人们，才能找到属于自己的一席之地。

又过了一会儿，不再有人进来睡觉，屋子里也安静下来，仿佛都已经陷入深深的睡眠。屋外轻风阵阵，透过窗户上的缝隙，发出轻柔的呜呜声。偶尔，有人喃喃自语或者含混不清地说着梦话。还有人挥动着胳膊，好像在和谁打架。更有甚者，还会发出痛苦的呻吟。外面的街道上一片沉寂，时而有猫溜过屋檐，一转眼又穿过街心。流浪狗偶尔也在街头散步，然后又倏地跑进某个角落，迎风呼噪。

不等清晨第一缕曙光照耀冰冷的街道，威尔已经醒来了。他不喜欢待在屋子里，屋顶总让他觉得压得喘不过气来。生活在绿林时，威尔也常常离开休憩的小屋，他宁可多到外面走走，看看晴朗的天空，呼吸树林里清新的空气，聆听微风吹过树林时发出的轻声细语。他现在躺在黑暗的屋子里，心里却渴望着早点回到树林，去感受那里自由的气息。于是，他悄悄地起身，蹑手蹑脚地跨过还在沉睡的人们，朝门口走去。门口架着一个粗糙的木梯，必须顺着木梯爬下去，才能到达地面。

就在威尔摸索着去开门的时候，竟然发现门口躺着一个人。他用脚轻轻碰了碰那个人，示意他另找地方睡觉，好让自己开门出去。

"该死的家伙,大清早就把人吵醒!"威尔身边有个人不情愿地嚷嚷起来,"这么早起身有什么用?只要我还在这儿,城门就开不了!你不会是想趁清早溜出城的盗贼吧?"

"我并不是贼,"威尔答道,"我只是一名朝圣者,往沃尔辛厄姆的圣殿去。由于路途遥远,所以不得不赶早启程。"

这时,躺在门口的那个人已经爬起来,他打开门,站在楼梯口。威尔跟在他后面,等他先下楼,毕竟这楼梯太窄,容不得两个人。刚刚那个说话的人也爬起身来,那两个人借着微弱的晨光打量着眼前这个朝圣者。与此同时,朝圣者也打量着他们,这两个家伙看上去都十分强壮,身上穿着干净的紧身衣,应该是富人家的家丁。

"你是朝圣者?"刚刚那个说话的人再次开口,"朝圣者的衣服往往都穿在恶棍的身上!"他上上下下打量着威尔,语气中带着嘲讽的意味。

说到这,那个人对威尔做了个手势,示意他下楼。威尔急忙下了楼,他觉得与其争口舌之快,不如就照那人的话去做,以免多生事端。那两个人也紧随威尔下了楼,三人一同来到客厅。客厅的桌子旁边坐了两个人,一看到威尔身后的两个人,他们顿时起身走了过来。走在最前面的那个长得一脸凶相,两颊上还带着刀疤,他走过来问道:"你们带来的是谁?"

"队长,他说他自己是朝圣者。"威尔意识到自己已经被包围了,于是伸手去拔插在腰间的刀。可他刚一动弹,后边的两个人马上摁住了他的胳膊。

"张开他的左手!"队长厉声说道,"看看他的左手,就知道这位朝圣者还做不做其他的事了!"其中一个人用力掰开威尔的左手,他的食指由于常年射箭留下了厚厚的茧子。"哼,果然不出我所料,他就是我们要找的人,罗宾汉的同伙!"

威尔见情势不妙,猛然挣脱那两个人的双手,径直朝大门跑去。

他本想快速抽出门闩，然后夺门而去，可是敌人实在是太快了，就在他扛起沉重的门闩时，敌人已经朝他扑了过来。威尔以门闩作武器，朝着敌人横扫而过，其中一个受了重击，倒地不省人事了。接着，威尔将门闩舞得密不透风，一时间敌人竟不敢有丝毫靠近。突然，那个高大的队长出现在一个手下身后，双手勾住他的肩膀，然后尽全力把他朝威尔推去。威尔一棍下去，那个人顿时昏迷了。可是，也就是利用这个空当，那队长和另一个手下已经跑到威尔身旁，猛然把他压倒，然后将他死死地按在地板上。

店主听到客厅里的吵闹声，慌忙赶过来。队长一见到他，便命令他拿绳子过来。这时，店主也认出了威尔，威尔此前也常常扮成乞丐或朝圣者来这里投宿。看到罗宾汉的手下在自己的店里被郡长的人抓住，店主心中十分难过。他假装在屋子里四处翻找绳子，实则是在为威尔拖延时间，希望他能挣脱束缚趁机逃跑。

然而，一切努力都是徒劳。队长用腿跪压在威尔的胳膊上，显然已经等得不耐烦了，他恶狠狠地威胁着店主："你这个蠢货！要是再不快点把绳子找来，当心郡长大人要治你的罪！"

店主吓得连连求饶："噢，队长大人息怒啊！我真是老糊涂了，竟不记得东西都放在哪儿了。要知道，抓人这种事儿，在这儿还是头一回呐！"

店主无计可施，只得找来几条绳子。就这样，威尔的手臂很快就被结结实实地捆住了。店主一边捆着威尔，一边悄悄地给他递眼色，意在告诉威尔自己马上就会把消息带给罗宾汉。威尔还没来得及回应，便被那帮郡长走狗押走了，一路上还受尽了嘲弄。

待城门一打开，店主就派人火速出城给罗宾汉带信儿。直到傍晚时分，那个带信儿的人落入罗宾汉的手下凯特·史密斯的手上，他才有机会把威尔被捕的消息告诉了他们。听了故事的来龙去脉，凯特·史密斯连忙带他去见首领。他们走进密林深处，却发现已经有人把威尔被捕的事情告诉罗宾汉了。那个人是罗宾汉在诺丁汉的友人派来的，据他所说，威尔已经在当天被审判，并且将于明日清晨在城门执行绞刑。那人继续说道：

"就在我出发的时候，看见他们的人已经在搬运木头，绞刑架也做了修缮。据他们说，威尔是他们抓住的第一个逃犯，一定要搞得隆重些。他们还说，用不了多久，您的手下都会一一被送上那个绞刑架。"

"他们为什么这么说？"罗宾汉问道。

"先生，请恕我直言，"捎信人坦率地说道，"听说，郡长麾下现有一个抓贼的能人。那个人足智多谋，狡猾多端，曾多次参战，辗转于法国和巴勒斯坦之间。有这样的人帮衬着，那些人才会觉得抓住你们是手到擒来。"

"那个人长什么样？叫什么名字？"罗宾汉问道。

"是个爱吹牛皮的大高个儿，嗓门很亮，大红脸，有人叫他布什队长，有人叫他打手布什，还有一些人直接管他叫杀人魔。"

"他是从什么地方来的？"罗宾汉问道。对于这个傲慢的队长，他还从没听说过。

"没人知道他从哪儿来，有人说他本就是个恶棍，早该被绳之以法的。不过，眼下郡长和他的关系非同一般，凡事都要和他商量后才做决定呢。"

罗宾汉听到威尔被捕的消息，感到很是痛心。他郑重其事地对手下说道：

"伙计们，你们都听到了，弓箭手威尔，咱们忠诚勇敢的伙伴，已经被敌人抓起来，而且马上要被处死了。你们说，咱们该怎么办？"

"去救他！"下属们高喊道，"就算踏平诺丁汉，我们也要救回威尔！"

他们不断地高喊着，目光笃定，神情肃穆。

"弟兄们，你们说得对！"罗宾汉说道，"我们一定会救出威尔，让他平平安安地回来！不然的话，在诺丁汉恐怕会有更多的母亲失去她们的儿子！"

罗宾汉盛情款待了两位信使，并让他们今晚在营地留宿。他之所以这么做，为的是不让他们走漏任何风声。他凭直觉判断，这次的营救行动并非易事，不管是郡长，还是那位布什队长，似乎都不容易对付。

与此同时，在诺丁汉郡长的家里，郡长正在和他的军师秘密商讨。之前，他们已经用过各种方法逼威尔说出绿林军的下落。可是，这个硬汉除了对他们冷嘲热讽，其他的竟什么也不说。他甚至表示，即便是给他上最残酷的刑，他也绝不多说半句。

"把他拉下去！"郡长气急败坏地大叫道，"给他准备好绞架，明天早上就是他的死期！"

听到这些，威尔依旧默不作声，他昂首阔步，大义凛然地走回了牢房。

看着四下并无旁人，布什队长凑到郡长跟前说道："郡长大人，我有一个妙计，保证能让那个家伙老老实实地把咱们带到罗宾汉的老巢去！"

"快说快说！"郡长急切地催促道，"如果能抓到那帮土匪，我就奖励你一百镑！"

"请听我慢慢道来，"布什队长那张阴险的脸上带着一丝狡黠，"若是我们把那个家伙放了，他一定会迅速赶回绿林的营地。这个时候，我们若派上两三个机灵的手下悄悄儿跟着他，找到他们的老巢还不是轻而易举？这样，我们就可召集人马，趁他们毫无防备之时，打他们一个措手不及！到时候，就可以不费吹灰之力把他们一一抓获了。"

郡长皱着眉头，脑袋不停地乱摇："不不，我决不会放了他！明天，他必须死！罗宾汉本就是诡计多端，一旦再让这个跑了，布什先生，到时你恐怕就要腹背受敌了。"

"那么，咱们就采取第二种方案。"布什队长继续说道，"我想，这次您一定会满意的。正如我先前告诉您的，我的手下这些天一直监视着塞拉斯·本·鲁本，是他们看见这个家伙进了塞拉斯的家，然后在那里同塞拉斯进行了长谈。之前，我一直怀疑那个犹太人和罗宾汉之间是否有什么密谋，您也知道，那个罗宾汉最会耍些旁门左道的妖术了，所以我现在十分肯定，罗宾汉和那个犹太人一定是在密谋如何迫害我们基督徒——"

"你想做什么？"郡长突然生硬地打断他，"难道说，你想以此挑唆人们来残害犹太人？你是不是也打算让我因此被罢免官职，半数财产被充公，甚至让诺丁汉的每个公民都被罚掉三分之一的财产？先前的约克郡和林肯郡就是最好的榜样！你这个混蛋！"郡长顿了顿，眼睛闪烁着怒火，"你到底对我有什么企图？你对塞拉斯·本·鲁本又了解多少？或许，你就是那个到处挑拨犹太人的是非、如今约克郡的郡长和商人都想杀之而后快的挑唆者？"

面对郡长突如其来的震怒，布什队长确实是始料未及，看上去颇有些垂头丧气。不过，不管是谁看到布什队长那惊慌失措的眼神，都会认为郡长的质问无疑是戳中了他的要害。可是，盛怒之下的郡长此时只是自顾自地在屋中踱来踱去，全然没有注意到布什队长眼中突然涌现出的一丝恐惧。

"告诉你吧，我勇敢的布什队长，"郡长突然朝他咆哮起来，"你那些抵制犹太人的手段，我一条也不会采纳！对于你这种无名小卒来说，这种事情看上去当然十分简单！你可以号召一群发疯的暴民去抵制犹太人，去抢劫，去杀戮！可是，当国王判处罪行的时候，罪却要我来担！钱还要我来付！快滚出去吧，别让我看到你！去看看明天要用的绞架做好了没有，别再跟我提你的鬼主意了！"

"一切听从您的盼咐。"布什队长轻声说道。说完，他带着一丝轻蔑朝郡长鞠躬拜别。布什队长弯着腰退出郡长的屋子，任凭郡长自己在屋中继续发怒。

"傻瓜！笨蛋！"布什队长走出房间，颇为自己忿忿不平，"等那个傻瓜消气以后，我一定会让他收回自己的话！那个蠢货，我让他做什么，他就得做什么！不管他愿意也好，不愿意也好，我都不会放弃监视塞拉斯·本·鲁本。我敢肯定，老鲁本还活着，是罗宾汉把他藏起来了。而且，老鲁本肯定知道他的亲人把那么一大笔财富藏在哪儿了。所以，我绝不能让那个笨蛋郡长坏了我的大事，一定要让老鲁本亲口说出宝藏在哪儿。塞拉斯一定会去见他的父亲和妹妹，再把他们送到安全的地方。哼，我得派人跟着他，找到他们，再把他们抓起来！然后嘛，"布什队长冷笑一声，"我就可以为所欲为了！"

正琢磨着，布什队长已经走进了市场。他朝一个嘴里叨着稻草、对一个看上去比他自己还要凶恶的士兵说道：

"快去告诉无耳考格，给我仔细盯着塞拉斯的家。如果我没算错的话，不出这两日，塞拉斯就要有所行动了。让他暗中盯着塞拉斯，不管他走到哪儿，都要跟住他。依我看呐，他一定会骑马去旅店同其他犹太人汇合。一旦出现这种情况，让考格马上派人来告诉我，我再带人过去，活捉塞拉斯要见的人。"

那个人一接到命令，便转身穿过市场，很快消失在一条通往犹太人住处的窄巷中。接着，布什队长便朝着北城门走去。城墙旁边有一座被称为绞刑山的小山丘，在那里，布什队长见到了郡长的属下，他们正忙着运送搭建绞刑架的圆木。

"做结实点儿，伙计们！"他朝着人们肆无忌惮地大笑起来，"这个绞刑架上明天就要绞死第一个绿林军啦！用不了多久，剩下的绿林军也会——被送上这个绞刑架！"

郡长的属下们嘴上没说什么，却互相交换了一个嘲弄的眼神。他们对这个后来居上的牛皮大王十分不满，对于他发号的施令，一般都执行得不情不愿。

第二天清晨，天色昏暗，寒风刺骨。天空中卷着厚厚的云彩，寒冷的东风呼啸而过，空气中充满了冬日的气息。城门旁边，一个苍老的朝圣者坐在那里，仿佛是在等待进城。然而，老人用凄凉的眼神望着城门，也望着绞刑架，泪珠簌地滚了下来。他喃喃自语着：

"这些年来，我一直在寻觅我可怜的弟弟，只是没有想到，再次相聚，却又要永世分离！"

眼前这位，就是威尔的哥哥。几年前，他失手杀死了一个迫害他的人，于是连夜逃离勃坎卡，由此便走上了一条逃亡的不归路。他曾长途跋涉，几经辗转去了罗马。在那里，通过祷告、斋戒和苦修为自己赎罪。后来，他又历尽千辛万苦去了耶路撒冷，在那里同穆斯林回教徒生活了两年。再后来，他开始疯狂地想念他深爱的弟弟，于是才慢慢踏上回到英格兰的路。三天前，他去了勃坎卡，打听到威尔已经投奔罗宾汉去了绿林。于是他又前往绿林寻觅，却被告知罗宾汉他们已经搬到了诺丁汉附近的冬营地。途中经过奥勒敦的时候，他在一家旅馆中竟无意间听说了威尔第二天就要被行刑的消息，于是他连夜穿过树林赶到了诺丁汉。就在行刑的前一晚，他迎着瑟瑟寒风一直坐在城门前，为的就是能看弟弟最后一眼，或许还能和他说上最后一句话。

就在他沉浸在悲痛中的时候，一个矮小的人影从山丘脚下的树丛中闪出来，径直朝着他走去。小人儿朝他问道：

"亲爱的朝圣者，请告诉我，您是否知道弓箭手威尔将在今早被处以绞刑？"

"唉，"可怜的朝圣者一张口，眼泪便掉了下来，"是啊，你说得没错。他是我的弟弟，十年来我心心念念的弟弟！我回来了，而他却要永远离开了，我真是悲痛万分！"

小人儿看着眼前苍老的朝圣者，有那么一会儿，他不太相信老人说的话。可是老人的悲痛如此真切，话语如此诚恳，也由不得他不信了。

老人断断续续地说着:"我听说,他追随年轻的勇士罗宾汉去了绿林。我认识罗宾汉的时候,他还是个敢作敢当、人格高尚的小伙子。后来听人说,罗宾汉一点都没变,只不过是受了压迫才隐居到了绿林。他一直都那么勇敢,听了他们一起劫富济贫的英勇事迹,我心中觉得很是宽慰。唉,如果罗宾汉在这儿就好了!如果他知道威尔遭了难,一定会马上过来救他的!他的手下都是英勇的斗士,有他们在的话,威尔就有救了!"

"是啊,您说得没错!"小黑影儿说道,"如果他们在附近的话,一定会来救他的。再见了,老人家,多谢!"

说完,这个身穿锈色粗布衣衫的小人儿便匆匆离开,再次消失在灌木丛中。

那个小人儿走了没多久,巨大的城门后便响起了镣铐碰撞的声音。伴随着这种声音,两扇城门同时被打开了。城门里面走出来十二个手持长剑的士兵,走在他们中间的,便是威尔。尽管威尔身上捆着结实的绳索,他却是一脸大无畏的神情,昂首挺胸,阔步向前。

走在威尔后面的,是穿着制服的郡长,郡长旁边是布什队长,他们的脸上都洋溢着胜利的喜悦。他们身后,还走出来一个扛梯子的人。最后涌出来的,是诺丁汉的民众,他们跟着后面,一起来到绞刑架前。

士兵们麻利地把威尔送到绞刑架前,随着郡长一声令下,梯子已经架好,一个手持绳索的人迅速爬上了梯子。

士兵们做准备工作的同时,威尔不断地朝着远处荒凉的村落张望。他多么希望能从那里看到伙伴们的身影,多么希望他们翻山越岭赶来营救他。可是,那里看起来似乎毫无生气,只有一个朝圣者朝这边跑来。于是,威尔对郡长说道:

"现在看来,我是非死不可了。不过,我还是请求能得到一点特殊的待遇。我的首领还没有过被绞死的下属,所以,请给我松绑,再刺我一剑!让我死在你们的剑下吧!"

郡长轻蔑地转过身,并不屑于回答他的问题。布什队长却走上前,用他攥在手里的手套在威尔的脸上拍了拍,说道:

"你这个混蛋,你注定是第一个在这里被绞死的人!不过,我让人做的这个绞刑架却是十分结实牢固,因为我相信,你的死会给我们带来好运,过不了多久,你那些不要命的伙伴就会前仆后继地走上这个绞刑架了!只要我稍稍动动脑筋,你的首领也和你的下场一样!我和他之间的恩怨,永远也无法消除!"

"我并不知道首领同你之间的恩怨,可是如果他曾经伤害过你,那么也一定是因为你是一个混蛋。这一点,我还是可以肯定的。"

"别再跟这个逃犯啰嗦了!"郡长大吼道。他一直很担心罗宾汉会使出什么阴谋诡计,只有绞死了威尔,他才能彻底安心。于是,他下令说:"准备绞索,行刑!"

"郡长大人,"威尔大喊道,"请不要绞死我!放开我,让我死在剑下吧!我不要什么武器,就让他们乱剑砍死我吧!"

"告诉你吧,混蛋,你只配被绞死!"郡长怒吼着,"你的首领也和你的下场一样!"

就在这时,士兵中挤出一个苍老的朝圣者。他挤到威尔面前,双手搭在他的肩上,脸上早已挂满了泪水。他哽咽着说道:

"亲爱的威尔,你还记得吗?看到你这样,我的心都要碎了!我历尽千辛万苦,为的只是能再次见到你,可是如今——"

布什队长的手突然插入两人之间,硬生生地把他们拉开了。朝圣者被狠狠地摔在地上,顿时失去了知觉,而布什队长却还在用脚狠狠地踹他。

他边踹边命令手下:"快过来,给我把这个贱胚扔到沟里去!"

这时,朝圣者慢慢苏醒过来,他吃力地爬起身,望了威尔最后一眼,一瘸一拐地朝郡长走去。

"郡长大人,这是我的弟弟,"老者向郡长求饶道,"我千里迢迢从耶路撒冷赶来,为的就是看他一眼!"

"套上绳索,准备行刑!"郡长厉声说道,并不理会在他面前颤抖的老人。

"永别啦,我亲爱的哥哥!"威尔对老人喊道,"很抱歉让你看到我这个样子,不过你放心,我勇敢的首领一定会为我报仇的!"

布什队长听罢,对着威尔的嘴巴就是重重一拳。

"你给我记住,下流胚子,"他怒吼道,"别再胡说八道,过不了多久,你的首领也和你一样!"

绳索从绞刑架上面垂下来,垂到威尔面前,布什队长一把抓住,把绳索举到威尔的头顶上。威尔愤怒地盯着他的脸,说道:

"我说过,你是个混蛋!可是,如果你在我毫无反击之力的情况下凌辱我的话,那么你甚至比混蛋还不如!"

布什队长没有答话,而是把绳索粗暴地套进了威尔的脖子。与此同时,他命令其他士兵拉紧绳索的另一端。就这样,威尔渐渐地被吊了起来,人也开始无法呼吸了。

"拉紧绳索,伙计们!"布什队长粗哑的嗓音回荡着:"一起用力!一、二——"

不等布什队长说完,一颗小石子突然飞射过来,直击他的左太阳穴。随着一声低吟,布什队长顿失知觉,像根圆木一般滚到威尔脚下。就在这时,从山脚下的灌木丛中突然飞出小约翰的身影,凯特也紧跟其后跳了出来。刚刚那颗石子,就是从凯特手中飞出去的。小约翰招架着士兵,凯特则顺势奔向威尔,一刀砍断他身上的绳索。突然,凯特反身一扑,一只手揪住一个从他身后偷袭的士兵,另一只手则麻利地夺过他手持的剑。凯特哈哈大笑,朝威尔喊道:

"接着,伙计,拿好你的剑!咱们今天可要大显身手了!如果一切顺利的话,援军马上就到了!"

这时,郡长已经从刚刚的突发事件中回过神儿来。他气急败坏地咆哮着，要把这些劫狱的人犯一同抓起来。

在郡长的命令下，士兵们把威尔和小约翰团团围住，蓄势待发。威尔与小约翰背向而立，做出防御的姿态。士兵们步步向前，不知是哪一方先出手，却只见刹那间刀光剑影，火花四射，耳听得叮当乱响，一群人打得异常激烈。突然间，如怒蜂出巢一般，三支利箭嗖嗖嗖射向打斗的人群。其中一支箭射中了郡长旁边的一个士兵，那人当场倒地而亡。郡长转身望去，只见不远处一支绿衣军队正持弓向这边快速前进。领军人身穿红衣，手持一把一人高的大弓连发数箭，而那箭竟也长似柳叶长矛。

"快、快、快跑！"郡长惊嚎一声。

郡长只觉得那长矛一般的箭下一秒就会朝他射来，来不及多做什么，郡长抄起自己的衣裳，便朝着城门的方向逃命去了。那些士兵见郡长已逃，也纷纷收手，各自保命去了。不过，有两个人已经没法儿逃走了，其中一个是刚刚被箭射死的士兵，而另一个就是还处在昏迷当中的布什队长。凯特捡起那几根从威尔身上砍下的绳索，把布什队长捆了个结结实实。

眼见打了胜仗，罗宾汉和队友们纷纷围在威尔身边，同他握手拥抱，拍着彼此的肩膀，开着无伤大雅的玩笑。总之，一群人沉浸在胜利的喜悦之中。

威尔看着身边的首领和热情的好友，激动而感恩地说："我差一点就以为自己没救了！那根绳子紧紧地勒在我的脖子上，我已经开始在心中默默祈祷了。可是，就听得咚的一声，那个混蛋就被石头打晕了。哈哈，这是谁干的？"

威尔看着大家，大家又看看彼此，只听一个声音从脚下传来："是我干的！"人们这才低头看到了凯特，他刚刚完成了自己的捆绑工作。凯特站起身来，对罗宾汉说道："首领，这个人坏事做尽，对您不利，我猜您一定希望留个活口，所以我才没杀死他。"

罗宾汉走到那人跟前，对他的脸仔细端详一番。

"他就是理查德·伊尔比斯特！"他兴奋地答道，"凯特，你这个机灵鬼，真是太感谢你了！现在，这个恶棍终于可以接受审判了！"

由于担心郡长会调集军队杀个回马枪，罗宾汉命令大家马上撤退。小约翰牵来一匹事先藏好的马，把布什队长牢牢捆在马上。接着，众人便以最快的速度离开了这里。守城的兵勇从城墙门洞里偷偷观察着那帮得胜而归的逃犯，眼巴巴地看着他们消失在那片悄无声息的黑暗树林之中。

罗宾汉带领大伙儿沿着树林中的秘密小路穿行，最后到达任谁都找不到的密林深处。一路上，威尔都伴在自己哥哥左右，彼此开心地诉说着分别数年间的经历。这时，威尔突然想起一事，他走到罗宾汉跟前，告诉他同塞拉斯商量好的方案：今日午时过后，塞拉斯便带领人马来接父亲和妹妹，碰头地点已经定在帕坡维科大路旁的巫婆森林里。由于时间紧迫，罗宾汉连忙吩咐凯特快速赶至乱葬岗，然后带着鲁本父女前去巫婆森林。今早，他已经为鲁本父女打点好了一切。

一切准备就绪，罗宾汉便带领队伍朝着既定方向快速前进。这时，理查德·伊尔比斯特已经苏醒，他看着眼前的人们，深知自己的处境，眼神中透出悲恨交加之意。他看到人们看他时的眼神，面色一阵惨白，那眼神中毫无怜悯之意，正如他当初对待对手时一样。

在林中行走多年，罗宾汉从不走那些侦察兵尚未探查过的道路，这种长期的高度警惕令罗宾汉受益良多，也避过许多埋伏。当他们走到一半的时候，一个侦察兵前来向他报告：

"首领，迪克·里德看到一个衣着华贵的人正带着六个弓箭手快马加鞭朝巫婆森林赶去。您到达巫婆森林的时候，他们很可能也已经到达那里了。"

罗宾汉听完，微微点头，侦察兵不再多言，转身便钻进树林之中。罗宾汉加快了前进的步伐，同时瞟了一眼捆在马上的理查德·伊尔比斯特，以防捆绑他的绳子出现松动。

不一会儿，罗宾汉悄悄吩咐手下，让他们分两批埋伏在道路两旁的枯木丛中。很快，他们便听到远处传来急促的马蹄声，在道路的拐角，出现了一个骑马的男人。那个人尽管个头不高，但看起来精明强悍。他身披一件昂贵的黑裘大衣，右肩上缀有一个金灿灿的环扣，扣子上还镶嵌着一颗奢华的红宝石。他头戴一顶黑色的海狸皮帽子，帽子上用宝石固定着一支雪白的鸟翎。他胯下的坐骑也看似不凡，马儿周身都是华丽的披挂。如果这些华丽的装饰还不足以说明此人显赫的地位的话，那么从他红润而严肃的面容、眉宇间的英气、清峻的下颚和锐利的眼神也能判断出，这个人手中的权势足以掌握一个人的生死。不过，从他高贵的气质和从容的举止也能看出，他从小受到过很好的教养。

在他的身后，还跟随有六名弓箭手。他们一律穿着紧身骑马装，脚下蹬一双过膝长筒靴。他们一个个看起来都那么意志坚定，气场强大，罗宾汉的内心不觉对他们心生好感，他已经很久很久没同这样的侠义人士交往过了。

罗宾汉看着眼前这个衣着光鲜的人，情不自禁地笑了笑。一想到这些人正急匆匆地赶去他和兄弟们藏身的地方，他甚至咯咯地笑出声来。当那些人距离他只有六码远的时候，罗宾汉策马从枯木丛中跳出来，同那队骑兵刚好碰面。

与此同时，那个衣着光鲜的领队看到前方草丛中突然窜出人马，急忙拉紧缰绳，勒马止步。他停下时距离罗宾汉只有几尺远，不过，他的眼神却突然落到了理查德·伊尔比斯特身上。于是，他手指着理查德·伊尔比斯特，转身对部下命令道：

"这就是我们要找的人！抓住他！"理查德·伊尔比斯特扭头看了看迎面而来的骑兵，他的身体蠕动了两下，原本苍白的脸上显出一丝惧色。

三个骑兵策马上前，他们刚要动手解开理查德·伊尔比斯特身上的绳子，罗宾汉却突然伸手拦住他们，高声说道：

"别急啊，朋友，我的东西，自然归我所有。如果没有我的命令，就休想把他带走！"

"我现在把他带走又如何！"领队人厉声喝道，"朋友，我是皇家法官，这个恶棍是我一直要找的人。很显然，你一定也被这恶棍伤害过，才在机缘巧合下把他抓住了。不过，这个家伙作恶多端，他必须接受审判！所以，你现在必须把他交给我！我不想再跟你多费口舌，难道你不想让他接受公正的审判吗？"

罗宾汉看着眼前这位皇家法官，不禁哈哈大笑起来。这个放肆的行为，让另外六名弓箭手暗暗吃惊：哎呀！这个身份低微的家伙怎么如此莽撞，竟敢无视皇家法官劳伦斯·拉比爵士！其他人见了皇家法官都是脱帽致敬，或屈膝叩拜，而这个粗野的家伙，不仅不知礼数，竟然还哈哈大笑！

"公正！"罗宾汉突然厉声大喝，"我对你所说的话和执法方式并不认同，法官先生。在我看来，你所谓的法律已经被蒙蔽了双眼，哪里有法律，哪里的正义就得不到伸张。我倒情愿你的法律来得慢一点，法官先生。今天，你休想动我的人！"

"解开那个犯人！如果这个草民敢反抗，也无需对他客气！"皇家法官生气地下令道。

三个骑兵翻身跃下马背，飞快地朝犯人扑去。就在他们马上碰到犯人的时候，罗宾汉把手指放到嘴边，吹出一声响亮的口哨。随后，只听周围噼噼啪啪树枝被折断的声音，转眼间已有二十多个强壮的逃犯手持弓箭站在道路两侧。见此状，三个骑兵只得退了回来。

皇家法官看到眼前的一幕，怒极一时，他开始咆哮起来："混账！你竟敢蔑视皇家法律！你们这些强盗，当心你们的脑袋！"

"别紧张，亲爱的法官大人，"罗宾汉笑呵呵地说道，"你应该知道我是谁,也应该知道我本就视皇家法律如草芥。你所谓的公正,哈哈,那究竟是什么东西?那个东西,你只卖给了那些地主豪强、神父教士之流,却从不肯施舍给生活在水深火热中的穷人。想想看,如果你所谓的公平正义真的能平等对待贫富,那么,我和我的弟兄们又怎会流落至此呢?公正!我的老天呐!法官大人,我知道你是个刚正不阿的正人君子,可你这样急性子、暴脾气做事,往往是会事与愿违的。不过我可以告诉你,如果你也同其他人一样作恶多端,今天你也会和这个家伙的下场一样。"

罗宾汉从容不迫地说着,眼睛毫不畏惧地盯着皇家法官的脸。他表现出的那种淡然与严肃,带给人一种强大的不可抗拒感。皇家法官听到他说的话,起初本是怒目而视,可后来,他的脸仿佛雨过天晴一般,登时明亮起来。他哈哈大笑,对罗宾汉说道:

"你这个家伙,我就知道是你!罗宾汉,你是一条好汉!很抱歉,让你这样的英雄豪杰被逼进了绿林!"

"法官大人,你不妨留下来看看,"罗宾汉郑重其事地说道,"你会看到法律的公正被执行,甚至比你们执行得更加出色!而执行者,就是你看到的这些不受法律保护的逃犯!"于是,罗宾汉命令小约翰把理查德·伊尔比斯特从马背上解下来,然后把他押到一棵大树下。

就在这时,凯特和其他四个逃犯已经护送鲁本父女骑马而来。小露丝远远看到这里有一群人,不禁内心生疑,待她定睛观瞧,竟然看到了理查德·伊尔比斯特那张邪恶的面孔!她不由得尖叫一声,翻身下马,跑到罗宾汉面前跪地哭诉:

"就是他杀了我的亲人!请您救救父亲吧!千万不要让他伤害父亲!"

接着,她又跑回父亲那里,双手紧紧抱住他,泪眼婆娑,浑身颤抖。在父亲的安慰下,她又转身怒视着一脸愁容的理查德·伊尔比斯特。

"鲁本·斯坦福，"罗宾汉大声说道，"你是不是亲眼目睹这个人在约克郡残害了无数犹太人？"

"没错，就是他！"老鲁本答道，"我亲眼看到这个人不仅杀死了青年男子，甚至连老弱妇孺也不放过，真是恶有恶报！"

"那么，法官大人，对待这样恶徒，在法律上应如何定罪？"

"啊，那他的罪名可太多了，"皇家法官说道，"而且每一条都是死罪！是他，杀死了皇家信差英格拉姆，并且抢走了一袋黄金。国王在法国吉索尔时，是他，从国王寝宫中偷走了一对马刺。在庞蒂弗拉科特，他还谋杀了一位心地善良的老人。当他被人抓到后，他发誓会改过自新，自此漂洋海外，永不回来。老人的三个儿子相信了他的话，宽恕了他并送他出海。万万没想到的是，他故技重施，心生杀机，导致已故老人的儿子两死一伤。至于他在约克郡犯下的滔天罪行，早已人尽皆知。他教唆暴民，残暴杀戮犹太人，此事早已震惊皇家法庭，法庭特命我将他逮捕归案。罗宾汉，此人罪行罄竹难书，不必再多说，准备行刑！"

理查德·伊尔比斯特早已无言以对，他看着周围那一双双愤怒的眼睛，就知道自己是必死无疑。他默然等待着死亡到来，没有乞求任何宽恕。因为他知道，对于那些他一心要杀死的人，他也一样不会予以同情和怜悯。

待一切结束，皇家法官向罗宾汉辞别，并由衷地表示感谢。他走到罗宾汉面前，俯身在他耳边说道：

"罗宾汉，你的侠义行为不单只有穷人才支持，相信我，我也一样。你的公正尽管执行得极为草率，但就像你的箭一样，直击要害。所以，就因为这些，我原谅你对法庭的蔑视。"

"再见了，法官大人！"罗宾汉答道，"正如你看到的，我不过是用你的法律伸张了正义，却因此被逼进了绿林。我真心希望你能善待穷人，他们中的很多人是被逼无奈才会犯下罪行，因为，他们根本得不到上帝原本赋予他们的公正！请您牢记这一点吧。"

"我一定会记住你说的话，好伙计！"法官告别道，"希望在我有生之年，能尽早看到你生活在一个没有杀戮的和平年代！"

不多时，塞拉斯带领人马来到这里，同父亲和妹妹汇合。罗宾汉派了十二名手下一路护送他们抵达高曼彻斯特城，在那里，他们将会和自己的同族安稳地生活在一起。

当人们得知理查德·伊尔比斯特被处以死刑后，都长出一口气，只道他是恶有恶报、咎由自取。于是，罗宾汉的侠义行为，也再一次被人们传颂。人们歌颂着他的英名，内心由衷地为他祝福祈祷。

第八章
武场竞技

算来已经过了一年零一天,今天该是赫布兰德·特拉密尔爵士还给罗宾汉四百镑的日子了。罗宾汉坐在树荫底下,周围飘散着烤馅饼、烤鸡和烤鹿肉的香气。他把小约翰叫到跟前,说道:

"已经过了吃午饭的时间,可是那位骑士还没有出现,难道是我做错了什么,惹恼了圣母玛利亚?"

"首领,无须担心,"小约翰答道,"今天不是还没过完么?那位骑士是个极为守信的人,我敢发誓,太阳落山之前他一定会赶到的。"

"拿上你的弓箭,叫上阿瑟·布兰德、马奇和威尔,再叫上十个弟兄,到你去年见到那位骑士的大路上瞧瞧,看看上天究竟会给我带来什么。唉呀,真不明白圣母为什么要对我发怒!"

于是,小约翰带好武器,叫上其他兄弟,不一会儿就消失在密林深处。接下来的一个小时里,罗宾汉一直坐在原地制箭。周围的烧火师傅时不时地看着锅里的食物,被烤焦的烧鸡和肉排弄得垂头丧气。突然,一个侦察兵来报说,小约翰他们正押着一队人马往回走,共有四个修士、六个弓箭手和七匹驮马。侦察兵离开不久,空地上就显现出小约翰和其他伙伴的身影,走在他们中间的是四个骑马的修士和六个被缴械的弓箭手。

罗宾汉看了一眼走在最前面的修士，顿时冷笑起来。原来，这位正是圣玛丽修道院的罗伯特院长，而他身边的那位胖修士则是修道院的库管员。

"我亲爱的院长领主，"罗宾汉大声说道，"真没想到您会大驾光临！您好歹提前知会我们一声，这样我们才能好好儿招待您，不是吗？"他转身朝向那些从勃坎卡逃出来的逃犯，"伙计们，快来看呐！在你们还是农奴的时候，所承受的一切痛苦和灾难的缔造者不就是眼前的这位吗？是他，让你们受尽风吹雨打；是他，让你们饱受烈日荼毒；也是他，让你们下决心逃出魔窟，才能在这绿林之中过上幸福快乐的生活！现在，咱们必须盛情款待他，才能报答他的恩情！我敢说，圣母安排我们今日相会，必然是希望他能代替赫布兰德爵士还清我的债务！分别的时候，咱们再请罗伯特院长为咱们做一次弥撒，这样才对得起这伟大的友谊！"

罗伯特院长默不作声，脸色却是一阵青一阵紫。倒是他身旁那位胖修士，看起来很害怕的样子，引得逃犯们肆意对他开玩笑，还吓唬他，而他就呆呆傻傻地站在那儿，畏畏缩缩，不知所措。

"小约翰，过来，"罗宾汉说道，"去把系在库管员腰间的那个口袋拿来，数数里面装了多少金银。"

小约翰按吩咐解下了那个口袋，呼啦一下子，把钱都倒在一件铺在罗宾汉面前的斗篷上，仔细清点过后，发现里面竟然有八百镑！

"哈，我就说嘛！"罗宾汉大喜道，"亲爱的院长大人，圣母玛利亚果真是不负我啊！她不光把欠我的还清，甚至还加倍奉还！这真是慷慨之举啊，您作为她的信使，我一定要好好地款待您！"

"你究竟在胡说些什么？你这个恶棍！混蛋！"罗伯特院长眼见自己的财产就这样轻易被搜刮去了，已然气得暴跳如雷，"你这个逃犯头子，人人得而诛之！什么圣母，什么债务，你究竟是在说什么？像你这样潜逃的恶棍，以你的所作所为，圣母已经收缴了你所有的财产和你原有的生活，她这是在惩罚你！"

"冷静点儿，亲爱的院长大人，"罗宾汉说道，"并不是圣母欠了我这些钱，她只是做了担保人而已。一年前，一位可怜的骑士被某个混蛋院长逼得走投无路，于是便从我这里借走了四百镑。那时，他以上天的名义起誓，保证在一年后的今天把欠款悉数交还给我。至于他的名字，告诉您也无妨，您听好了，他叫赫布兰德·特拉密尔。"

罗伯特院长听罢，心中暗吃一惊，脸色顿时变得苍白。他把头扭向一边，嘴里咬牙切齿，心中是又羞又恼。原来当初是罗宾汉帮了赫布兰德爵士一把，才让他和兰比的领主们没能出一口恶气！

"院长阁下，整件事的来龙去脉我都很清楚，"罗宾汉的语气愈发严厉，"不过要说您的所作所为，可真是从来不和'正义'二字沾边儿！当初是您使出阴谋诡计，蓄意逼迫赫布兰德爵士破产，弄得他身败名裂。不过呢，他却机缘巧合地遇到了我。在我的帮助下，你们的如意算盘没有打成，所以你们又派了三个骑士暗中跟踪赫布兰德爵士，并伺机对他痛下毒手。可是结果呢，三个骑士里，有两个都被杀死了，而赫布兰德爵士却和他的保镖平平安安地回了家。我说得没错吧？"

罗伯特院长恼羞成怒，恶狠狠地盯着罗宾汉，恨不得把他一口吃了！

"院长阁下，"罗宾汉继续说道，"您就不能偶尔抛开那些邪恶的念头，好好儿地尽一尽一个神职人员的本分么？不过现在呢，"他转身朝向自己的伙伴，"伙计们，咱们用绿林独有的方式，来盛情款待这些贵宾吧！给他们上最好的鹿肉和美酒，毕竟他们的钱袋是被咱们掏空的！"

于是，逃犯们纷纷为罗伯特院长和他的随从们端来美食佳肴，盛情地招待了他们。罗伯特院长被逼无奈，尽管位列上席，却从头到尾都是哭丧着脸，心情极为低落。这真是太难堪了！想他身为圣玛丽修道院的一院之长，本是约克郡最富有、最有地位的神职人员，今日竟然被一群逃犯戏弄至此！蔑视至此！这真是奇耻大辱！奇耻大辱！

午餐总算挨到结束，这时罗宾汉又发话了："院长阁下，我还有一个不情之请。从昨天下午我就没听过弥撒了，所以您现在还必须为我们做一次弥撒，做完您就可以继续赶路了。"这个请求被罗伯特院长生硬地拒绝了，无论罗宾汉如何劝说，都无济于事。

"既然如此，那也别怪我不客气了！"罗宾汉转身命人把绳子拿来，"给我把这个不履行职责的神父捆到树上！就这么一直捆着他，不许给他吃东西！不管十天还是半月，都等到他愿意为止！"

起初，不管其他修士如何恳求劝导，都无法打动罗伯特院长那颗倔强的心。他就那样被捆在树上，怒视着周围所有人。库管员和其他修士一遍遍恳求院长，劝他遵照罗宾汉的意愿，只有这样，他们才能尽快逃离他的魔掌。如此好话说遍，罗伯特院长终于妥协了。就这样，罗宾汉和伙伴们做了弥撒，虔诚地听完了神圣的经文。就在他准备起身的时候，一个侦察兵来报，说看到一位骑士带着二十个兵勇正朝这边赶来。罗宾汉心知来者是谁，于是他要求罗伯特院长多等一会儿再离开。终于，赫布兰德爵士来到营地，下马朝罗宾汉走来。突然，他看到一脸喜气的罗宾汉身边竟有一张颇为熟悉的邪恶面孔，不觉暗吃一惊。

"上帝保佑你，亲爱的罗宾汉，"赫布兰德爵士说道，"也保佑你，院长阁下。"

"欢迎您的到来，赫布兰德爵士！"罗宾汉答道，"如果我没猜错的话，您此次来的目的是还钱吧？"

"正是如此！"赫布兰德爵士答道，"此外，这里还有一百张紫杉木做的弓和两百支钢镞箭，略备薄礼，不成敬意。"

"哈哈，赫布兰德爵士，您来迟啦！"罗宾汉放声大笑起来，"为您作保的圣母玛利亚已经派来了她的信使，不仅替您还清了债务，而且是加倍奉还！这位善良的院长口袋里一共有八百镑，已经全部都交给我啦！"

"快放我回去，你这个混蛋！"罗伯特院长再一次被激怒，"你今天对我做的一切，我都会记住！切齿之恨，永世不忘！"

"那么，请回吧。"罗宾汉冷冷地说道，"请记住，我今日对你所做的一切，比起你对那些穷苦百姓的所作所为，比起他们的苦难遭遇，尚不及十分之一。"

罗伯特院长不再应答，在旁人的搀扶下，他跨上马背，带领其他修士回修道院去了。

罗宾汉向赫布兰德爵士讲述了刚刚发生的一切，赫布兰德爵士这才恍然大悟，他说道："罗伯特院长身为圣玛丽修道院的院长，曾经是那么傲慢无礼，目空一切，今天他所受的耻辱恐怕会毁了他的一生吧。不过，这也是他咎由自取！他这一生行恶，身边的人也都跟着近墨者黑了。"

赫布兰德爵士将四百镑交给罗宾汉，罗宾汉却执意不收，但是那些作为礼物的弓和箭，他却很爽快地收下了。那天晚上，赫布兰德爵士和随从们在罗宾汉的营地里过了一宿。第二天清晨，赫布兰德骑士和罗宾汉互道珍重，便各自分离了。赫布兰德爵士踏上回庄园的归程，罗宾汉则朝着绿林深处行进。

正如赫布兰德爵士所说，厄运果真降临到罗伯特院长身上。罗伯特院长自回去之后便一蹶不振了，他自觉深受奇耻大辱，自尊心受到强烈的打击，之前所有骄傲和自豪都被冲击地无影无踪。不出一个月，他就卧床不起，之后也一直缠绵病榻，不见好转。直到第二年春天，他竟然抑郁而死了。修道院的人们为他举行了盛大的葬礼，自此他便长眠地下。

修士们自行商定之后，又推举出一位接班人接替罗伯特院长的职位。不过，这位接班人还须参见英格兰地位最高的大臣威廉·隆尚，以求得官方认可。在这段时间,理查德国王正带领十字军在巴勒斯坦同萨拉丁争夺圣墓教堂①,所以朝野内外的一切事宜均由这位大臣全权代理。而这位大臣,也就是伊森巴特·勃拉姆的表哥,早已另有打算了。于是,那位接班人被官方否决了,取而代之的是威廉·隆尚的侄子罗伯特·隆尚。不出所料,这位新任的罗伯特院长,也是个狼子野心之徒。他一上任,就开始琢磨如何剿灭罗宾汉这些土匪了。

罗伯特院长一次次跑到兰比城堡,同盖伊·吉斯伯恩以及诺丁汉的姆达奇郡长商议剿匪之事。可是,不管是在舍伍德森林还是在巴尼斯戴尔林区,无论他们设下多少圈套,搞了多少突袭,都鲜有成效。罗宾汉本就是个足智多谋的人,他的手下有很多侦察兵,加之生活在林区附近的老百姓不时地通风报信,几次交手下来,罗宾汉竟未损失一兵一卒,反而是那些设圈套的人,每每都被打得溃不成军。

终于,战事消停了那么几个月。罗宾汉和伙伴们猜测,大概郡长和兰比的领主们打乏了,姑且按兵不动,意在养精蓄锐吧。有一天,罗宾汉和马奇乔装成商人,在敦卡斯特城内散步。突然,一个人骑马飞奔而来,在市场中心猛然停下,大声喊道:

"肃静!肃静!所有军人、士兵、樵夫、弓箭手、守林人,还有一切喜欢持弓射箭的百姓,你们都听好了,尊贵的诺丁汉郡郡长大人,有要事通告!在今年的圣彼得节,郡长将邀请北部最出色的射手们齐聚诺丁汉靶场,要为他们举办一场盛大的射箭比赛!本次比赛的奖品是一支精美绝伦的箭,箭身用纯银打造,箭镞和箭羽则用赤金制成,全英格兰也仅此一件!谁能取得比赛的第一名,谁就能得到这支箭,同时也会成为北英格兰最出色的射手!上帝保佑你们!"

说罢,传唤者调转马头,飞奔出城。他还要把这份告示传到城乡

---

① 圣墓教堂:又称复活大堂,是耶稣坟墓所在地,基督教圣地,耶路撒冷基督教大教堂之一。

各地，来不及有片刻停留。

"首领，您怎么看呢?"马奇问道，"不觉得有些蹊跷吗？这分明是郡长引你上勾的计谋，他料定你一定不会错过任何一个比试射箭的机会。"

"毋庸置疑，这就是他的伎俩！"罗宾汉笑道，"无论如何，咱们还是得去一趟诺丁汉，去看看这位郡长在他自己的地盘上又能高明多少。"

在他们回斯坦利营地的路上，听到最多的就是对这次射箭大赛的议论。郡长的传唤者已经将消息遍布大城小镇，引得人们议论纷纷，跃跃欲试。回到营地，罗宾汉第一时间就是和部下商讨这件事。最终，他们决定让大部分逃犯都去参加比赛。他们都背上弓箭，乔装成农民、樵夫抑或猎人，然后分别从不同的城门进入诺丁汉，假装是来自不同的地区。

"至于我呢，"罗宾汉说道，"我要扮成个污浊邋遢、衣衫褴褛的流浪汉。你们几个和我一起比赛，剩下的人都混到人群当中。一旦郡长有什么不轨的企图，咱们就一起放箭，给他点儿颜色看看！"

终于，比赛的日子到了。这天，风和日丽，天气格外晴朗。靶场就设在北城门外距离绞架山不远的地方。在靶场绿色的草坪上，一排箭靶已经一字排好。靶场北面是宽阔延展的高地，再往北是绿浪层叠的森林。此时，比赛尚未开始，靶场周围已经聚集了众多百姓。在通往曼斯菲尔德和奥勒敦的大道上，行人依旧络绎不绝。人们都迫切地想知道，究竟是谁能摘得桂冠，究竟他又凭借怎样高超的技艺才能获此殊荣。

看台的贵宾席设在距射击点不远的地方，那里坐着郡长、骑士和他们的朋友。站在两旁的是郡长的属下，他们负责监管比赛进程和校对比赛成绩。

第一场比赛，共有一百名选手参加。这一轮是射击大靶，靶子设在两百二十码远的地方。每个参赛选手有三次射击机会，如果其中有两次未能按要求射中，便会被淘汰出局。在第二场比赛中，射距调整为三百码。这一轮比下来，只剩下二十人入围。

随着每一次射距增加，入围的选手越来越少，人群也开始变得兴奋起来。他们口中大声喊着心仪选手的名字，不住地为他们加油打气。在七名逃犯中，共有六人入围，罗宾汉、小约翰和斯卡洛克本就是优秀的射手，而马奇、雷诺德和吉尔伯特通过不断的练习，如今也是技艺超群。

又一轮比试下来，又有七名选手败下阵来，其中包括雷诺德和斯卡洛克。射距还在不断增加，等到变成四百码的时候，场上选手只剩下七人了。除了罗宾汉和吉尔伯特，还有三名郡长的手下，一名高斯伯特·兰布里爵士的手下，和一位头发斑白的老者。这位老者名叫拉斐·比尔胡克，他身材高大，脾气暴躁。尽管身为农奴，他却口口声声说自己是个自由民。

决赛终于到了。这一轮比赛，难就难在选手不仅要有精湛的技艺，还要有超出常人的智慧。在这轮比赛中，选手需要根据自己测算的射距和风力，再选择射哪支箭，任何一个细微的错误，都会直接降低射击时的精确度。

"现在，诺丁汉的勇士们，看你们的了！"一个粗脖子红脸的大汉朝台下喊道。这位便是瓦特金，现任姆达奇郡长的副司法官。他如今接替了理查德·伊尔比斯特的位置，是政府的重要成员。同理查德·伊尔比斯特一样，他每天都在想方设法要抓捕罗宾汉，可是每次出兵都是铩羽而归，至今连罗宾汉的面也没见过。

"冲啊，郡长的勇士们！"人群中有人在大喊，"给这些外来的草包瞧瞧，舍伍德的男人决不是孬种！"

"你自己才是草包！"人群后面又传来一个声音，"论起来，约克郡的狗都比舍伍德的强！约克郡的狗一出马，舍伍德的狗全都夹着尾巴跑喽!"

随着号角声响起,比赛开始了,所有人的目光又都注视在参赛选手身上。首先上场的,是诺丁汉的三名选手。不过,他们一个射得太偏,一个又射得太近,只有第三个的箭刚刚射中箭靶的边缘。人群中为第三名选手响起一阵热烈的喝彩,足见他们对前两名选手的失败有多么痛心。

轮到罗宾汉上场了。罗宾汉一上场就换掉了之前用的六尺大弓,取而代之的是一张只有一码长的小弓。人群中顿时传来一阵嘲笑,一个小青年在台下大声喊道:

"那个脏兮兮的流浪汉是不是觉着连篱笆杆都能射箭?"

"他一定能射中箭靶,不信咱们就走着瞧!"旁边一个人平静地说。

"他用那张弓就足以射穿你的盔甲,"另一个说道,"同样也能射穿你的肋骨!"

罗宾汉举弓搭箭,瞄准了好一会儿。他身上穿着破破烂烂的棕色紧身衣,披着一件棕色的斗篷。他还故意把头发和胡须都蓄得很长,看上去像个乱蓬蓬的鸟窝。出发前,他故意在脸上涂了些红色的颜料,让自己看上去就像一个常常出入酒馆的酒鬼。看台下的人们看到他,都不禁暗自纳闷,这样一个酒鬼怎么也能杀入决赛呢?

"酒鬼,这比喝酒可难多了吧?"一个市民嘲笑道,也引得人群中一阵哄然大笑。可是罗宾汉全然不顾,他所有的注意力都凝聚在弓箭上。嗖的一声,他的箭射了出去。所有人都伸长脖子,盯着箭靶,一阵静默之后,人们发出雷鸣般的欢呼,眼前的景象令他们简直难以置信——那箭靶竟被一分为二了!

"做得好啊,伙计!"一个衣着得体的市民走上前,拍着罗宾汉的肩膀由衷地夸道,"你的双手双眼可比看起来要稳当得多啊!"他看着罗宾汉,罗宾汉认出这是他在绿林中结识的一个朋友,那个市民也马上认出了他。于是,那市民对他小声叮嘱道:"我早该想到是你,要当心郡长,这其中有诈!"

说完,他便大步流星地离开了。现在,轮到最后三个人上场了。拉斐·比尔胡克射出的箭距箭靶偏离了三指远,高斯伯恩爵士的手下射得更偏。轮到吉尔伯特出场了,只见他右手搭箭,眼睛聚精会神地瞄准箭靶,嗖的一声,一支利箭直击箭靶而去。人们看着那支箭在空中划出一道优美的弧线,眼看就要射中箭靶时,一阵风突然把箭吹偏了。不过,这个年轻有为的后生还是赢得了人们的欢呼和喝彩。

比赛至此,只剩下两位选手了。一个是郡长的下属,名叫里德,另一个就是罗宾汉。在最后一轮比赛中,两人都准确无误地射中靶心,平分秋色,难较高下。于是,郡长站出来说:"你们二人真是旗鼓相当,实在难分胜负,我们不妨来场加时赛,看看究竟是谁的箭法更胜一筹。"

"敬爱的郡长大人,您看这样如何,"罗宾汉建议道,"我们两人都背过身,而您随意指定箭靶设定的方向,谁能在三秒钟之内将箭靶射成两半,谁就是最后的赢家。"

人们开始在底下议论纷纷,其中夹杂着不屑的嘲笑。如果真要这样比试的话,那就意味着选手必须在三秒之内完成测距、选箭和射击,如此一来,根本就来不及做出判断了。

"里德·卢克,你同意以这样的方式比赛吗?"郡长问道。里德捋着自己灰白的胡须,沉吟片刻:

"这种射法,我平生只见过一次。我还是个孩子的时候,看到过老巴特·班迪用这种方法将箭靶一射为二。他是史蒂芬·迦麦尔麾下最优秀的射手,当时人们都说,凭他的箭法,特伦特河以北都无人能及。可即便如此,老巴特那次也是连射三箭才只中了一箭。自由人,"里德转身朝向罗宾汉,"尽管你其貌不扬,像个捣乱的醉汉,可是如果你能像他那样把箭靶一分为二,你就是特伦特河北部的第一射手!"

"是么,"罗宾汉微微一笑,"我曾师从一位技艺高超的射手,其实这种射箭方法并没有你想象中那么难，想试试吗？"

"乐意奉陪，"里德看罗宾汉如此轻松，颇为不解，"不过我事先声明，我是射不中的。"

于是，里德和罗宾汉两人都被命令背过身，一位官员跑去挪动箭靶。接着，随着郡长一声令下，里德猛然转身，耳听得瓦特金在一边慢慢数着："一——二——三！"话音落下，里德一箭射出。人们屏住呼吸，目不转睛地盯住箭靶，接着便是一阵失落的叹息。他们看到箭划过天空，最后射到地上，距箭靶只有六步远。

"轮到你了，大言不惭的家伙！"瓦特金伸着脖子对罗宾汉喊道。接着，他语速极快地下令："转身！一，二，三！"

瓦特金话音未落，罗宾汉却箭已出弦。人们瞪大眼睛盯着眼前看到的结果，说什么也不敢相信。没错，利箭出弦，箭靶已被一射为二了！人们唏嘘片刻，接着是前所未有的热烈喝彩和一浪高过一浪的欢呼。真想不到，这样一个其貌不扬的酒鬼竟如此了得！几番比试下来，冠军显然是非他莫属了。

卢克·里德走到罗宾汉面前，热情地伸出双手。"伙计，你可比看起来厉害多了！"他边说边用热忱的双眼看着罗宾汉，"尽管你看上去是那么粗枝大叶，可实际上，你却是那么眼疾手快！我猜，你一定来历不凡！"

罗宾汉并没有答话，而是握着他的手，用目光予以回敬。

号角声响起了，接下来是举行颁奖仪式。比赛的前十名选手分别走上主席台，由郡长夫人为他们颁奖。轮到罗宾汉的时候，他毫不畏惧地走上主席台，屈膝向郡长夫人行礼，耳边听到郡长说：

"自由人，今天你技压群雄，表现十分出色！如果你希望改变你的身份，脱离你的领主，我将十分乐意把你纳入我的麾下！过来吧，弓箭手，从我夫人手上接过这支属于你的金箭！"

罗宾汉毕恭毕敬地走到玛格丽特夫人面前，玛格丽特夫人对他和蔼可亲地微笑着，并亲手将金箭放在他的手里。罗宾汉伸手接箭时，目光不经意间与玛格丽特夫人的目光相遇。玛格丽特夫人暗吃一惊，脸色微微泛白，嘴唇动了动仿佛要说什么，却最终没说出来。她匆匆向罗宾汉还礼，却突然咯咯咯笑了起来。罗宾汉心知玛格丽特夫人已经认出他了，不过他也知道，夫人是不会出卖他的。事实上，玛格丽特夫人是想起上次郡长邀请罗宾汉一同进餐，却给自己惹了不小的麻烦，突然觉得很好玩儿，才禁不住笑了起来。

郡长看到妻子莫名其妙地笑了起来，觉得匪夷所思。等他再转头看罗宾汉时，罗宾汉已经离开主席台，走在人群之中。人们看到他过来，都纷纷上前向他表示祝贺。因此，尽管罗宾汉已经混入人群，郡长却还是能轻易找到他的位置。郡长的眼睛一直盯着他，从他身上仿佛找到一种似曾相识的感觉。突然，郡长马上起身，在瓦特金耳边嘱咐了几句。瓦特金的目光迅速锁定罗宾汉，看到罗宾汉已经混迹在一群弓箭手之中，那些人仿佛在和他交谈什么。副司法官瓦特金马上冲下主席台，一边责令熙熙攘攘的人群为他让路，一边不顾一切地朝罗宾汉跑去。

可是，尽管瓦特金一路嚷嚷着要人们把路让开，周围的人却并不配合。不仅如此，有的人甚至刻意挡住他的去路，不时地用胳膊肘推搡着他。"让我过去，混蛋！"瓦特金气急败坏地叫着，"我是郡长大人的副司法官瓦特金，我要把你们这帮杂种碎尸万段！"

"伙计们，让他过来！"远方传来罗宾汉响亮的嗓音，他命令属下不要阻拦。

"罗宾汉，我要以国王的名义逮捕你！你这个逃犯！"瓦特金还在大声喊叫，尽管他距离罗宾汉还有一段距离。

"聒噪的家伙，你叫够了没有！"小约翰气势汹汹地走到瓦特金面前，一手抄起这个家伙夹在腋下，然后快步走出人群。走到开阔的地方，小约翰狠狠地把瓦特金摔在地上，摔得他真是头晕目眩，眼冒金星。

一声刺耳响亮的号角声传来,那是向绿林军发出的集合信号,于是,混迹在人群中的绿林军很快从四面八方前来汇合。又一声号角传来,郡长的手下听到号角声顿时手执弓箭,整装待发。正值两边队伍蓄势待发之际,围观的老百姓早已吓得魂飞魄散,不分东西地一通乱跑。只听郡长一声令下,士兵们一齐放箭,直指绿林军队。然而,绿林军毫不示弱,同样以箭雨反击敌人。他们射的箭是那么密密麻麻,那么强劲有力,只把郡长的士兵吓得抱头鼠窜,溃不成军。

绿林军不再恋战,他们一边发动攻击,一边缓慢而有序地撤退。清醒过来的瓦特金还在叫嚣,指挥着军队穷追不舍。突然,逃犯们看到郡长身边一名士兵突然翻上马背,跑进城了。

"他一定是去城堡请求增援了!"小约翰说道,"咱们必须马上赶回绿林,不然凶多吉少!"

可是,前方距绿林还有一公里之遥,后方的追兵又穷追不舍,逃犯们没有办法全力撤退,只得拼力同敌人周旋。他们时不时转身朝敌人放箭,同他们拉开一定的距离。同时,他们还要留心四周,以防敌人从两边包抄过来。

突然,小约翰一声哀嚎,倒在地上,一支箭正中他的膝盖。

"恐怕我走不动了!"他喊道。罗宾汉应声赶来,上前给他检查伤口。郡长的人看到逃犯们停了下来,更是瞅准机会快速冲了过来。

"首领,"小约翰说道,"如果你真的体恤我,用你的剑把我一剑刺死吧!千万不要让郡长把我活捉回去,这是我唯一的请求!"

"苍天在上,我决不能这么做!"罗宾汉眼神悲悯,痛苦地说道,"即使给我金山银山,我也不会丢下你不管!你放心,我一定会把你带回去!"

"是啊,我们一定会把你带回去!"马奇接着说道,"老伙计,这辈子咱们都别想再分开了!"说完,他把约翰搀起来,背在自己的背上。

逃犯们不宜在原地停留太久，于是他们加快步伐继续撤退。马奇得空儿还把约翰放下了，朝着追赶而来的士兵狠狠地射上一箭，随后再背上约翰继续逃跑。

突然，从城门那边涌出来一大批弓箭手，他们骑着马朝着这边赶来。看着眼前的景象，罗宾汉脸色立刻肃穆起来。他没有把握能在军队赶到前躲进树林，可是如果硬来的话，他们必然会全军覆没。罗宾汉四下张望着寻求逃路，可是却想不到任何方法。彼时，敌人的援军已至，他们兴奋地牵着援军的马儿，在援军周围欢呼雀跃。军队前方有三名骑士，走在最前面的就是郡长本人。

随着罗宾汉一声令下，逃犯们开始朝着附近的山谷沟壑全速撤退。在那山谷之中有一个小山丘，罗宾汉打算在那里同敌军决一死战。突然，他发现理查德爵士的城堡竟然就在这附近，心头不禁一阵酸楚。他知道理查德爵士对他疼爱有加，如果他出口求助，理查德爵士定不会坐视不管。可是，帮助一名逃犯的话，轻则会让理查德爵士失去土地，重则会让他付出生命的代价。因此，尽管距城堡只有咫尺之遥，罗宾汉还是决定孤掷一注，奋战到底。

罗宾汉带领队伍很快到达山丘，并用最短的时间做出部署。理查德爵士的城堡就在他的身后，可是他却不再看一眼，而是将全部精力都放在汹汹而来的敌军身上。突然，山坡上出现一个小小的身影，径直朝罗宾汉跑来，是凯特来给罗宾汉报信了。

"主人！"凯特气喘吁吁地喊道，"橡树林那边突然冲出一支军队，朝这边包抄过来了！看，就是他们！"

罗宾汉朝着凯特指的方向看去，内心涌出一股莫大的绝望之情。唉，一切都要功亏一篑了！可就在这时，从理查德爵士的城堡里突然冲出来一个骑士，那个骑士正是理查德爵士本人。

"罗宾汉！罗宾汉！"他大喊着，"你这样根本没有退路！快退到我的城堡里来！快啊！不然就全完了！"

"可是这样会连累您失去土地，甚至丢了性命！"罗宾汉喊道。

"由他去吧！"理查德爵士说道，"你待在这里，我一样会失去！罗宾汉，你快过来吧，我愿意和你们同甘共苦！"

"好！"罗宾汉真切地答道，"不愧是我的好朋友，我以后一定会好好报答你！"

在罗宾汉的指挥下，逃犯们顷刻间就赶到城堡的吊桥前。尽管他们井然有序地撤进城堡，却还是差一点就被后面的追兵包抄阻拦。就在千钧一发之际，城堡里射出一阵箭雨，给追兵造成重创。等他们回过神儿来时，看到罗宾汉最后一个穿过吊桥，吊桥也随之被吱吱呀呀吊了起来。于是，一条护城河终于拦住了追兵的去路。瓦特金带领冲锋部队围着城堡转了一会儿，又站在城墙外面叫嚣一番，直到城堡里面又一阵箭雨射出，才把他们打得丢兵弃甲，落荒而逃。尽管这些败兵跑去同主力军汇合，他们却再也不敢贸然进攻，只是驻扎在几里之外，逡巡不前。

不多时，郡长派人前来调停，并威胁理查德爵士私自包庇和帮助逃犯有悖王法，必会招致杀身之祸。不过，理查德爵士却回答地坦荡荡，他表示一人做事一人当，作为一个真正的骑士，他会对自己做出的事负责。郡长见不能强攻，劝降又无济于事，只得悻悻收兵。毕竟他没有权利来围困理查德爵士，只能等待国王或者大臣来处置他。

理查德爵士答完郡长的话，从城墙上回来，罗宾汉上前对他说："理查德爵士，您的英勇义举我实在无以为报，以后不管您需要何种帮助，我和我的手下定当誓死保护您的安危，肝脑涂地也在所不辞！"

"罗宾汉，"理查德爵士说道，"在这世上，没有谁比你更让我敬重了。像你这样正直而英明的勇士，我宁愿失去一切，也不能见死不救！不过，我这里有一个坏消息要告诉你。今天早上，理查德·菲兹沃特伯爵的管家沃特过来送信，他说菲兹沃特伯爵已经过世了，现在玛丽安小姐的处境非常危险。住在附近有权有势的领主们很可能会把她抓去同他们其中一个完婚，然后再趁机瓜分她的土地。"

"这群可恶的家伙！"罗宾汉极为震怒，"现在，终于轮到我来守卫亲爱的玛丽安了！理查德爵士，我现在就动身去马拉赛特城堡！我会亲自把玛丽安带回绿林，在那里，塔克神父会为我们主持婚礼，我相信，我们以后会很幸福地生活在绿林！"

很快，罗宾汉挑选了二十个精明强干的手下，又从树林中的秘密据点找出最好的武器、马匹和马具。待一切准备就绪，他们便向西出发了。沿着那个方向，沿途有兰开夏郡最美丽的山谷，马拉赛特城堡就屹立在山谷之外的广袤平原上。

次日傍晚，罗宾汉带领人马已经到达城堡。此时城门紧闭，一片漆黑，四下寂静无声。罗宾汉吹响号角，响亮的号角声引得城堡上方走出一个人来。这个人便是管家沃特。他看到来者是罗宾汉，便急忙吩咐家丁放下吊桥，升起闸门，然后亲自走下来迎接罗宾汉等人的到来。

"沃特，玛丽安小姐现在在哪儿？"罗宾汉问道。

"啊？！罗宾汉先生，我、我也不知道！"沃特搓着双手，泪水流过他的脸颊，"如果连您也不知道小姐的去向，那我可真不知道该如何是好了！小姐昨晚入睡时还在，可是今早我寻遍城堡上下也不见她的踪影！我本以为是你带她逃走了，唉，现在该怎么办！"

"你再仔细想一想，"罗宾汉心头一紧，已觉大事不妙，"是不是哪个恶领主或是他的亲信抢走了她？"

"就在三天前主人下葬的时候，"沃特道，"来了几个恶人。当时，玛丽安小姐急中生智，骗那些人说过几天料理完了丧事，就会搬去同他们一起生活。那些人信了小姐的话，一个个都心满意足地离开了。可是，就在昨天，从圣玛丽修道院来了一位执事。他随身带着皇家大臣威廉·隆尚的指令，上面明确说明玛丽安小姐本人以及她的一切财产都将由国王监护，次日皇家会派斯科利威尔·凯茨蒂爵士前来保护她,让她免受伤害。"

"斯科利威尔·凯茨蒂!"罗宾汉怒喝道,"这个狗杂种,伊森巴特·德·勃拉姆的走狗!这一切都是圣玛丽修道院的新院长拜托他叔叔安排的,一定是这样!他们打着国王的旗号,暗地里却要同那些兰比的恶魔分赃!这帮恶棍,我发誓,我一定要把玛丽安平安救回来!现在就去!"

接下来的几天,罗宾汉带领人马在兰开夏郡一带几公里内开展搜查。他们逢人就打听是否见到过一位高挑漂亮的小姐,是看到小姐孤身一人,还是和一些骑士或士兵在一起。然而,所有的努力都是徒劳,他们问遍了途中所遇到的乞丐、农民和流浪者,竟没有一个人见过这样一位小姐。一周下来,罗宾汉几乎濒临绝望。

与此同时,沃特送来消息称,斯科利威尔·凯茨蒂带着一百个士兵已经接管了城堡,当他们得知玛丽安小姐失踪的消息后,简直是大发雷霆,如今也已派人四下寻找小姐的下落。沃特还说,从那个人急躁的程度来看,玛丽安小姐或许确实不在兰比城堡的恶魔手中。所以说,小姐要么是自己逃走了,要么就是被亲信藏起来了。

玛丽安下落不明,罗宾汉只得返回营地从长计议,他和下属都郁郁寡欢地返回了斯坦利营地。这天清晨,天气晴朗,阳光明媚,鸟儿在林间婉转啼唱,一切看起来都是那么怡人美妙。从南边远远传来一阵哒哒的马蹄声,树林中隐隐约约显现出一个女人的倩影,她的身后还紧紧追随着另一个人。罗宾汉远远望过去,突然站起身来。几天来,他还从没有像现在这样振作过。看着人影愈来愈近,罗宾汉内心兴奋得简直要开出一朵花来,来者不正是他日思夜想的心上人吗?

可是当骑马人走进,罗宾汉才认出来骑马的是理查德爵士的夫人,后面跟着的是她的侍女。待理查德夫人勒马停下,罗宾汉走上前,恭恭敬敬地向她屈膝行礼。理查德夫人看上去情绪颇为激动,一时间竟有些说不出话来。

"亲爱的罗宾汉,"理查德夫人说道,"上帝保佑你和你的朋友们。我今天过来,是有一事相求!"

"您和理查德爵士都是我生命中的贵人,"罗宾汉答道,"请您不必客气。"

"我想请你救救我的先生,他被郡长抓走了!一个小时前,他在伍德赛特树林中猎鹰,就在他经常打猎的那条小溪旁,郡长带着人突然从林中冲出来,把他捆在马背上掳走了!现在,他们应该还在回诺丁汉的路上,如果不马上救他,我真担心他会遭遇不测!"

"请您放心吧,夫人,郡长一定会为此付出代价的!"罗宾汉怒声答道,"请您先同侍女留在这里,我敢发誓,如果我不能活着救出理查德爵士,我自己也不会苟活在这世上!"

说罢,罗宾汉吹响了手中的号角,绵延悠长的角声回荡在整个树林中,甚至一公里外的侦察兵也能清晰地听到首领发出的信号。于是,侦察兵们火速赶来斯坦利,待他们集合完毕,眼前共有一百四十名手持弓箭的侦察兵在等待首领发号施令。罗宾汉看着这些精明能干、忠心耿耿的手下,心中对他们有无限寄托。

"伙计们,"罗宾汉高喊道,"和我一起在诺丁汉靶场上射箭的兄弟们,想必你们都十分清楚这位夫人的丈夫是何等的慷慨正义之士!是他不惜代价救我们于危难之时,我们才能有今日!可是,姆达奇郡长听说我最近不在巴尼斯戴尔,竟然胆敢闯进我们的树林,还把理查德爵士给抓去了!如今理查德爵士身陷险境,我们去救他是义不容辞!同时,我们还要跟郡长决一死战!现在,谁跟我去?"

逃犯们齐声呐喊,高高挥舞着手中的弓箭,以表示自己的决心。罗宾汉看到大家如此无惧无畏,心中颇感欣慰。

"谢谢你们,伙计们!"罗宾汉答道,"不过,我不能把你们都带去。尽管郡长有强势的军队,只要有八十个人跟我同去就足够了。剩下的人,要帮我守护营地,还要保护理查德夫人的安危!"

一切准备就绪，罗宾汉带领手下秘密潜入树林，朝东南方向的大路进发。那条路是郡长折回诺丁汉的必经之路。先前，郡长从密探那里得知罗宾汉近期不在巴尼斯戴尔林区，小约翰也因腿伤未愈仍处于疗养之中，后又听闻理查德爵士外出打猎不在城堡，于是便起了抓捕理查德爵士的念头。再加上皇家大臣埃里大主教对理查德爵士帮助绿林匪党一事表示极为震怒，在征得埃里大主教的同意后，郡长便展开了抓捕行动。

现在，郡长已擒得理查德爵士，正急于离开巴尼斯戴尔林区。他担心罗宾汉随时会回来，因而不断地催促手下全速前进。理查德爵士被五花大绑地捆在马背上，郡长骑着马走在他身边，剩下的五十个兵勇全凭走路。此时正值盛夏午后，艳阳高照，在郡长的催促下，士兵们已是汗流浃背、筋疲力尽了。

他们到达沃克索普镇后，郡长只允许他们停留喝一杯酒的时间，而且不允许任何人在路边那棵茂盛的大栗子树下乘凉。就这样，还没好好儿喘口气，他们就又被催促上路了。毒辣的阳光灼烧着脚下的道路，士兵们每走几步，必定是乌烟瘴气，扬尘四起。就这样，还未走出一公里，他们就又觉得口干舌燥了。

终于，他们来到了克伦伯森林。这里已经出了罗宾汉的地盘，郡长心中稍稍松了一口气。不过，这并没有让他放慢行进的速度。

行走在茂密的橡树和栗树林间，士兵们也不像先前那样精疲力竭，稍稍感到些许凉意。

这条路上，有一个被称为"女巫痕"的陡坡。若想爬上这个陡坡，便要相当费一番力气。就在他们爬坡的当儿，一声厉喝从空中传来："站住！"士兵们听到声音愣了一下，慌忙之中才发现自己已经被树林两旁的弓箭手包围了，锋利的箭镞正对着他们每一个人的胸口。于是，没有人再敢上前一步，士兵们心中的一腔怨气只化作了几句低声暗骂，难以排解。

罗宾汉从树林中走出来，来到郡长面前。他的弓已经拉开，脸上笼罩着一层阴云。

"郡长大人，"罗宾汉冷笑道，"你知道我离开了巴尼斯戴尔，所以趁机掳走了我的朋友是吗？唉，说真的，你真应该老老实实待在诺丁汉当你的郡长。你知道吗，七年来，我从没像今天早上这样马不停蹄地赶路，你让我如此受累，恐怕会于你不利啊！这一次，我不想再宽恕你了！来吧，留下你的遗言，你的死期到了！"

郡长心知此番在劫难逃，可是嘴里还是不停地咒骂着：

"你这狂妄的强盗！埃里大主教一定不会放过你！他定会扫平巴尼斯戴尔，把你们全部活捉——"

郡长的声音戛然而止，他的喉咙已被一箭刺穿了。郡长摇晃了两下，然后跌下马背，死去了。罗宾汉走到理查德爵士身边，为他松绑，然后扶他下马。接着，他转身对那群士兵命令道：

"现在，你们都给我放下武器！"

士兵们一一照办了。罗宾汉又吩咐他们抬上郡长的尸体，然后从他眼前消失。这五十个已经吓得魂不附体的士兵连忙照做，然后一溜烟儿地从山顶上消失了。

罗宾汉见士兵们离开，转身对理查德爵士说："理查德爵士，欢迎来到绿林！看来，您现在必须同我一起生活在这里了，以后恐怕还得学着如何在泥潭沼泽中徒步穿行。很抱歉，我让您成为一个弃城逃跑的骑士，不作任何反抗而拱手让出城堡也一定让您感到羞愧，可是，现在也只有这样了。"

"不，罗宾汉，我该感谢你才是！"理查德爵士感激地说道，"你挽救我于危难之中，还让我同你们这帮好汉一起生活，我真是求之不得！没有比这更好的了！"

说罢，他们便起身返回斯坦利营地。天黑之前，他们到达了营地。理查德夫人看到丈夫平安无事，真是喜出望外，对罗宾汉和他的手下们一再表示自己的感激之情。罗宾汉在营地举办了盛大的宴会，盛情款待了理查德夫妇。席间，理查德夫妇表示，他们尽管失去了城堡和土地，可是他们从来没像今天这样在绿林之中开怀畅饮。

酒宴结束后，人们都陷入沉沉的睡眠之中。周围一片寂静，只听到篝火里偶尔传来木炭爆破的噼啪声，轻风拂过树林时发出的沙沙声，以及小溪流过营地时的泠泠声。罗宾汉独自起身，朝树林深处走去。玛丽安如今仍旧杳无音信，此时他的心情异常低落。他的脑海里涌现出各种不好的念头：玛丽安此时会不会被关在哪个城堡里受苦？会不会受到坏人的迫害？又会不会被哪个混蛋骑士逼婚？

怀揣着这些恐惧，罗宾汉一直坐卧不宁。于是，他决定穿过树林去凯特和豪伯居住的小山岗，看看他们那里有没有玛丽安小姐的消息。当初，在他听说玛丽安要遭遇不测后，就是派凯特去马拉赛特城堡暗中保护她的。可从那之后，就再也没有玛丽安的消息了。这种情况，真是让人着实不安。

尽管林中的小路已陷入沉沉夜色，罗宾汉却能在其中自由穿行。在这片树林中，每隔一段路程就有一个侦察兵站岗，在同最后一个侦察兵告别后，罗宾汉像只野兽一样偷偷潜入夜色之中。他这样大概走了几公里，接着便来到凯特兄弟生活的特温巴洛草地。罗宾汉在草地边缘停住脚步，仔细向远方眺望，侦察周围是否有可疑的地方。

此时，罗宾汉的眼睛已经适应了黑暗，透过树木的枝叶，他已十分清楚地看到草地上凸起来的那两个小山冈。在这静谧的深夜，周围的一切已陷入一片沉寂。轻风吹过草地，茂密的长草随风摆动，微风透过树林，树叶婆娑，沙沙作响。远方传来一声声猫头鹰微弱的叫声，"呜呼呼——呜呼呼——"，像是永无休止的提问。罗宾汉察觉到附近有轻微的脚步声，侧头观望，是一只身形瘦削的狼的身影。那只狼微微前倾，感受轻风从草地上吹来的气息。突然，罗宾汉身后一阵急促的窸窣声，然后是一声细微的尖叫，接着一切都重归寂静了。原来，是一只山猫抓住了一只野兔。那只狼听到响动也凑了过去，伺机从山猫口中抢走猎物。山猫察觉到威胁临近，口中发出低低的吼叫以警示来者。罗宾汉刚提起兴致观看狼和山猫之间的这场搏斗，山猫的吼声却突然停止了。原来，狼已经退出了战斗。

  罗宾汉的注意力再次回到山冈上，这一次，他似乎在远处的山坡上看到了一个人的身影。罗宾汉心知那里就是凯特兄弟居住的地方，心想他们今晚是不是睡在洞穴外面了。他想发出一声欧夜鹰的叫声，那是他们在夜半时分召唤彼此的暗号。可是，罗宾汉突然看到那个身影仿佛在慢慢移动。罗宾汉看得更仔细了，他知道这并不是凯特兄弟中的任何一个，这个人的体型要大得多，而且他朝山冈移动的样子又显得那么小心谨慎，仿佛是在担心随时会被发现。

  罗宾汉顿时明白了，此人是在窥探凯特兄弟的住处。可是，看那人的穿着，罗宾汉又疑心是自己的手下。如果真是自己的手下，那断断不可轻饶，罗宾汉曾三番五次告诫手下不可以来此打扰凯特兄弟，更不能窥探他们的隐私。一想到这儿，罗宾汉心中颇有些怒气。

  眼看那个身影就要到达山冈顶部了，罗宾汉快步朝他走去，打算让他离开那里。突然，从山冈顶部跳出一个矮小的身影，那个小小的身影划过天际，给了那个人重重的一击。那个人一愣，刚要起身，却被再次扑倒，两个人瞬间便扭打在一起。罗宾汉手持一柄尖刀，朝山冈急匆匆跑去。就在山坡上，他听到两人因为打斗而发出的沉重而剧烈的喘息，还看到两人都死死地抓着对方，一会儿是这个占上风，一会儿是那个占上风。罗宾汉此时才看清，打斗的两个人中，一个是凯特，另一个是自己的手下。只见凯特的刀猛然朝对方刺去，那个人便像根木头一样滚下山坡，再也不动弹了。

  "凯特，这是怎么一回事？"罗宾汉问道，"我的手下打算闯进你家吗？"

  "首领，这不是自己人！"凯特包扎着肩膀上的伤口，气喘吁吁地说道,"这是个奸细,三天来他一直在跟踪我,不过现在可不能了。"

罗宾汉和凯特一同下山查看,凯特把那人的脸翻了过来,尽管此人穿着绿林军的衣服,可是罗宾汉一眼便认出来,这不是自己的手下。

"他怎么会穿着绿林军的衣服?"罗宾汉问道。

"他在卜兰布里·伯恩杀了一个名叫德林的绿林军,"凯特答道,"这身衣服就是从德林那里偷来的。"

"可怜的德林,"罗宾汉惋惜道,"他一向都是忠心耿耿。不过,你到卜兰布里·伯恩去做什么?我拜托你的事没必要往北跑那么远吧?究竟怎么会到那里去呢?"罗宾汉一连数问,急切地希望凯特能把一切都告诉他。

"首领,不妨先把这个放一放。"凯特说道,"你同我一起到洞穴来,我边包扎伤口边告诉你。"

罗宾汉跟随凯特进入巨大的洞穴之中。之前,他进来过一次,知道进来的正确方法是从烟囱进入,而非正门。正门实在是太小了,正常体型的人根本进不去,而烟囱倒是有足够大。山冈顶上有一个黑洞,凯特自己先从那里钻进去,待他点着火把,再让罗宾汉从洞口下来。

不久,凯特便举着火把从洞里探出头来。映着火光,罗宾汉才看清楚洞口周围都是用石头砌成的。凯特从洞口撤下几块石头,洞口顿时变得大了很多。这个洞口就是烟囱口,罗宾汉沿着这里下去,边走边滑,顺着这个倾斜的烟囱一路前行。在烟囱里滑行一段之后,罗宾汉终于到达洞穴底层,这里也就是凯特兄弟和家人生活的地方。随后,凯特把火把卡在两块石头中间,洞穴顿时亮堂起来。在火光照耀下,罗宾汉才看清楚这间屋子大概八英尺高,全部是用石头砌成的,每一块石头都巧妙而精确地堆砌在一起,不需要任何泥浆涂抹。

罗宾汉帮着凯特包扎好左肩上的伤口以及一两个手臂上的划痕后,凯特望着他,露出异常欣喜的神情。他说道:

"如果您能保证不出声,我就给您看一样我最近才寻到的宝贝。"

"凯特！"罗宾汉突然激动起来，"你真的找到她了吗？我的心上人？啊，你这个坏家伙！"

凯特并未答话，而是招呼罗宾汉来到房间的一角。这里用一块花毡隔断开来，那块花毡或许曾是哪位领主家的装饰品。罗宾汉掀开花毡一角朝里面望去，他看到地上铺满了厚厚的香蕨草，草垛上铺着一件骑马衣，而睡在上面的，不正是他日思夜想的玛丽安吗？看她那香甜的样子，仿佛就像是睡在自己家中一样。睡在玛丽安身边的，是凯特其中一个妹妹，她一头乌发，皮肤白净，恰好鲜明地映衬着玛丽安那深棕色的头发和肌肤。罗宾汉久久注视着玛丽安，不忍离去，直到凯特在他身边耳语道："别一直盯着她了，这样她怎么能睡得好呢？"

于是，罗宾汉跟着凯特来到房屋的另一角，凯特向他讲述了这几天发生的事：

"那天您派我去暗中保护玛丽安小姐，当天傍晚，我就到了马拉塞特林区。趁没人注意，我偷偷溜进了马拉塞特城堡。我在玛丽安小姐的房间里找到了她，是她亲口告诉我，她已下定决心，要同您远走高飞。走的时候，她没有告诉任何人，怕连累沃特管家以及其他城堡里的人。其实，我本想让她待在城堡等您，可是她太想念您了，一刻都不想再等。于是，我们就趁着天刚擦亮的时候溜出了城堡，从秘密小道朝着绿林进发。罗宾汉首领，不得不说，玛丽安小姐真是个女中豪杰，她不仅头脑聪颖，而且行动敏捷。她担心敌人会在城堡周围设伏，于是要我和她兵分两路，否则一旦我们同时被抓，就没人能给您报信了。我们大概走了不到两公里路，果然从凯特瑞尔林地的灌木丛中，跳出了二十个士兵，他们把玛丽安小姐抓起来了。当时，我悄悄地撤退到灌木丛中，才幸免于难。不过，那些人并不相信玛丽安小姐是孤身一人，所以他们仍是到处找我。那些人是索奥尔斯坦领主的手下，如您所知，索奥尔斯坦领主也是伊森巴特的亲信。那些士兵面目狰狞，举止粗鲁，领队的那个叫格莱米·加普图斯，对待玛丽安小姐十分无礼。有那么几次,我真想一箭刺穿他的喉咙。这些人一直埋伏在城堡附近的山谷里,监视着城堡内外的活动。他们还在那附近备有马匹,因而,玛丽安小姐就被他们捆在其中一匹马上带走了。整整一天,我都悄悄跟在他们后面。他们行进的速度很快,而且专挑沼泽和荒地行走。唉,那路可真是难走,有几次我差点儿就追不上了!当天晚上,他们到格莱米黑塔下榻,听到那门哐啷一声锁上,我的心也变得十分沉重。您是知道的,那座塔里十分凶险,很难得手。第二天,他们派了两个骑兵朝南而去,我猜,他们一定是去告知伊森巴特玛丽安小姐落网的消息,如此一来,他们就可以利用玛丽安小姐来威胁您了。我花了两天时间在那座黑塔旁边转悠,琢磨着怎样才能进到塔里,以及如何带着玛丽安小姐平平安安地逃出来。第三天晚上,那两个送信的骑兵带着伊森巴特的人回来了,领头的叫鲍德温,他们这次过来,就是要把玛丽安小姐带回兰比的地牢。首领,您也知道,我们族中有许多不为外人所知的奇行异术,在困境之下,我们会用这些法术脱险。于是,借助我学过的知识,我找到了可以进入黑塔的方法。首领,我敢说,现在不管是多高多结实的塔,已经没有我不能进入的了。我摸黑潜入塔里,把玛丽安小姐救了下来。不过在我们离开之前,我在那些睡着的守卫身上都留下了标记,这样一来,他们就再也无法醒来作恶了。那天晚上,我们走了很远很远,可玛丽安小姐却从不叫苦叫累,反而表现得十分果敢。到了白天,玛丽安小姐就躲起来,而我则负责出来找些吃的。我们就是在卜兰布里·伯恩遇到了德林,我把我们的遭遇说给他听,他自告奋勇要来绿林给您送信,迫不及待地要告诉您这个好消息。可是我们的谈话被那个恶棍无意中听到了,他知道我们同您的关系非同一般,于是为了博得兰比领主们的欢喜,他才杀了德林,伪装成绿林军一路跟踪我至此。我们四个小时之前才回到这里,在此之前,玛丽安小姐一直都没睡安稳过。"

"勇敢的姑娘,她真是太累了,就让她好好睡一觉吧!"罗宾汉感慨道，"好凯特，我真不知道该怎么谢你！你挽救她于水深火热之中，把她平平安安带回到我身边，我应该拿什么来感谢你呢？"

"首领，"凯特答道，"你我之间还谈什么感谢呢？您救过我和我家人的命，无论如何，我都报答不完。所以，你我所做的，无非都是为了彼此之间的情谊，不是吗？"

"是啊！是啊！"罗宾汉恳切地答道。他们彼此紧紧握住双手，传达着无声的誓言，也传达着他们对彼此的忠诚和信任。

这天晚上，罗宾汉留宿在凯特家里，同凯特一起睡在一张铺满蕨草的床上。第二天早上，玛丽安一觉醒来，就看到罗宾汉在自己身边，心里别提有多高兴了。两人分别许久，又经历了如此劫难，自然有说不尽的甜言蜜语。经过这次遭遇之后，他们再也不想分开了。就在当天，罗宾汉带着玛丽安来到塔克神父的住处，请求他为他们主持了婚礼。

第九章
终成眷属

罗宾汉同玛丽安结为连理的消息很快传遍了各地。人们惊叹于罗宾汉竟如此大胆，竟然无视国王的尊严，与马拉塞特领地的继承人玛丽安小姐私定了终身。还有一些人颇为罗宾汉感到高兴，罗宾汉本就不把神父和领主的权威放在眼里，这一点让他们感到很是欣慰。

有一段时间，传言四起，说是国王的大臣威廉·隆尚要带兵横扫克里普斯通、舍伍德和巴尼斯戴尔一带，把驻扎在那里的绿林军一网打尽。人们还说，这支军队将分别从东南西北四个方向围攻绿林军，南路军队从诺丁汉出发，东路军队从提克西尔和林肯郡出发，西路军队从匹克出发，北路从约克郡出发。他们要对绿林军驻扎的林区进行地毯式的搜索，一一剿灭那些逃犯的老巢，不留一个活口。

不过，谣言终归是谣言，一切都安然无恙。不过有一点倒是真的，威廉·隆尚因为过于飞扬跋扈被驱逐出境，他名下的诺丁汉和提克西尔的城堡也跟着全部都落入国王的弟弟约翰伯爵手中。在接下来的三年里，王公贵族和教会神父们都忙着为个人利益而争论不休，几乎没有人还记得剿匪一事了。

接着，理查德国王在德国被俘的消息传来，举国陷入巨大的悲痛之中。德国人把理查德国王囚禁在一座城堡内，并向英格兰皇室开出一笔天价赎金。为了凑够赎金救回国王，在皇室的命令下，不管是平民还是领主，僧侣还是骑士，举国上下每一个人都要额外缴付一笔赋税。骑士和领主要缴付的金额是他们一年收入的四分之一，而教会和修道院院长要缴付的数目则等同于他们整整一年的羊毛收益。

由于金额较大，许多人不愿意自掏腰包，因而在很长一段时间里，赎金也没能凑齐。与此同时，理查德国王还在牢狱中度着漫漫长日，一想到自己出去的日子遥遥无期，心中便是感慨万千。于是他提笔赋诗一首，这首诗直到今天仍在传诵：

    古语所言不虚，正如我今日所感。
    自古唯有亡人与囚犯，从无永远的挚友和亲人。

在这段时间里，罗宾汉和玛丽安在绿林中过着无忧无虑的幸福生活。尽管玛丽安失去了广袤的领土和巨额财产，可是比起深居城堡过着锦衣玉食的日子，她更喜欢现在的生活。现在，尽管她和罗宾汉只能居住在一间小木屋里，身上穿着自己亲手用兽皮或者粗布缝制的衣裳，可是，她从来都没有像现在这样觉得开心和充实。在她看来，只要能同心中至爱一起生活，只要能在这树林中自由自在，其他的都已经不重要了。

当罗宾汉得知国王被俘并且需要一大笔赎金的时候，他极为震惊，并为理查德国王深感担忧。为了能让国王早日被解救出来，罗宾汉拿出自己半数的金银，又变卖了许多华贵的衣裳，才凑出一大笔钱。最后，他派一支得力的队伍带着这些钱来到伦敦，并把这些钱交到伦敦市长手中。等这支队伍离开之后，市长打开包袱，发现里面有一小块鹿皮纸，上面写着：

此笔钱款由舍伍德林区的罗宾汉及其他自由人筹得，愿为国王脱险略尽绵薄之力，上帝保佑尊敬的国王早日重返家园。

自此之后，罗宾汉每次从路人那里收了过路费之后，都会留出一部分，放到专门的地方作为国王的赎身备用金。不仅如此，当他听说有哪个人家境富有却吝啬到不肯缴付税款的时候，不管他是何种身份地位，罗宾汉都会带人"造访"他的家门。如果那个人表示配合，那么罗宾汉只收取他应缴的金额。可是，如果对方极力反抗，罗宾汉就会带着手下抄了那个吝啬鬼的家，让他变得一无所有。

有些人被罗宾汉强行收税之后，又被皇家收税人再次强行收缴。于是，许多人担心损失更多的钱财，便都痛痛快快地跑去缴税了。就这样，罗宾汉的所作所为被越传越广，终于传到了瓦伦恩伯爵哈梅林耳中。哈梅林是一位皇家财政官员，听了罗宾汉的事迹，他不禁由衷地感叹道："如果每个地方都能有个像罗宾汉这样的税官，那么国王被放出来的日子就指日可待了！"哈梅林搜集了所有有关罗宾汉的信息，甚至在坐满王公贵族的听证会上公开表示，他很想见一见这个自由人，因为这个自由人听上去似乎很合他的胃口。

国王入狱期间，他的弟弟约翰伯爵一直密谋篡夺皇位，并趁机派他手下攻占了许多城堡，以扩大自己的势力范围。可是，国王最终还是被救回来了。之前那些占领城堡的人担心国王反攻报复，一早便纷纷弃城逃跑了。那些来不及逃跑的都被国王派兵围困，待弹尽粮绝之后，他们只得举手投降。只有那些占领诺丁汉城堡的骑士不肯投降，他们誓死效忠约翰伯爵，一心要和理查德国王对抗到底。国王回国途经桑威治时听说了此事，当即勃然大怒，竟亲自带领大批人马前来攻城。国王带领军队对诺丁汉城堡发动了猛烈的攻击，一举占领了护城河外沿工事，并且俘虏了一大批负隅顽抗的反对者。接着，国王命令在城堡外围支起绞刑架，将俘虏来的反抗者一一绞死，以震慑城堡内的叛军。

两天过后,城堡内的叛军眼见大势已去,便纷纷跑出城来,乞求得到国王的饶恕,其中就有姆达奇郡长的弟弟拉尔夫·姆达奇。理查德国王宽容大度,接受了他们的投降,但仍旧吩咐手下对他们严加看管。

一天,国王会见诸位领主,并邀请他们共进晚餐。席间,领主们纷纷向国王告发绿林匪党罗宾汉,并称在罗宾汉的带领下,一群胆大妄为、目无主上的逃犯正生活在诺丁汉北部的克里普斯通、舍伍德和巴尼斯戴尔林区一带。威廉·隆尚的言辞尤其激烈,对罗宾汉的行为又格外添油加醋地诉说了一番。

"国王殿下,"威廉·隆尚说道,"如果先王在世的话,一定不会容许国内有这种目无法纪的人胡作非为。而且,先王也一定会派兵围剿那个逃犯的巢穴,把他们一网打尽,然后全部绞死。"

"我的大主教,"理查德国王突然严肃地质问道,"这恐怕应该是你的分内之事吧?我出征前把举国大小的事务都交给你处理,希望你能秉公执法,铲灭奸凶。不过现在看来,你似乎并没有如我所愿。"此时,那些与威廉·隆尚不睦的王公贵族看见他脸上尴尬沮丧的表情,心中都乐开了花。此前,由于威廉·隆尚为人专横跋扈,他们曾联手把他驱逐出英格兰,而国王此时的反应恰好迎合了他们的心意。

"国王陛下,还有更离谱的呢!"瓦伦恩伯爵哈梅林说道,"如果真如主教大人所愿、绞死那个逃犯的话,那么陛下恐怕还要在狱中多住些时日了。"

人们听罢都惊讶地望着哈梅林,而他却只是微笑不语。

"这又是怎么一回事,瓦伦恩伯爵?"理查德国王问道,"这个逃犯跟我释放与否又有什么关系呢?"

"陛下,事情是这样的,"瓦伦恩伯爵娓娓道来,"尽管那个逃犯和他的伙伴不应该猎杀国王的鹿,但是他们对国王陛下的忠诚却丝毫没有减少，甚至比您那些忠心耿耿的骑士和领主还要更忠诚于您。他们生活在森林之中，靠收取过路费谋生。据说他已经聚集了一大笔财富，可是他竟然拿出一半的财产交给伦敦市长，作为救赎国王陛下的赎金，而那金额几乎等同于一位伯爵的税款了。在那笔税款里，他还留下这样一张字条：此笔钱款由舍伍德林区的罗宾汉及其他自由人筹得，愿为国王脱险略尽绵薄之力，上帝保佑尊敬的国王早日重返家园。"哈梅林顿了顿，在座的其他人都听得面面相觑，"陛下，不仅如此，他还义务扮演了皇家征税官的角色。正是迫于他的威慑，许多富有却吝啬的僧侣、教士和修道院院长才不得不把应缴的税款交出来。也是因为他的不断'造访'，许多平民、骑士和佃户才最终把税款交齐。据说啊，甚至有人交了两次税款，一次是罗宾汉收的，另一次是皇家征税官收的。哈哈，那些吝啬鬼一个个儿都被罗宾汉搞得垂头丧气的。"

理查德国王听罢，哈哈大笑起来，王公贵族见状也附和着笑起来。

"后来啊，"哈梅林继续说道，"那个逃犯又一次把集齐的过路费和征集的税款交到伦敦市长手中，然后留下这样的字条：这是从极为吝啬的骑士、僧侣及平民手中强行征得的税款，这些不忠于国王的吝啬鬼理应受此处罚，上帝保佑国王陛下早日归来。"

"我敢说，"理查德国王的神情和声音都显得有些激动，"这个逃犯不仅明辨是非，且极富正义感！很显然，他热爱自由，知道自由对一个人来说是多么可贵。同时，他对那些失去自由、度日如年的囚犯又抱有极强的同情和怜悯之心！如果我的臣民都能像这个逃犯一样忠诚于我，愿意为我出生入死，我也不会在日耳曼的牢狱里被困那么久了！"

理查德国王漠然地看着在座诸位，许多人竟被看得禁不住心虚起来。当初他们为国王缴纳赎金的时候，表现得也不甚积极，甚至有人还听从了约翰伯爵的蛊惑，意图趁机改朝换代。

"我很想见一见这个逃犯，"国王不再理会那些人，自顾自地说道，

"他究竟是怎样一个人？当初又因何违反了王法？"

"陛下，这是一个十恶不赦的恶人！"威廉·隆尚答道，"他在约克郡杀死了我的弟弟罗杰爵士，还杀死了圣玛丽修道院的五个士兵。从那以后，想必他烧杀抢掠的行径更是不计其数！"

"主教大人，"瓦伦恩伯爵平静地说道，"我猜罗宾汉之所以会杀死罗杰爵士，大概是因为罗杰爵士强抢菲兹沃特伯爵的女儿的缘故吧？难道不是吗，你弟弟带了一伙人在树林中拦截了玛丽安小姐和她的随从，打算把她掳到兰比城堡。当时，那个逃犯恰好在那一带活动。正是为了救玛丽安小姐，他才一箭射穿了罗杰的面甲。"

"做得好啊！"理查德国王拍手称赞起来。他最恨那些强抢民女的奸恶行为，也最赞赏除暴安良的侠义行为，于是他继续说道："罗宾汉的确是在行侠仗义。如果我没记错的话，这可不是你弟弟罗杰抢来的第一个妇女吧，我的大主教？"

威廉·隆尚恶狠狠地盯着瓦伦恩伯爵，瓦伦恩伯爵却毫不介怀，只是淡淡地笑了笑。

"国王陛下，"威廉·隆尚仍不罢休，"如果您觉得我弟弟的死是咎由自取的话，我认为那个逃犯犯下的其他罪行您也有必要知道。罗宾汉，他的所作所为，根本配不上您对他的赞扬。是他，杀死了诺丁汉的郡长罗伯特·姆达奇；是他，娶了本应由您指婚的玛丽安小姐；也是他，让一个骑士丢失了土地，最后不得不跟他一起在树林中干些见不得人的勾当。"

"这个骑士叫什么名字？"国王厉声问道。尽管他对这个逃犯可以不予追究，但他却无法容忍一个骑士放弃自己的尊严，变成一个逃犯。

"是李堡的理查德爵士，他的领土位于诺丁汉附近的林登草地上。"威廉·隆尚答道。

"我要没收他的土地！"国王顿时雷霆震怒，"还要砍了他的头！这个叛徒！"国王转身朝向坐在身后的一名文员，"马上拟旨，谁要是能抓住那个骑士,并且提着他的人头来见我,我就把他的土地奖赏给谁!"

"陛下,请容老臣禀奏!"一位老骑士从国王身后一群身着华服的骑士中走出来,"我敢说,只要罗宾汉和他的伙伴在林中一日,就没有人能占领那片土地。"

"你是谁?"国王问道,"你怎么知道这些?"

"陛下,我的名字叫作约翰·博尔金,"老骑士答道,"理查德爵士是我的朋友。自从理查德爵士逃跑后,新任的诺丁汉郡长曾三番五次以您的名义要占领那片土地,可是一次都没有成功。只要他们踏上那片土地,就会被人从林中一箭射死。所以,郡长的那些手下,不是被杀死,就是被吓跑了。生活在那片土地上的农奴依旧效忠于他们的旧主,目前仍在那里耕种生活。"

"竟然是这样!"国王激动地从座椅上跳了起来,"照此话讲,生活在绿林之中的是一批忠君爱国的好汉,而那些表面上遵纪守法的胆小鬼,反而是陷我于牢狱之中的罪魁祸首!我倒要看看这个逃犯究竟长什么样子!博尔金,我命你去给那个逃犯传话,就说是我宣他入宫,并且我会保证他此次往来的人身安全。这个人既忠诚于我,又杀了我的郡长和许多骑士,我要同他当面详谈。"

自从诺丁汉郡被收回后,理查德国王常常在舍伍德林区一带狩猎。这里树林阴翳,树木繁茂,远处有连绵起伏的山峦,陡峭险峻的峡谷,以及无边无际的平原。国王对这里的景色大为赞叹,流连忘返。一天,国王在鲁夫特·布里克追逐一只雄鹿,那只鹿异常雄壮敏捷,国王带着猎狗朝北追了几公里,直至巴尼斯戴尔林区也没能赶上。这时天色已晚,夜幕降临,那鹿也在暮色之中不见了踪影。当天晚上,国王在吉丁科特的黑衣修士的住处下榻。次日,国王命手下在林区一带所有的村镇发布告示,内容大致为:国王昨日猎鹿时跟丢一只雄鹿,该鹿归国王所有,任何人都不得追逐、伤害或猎杀。告示中还详细描述了鹿的样子，让人们一眼就能辨认出来。

理查德国王终日在林中狩猎，却甚少在一个地方停留，偌大一片树林几乎被国王走遍了。可即便如此，他却从来没有找到过罗宾汉的藏身之地。有一天，国王终于耐不住性子，便派人找来舍伍德林区的管理员拉尔夫·菲兹史蒂芬仔细询问。

"守林人，我的信使该如何找到那个逃犯并向他传达我的旨意呢？"国王问道，"你必须要给我一个答案。不然，你让一百四十多个逃犯无忧无虑地住在这里，肆无忌惮地杀害皇家鹿群，单凭这一点，我就足以治你的罪。去给我找出这个罗宾汉吧，不然我就免了你的官职！"

拉尔夫·菲兹史蒂芬自知能力不及，于是据实相告："国王陛下，能否找到罗宾汉并不是陛下您和我能决定的，而是看罗宾汉自己是不是想被发现。陛下，请恕我直言，这些年来，我一直致力于抓捕这个逃犯，在此期间还得到过多位郡长的帮助。但是，我们搜遍了整个树林，也没有见过罗宾汉的影子。他可是个老狐狸，在林子里有很多巢穴。所以，我无论如何也没办法抓他来见您。"

在国王再三要求下，菲兹史蒂芬又召集了林中所有守林人，向他们传达国王的旨意，并同他们商量如何才能满足国王的要求。人们众说纷纭，一个点子刚提出来，马上就会被旁人否决，如此争论了好久，直到菲兹史蒂芬终于失去了耐心，他最终大喊起来：

"你们这群无能的家伙，就只会在这里吵吵嚷嚷！跟你们这群废物玩捉迷藏，那个逃犯只要用一半的脑子就够了！不用说，你们根本连罗宾汉长什么样子都不知道！都滚开吧，还是我自己来想办法！"

守林人们一个个悻悻地离开了，他们大都同绿林军交过手，却从来没有成功过。在他们看来，除非菲兹史蒂芬自己能想出好法子抓到罗宾汉，不然他们肯定会丢掉自己的饭碗。尽管这份工作总是让他们在与绿林军的冲突中受伤，但同时也为他们提供了压榨穷人、赚取不义之财的机会，因此，这个饭碗他们一时还不想丢掉。

两天后,拉尔夫·菲兹史蒂芬来到国王下榻的德利坎霍尔城堡,请求面见国王。见到国王,他单膝下跪行礼,直到国王准他禀报,他才开口说道:

"国王陛下,我听说自从您占据了北部林区之后,罗宾汉的绿林军如今经常在奥勒敦一带出没,他们在那里拦截富商,收取买路财。现在,我想出了一个法子,按照这个方法,您或许能跟罗宾汉说上话。我是这样想的,您先选出五位领主扮作您的随从。当然,这些领主的性格越温和越好,因为过于急躁的脾气会导致提前泄露行踪。选好人之后,再从河对面的马德赛修道院借来一些修士的华服,您和领主们就穿上这些衣服伪装成修士。然后,我来领路,带您到罗宾汉经常出没的地方走上一圈。我敢保证,不等您走到诺丁汉,就一定能见到罗宾汉本人。"

"哈哈,真有趣!"理查德国王开心地大笑道,"守林人,我喜欢你的点子!你现在就去修道院借衣服,等你把衣服都借回来,咱们就马上乔装出发。"

衣服借来时,天色已迟,可尽管如此,国王还是执意出发了。理查德国王在他那件金光闪闪的豹衣百合外罩上披了一件黑色的修士外袍,头上戴着一顶宽檐帽,俨然一副修士的模样。其他人也都照此进行了装扮。理查德国王对这次冒险表现得极为兴奋,一路上与五位骑士说说笑笑,心情大好。这五位骑士分别是瓦伦恩伯爵哈梅林,契斯特伯爵拉尔夫,菲利斯伯爵威廉姆,奥斯伯特·司考夫登爵士和罗杰·贝吉特。

不出一个钟头,他们就来到林中的大道上。现在,这群人看起来俨然就是一些富有的修士或是主要执事了。他们身后跟着五匹马,其中两匹拉着他们的行李,另外三匹个头儿稍大的则驮着食物、餐具和其他贵重物品。照看马匹的是两个守林人,他们也装扮成了修士的随从。

尽管天色稍晚，理查德国王依旧兴致昂扬，一路上和旁人开着玩笑，高兴的时候还会大声唱歌。直到夜色降临，他们才不得不停了下来。这时，拉尔夫·菲兹史蒂芬建议大家再往前面走一段路，到前方不远处的克伦伯教堂过夜。国王接受了他的建议，他们穿过树林又走了一小段，果然来到了克伦伯教堂。他们来到教堂大厅，里面看起来空荡荡的，只有三四个人在用餐。教堂里还有一个衣着邋遢的年轻人，从他手拿的那个不知是西特琴还是竖琴的乐器来看，他要么是个歌手，要么就是个杂耍艺人。国王此行没有告知任何人，因而也不能命令教堂的修士为他们另开炉灶。不过，国王倒宁愿知道的人越少越好。

就这样，随从们从马背上拿来食物，国王以及五位领主在拉尔夫·菲兹史蒂芬的引导下来到教堂大厅里用餐。大厅里十分昏暗，只有三四个火把照明。火把燃烧时发出噼噼啪啪的声音，缭绕的烟雾环绕在大厅上方，使这里看起来更昏暗了。

"我告诉你吧，你就是个混蛋！"叫骂声突然从商人口中传来，他看上去似乎同那个卖艺的产生了些口角。不过那个艺人倒是并不气恼，而是笑嘻嘻地弹拨着琴弦，对商人嘲笑道："反正那些钱在你眼里都是没有价值的废物，对你来说也就无所谓了嘛。"

"我的好商人，你看看你挣的那些钱，给你带来多么大的痛苦呀！"艺人继续说道，"你这就叫自作自受，只有有钱人才会日夜担心失去自己的财富！来来来，你老实告诉我，你真的踏踏实实地睡过一个好觉吗？你真的能完完全全信任你的手下吗？难道你从不担心被坏人盯上，然后被谋财害命吗？你的钱，对你来说就是魔鬼！是它，在日日夜夜折磨着你！而我，就从不会出现这种担忧。为什么呢？因为我根本就没有钱！"

说罢，他又拨弄着琴弦，弹奏了一首欢快的小曲子。

商人耷拉着脸不作声，可那个艺人却没有要停止的样子，他接着说:"你自己好好想想吧,商人。你看看我,我这辈子身上带的钱从没有超过两枚金币,不然,我要么就得担心哪个傻瓜说那些钱是我偷来的,要么就得害怕会有人从我这里把钱偷走。所以,我每次都尽快把钱花完。只要把它们一花光,我立刻就觉得轻松多了。我的要求并不多,在这迷人的夜色里,只要给我一个歇脚的地方,一小块肉,一块面包,最好再有一口酒,让我弹着心爱的西特琴,看着眼前通往未来的大道,我就已经很知足啦!而你呢,商人,只能心惊胆战地藏好你的账簿,捆好那些贵重的财物,日日担心那个胆大妄为的逃犯来偷你那几个臭钱!"

"那个混蛋!像他那种人,就应该让人挖去他的双眼,再砍下他的耳朵!"商人一面怒气冲冲地大骂,一面又觉得追悔莫及,"唉,我要是老老实实跟他说了身上带有多少钱,也不至于让他把我从诺丁汉市场上赚来的钱都抢走!"

"哈哈哈!"艺人开怀大笑起来,"那个逃犯早已摸清了你的底细,不是吗?那个逃犯又用老把戏把你耍了,不是吗?所以,你才栽了跟头。你潜意识里觉得不能说实话,可是当他们发现你说的与实际金额不符时,他们就把你所有的财富都抢走了!哈哈哈!商人呐,如果你当初说了实话,现在你身上至少还能剩下几个钱吧?"

"你刚刚说什么?"国王突然从座椅上跳起来,直奔那个商人,"是谁抢了你的东西?"

"主教大人,您这不是明知故问吗?"商人没好气地答道。在那个年代,修士总是从商人那里征收高昂的税款,因而绝大部分商人都把修士当作是死对头。接着,商人冷冰冰地答道:"除了罗宾汉还能有谁呢?哼,那个魔鬼撒旦的爪牙!主教大人,如果你明天一早也走那条路,我真希望你损失的财产一点儿也不比我少!"

"我的商人老爷,你这样大喊大叫,像极了一只被狗咬掉耳朵的棕熊!"艺人取笑道,"对待教堂里来的人,你最好还是客气点儿。你想想看，你出生的时候，还不就是这些人为你洗礼做祷告的？只有这样，你才能成为一个基督徒，而不是穆斯林狗。更何况，在你死的时候，也只有在这些人的祷告之下，你才能安心离去，然后被安稳地下葬。我原来可是见过许多商人富贾在死去之后被扔到路上呐！所以如果你不想有同样下场的话，最好还是对他们客气点儿。"

商人被艺人的话彻底激怒了，他恶狠狠地盯着艺人破口大骂了一番，然后披上斗篷转身离开了。瞧他的样子，仿佛是要蒙头大睡一觉，暂且把破财一事抛之脑后。

"院长大人，别把他的话放在心上！"艺人转身对国王说道，"这不是一个好汉该说的话，而是一个被洗劫了钱财的可怜虫的诅咒！不过，这个商人现在有多懊恼，绿林里那位就有多开心。"

这时，教堂门外又有人敲门。门打开了，进来的是一对寒酸的老夫妇。他们脚下沾了许多杂草，走进来时，都纷纷掉落在教堂大厅里。那夫妇二人看上去衣衫褴褛，每个人身上还背着一个小布包，里面背的应该就是他们所有的家当。

"愿上帝保佑你们，先生们！"老者谦卑地说道，脸上露出勉强的微笑。他摘掉头上那顶破烂的帽子，对在座的行礼，首先是对穿黑袍的修士，然后是对那个艺人。艺人连忙起身，笑嘻嘻地摘掉自己那顶插着翎毛的帽子，郑重其事地对老人还礼。

"也祝福您，善良的老先生！"艺人说道，"我们之前不是见过面吗，就在二十公里外的小酒馆里？当时，我们还用红葡萄酒彼此举杯祝福过呐！老先生，您又有什么喜事啊？"

"先生，我这儿还真有件高兴事儿！"老人把小布包放在长椅上，兴高采烈地说道，"我刚刚经历了最棒的一次冒险，还认识了这世上最正直高尚的人！唉，我们原本从奥勒敦出发，往提克西尔去，路上才走了不过四公里，就进入了一片阴暗茂密的树林。我当时真是怕极了，无时无刻不是心惊胆战，生怕有强盗突然跳出来，不光抢走我仅有的几个便士,甚至会要了我们的老命。"

"先生,我们不过是个穷酸的小老百姓,也并不习惯走远路。这次出门呐,都是为了去提克西尔接我们的儿子出狱。"老妇人插了一句。她的面容看起来温顺祥和,不过从她那双瘦削粗糙的手,却能看出她已饱受岁月的风霜。

"夫人,您的儿子怎么会入狱呢?"一个温和的声音从那群黑衣修士中传来,问话的正是理查德国王本人。

问话人的衣着如此光鲜,谈吐却如此温文尔雅,老妇人一时间受宠若惊,竟不知如何是好。毕竟她只是个一辈子都生活在诺丁汉的村妇,不曾见过什么世面。于是,老妇人定了定神,起身行屈膝礼,毕恭毕敬地答道:

"尊敬的神父大人,我的儿子本是给兵器行的彼得·格里塔科斯师傅做学徒,但他后来厌倦了那样的日子,一直想要出去闯一闯。尽管我们都希望他能留在自己身边,可他最后还是走了。几个月之后,我们才打听到,在这段时间里他一直在流浪,后来又吃了官司,被关进提克西尔的监狱里,一只脚也废了。所以,无论如何,我们这次也要带他回家!"

国王忖度道:"可是二位老人家,监狱里的差役是不会轻易就让你们带儿子出狱的。"

"噢,神父大人,可他毕竟是我们的儿子啊!"老妇人说着,眼泪便掉了下来,"我们可以肯定,我们的迪肯是被冤枉的,他们不能不把他放出来呀!"

老人听到自己的妻子哭哭啼啼,劝慰道:"好啦,老婆子,擦干眼泪,不用担心。如果不是罗宾汉亲自保证,我怎么敢告诉你,等到了提克西尔,那些人就会把迪肯还给我们呢?"

"老人家,莫非罗宾汉就是你刚刚提到的那个正直高尚的人?"国王问道。

"恕我冒昧，神父大人，我说的正是罗宾汉。我们在可怕的树林里穿行的时候，他就派人来找我们。起初我还以为是有人要害我们，谁料竟是罗宾汉亲自派人来向我们提供帮助的。"

"诸位大人，我当时吓得只想逃跑！"老妇人唯唯诺诺地说道，"我很害怕罗宾汉这个人，听说他是个逃犯头子呢，不过，我老伴儿却说——"

"我告诉她不必害怕，神父大人，"老人没等妻子说完便插嘴道，"我还告诉她，罗宾汉是个大大的好人！他从来不会抢劫穷人的钱财，他只会向穷人们询问——恕我冒昧，神父大人——询问是否又有富商或者神父在作恶。不过，他今天却没有问我们这些。哎呀，先生们，他真是这世上最富正义感、最高尚的人！"谈到这儿，老人的脸上不禁焕发出神采，眼睛灼灼发光，双手也禁不住左右比画起来，"他问的全部是关于我们自己的问题，他问我们是谁，从哪里来，到哪里去，去那里又做些什么。接着，他又命人端来食物和美酒。我们吃着东西，他就和手下等在一旁。说真的，他真是把我夫妇二人当作贵客一样招待呐！等我们吃饱喝足，他又让人把面包、肉和一瓶酒装进我们的布包，还吩咐手下送我上路呢！对了，他还给了我这个！"老人拿出一枚闪闪发光的银币，"出发前，罗宾汉最后对我说'老人家，我向你保证，等你们二位到达提克西尔的时候，你们的儿子一定会被释放。如果有哪个恶棍敢阻拦，或者意图伤害你们二人，你们就告诉他，你们是我罗宾汉的客人，如果不想有理查德·伊尔比斯特同样的下场，就最好放你们走！'"

"说话如此恶毒，除了那个罗宾汉还能有谁！"一旁传来商人的叫骂，他还没有睡着，刚刚那些话都被他一字不落地听去了，"对这个什么都不懂的老家伙，他竟然给了一枚银币！而对我，他却抢走了我所有的财产！哼，只怕这枚银币就是从我这儿抢来的！"

"别再瞎嚷嚷了，你这老市侩！"歌手厉声训斥道，"告诉你吧，一旦号角声响起,罗宾汉马上就会出现,只怕到那时你哭天喊地也没有用了!老人家,罗宾汉果真是个正义高尚的好人,我要把你刚刚讲述的故事编成一首诗歌!像这样救弱扶贫的侠义行为值得我们赞颂,罗宾汉的美名也将永远被人们传唱!"

老人和他的妻子坐下来,开始享用晚餐。歌手也安静下来,陷入创作之中。他眯着眼睛,嘴里时不时蹦出几个词语,然后埋头奋笔疾书。商人和他的随从不再说话,在吱吱呀呀的木床上翻了个身,重新把头蒙在斗篷里睡去了。

这时,国王把瓦伦恩伯爵叫过来,低声向他询问罗宾汉口中的"理查德·伊尔比斯特的下场"究竟是什么。于是,哈梅林和拉尔夫·菲兹史蒂芬就把发生在约克郡的那次犹太人大屠杀都原原本本地告诉了国王,包括那个理查德·伊尔比斯特如何煽动暴民残杀犹太人,罗宾汉如何抓住他,又如何当着皇家法官劳伦斯·拉比的面处置了他。国王听后沉默不语,陷入沉思之中。末了,他说:

"我看呐,这个罗宾汉绝对不是个凡人!他对那些鱼肉百姓的富豪劣绅从不手下留情,可是却十分愿意救济穷人,并且发自内心地帮助他们。尽管他违反了法律,他的做法却无疑是正确的。如果是现行的法律把他逼进了绿林,成了匪类,那便是法律的不合理了。他果真是与众不同,我很想见见他,说不定我们还会成为朋友。"

说罢,国王命人铺了床铺,准备就寝。经历了一天的车马劳顿,众人躺倒便呼呼睡下,不再多言。

第二天清晨,国王带着手下再次踏上旅途。在那条通往奥勒敦的林荫路上,他们还没走出五英里,前方的树丛中突然冒出一个高个子男人。只见那人身着粗布绿色紧身衣,手持一张一人高的长弓,腰间佩带一柄上好的长剑,腰带里还别着一把西班牙匕首。他头戴一顶天鹅绒小帽,帽子上插着一根长长的野雉翎毛。

那绿衣男子体态健美,丰神俊朗,黑色的卷发垂到了肩头,模样甚是潇洒英俊。尽管他的面颊和脖子都被夏日染成了深褐色，那双眼睛却是目若朗星，炯炯有神，风采丝毫不减。绿衣男子盯着走在最前面的骑马人，挥手一挡，说道：

"院长大人，请您留步，不妨抽点时间留下来谈谈吧。"

他说完便把两根手指放在嘴边，吹出一声刺耳的口哨。与此同时，从道路两旁的树丛中跳出来二十几个弓箭手。他们都穿着清一色的绿色紧身衣，有的衣服上还打着补丁。他们每人手中都拿着弓箭，神情笃定，怒目圆睁。

"院长大人，我们都是生活在这片树林里的自由民。"罗宾汉开口说道，"我们在这里以猎捕国王的鹿为生，同时也向路过此地的领主和骑士收取一部分过路费。所以呢，院长大人，如果您想从这里通过，就请您把自己的钱财分给我们一点吧。"

"没有问题，自由人，"国王答道，"不过，我在布里斯为国王接驾的时候花了不少钱，现在我身上的钱加起来也不超过四十英镑。尽管所剩不多，我还是愿意把这些钱都送给你。"

国王命令手下取来他的钱囊，把它交到罗宾汉手中。罗宾汉接过钱囊说道：

"院长大人，听您的谈吐，您应该是个正人君子，我不用查验您的钱囊，就知道您一定没有说谎！"他打开钱囊，从里面拿出一部分钱，"这里有二十镑，希望您还收起来，我可不希望您这一路上身无分文。不过呢，这剩下的二十镑就权当您的路费，我保证您这一路上能平平安安。一路顺风，院长大人。"

罗宾汉让开路，并脱帽鞠躬致意。不过国王并没有马上离开，而是从胸前抽出一块羊皮卷。他从容地将羊皮卷打开，卷纸哗哗作响。羊皮卷上写有密密麻麻的文字，下方还粘着一团红蜡，上面扣着一个醒目的官印。

"多谢了，不过我还有一事找你，"国王说道，"我这里有一封理查德国王陛下给你的邀请函，国王陛下命你三天内到诺丁汉觐见，并且允诺会保证你往来的安全。"

尽管国王的脸用斗篷蒙着，罗宾汉上前领取邀请函的时候，还是格外留心地看了两眼。接着，他单膝跪下，双手高举邀请函，说道：

"院长大人，国王陛下是我最尊敬的人，我愿意接受陛下的邀请！草民略备薄酒，以谢您不辞辛苦远道而来，不知院长大人可否赏光？"

"恭敬不如从命，多谢了！"国王答道。说罢，他便跟随罗宾汉来到了他们的营地。在那里，午餐已经开始准备了。罗宾汉拿出号角放在嘴边，发出一声奇怪的信号。不等声音落下，营地周围的树林里就钻出许多的绿林军。他们个个儿都佩戴着弓箭和长剑，长期自由自在的生活让他们看上去都是那么精神饱满，精明强干。只见他们都朝着罗宾汉走来，对他脱帽致意。

"我敢对天发誓，这真让人大开眼界！"理查德国王对瓦伦恩爵士悄声说道，"可是也让我感到很难过，这些人原本都是善良的公民，看他们对待自己的首领，简直比我的骑士对我还要毕恭毕敬。"

午餐极为丰盛，国王对罗宾汉的盛情款待给予了极高的评价。等到午宴结束时，罗宾汉对国王说道：

"院长大人，您可以在这里感受一下我们的生活，这样等您回去见到国王陛下时，您也好向他描述这里的情况。"

接着，罗宾汉又命人竖起箭靶，选出一些下属为客人们表演射箭。那些箭靶又远又小，绿林军们射起来却毫不费力。国王看到箭靶被一一射中，感到颇为惊讶。不过，令他叹为观止的还在后头。罗宾汉又命人竖起一根木棒，木棒的顶端挂着一个小巧的玫瑰花环。他对手下们大声说道：

"不能射中花环的人，就必须受到惩罚！不仅要罚他就此出局，还要罚他被射中花环的人痛打一顿！"

"他们的箭术真是不可思议！"坐在一旁的理查德国王对旁人说道，

"唉，如果当初我手下能有五百个如此优秀的弓箭手，我定能横扫法兰西，让那里的国王对我俯首称臣！"

罗宾汉带头先示范了两次，不仅每一次都能射中花心，甚至还把木棒劈为两半。吉尔伯特的表现也很出色，接连两次都能稳稳地射中目标。如今，他已经成长为一个丝毫不亚于首领的优秀射手了。不过其他人却接二连三地失利，就连斯卡利特和小约翰也没能幸免。作为惩罚，他们都乖乖地尝了罗宾汉的拳头。紧接着，罗宾汉又开始了第三轮射击。不过这一次他可没那么幸运，箭偏离了花环三指远。射手们看到首领失手都哈哈大笑起来，纷纷喊着："射偏啦！射偏啦！"

"我认罚！"罗宾汉也跟着大笑起来。忽然，他瞧见一队人正骑马穿过树林朝着这边赶来，透过树林，罗宾汉看到来者正是他的妻子。美丽的玛丽安如今也是一身绿衣，身上也佩戴着弓箭，和她一同而来的还有理查德爵士以及艾伦·阿戴尔夫妇。

罗宾汉转身对修道院院长说道：

"院长大人，这里您的地位最高，就请您来惩罚我吧！我是心甘情愿受罚，绝对不会还手！"

"这恐怕多有不便了。"国王推辞道。说完，他又把罩在头上的斗篷向前拉了拉，以躲避罗宾汉犀利的窥探和其他人好奇的打量。

罗宾汉见状并不肯罢休，一再邀请道："快来啊，院长大人！请您千万不要手下留情，放马过来吧！"

理查德国王见盛情难却，只得点头应允。他笑着挽起衣袖，用尽全力朝着罗宾汉胸前打了一拳。罗宾汉被打得连连后退，险些摔倒在地上。此时，国王因为用力过猛，斗篷已经掉落，露出了真实的面孔。罗宾汉稳住步伐，走到国王面前说道：

"院长大人，您的臂膀可真有劲儿啊！在我眼里，您不光是位神父，更是一条好汉！"

就在这时，理查德爵士突然跳下马，朝着罗宾汉喊道："罗宾汉，快跪下！这位是国王陛下！"说罢，理查德爵士脱帽屈膝，跪在国王面前。这时，理查德国王摘掉头上的斗篷，露出一头棕色的头发和一双湛蓝的眼睛。接着，他又脱下了披在身上的黑色长袍，露出那身绣着金色豹纹和法兰西百合的华服。狮心王理查德用目光扫视着周围的臣民，神态尊贵而和蔼，浑身都散发着高贵的气质。

罗宾汉、艾伦·阿戴尔以及绿林军见状，都纷纷跪下。玛丽安和爱丽丝也匆忙跪下马，向国王屈膝行礼。

"这可真是一次奇妙的旅行！"理查德国王哈哈大笑道，"亲爱的罗宾汉，你为什么要下跪呢？你可是这绿林中的国王，不是吗？"

"国王殿下，我们尊贵的君主，"罗宾汉答道，"我既尊重您，又畏惧您。我和我的手下做出了许多忤逆王法的事，我在此斗胆请求您的饶恕。您的胸怀是那么宽容博大，请您饶恕我们的罪行吧！"

"起来吧，罗宾汉，"国王边说边扶他起来，"我敢说，在这绿林中我还从没遇到过像你一样和我投缘的人！不过，恐怕你得告别你的绿林生活了。从此以后就生活在我的身边吧，不要再当逃犯了！"

"国王殿下，我自然愿意听从您的吩咐，"罗宾汉答道，"我想做一个守法的公民要比做一个逃犯要好得多吧！"

"那便按你的想法做吧。"国王说道，"我已经听说了你不少事，听说你还僭越皇权，娶了位皇家名媛为妻？我还听说，那位小姐为了和你在一起，毅然决然地抛弃了自己的财富和地位，是不是就是这位小姐呢？"

理查德国王看着玛丽安，玛丽安低头走到国王面前，跪在地上。玛丽安向国王行了吻手礼，国王把她也扶了起来。

"过来吧，漂亮的姑娘，"国王说道，"尽管你为了自己的心上人放弃了那么多，但我不得不承认，你确实是选对了人！罗宾汉，他英勇神武，是个值得托付终身的好汉！你本受我的监管，现在我就答应你，把你许配给他！"

国王说着，便把罗宾汉和玛丽安的手握在一起。罗宾汉和玛丽安此时都惊喜万分，他们万万没想到能够得到国王的原谅。

"不过呢，罗宾汉，"国王又笑着说道，"鉴于你之前的行为过于大胆鲁莽，我还是要给你一点惩戒。这么多年，你都过着漂浮不定的生活，经历那么多大大小小的战斗。现在，我要你带上你美丽的妻子，搬到马拉塞特城堡里生活。从此以后，和我的鹿好好相处，和你的手下安安稳稳地过正常人的生活吧。不过，你们务必还要遵守法律，以保我基业稳固，国泰民安。如果你能答应做到这些，我便原谅你的过失。"

"尊敬的国王殿下，"罗宾汉已被国王的宽容大度深深打动，"您对我如此包容，如此眷顾，我定当听从您的盼咐，做您忠实的臣民！"

"瓦伦恩伯爵，回头你去确认一下，"理查德国王转身对哈梅林说道，"他们夫妇二人同心同德，那么玛丽安名下的土地和财产，以后就归罗宾汉和玛丽安共同所有吧。"

"遵命，陛下！"瓦伦恩伯爵应声答道，"这真是皆大欢喜啊！以后有了罗宾汉的帮助，税款肯定能更快更好地收上来！"

理查德国王开心地大笑起来，他转身对罗宾汉说道："是你帮我凑够了赎金，我要感谢你！"

罗宾汉引着理查德爵士来到国王面前，向国王禀明理查德爵士之前的遭遇。国王欣然允诺归还理查德爵士原有的土地，并且原谅了他违背法律帮助逃犯的行为。

最后，艾伦·阿戴尔和爱丽丝一同觐见国王陛下。他们向国王禀明了沃尔特·博福莱斯特爵士此前的遭遇以及如今的处境。沃尔特爵士自从上次被伊森巴特·勃拉姆算计之后，如今还一直生活在被人暗算的担忧之中。国王详细询问了兰比魔堡那些领主的情况，听完他们那些令人发指的罪恶行径，国王不禁勃然大怒。

"真是一群恶魔！"国王的怒气最终化为无限的伤感，"都是因为我们兄弟之间争夺王位,才让这些恶棍有机可乘,才让整个国度陷入无尽的战乱和纷争!我出征争夺圣墓教堂期间,我的弟弟约翰也在助纣为虐,让恶势力一再发展壮大!瓦伦恩伯爵,这些恶魔还需要从长计议。我必须先解决了那个叛徒,把他从我的土地上赶出去,然后再来铲平这些魔头的巢穴,把他们绳之以法!"

两天后,理查德国王派信使到兰比城堡传达圣意。信使在完成任务后马上离开了城堡,未做片刻停留,由此以表明王室对兰比领主的不满。伊森巴特·勃拉姆把信打开,嘴角露出一丝冷笑。

"看呐,"他冷冷地说道,"国王要在诺曼底战役中招募优秀的弓箭手,如今竟特赦了那群逃犯,还把他们都保护起来了!他还告诫我,不要对沃尔特·博福莱斯特爵士的财产和土地有任何非分之想,不然就是忤逆圣意,以叛国罪处置!"

他恶狠狠地把羊皮卷摔到地上,眼睛迸射出邪恶的火花。

"看来,我还要再等一等。"他自言自语道,"理查德国王要和法兰西的腓力二世一较高下,说不准哪天就因此丧命了呢?哼,以后会怎么样,谁又能料到呢?我要再等一等,等到约翰伯爵登上王位的时候,我就可以对那个逃犯还有他的同党为所欲为了!"

按照国王吩咐的那样,罗宾汉和玛丽安搬回了马拉塞特城堡居住,并且从斯科维尔·凯茨蒂手中收回了城堡、庄园和土地的所有权。尽管斯科维尔很不情愿,却也只能勉为其难地将这些资产物归原主。就这样,罗宾汉同玛丽安在那里过上了幸福安宁的生活。罗宾汉悉心照顾玛丽安,并且尽心管理庄园内外的大小事宜,守卫自己的领土不被侵犯。此外,罗宾汉还用他的善良和正直赢得了农奴和自耕农的爱戴。

跟随罗宾汉一起搬来的还有凯特和豪伯兄弟二人,以及他们的两个妹妹。不久前,他们的母亲刚刚过世,因此他们也可以了无牵挂地换一个环境居住。小约翰和吉尔伯特也跟随罗宾汉搬来了马拉塞特。

吉尔伯特还娶了凯特兄弟的妹妹希比,和希比住在罗宾汉赠予他们的房子里。豪伯兄弟的另一个妹妹费妮拉,嫁给了瓦特·格拉姆。瓦特也是个好样的,一直跟随在罗宾汉身边出生入死。瓦特和费妮拉不久就有了自己的孩子,那孩子的灵气与生俱来,人们都说,这孩子长大后定会有不同常人的神力。

其他绿林军大都被理查德国王开出的高额津贴和丰厚的奖赏打动,于是便跟随国王一同漂洋过海去了诺曼底。在那里,他们同法兰西的军队拼命厮杀。许多人都在这场战争中丧命,其中也包括理查德国王本人,最后只有二十来人活了下来。在这些人中,有的人在战场上抢夺了大量战利品而变得富裕起来,剩下的人则同参战前并无太大差别。回国之后,这些人又都辗转去马拉塞特投奔了罗宾汉,并在那里定居下来。

从法兰西战场上回来的还有弓箭手威尔,斯卡利特和马奇。亚瑟·布兰德在攻打查勒伊堡的时候牺牲了,理查德国王也是在这次战役中遇难的。斯卡洛克是在渡海时不幸遭遇暴风雨而葬身大海,地点刚好在瑞埃附近。后来,也就是1215年,罗宾汉同这些从战场上归来的老伙计再一次列阵行伍,在男爵的带领下开始南征①,目的是为了从约翰王②的压迫和专制下赢得自由。

就这样,罗宾汉和他的爱妻玛丽安携手共度了十六年。在此期间,约翰王登基,后因其蔑视罗马教皇而引发了国内的动荡和冲突。可是,罗宾汉夫妇二人却在马拉塞特过着相对安稳快乐的日子。

不过,在兰比魔堡里,伊森巴特·勃拉姆爵士依然在等待时机,

---

① 起因是约翰王为维持对外战争,加紧了对国内市民和贵族的盘剥,后由于赋税过重,引起上层阶级强烈不满。1215年春天,愤怒的贵族们集结起来,武装讨伐约翰王,以反对国王暴政。
② 约翰王(1167—1216):英格兰国王,亨利二世第五子,是英国历史上最不得人心的国王之一。

处心积虑地要对罗宾汉进行报复。同他一起密谋的,还有盖伊·吉斯伯恩爵士、鲍德温爵士、罗杰·顿卡斯特爵士和斯科维尔·凯茨蒂爵士。他们常常聚在一起,没完没了地商议如何除掉他们的心头大患罗宾汉。

第十章
火烧魔堡

1215年的一个冬日的早晨，有一队人在匹克荒原东部的高沼地上缓慢前进，广阔的沼泽地向天边延展，与玫瑰紫的天际融为一体。罗宾汉走在队伍的最前面，他身穿锁子甲，头戴钢盔，在太阳的照射下，浑身都折射出耀眼的光芒。他的身后跟随着六十个士兵，他们身上都佩戴着弓箭和长剑，古铜色的面颊上流露出坚毅的神采。在这六十个人中，有二十个是一直跟随在罗宾汉左右的老绿林军，其中个头儿最高的那个，就是小约翰。他凭借身高优势，附近不管有任何风吹草动，都逃不过他那双棕色敏锐的眼睛。走在罗宾汉身后的是凯特，尽管他个子矮小，可是他的神态和举止无一不表现出他的精干和勇武。在凯特身后，还跟着斯卡利特、弓箭手威尔和马奇。

一路上罗宾汉的脸色都是肃穆而凝重，其间还夹杂着一丝淡淡的惆怅和不安。此前，为了反对约翰王的暴政，为了重获自由，他选择跟随男爵们一路南征，并且一度认为是胜券在握，那梦寐以求的自由已是唾手可得。然而有一天，罗宾汉和男爵们突然意识到，约翰王已经向国外请求支援，那支外来军队凶残暴虐，如嗜血恶魔一般在北方烧杀抢掠，对他们的家园正进行着肆无忌惮的扫荡。男爵们听闻敌人如此残暴,内心十分担忧,于是他们纷纷撤离前线,返回故土守卫自己的家园。罗宾汉也不例外,他十分挂念爱妻,内心无时无刻不在担心敌军是否已冲入兰卡斯特沼泽,一扫马拉塞特原有的宁静。

每向北折返一段,远远就能看到熊熊的浓烟,所经之处无外乎都是断壁残垣。罗宾汉看着眼前的景象,心中总觉惴惴不安,他终究是回来太迟了。约翰王带着那支外来势力在北部肆意践踏,那些原本宁静安详的村庄,如今已不复存在,放眼望去,满眼都是躺在雪地里的直挺挺的尸体。远处的地平线上不时有浓烟升起,每一个浓烟升起的地方都意味着那里正惨遭暴君踩躏。在返回故乡的路上,他们在一座被焚毁的城堡大厅里发现了两个年轻的姑娘,其中一个因为哭得太久已经失声,另一个则因为伤心过度得了失心疯,两个姑娘守着她们父亲的尸体说什么也不肯离去。她们的父亲,那个可怜的老骑士,本藏身于自家的钱库里,却最终未能幸免于难,被暴君活活折磨死了。

罗宾汉骑着马,总是情不自禁地伸长脖子向前方张望,他看似平静,内心却是波涛汹涌,无时无刻不在牵挂心上人的安危。他脑海里总是涌现着各种坏念头,比如约翰王已经带着军队向西部进发,他眼前会出现一股浓烟,而那股浓烟就是从马拉塞特升起。此时,太阳已经西沉,冬日的晚霞呈现出紫罗兰一般瑰丽的色彩,干净纯粹,不染纤尘。

最终,罗宾汉带领手下绕过一座座悬崖峭壁,终于抵达了马拉塞特山谷。突然,罗宾汉不自觉地扬鞭策马,快速奔跑起来,积攒在心头的焦虑在这一刻迸发,他是那么迫切地要找到一个制高点,以便能清楚地看到马拉塞特城堡的情况。终于,他冲上了一个山顶,他的手下也紧跟其后来到这里。罗宾汉望着眼前的景象,静默片刻,发出一声动人心魄的低吼,紧接着,他调转马头,朝着城堡冲了过去。

士兵们不知首领为何情绪如此激动,便走上前俯视下面的马拉塞特城堡,只见城堡里浓烟滚滚,城堡四周也被一种阴森可怕的沉寂笼罩。他们不禁倒吸一口凉气,随即冲下山坡,冲向他们惨遭蹂躏的家园,冲向他们遭遇不幸的至爱亲人。不知从谁开始,他们开始怒吼,一声声呼号中夹杂着无尽的悲哀、愤怒和绝望。

罗宾汉率先来到城堡前,他跳下马,走进院子,脸上的神情却是异乎寻常的冷静。院子里,目光所到之处已是横尸累累,或是直挺,或是扭曲。罗宾汉走进厅堂,厅堂里飘着一层淡淡的烟雾,这里显然也被人试图焚毁过,但火势最终未能烧起来,只有一些桌椅被烧成了残片。同外面一样,屋子里的尸体也随处可见,攻守双方的尸体牢牢地扭在一起,彼此毫不相让,终于同归于尽了。罗宾汉沿着扶梯大步上楼,奔向玛丽安的卧室。

门是关着的,罗宾汉轻轻推开,在夕阳的映射下,他看到床上躺着一个女人,她的脸色是那么苍白,却又那么平静。她就是玛丽安,身上穿着黑色的裙子,一动不动地躺在那里。罗宾汉知道,她已经死了。她那漂亮修长的双手叠放在胸前,一头柔软的褐色长发凌乱地披散在脸颊和胸口两侧,她看上去是那么恬静平和,仿佛只是沉沉地睡着了。在她的身边,放着一支黑色的短箭。

突然,挂毯后面一阵响动,一个女人从那里钻出来,跪在罗宾汉面前。是希比,吉尔伯特的妻子,也是玛丽安的近身侍女,她并没有哭泣,一双棕色的眼睛直直地盯着罗宾汉,眼神中是无限的忠诚和巨大的悲戚。

"希比,这是谁干的?"罗宾汉的声音异常平静低沉。

"就是我们的头号敌人,伊森巴特·勃拉姆!"希比强忍着巨大的愤怒和悲痛说道,"玛丽安夫人在城楼上跟他喊话时,他趁机杀死了她,就是用这支箭!这支箭本是豪伯射在魔堡餐桌上的那支,而他竟然用这支箭杀死了她!当时夫人倒在我怀里,微笑地看着我,却来不及说出一句话,就那样走了。第二天,也就是昨天,那些恶魔攻进了城堡,咱们的人同他们展开殊死决斗,伤亡惨重。那些魔鬼在庄园里肆意践踏了一番，因为担心你会回来，当天便撤离了。豪伯受了伤，被他们捉去做了俘虏，一同被掳去的还有另外十个人。那些恶魔离开的时候还说，回到魔堡之后要好好儿地折磨他们！"

凯特悄悄走进来，站在罗宾汉身后，沉痛地听着希比的哭诉。希比说完，看到了凯特，两人紧紧地握住了双手。接着，他们松开手，一起伸出右手食指，在空中迅速地写写画画，仿佛是在写字，又仿佛是在描绘某个图案。这是一个暗号，里面蕴藏着他们无比坚定的复仇信念：他们要赴汤蹈火，不惜一切代价，大仇不报，决不善罢甘休。

罗宾汉俯身亲吻着玛丽安冰冷的额头，然后脱去帽子，跪在爱妻身边，开始虔诚地祈祷。他默默祷告，乞求圣母赐予他无穷的力量，助他一举歼灭魔堡里的恶魔。

当天晚上，罗宾汉在马拉塞特的教堂里为玛丽安举行了葬礼，玛丽安被安葬在了她的父亲和其他亲人身边。在马拉塞特城堡里，那些幸免于难的农奴和自由民正磨刀霍霍，火把的光芒照耀在他们脸上，他们看上去是那么坚毅和笃定。他们已经暗下决心，就算是豁出一条命去，也要扫平魔堡，为逝去的亲人报仇雪恨。

第二天清晨，罗宾汉带领人马出发了。一路上没有人说一句话，也没有人回头看一眼，他们就这样毅然决然地上路，一路向东而去。与此同时，罗宾汉派人去赫布兰德·特拉密尔爵士那里，告诉他自己摧毁兰比魔堡的计划，并向他请求援助。曾经，赫布兰德爵士一再向罗宾汉表示，要在罗宾汉剿灭匪巢时助他一臂之力。如今，罗宾汉只希望老爵士能够履行当初的诺言，即便他上了年纪不能亲自上阵，也要派最精干的队伍全副武装前来支援，会合地点就设在兰比城堡附近的橡树界。同样的消息也被送到其他受兰比魔堡迫害的骑士和自由民那里，这些人都曾经向罗宾汉许诺要助他剿灭匪穴，在他们眼中，罗宾汉是个勇敢而慷慨的斗士，他们冥冥之中甚至能感觉到，总有一天他们要依靠这个勇敢的斗士来结束魔堡的罪恶。

在去兰比的路上，罗宾汉本打算向沿途的城堡和庄园请求援助。可是他发现，许多地方已被毁于一旦，那些勇敢的家园守卫者躺在冰冷的地上，已然成了约翰王施行暴政的牺牲品。不过，还是有许多人响应了他的号召，就在当天傍晚，罗宾汉已经集结了三百名勇士，这至少足以应对兰比的冲锋队了。他们在雾气重重的沼泽地里悄悄行进，兰比魔堡赫然出现在眼前。

罗宾汉在魔堡大门前停下来，吹响了号角。正门顶端的塔楼上有两个士兵露出头来，他们二人都是全副武装，其中一个还戴着钢盔，落日的余晖下照耀在他们身上，折射出黯哑的光泽。

"让伊森巴特·勃拉姆出来说话！"罗宾汉喊道。

"罗宾汉！"喊话的人吃惊地叫了起来，那声音如同狼嗥一般，"我就是你要找的人，兰比和菲尔斯的领主伊森巴特·勃拉姆爵士。你们这群强盗，来此到底是何居心？"

罗宾汉冷笑一声，喊道："听着，马上把我们的人放出来，然后乖乖投降！你杀死了我的妻子玛丽安，害死那么多无辜的百姓，你要为你犯下的罪行接受审判！如果你不按照我的吩咐来，我军将大举进攻，扫平魔堡！到时候，我们不仅会要了你的命，连整个魔堡的人都会给你陪葬！"

"天亮前若是你还没退兵，我也要你好看！"对方恶狠狠地说道，"你们这群狗杂种！无知的贱民！我要用打狗鞭抽得你们皮开肉绽！识相的就快走，不要再在这里白费口舌！"

伊森巴特·勃拉姆大手一挥，表示不愿再同这些贱民讲话，转而同身边的一位骑士交谈起来。他们两个都戴着头盔，在夕阳渐弱的余晖中，他们的影子变得越来越模糊。突然，一个人影在昏黄的霞影中跑到罗宾汉前面，他略微站定，举弓就是一箭。只见那个站在勃拉姆身旁的骑士突然用手捂住面甲，身体摇晃起来，不过他很快平静下来，摘下头盔，从面甲上面取下一支短箭。那个人怒气冲冲地跑到城垛上，对着下面破口大骂，但是因为距离太远，没人能听清楚他在说些什么。

刚刚那一箭，是凯特射的。在如此昏暗的光线下，竟然能射中目标，人们都为这高超的技艺暗暗惊叹。只可惜，箭的角度略大，那骑士只受了一点皮肉伤，险些就一命呜呼了。

当晚，罗宾汉命手下包围城堡，禁止任何人再从这里进出。接着，他便在橡树界同其他前来支援的骑士商议如何攻下魔堡。

"罗宾汉，恕我直言，"从戴科沃来的福尔克爵士说道，"这座城堡看上去固若金汤，我看不到任何希望能找到突破口。我们没有攻城大炮，城堡外围又有护城河，而且我敢肯定，像勃拉姆这样的人，一定早就料到会有今日，估计一早便在城内积草屯粮充实物资了。"

"我却认为，我们没有理由攻不下城堡。"从托姆兰来的年轻侍卫登威尔语气坚决，他相貌勇武，神情激愤，好似一只雷厉风行的雄鹰。他接着说道："我们可以联合兰比的农民，他们也恨透了自己的领主，如果他们肯和我们联手，我们就可以请求他们帮忙砍树造筏了。有了木筏，接下来我们便以盾作掩护，划过护城河，到了河对岸以后，我们马上砍断铁索，放下吊桥，升起门闸，一旦这些都顺利无误的话，我们便可以劈开城门，杀入魔堡了。"

经过再三讨论，登威尔的方法似乎是能突破魔堡的唯一途径。城堡的围墙又高又厚，周围又没有其他可以进出的通道，如果采用这种强攻的方法的话，就意味着罗宾汉一方定会伤亡惨重。凯特被派去向一公里外的村舍的农民请求救援，号召他们一起铲除兰比魔堡。一个小时后，凯特回来了。他垂头丧气地说道："我去找了科尔·里夫，并向他说明了来意。然后科尔召集了村子里的青壮年，并且向他们转达了我们的意愿。从他们的眼中，我能感受到他们十分愿意帮助我们，可是他们却一直保持沉默。后来，总算有一个人开口了，他说前前后后已经有六位军力雄厚的领主对这座魔堡进行围剿，却没有一次是成功的，这座魔堡受到了撒旦的庇佑，我们做出的反抗都只是徒劳，魔堡的人本就有权有势,以后也会是这样。尽管我一再请求他们,催促他们,却没有人再说话了。他们只是不停地摇头,后来就都走开了。"

无可奈何之下,罗宾汉只得下令命手下连夜去树林砍树,然后做成木筏和短梯,以便他们渡河攻城。树林里的火把燃烧了一个晚上,人们也整整工作了一宿。罗宾汉也没有闲着,他一直忙于四处查看守卫是否严密,直到破晓时分,他才稍微休息了一会儿。没睡多久,罗宾汉就被远处的骚乱声吵醒了。他仔细一瞧,来者竟是昨晚拒绝向他提供帮助的那些农民。走在最前面的是一位老人,他头发斑白,骨骼突出,相貌刚毅。他手中拿着一把巨大的砍刀,刀锋长且宽,刀刃锋利闪亮。走近之后,罗宾汉发现这位老人似曾相识,原来他就是上次诺丁汉射箭大赛上那位技艺高超的老者。

老者走到罗宾汉面前,说道:"首领,我把人都给您带来了!他们昨晚拒绝了您,是他们的不是,现在我已经跟他们讲清楚了,他们愿意助您铲平魔鬼的老巢,铲除那些危害百姓、无恶不作的恶人!"

"谢谢你,拉斐·比尔胡克!"罗宾汉感激地答道。其中一个农民走到罗宾汉面前,代表大伙儿对罗宾汉说:"我们已经发过誓了,要跟您一起干到底!我们宁愿光荣地战死,也不愿意再像现在这样悲惨地活着!"这些可怜的农民是那么瘦削虚弱,他们被压迫太久太久,体力和精神被经年累月地压榨和蚕食,如今已经人不像人、鬼不像鬼了。

"兄弟们,咱们这次一定能赢!"拉斐挥动着手中的砍刀,神情异常激动,"那天这帮恶魔把我从我的小屋里拖出来,又杀害了我的妻儿,从那以后,我就发誓一定会报仇!现在机会来了,兄弟们,这可是天赐良机!我们要把这个魔窟里的魔鬼统统杀掉!"

"你就是那个住在石屋里的拉斐吧?三十年前的冬天,勃拉姆把你赶走,然后强占了你的地盘?"罗宾汉问道。

"正是如此,"拉斐答道,"现在,我就是回来履行誓言的!"

在拉斐的指导下,小约翰和吉尔伯特带领众人很快做好了攻城的准备工作。接下来，大家美美地饱餐了一顿，又做了一次祷告。最后，他们在正对着城门的地方把木筏放进了护城河里，攻城行动开始了。尽管城楼上箭如雨下，但乘木筏渡河的人却不必担心，原来就在他们身后的岸上，斯卡利特和威尔正带领岸上的弓箭手朝着城楼上的敌人反击。他们锐利的双眼能够捕捉到每一个出现在城垛上的敌人，然后再以惊人的速度和精准度瞄准敌人进行射击。弓箭手们动作连贯，一气呵成，城楼上每出现一个敌人，都会在瞬间被几支箭一齐射死。绿林军乘着木筏很快到了对岸，然后用长篙将木筏固定下来。接着，他们架起短梯，顺梯爬到吊桥旁边的一块大基石上，如果能顺利放下吊桥，里面就是闸门和城门了。不一会儿，就听到金属碰撞发出的声音，叮叮当当，哐啷哐啷，那是绿林军手持兵器尽全力砍击吊桥锁链发出的声音。一开始，这项工作看似进行得十分顺利，因为河对岸的弓箭手们已经完全控制了局势，令城楼上的敌人根本没有机会射击。然而，就在一瞬间，吊桥里面的城门突然打开，一大群弓箭手从里面涌出来，隔着闸门朝正在砍击锁链的绿林军猛一通放箭。一个绿林军胸口中箭，从梯子上摔了下来，另一个的手也被射穿了。

受伤的人马上被后面的替补换上，砍击铁索的工作仍在继续。斯卡利特、威尔以及另外两个站在梯子上的射手，不顾在梯子上空间受限，将箭锋转而朝向闸门内的敌人进行射击。终于，人群中传来一声欢呼，原来一边的铁索已经被砍断，吊桥失去平衡，开始了巨大的晃动。另一边的绿林军见状连忙加快速度，砍击的动作一下快似一下，只听见轰隆一声巨响，吊桥轰然倒向对岸，在巨大的撞击之下，吊桥有一半已经拍碎在河里，不过好在尚能过人。罗宾汉见状，马上带着冲锋队冲上残桥，瞄准闸门后的敌人射出密密麻麻的羽箭。在罗宾汉的带领下，绿林军英勇冲锋，势如破竹，迫使敌方兵勇仓惶撤退，躲进城门里面不敢出来了。

接着，罗宾汉下令将吊桥残缺的部分用木筏铺好，以增加承重，然后又命二十来个绿林军抱着一根粗壮的树干朝着闸门用力撞去。咚！咚！伴随着闸门的撞击声，河对岸的射手们用弓箭瞄准一个又一个出现在城垛上的敌军，以此来掩护攻城的弟兄。可尽管如此，随着战斗愈发猛烈，还是有许多人在战斗中牺牲了。而此时的城堡里，随处可以听到领主们急促的叫喊声，伊森巴特、鲍德温、斯科维尔和罗杰，他们正暴躁地催促着弓箭手和投石手进攻、进攻、再进攻！尽管罗宾汉的绿林军有盾牌防守，却还是会被利箭和巨石弄伤或致死。但是，攻城的树干却始终没人放下，树干一次次猛烈地撞向闸门，在重击之下，闸门不停地晃动，发出咣啷咣啷的响声。

后来，城堡的大门再一次被打开，隔着闸门，里面又射出一阵密密麻麻的羽箭。好在罗宾汉马上带领射手反击，又一次迫使敌军撤回城堡内。受伤的攻城将士不断被两旁的绿林军替换下来，撞击闸门的工作仍在继续。现在，树干撞击闸门的一头已经被磨损得极为严重，许多地方甚至已经劈开，看上去就像一个巨大的拖把。在反复撞击下，闸门有两处已经弯曲变形，紧接着发出断裂的巨响，闸门马上就要被攻破了，一旦攻破，绿林军就可以长驱直入了。

罗宾汉、福尔克爵士和斯泰兹骑士分别站在两旁喊着口号，罗宾汉则特别留心地盯着城门的门缝，以防敌人再次突放冷箭。

"伙计们，再用力撞上三下，咱们就成功了！一旦突破这里，里面的那扇木门，根本就不成问题！"

突然，对岸传来威尔和其他弓箭手急切的呼声：

"撤退！撤退！敌人在往下面投火球！"

"快跳进护城河！"罗宾汉听闻敌方使用火攻，马上高喊道。人们听到罗宾汉的命令，马上跳进护城河里，不过也有些可怜的士兵未能幸免于难。然而，就在这时，城垛上竟然又浇下来一大锅滚烫的焦油，随后又扔下来一根根燃烧的木棍和一块块烧红的石头。这时，又有六七名士兵没有听到警报，当即便葬身火海了。木筏、吊桥和攻城的树干上已经被淋上了焦油,加之燃烧的木棍和石头散落在上面,刹那间,城门口已成为一片汪洋的火海。攻城原本已胜利在望,可一时间竟变得煞为棘手。

罗宾汉和其他活下来的人迅速游回对岸,威尔和其他射手则不停地朝城垛放箭,阻拦敌人的火攻。可是,向下倒焦油的敌人都被旁人用盾牌护卫着,一时间,威尔他们竟无从下手。

罗宾汉看着眼前的火海,又看看周围或愤怒或哀怨的人们,高声安慰大家说:"别担心,兄弟们,他们阻止不了我们!等火势过了,咱们再造新的木筏过河,只要再撞上几下,咱们就能冲进去了!"他又转身对威尔和斯卡利特说道,"威尔,斯卡利特,你们两个看好闸门那边,决不能让敌人趁机修补闸门!"

"如果有人敢来修补,那就用他自己的尸体来补吧!"斯卡利特大笑道。他手持弓箭,威风凛凛,眼睛飞快地扫视着城垛和闸门,已做好准备随时发动攻击。

此时已过正午时分,罗宾汉命令手下分为三队,第一队严密监视闸门周围的情况,第二队抓紧时间吃饭,第三队则和农奴们一起去砍树制作新的木筏。就在罗宾汉指挥大家伐木的时候,他远远望见从沼泽地那边走来一队人马,两个骑士骑马走在前面,后面跟着一大队步兵。罗宾汉目光犀利,他的眼睛聚焦在两个骑士手中擎着的盾牌上面,其中一个盾牌的纹章是五棵树,另一个的则是三只白燕。罗宾汉招手向他们致意,来者正是沃尔特·博福莱斯特爵士和艾伦·阿戴尔。不一会儿,他们便来到罗宾汉面前,同他热情地握手拥抱。

"我们昨天收到了你的消息,"沃尔特爵士说道,"一收到消息,我们就马上赶来了,希望我们没有来得太迟。"

"城堡还没能攻下来,你的救援来得太及时了!"罗宾汉感激地说道。

接着,罗宾汉将攻城的计划以及攻城后的打算详细告诉了他们,并得到他们的高度认可。艾伦还告诉罗宾汉，赫布兰德爵士本想亲手铲平魔堡，无奈他年事已高，却也是力不从心了，但是赫布兰德爵士也派出了一队人前来助阵，希望能帮助罗宾汉早日铲除心头大患。

在进行准备工作期间，凯特心情沉重地在营地周围游走。时不时地，他还和其他弓箭手一起监视城垛上的一举一动。在这些人中，他的眼神最为犀利，能够看清城垛上每一个不轨的举动，他的动作也最为敏捷，能把箭瞬间射出，毫无差错地射中敌人。可是对凯特来说，事情进展得太慢了，他内心迫切渴望着为玛丽安夫人报仇，更何况，他的好兄弟豪伯此时还不知在哪个阴森恐怖的地牢里吃尽苦头。

凯特在城堡周围转了一圈又一圈，不断地变换地点窥探城堡。他那双乌黑的眼睛闪闪发光，希望能从城墙光滑的石头上找到一个不显眼的洞眼，然后趁人不注意从那里钻进去。他曾经进来过一次，就是他将一支黑色的短箭射在伊森巴特的餐桌上那次。那天晚上，他之所以能混进城堡，是因为恰好碰上了几个从外面劫掠回来的士兵，那些士兵带回来一大批战利品，还有一些可以用来勒索赎金的俘虏，因而看上去极为得意忘形。凯特就紧紧尾随在他们身后，趁乱钻进了城堡，随后便藏身于某个较为隐蔽的地方。那天晚上，他悄悄溜进了一个下水道里，那个下水道口大概高出护城河十二英尺，不仅有利于逃脱，看上去也极为隐蔽。当晚，在一场暴风雨的掩护下，他就是借助这个下水道顺利地跳进了护城河，平平安安地回到绿林之中。

可是现在呢，高大的城墙挡住他的去路，不管他如何绞尽脑汁，也想不出法子可以进入这个防备严密的城堡。只要他能进去，他相信自己不仅能救出豪伯，甚至还能打死城堡的守卫，为罗宾汉敞开城堡的大门。眼下，凯特只得藏身在城堡后面茂密的榛树丛中，对城堡周围的情况仔细观瞧。此外，他还聚精会神地观察着兰比领土上的树林和远处的旷野。

咦，那是什么？一时间，竟发生了两件怪事。他看到城堡那边的城垛上有人用剑朝这边反光,一共是两次,仿佛是在发送某种信号。紧接着,半英里之外的荒木林里也出现了某种兵器折射的光线,似乎是在回应先前发出的信号。凯特聚精会神地朝着荒木林那边张望,可是却再没出现任何异常状况。

"太奇怪了,"凯特琢磨着,"那是在发信号吗?如果真是这样的话,是谁在发送信号,又是发给谁的呢?"

凯特打定主意去一探究竟,于是他朝着发出信号的地方出发了,像只雪貂一样在树林中四处穿梭。临近荒木林的时候,凯特停下脚步,躲在树丛中向前张望。眼前的一幕让凯特大吃一惊,这里竟埋伏着三十个强悍的骑兵,为了不发出任何声音,他们还给自己的马匹戴上了口络。凯特一眼就认出了这些人,他们是索奥尔斯坦的骑兵,几年前,凯特就是从他们手中救出了玛丽安夫人。在那些人中,有一个满是乱蓬蓬白发的骑士正观察着荒原,嘴角还露出一丝轻蔑的冷笑。凯特认出了他,他就索奥尔斯坦的领主,老格莱米·加普图斯。

"再有一个小时天就黑了,到那时,咱们要好好儿地收拾收拾这些贱民!"老格莱米·加普图斯说道。

听到这些,凯特顿时明白了,原来这些人就是伊森巴特的援兵!他们本是为着抢夺更多的战利品,专程前来伙同伊森巴特帮助约翰王突袭,只不过在他们快要到达的时候,却发现城堡已经被围困了。于是,他们潜身在树林里,通过发送信号和城堡里的人互通信息。现在,他们已经商议好了,趁着冬日天短,只等天一黑下来,这里的人便同城堡里的人前后夹击罗宾汉的队伍,到那个时候,只需这出其不意的一击,便能将罗宾汉轻而易举地拿下了。

凯特弓着身子,像只山猫一样沿着来路折返。他的行动异常谨慎,因为哪怕是一根小树枝的折断,都极有可能暴露了他的行踪。他这样躬身潜行了大概五十码,然后才悄悄直起身,踮起脚尖,如同幽灵一般在树林之间穿梭,朝着罗宾汉的营地去了。

索奥尔斯坦的骑兵听到远处传来绿林军向城堡发动攻击的叫喊声，听到罗宾汉急促而尖利的命令声，还听到其他骑士正指挥下属将木筏放进城堡门前的护城河里。不一会儿，沉重的雾霭压迫着地面，笼罩在浓雾中的树林看上去时而很近，时而又很远，不过，这一切很快就被沉沉的夜色浸黑成了一片。

老格莱米·加普图斯跳上马，手执缰绳，对手下说道："伙计们，都骑上马，准备出击！你们朝着火光的方向潜行一百码，然后加速前进，口中要高喊我的名号'瓦尔的加普图斯'！勃拉姆一旦听到咱们的号声，就会同时出兵，到时候罗宾汉两面受敌，恐怕不死也难！现在，立刻上马，出发！"

骑士们按照指令，沿着长满枯草的小路悄悄行进。接着，只听一声急促的命令，他们用力踢着马肚子，然后飞快地向前冲刺，猛然出现在火光那边的绿林军面前。不过，令人奇怪的是，那些绿林军似乎并不觉得吃惊，而是平静地转过身，仿佛是在等待他们到来。三名骑士紧接着从黑暗中跳出来，拦在了这群入侵者面前。于是，就在"瓦尔的加普图斯！瓦尔的加普图斯"的叫喊声中，一场激烈的战役打响了。

在凯特的建议下，罗宾汉命令手下朝着城堡那边撤退了一些，以便城堡里面的敌军能听清楚外面的动向。一切都照计划进行着，索奥尔斯坦的骑兵不断进攻，绿林军不停地朝着城堡后退，仿佛是要从他们眼前逃跑，于是索奥尔斯坦的人加紧攻击，嘴里高喊着他们的旗号。突然，他们听到城堡大门里面传来"勃拉姆！勃拉姆"的喊声，那声音来势汹汹，很快就看到城堡大门打开，铁闸门也升了上去。城堡里面的敌军不断地涌了出来，罗宾汉已经事先将木筏搭在被烧毁的吊桥上，因此勃拉姆的军队才能毫无阻碍地冲到了河对岸。他们一股脑儿地往外冲，那巨大的冲力把木筏压得吱呀乱响。转眼间，喊着"加普图斯"和"勃拉姆"的两种声音便混在一起，他们异常兴奋地同自己

255

人会合。

突然，嘈杂声中传来一声响亮的号角，与此同时，城堡下面也传来三声短暂急促的角声作为回应。就在这时，从橡树界那边呼啦一下子涌出十名骑士和一百来名士兵，这是赫布兰德骑士派来的援兵，他们按照罗宾汉的计划，等到天完全黑下来才赶到这里。事实上，根据凯特提供的情报，罗宾汉他们已经商量出把敌人一网打尽的计策了。

这些本该被两面夹击的绿林军人数陡然上升，呈现出逆袭之势。勃拉姆听到后面隆隆的战马声，还以为是自己人，竟想不到是绿林军以反转之势杀到了他们的后方。绿林军报复性地高喊着"玛丽安！玛丽安"，还有一些高喊着"特拉密尔"和"圣·乔治"，声音从四面八方传来，勃拉姆的军队瞬间被淹没在排山倒海的复仇声中，他们已经被包围了。

此时，这场激战已经到了决战阶段。魔堡的军队被绿林军两面夹击，四面受阻，更何况绿林军单从数量上就已经占了上风。此时此刻，兰比的领主们不求胜利，只求保命。手拿砍刀和斧子的农民们也加入了激烈的战斗，他们一会儿用斧头劈向武装精良的步兵，一会儿又用砍刀砍向披甲执锐的骑兵。在这些人中，拉斐·比尔胡克表现得最为英勇，他手执一把亮闪闪的大砍刀，到处寻找着伊森巴特的踪迹。与此同时，罗宾汉也在黑暗之中寻找着杀害他妻子的仇人。伊森巴特头戴一顶铜盔，显得格外扎眼，他像一头野猪一样四处乱窜，气势汹汹地报着自己的威名，加之他的身手不凡，和他交手的人大多非死即伤。罗宾汉一眼看到了伊森巴特，试图从他后方冲过去，然而却被杀戮中的人群隔开了。这时，小约翰来到罗宾汉身前，用一把双刃斧杀向敌军，为首领开出了一条通向杀妻仇敌的血路。

"约翰，如果你忠诚于圣母，忠诚于我，就帮我砍掉那顶铜盔！那就是勃拉姆！别让他跑了！"罗宾汉嘶声裂肺地咆哮着。

说真的，尽管这位暴君勇猛多智，此刻却也难以脱身了。勃拉姆此时不得不做困兽之斗，他被拉斐和其他二十个农奴团团围住，农奴们上前抓住他的四肢，撕扯他的铠甲，企图将他从马背上拖下来。太过漫长的岁月积累了太多的仇恨，这种仇恨令每一个农奴的神经都颤抖起来，可是他们手里简陋的农具如何抵挡得住勃拉姆的尖刀利刃，于是一拨又一拨的农奴倒下了。勃拉姆灵活地左击右挡，拼命甩掉上前擒拿他的敌人，就如同一只被猎狗咬住的狗熊，在拼命地甩动全身。拉斐手持那把巨大的砍刀，奋不顾身地朝他扑去，对着他猛一通乱砍，可是招招都被勃拉姆用坚实的盾牌挡住，有那么一会儿，勃拉姆似乎还占了上风。

罗宾汉和小约翰终于在厮杀的敌军中拼出一条血路，他们跳过堆叠在四周的尸首，朝着伊森巴特扑去。不过，他们还是晚来了一步，拉斐已经用足了力气，挥动着复仇的砍刀朝勃拉姆砍去。不过他稍稍砍偏了一些，砍刀落在勃拉姆的右肩上，深深嵌入了他的骨头。接着，拉斐又忙不迭地补了一刀，如果这刀砍下去，勃拉姆的脑袋定会保不住了。不过，罗宾汉冲上去用盾挡住了他的砍刀，大喊道：

"不能就这样便宜了他，他应被处以绞刑！"

"说得对！"拉斐扔掉砍刀高喊着，"不能让他死得这么痛快，只有绞刑才配得上他的身份！"

勃拉姆的右肩疼痛无比，他挣扎着坐起来喊道：

"杀了我吧，混蛋！用你手上的剑杀了我吧！我的身份如此高贵，决不会向贱民屈服！"他用马刺猛踢马肚子，企图趁乱从人群中夺路而逃。

可是拉斐用他有力的臂膀一把抓住了他，众人一齐把他拖下了马背。"哼，好一个身份高贵！"拉斐冷笑道，"如果要我来处置你，我就把这些年来你对穷人的所作所为都在你身上重演一遍！不过，今天晚上就让你好好尝尝绳索的滋味吧！"

"约翰，拉斐，把这个家伙捆起来，带到城堡里去！想必，那座城堡如今已是我们的了!"说罢,罗宾汉并未离开,而是亲眼看着勃拉姆被结结实实地捆住,勃拉姆一言不发,尽管眼神忿恨,却也只能任由罗宾汉等人把他关进了城堡。

至于城堡那边,还要多亏凯特计划周全,才能在最短时间内攻下城堡。凯特和年轻的打手登威尔带领四十名精兵,事先埋伏在吊桥两侧的水下,伺机出动。后来,勃拉姆带人兴高采烈地冲出城堡同索奥尔斯坦的援兵会合,只留下少数人守城。也怪看守城门的士兵大意,他们本以为自己的首领会轻而易举地取胜,因此便放松了警惕,只是抱怨自己被留下来守城,丧失了立功的机会。可殊不知,竟有一队湿漉漉的士兵突然从他们的脚底下冒了出来,他们还没来得及弄清是怎么回事,就已经一命呜呼了。接着,凯特和登威尔带人悄悄潜入城堡,他们一路杀死了前来反抗的士兵,最终攻下城堡,未伤一兵一卒。亏得勃拉姆发动总攻势时只留下了十来个士兵守城,因此,凯特此次的偷袭并不算难。

目前为止,战役已经基本停息。攻城者对城堡里的人恨之入骨,因而兰比城堡里鲜有人还活着,只有十来个人摸黑逃走了,这其中就有那位专爱出馊主意的罗杰·顿卡斯特爵士。那些索奥尔斯坦的骑兵也都在这场战役中送了命,包括加普图斯本人,他再也没有机会驰骋沙场了。

罗宾汉带领着诸位并肩作战的骑士来到城堡的大厅里,这里曾是伊森巴特·勃拉姆和他的爪牙饮酒作乐的场所,也是他们残害无辜百姓的牢狱。罗宾汉坐在勃拉姆曾经坐过的位置上,其他骑士则依次在他身边入座。坐定之后,罗宾汉下令将罪犯勃拉姆带上来。插在厅堂柱子上的火把照亮了胜利者的铠甲,也映着每一个士兵、农民和骑士的脸庞,他们看着罪犯被带了上来,神色凝重,眼神却如刀子般犀利。

这里一共有两名罪犯,伊森巴特·勃拉姆爵士和屠夫鲍德温爵士。鲍德温爵士之所以被人们称为"屠夫",就是因为这些年来他在兰比和匹克杀人如麻，屈死在他手下的冤魂早已不计其数。此时，厅堂的大门已经敞开，里面的人们可以清楚地听到外面砍木头的声音，这个声音预示着，就在魔堡的大门前，两架绞刑架就要准备完工了。

"伊森巴特·勃拉姆！"罗宾汉神色庄严，语气凝重，"在这座城堡里，曾经有过无数俘虏，其中有男有女，或贫或富，或背景显赫，或身份低微，他们都曾向你求饶，希望求得你的怜悯和宽容，可是，他们的求饶最终却换来你冷酷的嘲笑和残忍的杀害。现在，轮到你自己在这里接受审判了！在座的人都听着，有谁要控诉勃拉姆，或控诉他的帮凶鲍德温，就大胆地站出来，揭发实情，上帝会看到这一切，也会听到你们的控诉！"

一时间，几乎所有的佃农、农民和乡绅都不约而同地要站起来，痛诉这两个杀人不眨眼的恶魔所犯下的滔天罪行。"他剜去了我父亲的双眼！"其中一个喊道。"那一年庄稼歉收，就因为我交不起租子，他就活活逼死了我的儿子！"另一个也哭喊起来。其他人纷纷站起来，痛诉这个恶魔令人发指的行径。等到所有人都说完了，凯特起身走到勃拉姆前面，他指着勃拉姆的鼻子厉声说道：

"这个恶棍，是他用那双邪恶的双手，杀死了巴尼斯达尔和大沼地这一带最仁慈的夫人！这个恶魔趁着夫人在城堡上和他喊话的空隙，竟然用箭把她射杀了！看着夫人倒下，这个恶魔竟然还笑出声来！"

"还有，当我们的父亲科尔曼·格雷被拉纳尔夫严刑拷打的时候，这个家伙不仅冷眼旁观，甚至还肆意耻笑！"豪伯愤怒地喊道。他胳膊和腿都缠着绷带，却还是摇摇晃晃地站起来走到勃拉姆面前，挥舞着愤怒的拳头。在场的每一个人无不对勃拉姆恨得咬牙切齿，看到人们脸上憎恶的神情，勃拉姆早已吓得面如土灰。

"够了，这些就已经足够了！"罗宾汉最后说道，"在座的诸位骑士，你们怎么看呢？这两个人身为骑士，有着高贵的血统，本应该光荣地死在敌人的剑下，可是，刚刚那些证词足以证明，他们不过是两个恶棍！依我看来，他们应该被处以绞刑，在耻辱中死去！"

"绞刑！绞刑！"人们发出响亮的欢呼，那声音似乎要穿透这间厅堂的屋顶。

待人们安静下来，福尔克·戴科沃尔爵士对罗宾汉说道："罗宾汉首领，我们同意你的决定。不过这两个人已经丢尽了骑士的脸面，他们不配再佩带马刺，须得将他们的马刺取下之后，再将他们处以绞刑！"

一切就这样决定了。尽管人们的脸上写满了愤怒，口中却是胜利的欢呼。在人们的欢呼声中，小约翰将两名罪犯靴子上的马刺取下来，接着，愤怒的人群又将两个罪犯推搡到门外。火光照亮了一张张严肃的面孔，一双双炽热的眼睛迸发出愤怒的火苗，这些平日里温顺善良的人们，在这一刻，也变得冷酷无情起来。

绞刑执行完毕后，人们将沥青、柏油和油脂淋遍了城堡的每个角落，然后再在城堡周围堆上厚厚的草垛。随着一支支火把被扔到草垛上，城堡顿时陷入一片汪洋火海之中。人们全部站在黑色的城墙之外，透过墙上的缝隙，他们可以清晰地看到里面的滚滚浓烟和跳窜的火苗。跳动的火舌形成了一道道曲卷的漩涡，一眨眼的工夫，火苗长得老高，烧透了大厅的天花板，巨大的火焰吞噬着城堡，城堡内部的横梁、椽子和拱壁都在剧烈的燃烧中轰然倒塌，发出巨大的响动。火光冲天，星火四射，那熊熊烈焰仿佛巨浪一般，照亮了黑暗的天空，整个乡野都被这场大火照得犹如白昼。牧羊人担心大火惊到羊群，一早便把羊群赶到远处的高地上。他们朝着城堡这边不断张望，无论如何都不敢相信自己的眼睛，最后他们在胸前画着十字架，口中默默祷告着：谢天谢地，这座魔堡总算是化为了灰烬！此时，约翰王的军队尚有一部分驻扎在匹克高地或是约克郡的山峦之间，他们远远地望到了这边的火光，却不曾料到国王手下最强悍有力的领主已经就此丧命，而将他置于死地的，就是那些长期被奴役、被压迫的贱民。这些人已经站起来了，是他们为自己赢得了自由！

第二天早上，那座原本坚不可摧的城堡已经被烧成一片废墟，残石断壁随处可见。至少在未来的一百年里，那些被烧得黑黢黢的石头，都会被看成一个罪恶时代结束的象征。断墙之内，一座火炉仍像往常一样冒着白烟，可是这里的一草一木，一砖一瓦，都在熊熊烈火中永远告别了这个时代，再不复往日的模样。

罗宾汉带人在橡树界过了一夜，第二天出发的时候，他又回首望了望那片仍在冒烟的废墟和不远处的两个绞刑架，绞刑架上还挂着鲍德温和勃拉姆的尸体，在清风中，尸体迎风摇摆。

罗宾汉脱下钢盔，低头默声祷告，他感谢圣母对他的眷顾，助他完成了最大的心愿。他的手下也都聚集在他身边，脱帽祷告。

远处的空地上，成群结队地走来了一些老人和妇女，他们有的在奔跑，有的则是缓慢地行走，待他们看到了被烧成废墟的魔堡，都惊讶得不敢相信自己的眼睛。这些人的脸上都饱经岁月风霜，一条条嵌入脸庞的皱纹清晰可见，他们热情地握住罗宾汉的双手，深情地亲吻着，有的甚至还亲吻着罗宾汉的双脚和衣襟。一位年轻的母亲抱着自己的婴孩，含着泪让那孩子记住罗宾汉的面孔："记住这张脸吧，孩子，就是这个人扫平了魔堡，拯救了生活在这里的人们！"

"首领，请不要离开我们！"拉斐·比尔胡克乞求道，"如果您走了，恐怕还会有人再在这里筑起一座魔堡，让这片土地再度生灵涂炭呐！"

罗宾汉举起右手，郑重其事地说道："我以圣母的名义起誓，只要我还有一口气在，就不允许任何违背公平正义的事在这片土地上发生，就不允许任何毫无怜悯之心的人治理这片土地！"

"阿门！"人们都虔诚地为之祈祷。

第十一章
罗宾汉之死

自从爱妻玛丽安过世后,罗宾汉便再也没有离开过绿林。马拉塞特的领土由菲茨沃特伯爵的一位远亲接管,如今已是管理得井井有条,大小事宜都按照庄园主的规矩行事,领地上的农民和佃户都很是信服。

许多当年和罗宾汉一同驰骋沙场的逃犯,后来都成了马拉塞特的佃农,不再返回绿林,可一旦他们再次感受到绿林生活带来的自由气息,他们又情不自禁地回到罗宾汉身边。加之约翰王肆意烧杀抢掠,致使国家动荡、民不聊生,有更多的人愿意追随罗宾汉,在他的麾下同皇家兵马对抗。自从罗宾汉一举毁灭兰比魔堡之后,为了斩草除根,罗宾汉率领绿林军一路北伐,深入不毛之地,力图铲除在约翰王麾下助纣为虐的弗莱明人、布拉班特人、撒克逊人和普瓦特万人。这些人嗜血成性、杀人如麻,直至罗宾汉率兵将他们一一铲除,才换得那个地区的和平安宁。这样一来,罗宾汉的做法深得人们的赞许,他的事迹被人们口口相传,受到了大家的拥护和爱戴。

后来,约翰王在纽瓦克中毒身亡,国内的元老大臣都拥护他的儿子亨利①继位。由此，罗宾汉也回到了巴尼斯戴尔和舍伍德的营地驻扎。然而新王年纪尚幼，国内各个领主横征暴敛的恶习依然在延续。他们不肯放弃在约翰王时期抢夺的城堡和领地，也过惯了鱼肉乡里、欺压百姓的生活，一时间，国内依旧是生灵涂炭，动荡不安。不过，无论是谁来向罗宾汉求助，控诉有不公之事发生，罗宾汉都会义不容辞，将此事一力承担。他会挑选精兵猛将，然后埋伏起来等待时机，只要作恶者一出现，他的箭就会直中目标，准确无误。凭借高超的箭艺，罗宾汉令那些穷凶极恶之人闻风丧胆，因此，在与他们的交手中，罗宾汉也很少失手。

也是机缘巧合，新王在一次讨论中将兰比的土地分给了瓦伦恩伯爵的一位亲戚，和瓦伦恩伯爵一样，此人也是个坦荡荡的正人君子。在他的管理下，领土上的佃农和农奴都能安居乐业，原来那些伊森巴特·勃拉姆时期留下的悲痛回忆似乎都一去不复返了。

不过，在其他地方依旧是抢掠杀戮，饿殍遍野，更有甚者，甚至抢掠幼王的领土，不择手段地将皇家承租者逼死或令其债台高筑。这种举国混乱的局面，令许多人终日生活在担惊受怕之中，他们害怕不知哪一天就被人谋财害命了。还有许多丛林大盗、拦路响马也乘机穿上了领主的华服，他们就是靠着打家劫舍才发家致富起来。

一天，罗宾汉同小约翰、斯卡利特二人来到舍伍德和巴尼斯戴尔林区的交界处耐心等待。他们等的是一群恶人，那些人已被罗杰·顿卡斯特收买，在这片林区干着见不得人的勾当。自从罗杰上次带着十来个手下从魔堡侥幸逃脱后，罗宾汉就已经意识到，罗杰迟早会设计陷害自己，只不过到目前为止，他们还没有正式交过手。

他们坐在一个小树丛里，树丛四周被茂密的冬青遮得严严实实，不过从他们所在的位置，透过树叶，可以同时监视两条通往树林里的

---

① 亨利三世（1207—1272）：英格兰国王，登基时只有九岁。

大路。过了不久,周围传来一阵急促的松鼠的叫声,罗宾汉听到后马上做出回应,这松鼠叫声,实际是侦察兵之间传递信息的暗号。不一会儿,凯特一头钻进小树丛,径直向罗宾汉跑来,口里说道:

"首领,这些天我和豪伯一直监视着罗杰·顿卡斯特的希克庄园,就在今天早上,罗杰带人朝着巴尼斯戴尔十字路的石屋去了。我猜他是打算埋伏在那儿,然后伺机打劫由韦克菲尔德修道院去往林肯郡的运粮队。"

"约翰,斯卡利特,你们马上动身!"罗宾汉催促道,"你们现在就去斯坦利召集人马,务必想尽一切办法阻止这群强盗!稍晚一点儿,我会去那里同你们汇合。"

小约翰和斯卡利特听罢马上出发了,他们的身影转眼就消失在蜿蜒曲折的森林小路上。凯特仍旧站在原地,等待着首领的指示。

罗宾汉沉吟片刻,最后说道:"凯特,你马上去弓箭手威尔那里,让他带领手下的二十个人分散埋伏在由顿卡斯特到此的驿道和林路两旁。如果你见到了豪伯,就让他来见我。"

凯特做了个手势,以示明白,然后便转身消失在树林里。对于首领此次的指示,凯特感到些许疑惑:既然罗杰是从西北方向进入巴尼斯戴尔,首领也已经派人暗中埋伏在那里,那为何又要监视由顿卡斯特通往巴尼斯戴尔的南路呢?凯特的脑子转得飞快,他又想:或许首领已经看穿了罗杰的把戏,他表面上是要打劫运粮队,其实是声东击西,真正的目的是从南路突击绿林军的营地。凯特知道罗宾汉往往料事如神,不等侦察兵向他汇报,他便已经判断出形势的走向。

待凯特离开,罗宾汉便走出树丛,行走在林荫道上。他向南走了大约半英里,便来到一条通往树林的小径前,沿着小径望去,他发现前方有一个人。那个人一身佃户的打扮,长得却是一副狰狞的面孔,看上去十分粗野蛮横。他手里拿着一张弓,腰间还挂着一束箭。

罗宾汉打量了片刻,看那人在那儿鬼鬼祟祟地东张西望,便迎上前去，说道："早上好啊，伙计，迷路了吗？"

那个佃户显然是被罗宾汉的突然出现吓了一跳，他的目光躲躲闪闪，始终不敢和罗宾汉对视，嘴里支支吾吾地答道："早、早啊，林中人，我、我在树林里迷路了，你能告诉我去、去罗什修道院该、该怎么走吗？"

罗宾汉漫不经心地答道：

"没问题，你的方向走偏了，不如让我带你走一程吧。"

"唉，在这个鬼地方可真是容易迷路！"佃户发起了牢骚。

"你这样走了多久了？"罗宾汉问道。

"大概一两个小时了吧。"佃户答道，"在巴尔比的时候，别人告诉我去往罗什修道院的路上会途经斯凯特比村，可是我走了这么久，连一间房子也没见到。"

听罢，罗宾汉笑了起来。从昨天中午开始，他就看到这个家伙鬼鬼祟祟地在这几条林路上转悠，还蹑手蹑脚地监视着周围的情况，行踪十分可疑。

罗宾汉并不急着拆穿他，而是说道："你大概还得走上一两英里路，才能走到正确的路上呐。我看你手里拿着弓，估计你应该很会射箭吧？"

"当然啦，"佃户狡猾地笑了笑，"我的技艺跟这林子里的弓箭手一样好，不，甚至比他们更好。"

"那不如咱们来点儿好玩的，"罗宾汉饶有兴致地说道，"咱们来比一比谁的箭术更高超，怎么样？"

"比就比！"佃户答道。他从箭筒中抽出一支箭，斜着眼睛，眼中露出一丝杀机。

罗宾汉走进榛树丛中，选了两根较直的树枝折了下来。为了让树枝看起来更显眼，他剥去了树枝顶端的褐色树皮，使之露出白色的树干。他把其中一枝插在地上，并在顶端挂上一个用山茱萸的叶编制的草环。在秋季,山茱萸的叶子已经变为红色,与白色的榛树枝放在一起,颜色煞是分明。

做好了准备工作,罗宾汉对佃户说道:"现在,咱们先丈量五十步吧,等我丈量好了,就把另一根树枝插在那里。"说完这些,罗宾汉大笑着迈步向前,眼睛却始终没有离开那个佃户,而那个佃户此时正半拉开弓,仿佛准备好了随时射击。

"你这种比试的方法还真让人讨厌,"佃户忿忿道,"我之前用的箭靶可比这个大多了。"

罗宾汉不动声色地继续数着脚步,直到数够了五十步才停了下来,而那个佃户却是不情不愿地走在他身边。罗宾汉让佃户先射,但佃户却执意要罗宾汉先射,于是罗宾汉从箭筒中抽出两支箭,一支射击,另一支备用。只见他麻利地瞄准目标,一箭射出,那支箭稳稳地穿过草环,距离树枝顶端大概两指宽。

"我讨厌用这种方式射箭,"佃户不情愿地嘟囔道,"只有愚蠢的家伙和乡巴佬才会这么射。"

罗宾汉并不答话,佃户只好硬着头皮把箭射了出去。不出罗宾汉所料,那佃户不仅没有射中,而且还射得很偏。

罗宾汉笑道:"好伙计,看来你还需要多加练习。相信我,用这样的箭靶最能检验出你的水平,对练习者来说是再好不过的了。要知道,从树后近距离瞄准猎物进行射击并不能说明什么,只有远距离射击才能看出一个人的技艺是否高超。现在,我再给你演示一次。"

说着,罗宾汉便瞄准了箭靶,一箭射了出去。这一次,他不仅射中那根细细的树枝,还把树枝劈为了两半。

"这不公平!"佃户怒声道,"你那一箭纯属是巧合,刚刚凑巧有一阵风,才把箭刮过去的!"

罗宾汉见对方耍赖,也并不恼怒,他说道:"好啦,伙计,你这么说,可就是故意装傻了。好啦,你去把这根树枝插到箭靶那里,或者我再另折一根,插在三十步的位置,也好给你降低难度。"

那佃户极不情愿地捡起地上的树枝,嘴里嘟囔着朝五十步以外的箭靶走去。等他走了大概二十步的时候,他回头看了罗宾汉一眼,发现罗宾汉此时正在榛树丛那边忙着挑选合适的树枝,他飞快地将箭搭在弦上,瞄准罗宾汉,嘴角露出一丝冷笑:

"罗宾汉,你才是我要找的箭靶!"

罗宾汉应声倒在灌木丛中,不动弹了。那佃户走上前,发现罗宾汉的双腿僵硬地伸在灌木丛外,看着自己追踪已久的猎物终于死在自己手上,那佃户满意地笑了起来。他把手指放到唇边,吹出一声嘶厉的口哨,然后便狞笑着走向自己的猎物。

可是,罗宾汉的尸体突然一抖,竟然站了起来,手里竟还拿着那支本该让他一命呜呼的箭!原来,那支箭并没有射中罗宾汉,而是射进了灌木丛中,罗宾汉趁机假死,以待佃户露出真面目。此时,那支箭已被罗宾汉稳稳地搭在弓上,瞄准了佃户,那佃户早已吓得面如土灰,他情不自禁地倒吸一口凉气,转身跑走了。

"你这没用的笨蛋!"罗宾汉嘲笑道,"即便是二十步以内,你还是没能射中目标!你跑吧,凭你怎么跑,你的箭终归还是要射中你自己!"

佃户拼命地向前跑,其间还不断改变路线,一会儿跑到路左边,一会儿又跑到路右边,企图令罗宾汉难以瞄准。

罗宾汉将弓拉满,略微停顿了一下,随着一声巨大的弦音,箭射了出去。只听那佃户惨叫一声,人跳出地面三尺高,然后重重地摔在地上,背后分明插着一支箭。

就在这时,罗宾汉听到身后的灌木丛中传来树枝折断的声音,他还没弄清是怎么回事,就看到一个怪物从榛木丛中跳了出来。罗宾汉不觉大吃一惊,他连忙后退几步,趁机丢掉弯弓,拔出长剑。眼前这个怪物好似一匹棕马,张着大口,高举前蹄,仿佛要把罗宾汉踩在脚下撕碎。它背上的鬃毛翻卷起来，似乎是在盛怒之下，马上要对罗宾汉发动攻击。

突然，罗宾汉大笑起来，原来这个怪物是由人伪装的。马皮下面露出一个人，此人竟然就是盖伊·吉斯伯恩！只见他一手拿剑，一手执盾，眼中喷射着怒火，张牙舞爪地朝罗宾汉扑来。

"哈哈！盖伊·吉斯伯恩，你这个冒牌货！"罗宾汉嘲笑道，"隔了这么多年，你终于出现了！这么多年以来，你派了多少间谍、侦探和杀手来谋害我，现在你终于自己来了！哼，你以为凭你就能抓到我吗？"

盖伊·吉斯伯恩没有答话，他的眼中喷射着怒火，像只饿狼一样朝罗宾汉扑了过来。虽然罗宾汉没有盾牌抵挡，却有比盾牌更好用更强大的武器，那就冷静的头脑和敏锐的眼力，相较于对方被怒火冲昏的头脑，罗宾汉的冷静和敏捷无疑是更好的武器。

就在一瞬间，两人陷入了激战之中，有那么一会儿，耳边除了刀剑撞击的声音，其他的什么也听不到了。他们打了一个回合又一个回合，每一次眼神的碰触都夹杂着深仇大恨，每一次交手都是要置对方于死地。突然，罗宾汉一个猛冲，一剑刺破吉斯伯恩的马皮，深深刺入了他的臂膀。

罗宾汉以胜利的口吻说道："盖伊·吉斯伯恩，上一次你伪装成怪物才得以侥幸逃脱，可这一次，你便没那么走运了！"

"你这个强盗！混蛋！"盖伊·吉斯伯恩气急败坏地大叫着，"你以为一点擦伤就会让我束手就擒吗？哼，看我不要了你的命！"

说着，吉斯伯恩使了一计声东击西，敏捷而灵巧地对着罗宾汉连击了两次，罗宾汉的紧身衣顿时被刺破，一股热流顺着他的臂膀流了下来。不过，这点伤痛并不能阻止罗宾汉发动攻势，只见他步步紧逼，手中的长剑舞得快似闪电，以致吉斯伯恩还没反应过来，罗宾汉的剑就已经刺入了他的胸膛。终于，这个残暴的骑士丢掉了手中的剑，趔趔着退了几步,然后重重地摔倒在地上,死去了。

罗宾汉此时也已精疲力尽,他气喘吁吁地拄着剑,眼睛注视着死去的吉斯伯恩,说道:

"感谢圣母庇佑,今日才能手刃仇敌!吉斯伯恩,你冷酷残忍,毫无怜悯之心,正是因为你的暴虐压迫,才致使饿殍遍野,民不聊生,老幼妇孺惨遭欺凌!今天,你死在我的剑下,有朝一日,那些和你一样残暴嗜血、欺压百姓的暴君,都将有你今日的下场!"

罗宾汉转身离开的时候,发现豪伯正朝他跑来,边跑边朝他喊道:

"首领,我有幸目睹了您和吉斯伯恩的激战,也看到了那致命的一剑,真是大快人心呐!现在,您的仇人就只剩下罗杰·顿卡斯特了。"

"不,豪伯,"罗宾汉答道,"还有许多可怜的百姓仍旧生活在领主和修道院院长的压迫之下,他们的仇人,也就是我的仇人!"

"是啊,首领,您说得对!"豪伯恍然大悟道,"那些可怜的农奴终日辛苦劳作,还要受尽鞭打和凌辱,他们起早贪黑,劳苦一生,却没有自由,没有财产,甚至没有时间亲吻一下自己的妻儿!只要这世上还有人受到不公正的待遇,咱们就要一直打抱不平下去!"豪伯顿了顿,"不过,首领,眼下我是来告诉您,罗杰·顿卡斯特已经带兵向南折返,这会儿已经到汉歌树林了。我猜他们是按照吉斯伯恩的吩咐,前来偷袭您的。"

"威尔和他的手下们现在在哪儿?"罗宾汉问道。

"他们已经埋伏在南路沿途两侧,时刻监视着罗杰的动向。"

"马上去找小约翰,如果他还不知道罗杰已经改变路线,就让他马上回来去追踪罗杰,不过切记不要被罗杰发觉。等他到了汉歌树林北面,就让他吹两声号角,然后听我口令,从北面断了罗杰的逃路。到时候,威尔带人进行正面攻击,小约翰从敌军后方包抄,咱们里应外合,把敌人一举包围,保证让那群恶棍一个也逃不掉!这次我要好好儿教训教训这些恶棍,让他们知道咱们的厉害!"

豪伯收到指示便马上去办了，罗宾汉则急匆匆朝南路赶去，在那里，威尔正在一块空地上等他。

如今，威尔虽说已是头发斑白，却仍旧精神矍铄，身子骨十分硬朗，他对罗宾汉说道："首领，刚刚有侦察兵来报，称敌军为数众多，而且他们在树林中横冲直撞，丝毫不觉得害怕。听说领队的是个厉害角色，此人名叫法柯·雷德，是布拉班特的刽子手，他曾在法兰西、阿勒缅和巴勒斯坦打过仗，不仅狡猾奸诈，还精通兵法。我们现在只有二十个人，小约翰带人在西北方向，离这儿约有三英里远。首领，咱们现在该做如何打算？"

"我已经派豪伯去通知小约翰了，"罗宾汉答道，"大概一小时后，他们就能赶来这里。在这段时间里，咱们必须把敌军牵制住，到时候，小约翰再从后方给他们来个措手不及。这些弗莱明人、布拉班特人跟着咱们的约翰王做了不少坏事，所以他们一旦落入英格兰人手里，就必然是死路一条。"

过了不久，一个侦察兵来报，称敌军已行至比弗利沼泽，马上就要到这边来了。罗宾汉听罢，马上着手下二十名弓箭手埋伏在空地周边的灌木丛中，等待指令，伺机杀敌。不一会儿，从空地旁边的树林里果然走来一队外国士兵。这些人相貌狰狞，内心冷酷，只要有人肯出丰厚的奖赏，他们就会为那个人卖命，烧杀抢掠，无恶不作，对待妇女和儿童也丝毫不会手下留情。因此，英格兰的百姓们早已恨透了这帮残暴嗜血的强盗。

这伙儿强盗约有八十人，其中二十人是弓箭手。走在队伍最前面的是个满面通红的大汉，他眉目狰狞，从头到脚都有铁甲武装，一副凶神恶煞的样子。其他士兵也是装备精良，每人都是左手执盾，右手握着一柄闪闪发光的长剑。他们在队伍两侧的树林里都安排了侦察兵，行进的过程十分小心谨慎。就在他们距离绿林军埋伏的地点只有二十步的时候，罗宾汉打了一个手势，一时间，二十支箭一齐发射，深深刺入敌人的甲衣或是喉咙，有多少支箭射出，就有多少个敌人趔趄倒地，其中就包括十五名弓箭手。

未等敌人回过神来，罗宾汉再次下令，又一阵箭雨扫过敌军，这一次，又有十二名敌人非死即伤。

士兵头子法柯·雷德此时极为震怒，他大喝一声，径直跳进了放箭的灌木丛中，剩下的四十多名士兵也随之跳了进去。绿林军迅速撤退，他们利用树木作掩护，像只雪貂一样从一棵树后转移到另一棵树后，由于他们身穿的褐色紧身衣同树干的颜色混为一体，敌人一时间难以锁定目标。尽管绿林军不断撤退，但只要一有机会，他们还是会神不知鬼不觉地瞄准敌人，再射上一箭。敌军只看到射出的箭和扭曲在地上挣扎的队友，却始终不见放箭的人。终于，敌军被彻底激怒了，他们发疯似的搜寻着灌木丛后的绿林军，一旦被他们发现，就会被当场杀死。在敌军这一轮搜索中，罗宾汉折损了三名绿林好汉。不过，就在敌军翻身到树后搜索的时候，他们也成了绿林军的活靶子，一支支箭带着胜利的弦音射了出去，伴随着一声声痛苦的嚎叫，箭已深深刺入敌人的胸膛。

然而，敌军仍在步步逼近，绿林军不得不继续撤退，由于人员数量悬殊，他们不敢同敌军进行正面较量。法柯带领手下一通穷追猛打，丧心病狂地虐杀落入他们手中的绿林军，这一次，又有五名绿林军命丧黄泉。罗宾汉眼见自己已经折损了八名好汉，只觉得心急如焚、悲愤交加，可是他此时根本想不出牵制敌军的方法，因而只得扼腕叹息，痛心不已。

突然，罗宾汉看到法柯朝着吉尔伯特藏身的灌木丛冲去，尽管吉尔伯特此时已有所察觉，却还是来不及进行防卫了。情况十分危急，吉尔伯特眼见躲闪不及，拔腿就跑，朝着罗宾汉身后的一棵大树跑去。法柯怎肯轻易罢休，他高举长剑，紧追不舍，就在他经过罗宾汉藏身的树干时，罗宾汉猛然朝他扑去，对他当头劈下一剑。法柯果然身手不凡，就在这千钧一发之际，竟然挥盾挡住了这一剑。转眼间，只见一片刀光剑影，两人陷入了激烈的厮杀之中。他们打了一个回合接一个回合，两人势均力敌，毫不相让。忽然，一个人影闪到罗宾汉背后，意图要从背后偷袭他。威尔看穿了此人的企图，正要跳出来杀之而后快，却不料被身后另一个敌军击中了要害，威尔临终前对罗宾汉大喊道："罗宾汉，小心身后！"

突然，一支箭从灌木丛中射出，正中那个意图偷袭罗宾汉的人，只见那人重重地摔在地上，死去了。接着，灌木丛中又射出一箭，这一箭正中那个杀死威尔的敌军的喉咙。一时间，作战双方的兵勇都躲在自己的藏身处，目不转睛地看着双方的首领一决高下，他们看得津津有味，竟忘了自己仍处于战斗之中。

法柯·雷德一向以高超的剑术远近闻名，而今却遇上了对手，像罗宾汉这样看似纤瘦、却刚劲勇猛的斗士，他还从来没有遇到过，尽管他使出浑身解数，却不能伤及对方一丝一毫。罗宾汉此时正在兴头上，仿佛有金钟罩护体一般，打得敌人不敢靠近，事实上，他其实是将一把宝剑舞得密不透风，将敌人的攻击一一抵挡住罢了。在长时间的对抗中，法柯渐渐感到体力不支，却又不甘心就这么被罗宾汉占了上风。突然，他看到罗宾汉的眼中一道亮光闪过，心中暗觉不妙，从那道目光中，分明可以看出对方要置他于死地的决心。只见罗宾汉一个回转，却给法柯留出了反击的余地，法柯趁势出击，一剑直刺罗宾汉的胸口。不料罗宾汉突然腾空一跃，法柯却因用力过猛而扑了个空。罗宾汉瞅准时机，挥剑猛然砍向法柯的喉咙，法柯翻身倒地，当即毙命了。

罗宾汉的胜利给了绿林军莫大的鼓舞，他们斗志昂扬地跳出灌木丛，四处搜寻着敌军，要同他们决一死战。而敌军一方眼见首领丧命，都已经吓得毫无斗志，他们开始全力撤退，只求保命。然而，任他们如何撤退，也都是徒劳罢了，密密麻麻的箭雨如黄蜂一般倾巢而出，逼得他们根本无处藏身。他们偶尔也壮着胆子进行反击，但终究只是杯水车薪，起不到半点作用。与此同时，绿林军的箭仍旧如冰雹般砸向敌军，给他们造成了重创。然而，就在一瞬间，绿林军竟然一齐消失了。

突然，这帮强盗听到从他们背后和两侧传来松鸡尖利的鸣叫。这叫声太突然了，罗宾汉当即也发出同样的叫声。听到这声音，躲藏在四周的绿林军禁不住咯咯笑了起来。无疑，这声音是小约翰发出的信号，是他们的援军到了！果然，没过多久，就看到小约翰带领着一队绿林军从树林中穿梭至此。

这些布拉班特人和弗莱明人带着绝望意识到，自己已经被绿林军从后方和两翼包抄了，他们也深知英格兰人对自己痛恨不已，一旦落入英格兰人手中，必然是死路一条。于是，他们都聚集在一起，决定同绿林军决一死战。

最后的决战不必细说，因为结局只有一种。英格兰人早已恨透了这些外来入侵者，对他们只能痛下杀手，绝不姑息。事实上，这不是一场战斗，而是一次复仇，就是这些杀人不眨眼的强盗，用铁蹄践踏着英格兰人的故土，杀害了无数手无寸铁的男女老少。这些人在约翰王的带领下，如同瘟疫一般遍及整个英格兰，给那里无辜的百姓带来了无穷无尽的战火、杀戮和死亡。

罗杰·顿卡斯特带领着六名士兵在森林边缘等候，过了许久，仍不见盖伊·吉斯伯恩和法柯的身影，他心中开始惴惴不安起来。他时不时地派出侦察兵到树林中打探，可是，树林里既没有胜利的信号传出，也看不到刀光剑影下的杀戮。

又过了一段时间，他们看到一个烧炭工背着一麻袋木炭从树林里走出来，两个士兵马上拦下他，把他带到罗杰爵士面前，仔细问询。

"哎呀呀，"烧炭工惊魂未定地说道，"活人我是没见到，可是在比弗利沼泽附近，我看见许许多多的外国士兵都死在那儿啦！他们每个人身上都插着一支箭，嚯，至少得有六十人呐！"

罗杰爵士听罢，立即调转马头，嘴里还不停地咒骂着："这个逃犯简直就是个魔鬼！在这树林之中，竟没人能赢得了他！"

看着罗杰带领手下慌忙逃跑，那个烧炭工望着他们的背影叹息道："只要罗宾汉在这林中一天，你们这些强盗除了找死，就休想再得到些什么！今天这六七十个东部佬儿就是最好的例子，他们每一个人身上都有罗宾汉留下的箭痕！"

许多年后，比弗利沼泽已经不再叫比弗利沼泽，而是被人们称为御敌林，以纪念罗宾汉在此抵御外来侵略者的英勇事迹。后来，在很长一段时间里，人们每每路过那些埋葬敌人尸骨的坟茔，还是会将绿林军英勇杀敌的故事口口相传。

自御敌林大捷之后，很多年间，罗宾汉都在巴尼斯戴尔和舍伍德林区过着相对平静的生活，没有人再来找他的麻烦。尽管罗宾汉是一名逃犯，他却赢得了百姓们的爱戴，同时也让那些恃强凌弱的领主颇为忌惮。在这些日子里，罗宾汉还是和以前一样，专爱打抱不平，行侠仗义。如果他看到哪个傲慢的领主胡作非为，就带着手下到他家"登门拜访"，再顺便朝他收取一些给穷人的补偿金。如果哪个有钱有势的人抢占了别人的屋舍，罗宾汉就带人过去捣乱，搞得那人家里鸡犬不宁，最后不得不把房产还给原来的主人。因此，在罗宾汉的治理下，巴尼斯戴尔和舍伍德这一带的领主豪强都收敛了很多，很少再有欺压百姓的事发生。

要说罗宾汉的英勇事迹，真是多到说也说不完。恐怕我还要再写一部同样厚的书，才能将绿林的故事悉数讲给大家听。要知道，罗宾汉在绿林中又生活了整整十五年，几乎每年都会替百姓们办上几件好事。因而，他的名气越来越大，他的事迹也传得越来越远。

其中，就有这么一件事。在威斯特摩兰的达拉斯塔里，住着年轻的德罗戈爵士。一天，德罗戈爵士出于某种原因惩罚了一个下人，孰料这个下人竟是边境强盗的族人，因而也招致了强盗们的极度不满。那些强盗联手将德罗戈爵士赶出自己的领土，不仅令这个年轻人蒙受了巨大的耻辱，甚至还差点要了他的命。罗宾汉知道这件事后，立即率领自己的弓箭手救出德罗戈，并且将这伙强盗全都赶跑了。不仅如此，他们凭借高超箭术，对其他强盗、暴民也具有极大的威慑力，令这些人再也不敢欺负罗宾汉的朋友了。

还有另外一件，便是罗宾汉苦心劝浪子回头一事。这一次，既没有刀光剑影，也没有血雨腥风，完全是通过和平的方式解决的。所谓浪子，便是索格兰的年轻领主史蒂芬。史蒂芬的母亲艾维斯本是乔斯林爵士的女奴，负责为乔斯林爵士耕种田地和处理杂务。不过，由于艾维斯长得十分漂亮，为人又谦虚懂礼，乔斯林爵士竟爱上了她，并最终娶她为妻。嫁给乔斯林爵士之后，艾维斯也成了自由人，同乔斯林爵士十分幸福地生活在一起。后来他们生下了一个儿子，也就是史蒂芬，可是史蒂芬的脾气暴躁，性格乖张，人们都说他根本不像乔斯林和艾维斯这对善良夫妇的后代。乔斯林爵士过世后，史蒂芬便成了那里的新领主。可是，按照当时的法律规定，丈夫一旦死亡，农奴出身的妻子也不再拥有自由民的身份。于是，乔斯林爵士的离去令艾维斯再度成为女奴，而这一次，她的领主竟是自己的儿子。

有一天，史蒂芬由于欺压农奴而遭到了母亲的斥责，他便发誓要让母亲吃些苦头。他不仅强迫自己的母亲换上破旧的衣衫，把她赶出庄园，还逼着她住进了只有农奴才居住的茅屋里。艾维斯义正言辞地训斥了这个不孝子，对他动之以情、晓之以理，可不管艾维斯如何劝诫，史蒂芬仍旧是一意孤行，最终还是迫使三十年没有干过粗活的母亲再度做起了苦力。不仅如此，史蒂芬明知母亲不同意，还执意同一群狐朋狗友往来密切，他的所作所为令艾维斯简直伤透了心。

史蒂芬虐母行恶的劣迹被越传越广，人们听了无不为之触怒，甚至有人开始怀疑天道是否公允，不然为何这么久以来那个不孝子没有遭受半点天谴,反而每天在自己的庄园里逍遥快活呢?

一天晚上,史蒂芬正同自己的狐朋狗友在家中饮酒作乐,突然,六十个黑衣大汉闯进了他的家门。那些大汉直奔史蒂芬而去,不管史蒂芬愿意与否,他都在朋友的惊呼声中被黑衣人带走了。在接下来的一段时日里,竟没有人知道史蒂芬被带到哪里去了。后来,有消息说史蒂芬是被罗宾汉派人带走的,如今他正在树林里给那里的领主做苦力。按照罗宾汉的意思,史蒂芬什么时候养成了高贵的品格,再什么时候放他回来。

史蒂芬像个俘虏一样,在树林里一待就是几个月,每天都重复着他当初迫使母亲干的粗活。终于有一天,他幡然醒悟,对自己过去的粗野行径感到懊悔和自责,认为自己根本不配拥有高贵的身份。被罗宾汉放出来后,他仍旧穿着那身农奴的衣服,回到索格兰拜见了他的母亲,并请求她的宽恕。艾维斯激动地泪流满面,她不断地亲吻着自己的儿子,原谅了他的过失。后来,史蒂芬亲自将母亲接回庄园,并且将庄园的一切事务都交由母亲打理。自此,史蒂芬和母亲高贵体面地生活在那里,一如他父亲活着的时候一样。

在这件事上,人们对罗宾汉和塔克神父都赞扬有加,认为他们做了一件极大的善事,正是靠着他们对史蒂芬的谆谆教诲,才使得史蒂芬悔过自新、重新做人。

还有一件事,也令罗宾汉声名远扬。在约克郡海岸,时常有海盗出没,给那里的渔民带去了巨大的痛苦和不幸。罗宾汉知道此事后,便在沿海地带同海盗们展开了一场激烈的海战。在这次战役中,罗宾汉手刃了船长达蒙,并将其余船员一一处以绞刑。从此,沿海一带再无骚乱,那里的百姓也过上了平静安宁的生活。后来,人们为了纪念罗宾汉对那里做出的贡献,将那里的港口更名为罗宾汉港。

罗宾汉后期的逃犯生活,这样一过就是十年。一天,一位夫人骑马来到斯坦利营地,她翻身下马,走到罗宾汉面前,向他致以问候。

一时间，罗宾汉竟没认出来者是谁。

那位女士微笑着提示道："我是你的堂姐，爱丽丝·哈弗朗德。二十多年前，我和我的丈夫受到两个恶邻的欺压，是你帮助我们脱离了苦海，你不记得了吗？"

罗宾汉恍然大悟，他上前热情地拥吻他的堂姐，说道："许久不见，我竟都认不出你了！"

接着，罗宾汉热情款待了爱丽丝夫人以及她的侍女和随从，并且留他们当晚在林中过夜。爱丽斯夫人和罗宾汉聊了很久，彼此诉说着分别数十年来的经历。爱丽丝夫人向罗宾汉谈得最多的，就是他们的亲人，在这些亲人中，有的过得很幸福，有的却已与世长辞，而她的丈夫，也在三年前过世了。

爱丽斯夫人最后叹息道："如今，我已是个老太婆，而你也是个老头子了。罗宾汉，虽然你已是白发苍苍，但我相信，你还是和以前一样，耳聪目明，身强体壮。不过，你真打算这辈子就待在绿林里，一直过这种逃犯的生活吗？难道你就不想换个地方，平平静静地安度晚年吗？罗宾汉，我真希望你能让这些逃犯散伙，然后偷偷跟我回哈弗朗德去。在那里，没有人会打搅你，你的晚年也会宁静安详地度过。"

听了这些话，罗宾汉不假思索地答道：

"我亲爱的堂姐，谢谢你为我考虑得如此周到。只是，我在这绿林中生活得太久了，已经不想再去别的地方了。我想我有一天会死在这里，等那一天真的到来了，我只求自己能被葬在某棵清风徐来的树下，这样我就知足了。这里是我和伙伴们生活过的地方，我们是那么自由，那么快乐，我真心地希望能永远守在这儿。"

爱丽斯夫人听罢，十分惋惜："既然如此，那我就不再多说了。以后，我打算搬到科克里斯修女院安度晚年，你是知道的，我们的姑母乌苏拉女爵，是那个修道院的院长。罗宾汉，我希望你能多来看看我，人一到了这个岁数，就总愿意和亲人待在一起。虽然乌苏拉姑母提起你时总是十分严厉,但我相信,她还是会像对待亲人那样对待你的。"

罗宾汉向爱丽丝夫人保证,一定会去经常看她,而且他确实是这样做的。罗宾汉每半年去一次科克里斯修女院,一方面是为了看望堂姐,另一方面也是为了让堂姐给自己治病,毕竟人一旦上了年纪,多多少少都要接受一些药物上的治疗。在那个年代,妇女们大多颇懂医术,谁要是生了病,首先想到的不是找医生,而是向精通医术的妇女寻求帮助。不仅如此,人们还相信割开胳膊上的血管,放出一点儿血来,甚至可以医治某些疑难杂症。为此,罗宾汉常到科克里斯修女院接受治疗,有时也会在那里住上两三天,以便胳膊上的伤口得以痊愈。

罗宾汉来修道院探望爱丽丝夫人的时候,也总会顺道拜访姑母乌苏拉。乌苏拉院长是位皮肤黝黑、身材纤瘦的女士,长着一双机灵狡黠的眼睛,她同罗宾汉讲话的时候,总是一副义正言辞的样子。她还时常劝罗宾汉放弃无依无靠的绿林生活,不妨将财产都捐给修道院,以求得灵魂的解脱和上苍的护佑。

罗宾汉的回答总是直截了当:"尽管我的财产为数不多,但要我把这些钱都捐给好吃懒做的修士和修女,我却也做不到。只要绿林中的伙伴还愿意同我作伴,只要上帝赐予我的身子骨还能行动,我就待在绿林里,哪儿也不去。"

"那也没关系,"乌苏拉院长并不恼怒,"只是别忘了你的姑母和堂姐,想来修道院的时候,就多过来坐坐。"

某个夏末的一天,罗宾汉觉得头晕眼花,便决定去科克里斯请求表姐为自己医治,他对小约翰说道:

"小约翰,不如你同我一起去吧。我最近总觉得自己是个老人了,脑子总是迷迷糊糊的。"

"好啊,亲爱的罗宾汉,"小约翰爽快地答道,"我跟你一起去,我相信你的病很快就会好的。不过,我情愿你不去那座修道院,之前陪你去的时候,我心里总觉得七上八下的,生怕那里有人耍花招暗算你,唉，我真担心再也见不着你了。"

"别担心，约翰，"罗宾汉安慰道，"那里的修女都是我的亲人，是不会有人害我的。况且，我哪里还有什么仇人呢？"

"这我可说不好，"约翰挠挠自己花白的头发，"反正豪伯听人说过，罗杰·顿卡斯特和那里的修女颇有交情。"

"他如今也和咱们一样老了，"罗宾汉宽慰道，"我就不信，过了这么多年，他还是那么恨我。""我不敢说，"约翰仍是一脸担心，"有道是，蝮蛇毒尽，也还是会咬人的。"

他们备好车马，便朝着科克里斯出发了。罗宾汉和小约翰骑着马，其他人都是步行。等他们走到修道院附近的树林时，罗宾汉和小约翰翻身下马，将马匹交给手下，并让他们藏身林间，直至罗宾汉归来。小约翰搀着罗宾汉来到修道院的门口，便同他在那里分手了。

"亲爱的罗宾汉，愿上帝保佑你！"小约翰担心道，"真希望能马上再见到你，不知怎么，我总有一种不祥的预感，好像有什么不好的事要发生在你身上。"

"别担心，约翰，"罗宾汉宽慰道，"你就在林子里等着吧，如果我需要你，就会吹响我的号角。况且，我身上还带着弓箭和短剑，这里的妇女怎么能伤得了我呢？"

就这样，两位老友在这里握手告别了。罗宾汉叩响了修道院门口的门环，不一会儿，乌苏拉院长就亲自来给他开门了。事实上，她一早便看到罗宾汉朝这儿来了。

"快进来吧，罗宾汉。"乌苏拉院长热情地说道。可她那双狡黠的双眼却偷偷摸摸地打量着罗宾汉，看到罗宾汉生病虚弱的样子，她的嘴角露出一丝不怀好意的冷笑。她继续说道："快进来喝杯酒吧，你走了这么远的路，一定感觉很累了吧。"

"谢谢您，夫人，"罗宾汉脚步沉重地走进屋里，"不过，我在放血之前，既不能吃也不能喝。劳烦您去我堂姐爱丽丝那里一趟，就说我已经来了。"

"是这样的,罗宾汉,"乌苏拉院长答道,"你已经许久没来修道院了,我想你恐怕还不知道吧,你堂姐已经在今年春天过世了,她如今已被葬在教堂的公墓里。"

听到这个消息,罗宾汉跟跄了一下,险些要摔倒,好在乌苏拉姑母及时扶住了他。"这、这简直太让人痛心了!"罗宾汉懊悔道,"都怪我啊,是我来得太少了,我可怜的堂姐!夫人,我现在还病着,请您帮我割开我的胳膊,放一点儿血出来吧,我很快就会好的,之后便不必麻烦您了。"

"当然可以啦,请跟我来吧。"说着,乌苏拉院长便带罗宾汉来到一间偏僻的屋子。她扶着罗宾汉走到床边,罗宾汉慢慢躺倒床上,长长地舒了一口气。他慢慢挽起袖子,露出胳膊,这胳膊可比从前瘦多了。乌苏拉院长从随身携带的小包里取出一把小刀,她按住罗宾汉那棕色的胳膊,找到了一根绿色的血管,然后用刀深深地刺了进去。接着,她把罗宾汉的胳膊用绳子固定在床上,防止他乱动,然后又拿来一个陶罐,放在罗宾汉的胳膊下面。

做完这些工作,乌苏拉院长又马上给罗宾汉拿了点喝的。"好罗宾汉,快喝了这个吧,"她说道,"这个会让你感觉轻松点儿。"

她扶着罗宾汉的头,看着他喝光了杯子里的东西。罗宾汉长舒一口气,又躺到枕头上,对乌苏拉院长微笑道:

"姑母,真是太感谢您了!您对一个逃犯真是太仁慈了!"

罗宾汉的声音变得无精打采的,他昏昏沉沉地躺在床上,呼吸也变得沉重起来。事实上,乌苏拉院长已事先在杯子里下了药,此时是药效发作了。那个女人不怀好意地笑了笑,便转身出去,似乎是在招呼另外一个人。一个男人跟随乌苏拉院长走进了屋子,那个人已经上了年纪,头发花白,面容瘦削,目光狡黠,嘴唇向下耷拉着。乌苏拉院长朝他指了指躺在床上的罗宾汉,那个男人望过去,眼睛里闪过一丝神采。他盯着罗宾汉流血的伤口，鲜血一点一滴地从那里涌出来，流进了下面的陶罐里。

乌苏拉院长轻蔑地说道："如果你还是个男人，就拿起你的匕首，亲手要了他的性命！像这样让我给他放血，你还算得上什么好汉！"

罗宾汉听到了说话声，身体抽搐了一下。那个男人吓得夺门而出，离开了这间屋子。乌苏拉院长也随即跟了出来，不屑地看着那个胆小如鼠的男人。她从包里拿出一枚钥匙，给小屋上了锁。

"他多久会死？"那男人低声问道。

"如果血照这样流下去的话，他今晚就会死去。"乌苏拉院长答道。

"如果血不流了，他就不会死了吗？"男人又问道。

"他当然会死，不然我的修道院又怎能获得三十英亩的良田呢？而我，又怎能变得富有呢？"乌苏拉院长嘲讽道，"这可是罗杰爵士你送给我的大礼呀！话说回来，罗杰爵士，你真应该换个法子了结这老狐狸的性命，你为何不趁现在亲手杀了他呢？"

乌苏拉院长将钥匙递给他，罗杰爵士却连忙躲开了。惊吓之余，他用牙齿咬着手指甲，愤怒地盯着眼前这个一脸嘲讽的女人。

胆小懦弱的罗杰·顿卡斯特，最终也没有勇气杀死病中的罗宾汉，而是灰溜溜地离开了。他策马狂奔，下巴垂到胸前，脑海里满是乌苏拉院长对他的嘲笑，以及那个阴险的女人是如何一早便谋划了这次行动。一想到这些，罗杰心中便生出许多无名之火来。

小约翰在林间等了整整一个下午，邻近傍晚时分，还是不见罗宾汉的踪影。他内心十分担忧罗宾汉的安危，开始焦虑地踱来踱去。

听，那是什么？从修道院那边，传来了三声微弱的号角声——是罗宾汉在呼唤他！

小约翰愤怒地大吼一声，他对着其他藏在林间的人高喊道：

"伙计们，快集合！你们听到那微弱的角声了吗？咱们的首领遭遇不测了！"

小约翰说罢便朝着修道院狂奔而去，其他人也都带上武器紧随其后。他们用手中武器将修道院的大门撞开，然后在一片修女们的尖叫和祈祷声中闯进了修道院。

看着这些脸色苍白的修女，小约翰脸色铁青，他厉声喝道：

"别叫了！把你们的院长找出来！"

可是，她们谁也不知道乌苏拉院长去哪儿了。

"那么就带我去首领那儿，他叫罗宾汉！"

然而，这里的人竟没有一个知道罗宾汉的下落。小约翰又气又恼，盛怒之下，他命令手下要把修道院翻个底朝天。就在这时，豪伯突然跑到他面前，说道："我知道首领在哪儿了！"

人们跟着豪伯如疾风一般飞奔过去，见门已上锁，他们又撬开门锁，破门而入。天呐，眼前的景象真是让他们心如刀绞！他们的首领就在那张床上，脸色苍白，面容憔悴，已经奄奄一息了。他半靠在床上，甚至虚弱地无法抬起头来。

小约翰一个箭步冲到罗宾汉面前，泪水夺眶而出。

"首领！首领！我有一个请求，你要答应我！"

"是什么请求，约翰？"罗宾汉对他虚弱地笑了笑，伸手抚摸着他满头的白发。

"我要放火烧了这座修道院，把那些害你的人统统杀光！"

罗宾汉吃力地摇了摇头，说道：

"不，约翰，我不能答应你这个请求。我这一生都没有伤害过女人，所以在这一刻，我也决不那样做。她是想借放血要了我的命，但是我不允许你伤害她。约翰，我快不行了，打开那扇窗户，把我的弓箭给我。"

人们为罗宾汉打开窗子，罗宾汉看着窗外沉沉的暮色，眼光迷离地望着远处宁静的田野和起伏的山峦。

"来，约翰，扶着我，让我再射一箭！"罗宾汉嘱咐道，"我的箭落下的地方,你们就在那儿挖个坟墓,把我葬在那里。"

人们站在罗宾汉身边,默默地流着眼泪。他们看着首领虚弱地拿着弓,另一只手缓慢地把箭搭在弓弦上。当初,只有首领能将这张弓拉满,而现在,他用尽全身力气,也只能拉开一半。罗宾汉哀叹一声,将箭射了出去。借着暮色,人们看到那支箭穿过田野,落在一条小路旁。啊,那正是一条通往绿林的小路。

罗宾汉耗尽了全身的力气,倒在小约翰怀里,小约翰扶着他慢慢躺下来。

"就把我葬在那儿吧,约翰!"罗宾汉此时已气若游丝,"记得把我的弓和我葬在一起,我活着的时候,最喜欢听利箭出弦的声音,在我死后,就让我的弓守着我吧。还有,在我的头下和脚下分别放上一块草皮,我生前最喜欢躺在林间的草地上,这样,我死后也能躺在上面了。约翰,这些你能为我做到吗?"

"首领,我都能做到!"小约翰哽咽道,巨大的悲痛几乎让他说不出话来。

"好了,约翰,吻我一下吧,再——再见!"

约翰俯身吻别的时候,罗宾汉咽下了最后一口气。所有人都跪在地上,含着泪为他们英勇慷慨的首领祈祷,他们乞求圣母护佑他的灵魂得到安息。

这些人无论如何也不愿把罗宾汉的遗体留在修道院过夜,于是他们连夜将遗体扛回绿林,整个晚上都守在罗宾汉身边。第二天清晨,人们在罗宾汉指定的地方为他挖好了坟墓。等到正午时分,白发驼背的塔克神父也赶来了。他们一起将罗宾汉的遗体抬入墓穴,希望他们敬爱的首领能够在这里得以安息。

后来,绿林军们听说罗杰·顿卡斯特曾在罗宾汉弥留之际造访过修道院。于是,他们认定罗杰·顿卡斯特就是杀害罗宾汉的仇人,并且下定决心,不管天涯海角也要找到他为首领报仇。凯特和豪伯二人为抓捕罗杰设下了天罗地网，罗杰闻风丧胆，不敢在此地久留，便逃到了格里姆斯比。凯特兄弟一路追了过去，眼看就要捉到他了，谁知他又跳上一艘运送皮毛的货船，自此便去了法国。事实上，没过多久，罗杰就死在了法国。临死前，他形单影只，孤身一人，身旁竟无一人照料。

自从罗宾汉过世后，那帮逃犯也就解散了。有些人藏匿在大城市里，慢慢成了受人尊敬的合法公民；有些人在远方的庄园里做事，只要领主对他们不算太坏，他们也乐得安分守己地过日子；还有一些人，乘船去了海外。

至于小约翰和斯卡利特，他们后来在克伦威尔拥有了属于自己的土地。那一带本是属于爱丽丝·博福莱斯特的领土，如今已由艾伦·阿戴尔来管辖了。而马奇则成了威利斯戴尔的领主管家，他的领主也正是艾伦·阿戴尔。

吉尔伯特并没有安顿下来，他靠着自己超凡的技艺，在苏格兰成为了一名了不起的勇士，甚至在多年之后，他的英勇事迹仍旧在被人们传颂。

没有人确切知道凯特和豪伯最后怎么样了。尽管艾伦赠予了他们土地，他们却厌倦了日出而作、日落而息的生活。比起在田地里劳作，他们还是更喜欢徘徊在幽暗的沼泽里，行走在荫翳的树林间。罗宾汉的坟墓总是被打扫得干干净净，周围也永远是绿植常青。在很长一段时间里，人们都不知道这究竟是谁干的。后来啊，人们才知道，原来在这树林之中有两个小矮人，他们每天夜里都把鲜嫩的绿植摆在罗宾汉的坟前，然后为他除去坟墓旁边的杂草。这两个小矮人，无疑就是凯特和豪伯了。罗宾汉活着的时候，就是他们至亲至敬的人，如今罗宾汉已逝，他们也会静静地守在他的坟旁，用这一生来守护他们敬爱的首领。